Hans Hellmut Kirst wurde am 5. Dezember 1914 in Osterode in Ostpreußen geboren, wo er auch seine Kindheit verbrachte. Seine Vorfahren waren Bauern, Beamte und Handwerker. Als Soldat nahm er an den Feldzügen in Polen, Frankreich und Rußland teil. Später versuchte er sich in vielen Berufen, war landwirtschaftlicher Angestellter, Straßenarbeiter, Gärtner, Dramaturg und Kritiker. Sein erstes Buch veröffentlichte er 1950. Er lebt in Feldafing am Starnberger See.

Kirsts Bücher sind in mehr als 250 Übersetzungen in 26 Sprachen erschienen. Allein die Gesamtauflage der »08/15«-Trilogie liegt bei über 2,5 Millionen Exemplaren.

Aus Kirsts »Interview mit sich selbst«: »Nach langen geistigen Irrfahrten hat er sich für einige wenige, sehr simpel anmutende Alltagsweisheiten entschieden: Er will Menschen und Tiere lieben, alle erdenklichen Schwächen verstehen lernen und friedliche Zustände mitschaffen helfen . . . Er ist in fast fataler Weise typisch deutsch. Das gibt er natürlich nicht zu. Doch vieles weist darauf hin, so seine verbissene Kritik an den düsteren Erscheinungen der deutschen Vergangenheit und Gegenwart, die fast alle seine Bücher wie ein Trauma beherrscht. Er will die Deutschen, die er liebt, menschlich sehen, weltweit aufgeschlossen und bedingungslos tolerant . . .«

Außer dem vorliegenden Band sind von Hans Hellmut Kirst als Goldmann-Taschenbücher erschienen:

08/15 in der Kaserne. Roman (3497)
08/15 im Krieg. Roman (3498)
08/15 bis zum Ende. Roman (3499)
Generalsaffären. Roman (3906)
Glück läßt sich nicht kaufen. Roman (3711)
Keiner kommt davon. Roman (3763)
Die Nacht der Generale. Roman (3538)

Hans Hellmut Kirst

08/15 HEUTE

Roman

Wilhelm Goldmann Verlag

Ungekürzte Ausgabe

1. Auflage Oktober 1965 · 1.– 20. Tsd.
2. Auflage Mai 1967 · 21.– 35. Tsd.
3. Auflage November 1970 · 36.– 50. Tsd.
4. Auflage September 1974 · 51.– 65. Tsd.
5. Auflage September 1977 · 66.– 75. Tsd.
6. Auflage Mai 1978 · 76.– 85. Tsd.
7. Auflage Januar 1979 · 86.–100. Tsd.
8. Auflage Januar 1980 · 101.–125. Tsd.
9. Auflage Juni 1981 · 126.–145. Tsd.

Made in Germany
© 1963 by C. Bertelsmann Verlag GmbH, München
Umschlagentwurf: Atelier Adolf & Angelika Bachmann, München
Umschlagfoto: Bavaria-Verlag, Gauting bei München
Satz: Presse-Druck, Augsburg
Druck: Mohndruck Graphische Betriebe GmbH, Gütersloh
Verlagsnummer: 1345
Lektorat: Martin Vosseler · Herstellung: Harry Heiß
ISBN 3-442-01345-3

In einer westdeutschen Stadt fand – mitten in unseren Tagen – eine Gerichtsverhandlung statt. Ein Soldat stand unter der Anklage, einen Vorgesetzten tätlich angegriffen zu haben. Er wurde für schuldig befunden und verurteilt.

Das war keineswegs etwa ein Irrtum der Justiz; und doch war es vor allem eine Folge von Fehlern innerhalb der Bundeswehr. Einige ihrer Angehörigen schienen Idealismus mit Illusion und Einsatzbereitschaft mit Kadavergehorsam verwechselt zu haben, wie es für die Vorgängerin der Bundeswehr nahezu typisch war. Die Folgen erwiesen sich wiederum als höchst gefährlich.

Dennoch ist diese Geschichte des armen Grenadiers Recht und des unglücklichen Hauptmanns Ahlers keineswegs die Geschichte der Bundeswehr. Hier wird lediglich von Menschen in Uniform berichtet, auch von ihrem Privatleben, das sie möglichst unkompliziert zu führen versuchten. Ging das auch im einzelnen nicht ohne Heiterkeit vor sich, blieb es im Endergebnis schließlich doch eine Katastrophe.

Der Grenadier Recht stieß das Fenster auf und sprang in die Nacht hinein. Er landete in einem engen Hinterhof und warf dabei eine Mülltonne um. Die abgelagerten Abfälle zerstreuten sich über den Boden und stanken. Martin Recht atmete schwer.

»Stehenbleiben, Mann!« rief eine biedere Bierstimme – nahezu werbend – wohlwollend, als locke ein Förster im Winter Rotwild zum Fressen an.

Doch Martin Recht war kein hungriger Bock – er lief weiter, auf ein zaunartiges Tor zu. Er warf sich dagegen, einige Bretter krachten und klappten zur Seite: vor ihm lag eine leere, lange Straße, wie ein dunkler Schlauch.

Hinter ihm dudelte, wie in weiter Ferne, eine Musikmaschine – ihre Schmachtfetzenproduktion quälte sich kunsthonigsüß durch das geöffnete Fenster. Dort stand immer noch der Feldwebel: »Mann – bleiben Sie doch stehen!«

Doch Martin Recht stürzte sich in die Dunkelheit. Er hatte das Gefühl, wie von einem Sprungbrett mitten in ein Bassin zu springen, von dessen Tiefe er nichts wußte. Denn noch kannte er kaum diese Stadt, die seine Garnisonsstadt war. Er wußte lediglich, wo sich seine Kaserne befand, der Marktplatz und die Espressobar *La Paloma*; letztere wurde im Kameradenkreis »Anheizkeller« genannt, und von hier war er soeben, nach einer Flucht in das obere Stockwerk, entsprungen.

»Blöder Hund!« sagte der Feldwebel der Heeresstreife unwillig. »Was denkt sich dieses Würstchen eigentlich? Bleibt nicht stehen!«

»Laß ihn sausen«, sagte der Unteroffizier, der dem Feldwebel zugeteilt war.

Dieser Unteroffizier hatte keinerlei Lust, sich an einer ausgedehnten Verfolgungsjagd zu beteiligen. Das brachte erfahrungsgemäß nichts ein – höchstens Schweiß. Und den brauchte er nicht, um Durst zu haben.

Doch der Feldwebel war empört. »Bleibt einfach nicht stehen, dieser krumme Hüpfer!« Denn damit war ein Befehl – und zwar sein Befehl – nicht ausgeführt worden. Außerdem handelte es sich hierbei um die Mißachtung einer vom Kommandeur persönlich eingesetzten Heeresstreife.

»Ihm nach!« rief daher anfeuernd der Feldwebel.

»Ist doch zwecklos«, sagte der Unteroffizier bremsend. »Der läuft wie ein Hase – und von uns ist keiner ein D-Zug.«

»Er läuft aber genau in die richtige Richtung!«

Der Feldwebel kannte diese kleine Stadt, und er hatte reiche Erfahrungen als Streifenführer. Er lauschte befriedigt den davoneilenden Schritten nach – denn dieser Bursche trabte genau nach Süden, und zwar parallel zur Königstraße. Das aber war ein übersichtliches Revier, wie in einen Sandkasten hineingebaut.

»Den kriegen wir«, sagte der Feldwebel voller Überzeugung.

Der Unteroffizier schnaufte ungehalten. »Warum diese Umstände, Mensch?«

Doch er schnaufte vergeblich. Auch war die Bezeichnung »Mensch« jetzt nicht am Platz. Denn der Feldwebel war nur noch Führer einer Heeresstreife – und er wollte den Kerl haben, der versucht hatte, sich seinem Zugriff zu entziehen.

»Dem werde ich den Arsch aufreißen«, versprach der Feldwebel fast feierlich. Doch schnell besann er sich darauf, daß heutzutage derartige Formulierungen höheren Ortes unerwünscht waren.

Willig korrigierte er sich. »Wir werden ihm beibringen, was Disziplin ist.«

Und damit nahm er die Verfolgung auf.

Der Grenadier Martin Recht legte in Höhe einer Siedlung eine kurze Verschnaufpause ein. Angestrengt lauschte er in die Nacht. Er hörte zunächst nichts als seinen Atem.

Er war in voller Uniform – das gehörte sich auch so, denn noch war er ein junger Bursche. Und Anfänger bekamen für den Alltag keine Zivilerlaubnis; jedenfalls nicht in seinem Bataillon, das im Standort den Beinamen trug: »Die Eisenstirnen«.

Dies zu Ehren seines Kommandeurs. Bei dem war nämlich alles eisern.

Martin Recht griff sich an den Kopf. Seine Mütze war nach hinten gerutscht, und seine Haare fühlten sich naß an. Er schwitzte wie ein Rennpferd und versuchte, sich zu beruhigen. Er zwang sich dazu, langsam und tief ein- und auszuatmen.

»Menschenskind«, sagte er vor sich hin. »Wie kann man nur in eine derartige blöde Situation hineingeraten!«

In derartige Situationen geriet er immer wieder – so wollte es ihm scheinen. Das zumindest, seitdem er Uniform trug. Von jenem Tag an hatte er das peinigende Gefühl, die Welt bisher falsch gesehen zu haben. Da gab es plötzlich weit und breit keinerlei Rundungen mehr, nur noch Ecken – und an ihnen eckte er an. Sein Schrank war zu klein, sein Gewehr war zu groß, seine Schnürschuhe waren zu eng, die Hose zu weit und sein Taschentuch niemals mehr sauber genug. Nicht wenige seiner Vorgesetzten blickten daher mit Mißtrauen auf ihn – was allerdings auf Gegenseitigkeit beruhte.

Jetzt jedoch blickte Martin Recht, von der fahlen Straßenbeleuchtung gelenkt, auf ein sanft glänzendes Schild, das an einem Zaunpfosten hing. Und darauf stand, in strengen Schriftzeichen: *Turner.* Darunter, etwas kleiner, doch nicht weniger streng: *Oberst.* Recht erschrak. Und im gleichen Augenblick vernahm er die Geräusche eines nahenden Autos. Es waren rauhe, röhrende, harte Geräusche: sie konnten nur von einem lässig behandelten Armeefahrzeug stammen. Hinzu kamen hastig polternde Schritte. Und Recht erkannte: die Heeresstreife marschierte getrennt, um dann vereint zu fassen. Er stürzte sich weiter in den leeren, dunklen Straßenschlauch hinein. Abermals vernahm er die Bierstimme des Feldwebels – und die klang selbst noch nahezu gemütlich, wenn auch ein wenig mühsam. Denn ein derartiger Nachtsport war für einen Führer der Heeresstreife in dieser Garnison durchaus ungewöhnlich. Zumeist genügte hier ein Wort – und die Burschen spurten!

Und eben deshalb setzte der Feldwebel erneut sein am besten ausgeprägtes Organ ein – seine Stimme. Sie klang, selbst noch in erheblicher Entfernung, wie durch Lautsprecher verstärkt. Er rief: »Bleiben Sie stehen, Mann! Kommen Sie her! Dies ist meine letzte Aufforderung.«

Der nächste Satz würde vermutlich folgendermaßen lauten: Andernfalls mache ich von der Schußwaffe Gebrauch! Dieser Satz jedoch kam nicht – möglich auch, daß Recht ihn nicht hörte.

Er kurvte kühn nach links und überquerte die nächste größere Straße – er wußte nicht, daß sie Königstraße hieß. Hier aber prallte er auf eine Mauer. Diese Mauer war glatt verputzt, sie sah selbst noch im spärlichen Mondlicht weißlichgrau aus. Sie schien aus gepreßter Watte zu sein, wirkte aber uneinladend hoch.

Abermals konnte die jetzt grölende Bierstimme des Feldwebels vernommen werden. Doch die Geräusche des schnell herandröhnenden Motors verdeckten sie. Das panikartige Gefühl beherrschte Recht: er müsse nun um sein Leben laufen!

Keuchend wie ein Ringer in der letzten Runde eilte er weiter – die Mauer entlang. Plötzlich aber bremste er scharf. Denn er sah etwas völlig Ungewöhnliches: die abweisende, eisglatt erscheinende Mauer wies an einer Stelle zwei kräftige senkrechte Striche auf – dazu mehrere andere, die waagerecht waren. Der Grenadier glaubte, eine Leiter vor sich zu sehen – und tatsächlich: er sah auch eine! Es war eine Leiter aus Stricken.

Der flüchtende Martin Recht schüttelte heftig verwundert den Kopf. Eilig kroch er die Strickleiter hinauf, mit bebenden Knien und stoßweisem Atem. Er schnaufte wie eine anfahrende Dampflokomotive. Und er erreichte die Mauerkrone.

Unter sich aber sah er, nun in nicht mehr allzu weiter Entfernung, zwei Männer stehen – er sah sie lediglich verschwommen, wie durch eine getrübte Wasseroberfläche hindurch.

Das war die Heeresstreife: der schrankartige Feldwebel und der Unteroffizier, der wie ein aufgeblasener Ballon wirkte. Beide starrten ihn an – ein verdoppelter ungläubiger Thomas.

Doch der Grenadier Recht zog bereits die Strickleiter ein.

Der Grenadier Martin Recht zog die Strickleiter ein, um sie jenseits der Mauer wieder hinabzulassen. Er fühlte sich vorerst geborgen. Nahezu bedächtig stieg er abwärts, Schritt für Schritt.

Erleichtert spürte er dann wieder festen Boden unter den Füßen. Wo er war, wußte er nicht – das vermochte er nicht einmal zu ahnen.

Dann vernahm er hinter seinem Rücken eine Stimme. Und die fragte: »Wen haben wir denn da?«

Diese Stimme schien durchaus freundlich zu klingen. Nach dem Baßtubaklang der Feldwebelstimme hörte sie sich eher wie ein Cello an. Recht wendete sich daher durchaus hoffnungsvoll seinem unerwarteten Gesprächspartner zu. Doch er sah einen Mann in Uniform – in einer ähnlichen Uniform, wie er sie trug. Und es war die eines Offiziers.

»Welch ein überraschender Besuch«, sagte der Mann, der diese Offiziersuniform trug. »Herzlich willkommen!«

Darauf wußte Martin Recht nichts zu erwidern. Er stand da wie ein Kaninchen, das ein Kleefeld erwartet hat und sich nun in einer Falle wiederfindet. Und da sich seine Augen inzwischen an die Dunkelheit gewöhnt hatten, erkannte er: dieser Mann besaß den Rang eines Hauptmannes – und er gehörte zur Luftwaffe.

»Treten Sie näher«, sagte dieser Hauptmann.

Das hörte sich an, als würde lediglich eine Einladung ausgesprochen. Der Hauptmann wies auf eine Tür, die sich in der Nähe befand – und öffnete sie. Blendendes Licht fiel in die Nacht.

Der Offizier ging voran, und der Grenadier folgte ihm. Eigentlich hätte sich jetzt Recht vorkommen müssen wie ein Lamm, das zur Schlachtbank geführt wird. Doch er fühlte so gut wie nichts. Er hatte den Punkt erreicht, an dem ihm alles völlig gleichgültig war.

»Fühlen Sie sich hier wie zu Hause«, sagte der Hauptmann irritierend freundlich.

Er ließ sich in einen Sessel fallen. Dann wies er mit knapper Geste Martin Recht einen Platz ihm gegenüber an. Seine hellen, quellwasserklaren Augen blickten prüfend auf das junge, erregte Gesicht. Dann begann er zu lächeln.

Denn er sah vor sich einen Knaben: glatthäutig, unbeholfen und willig. Dabei unruhig wie ein Windhund vor dem Start.

Sprungbereit – das jedoch mit dem peinigenden Gefühl, nicht zu wissen, wohin er springen könne.

»Ich heiße Ahlers«, sagte der Hauptmann. »Ich bin Staffelkapitän beim Transportgeschwader. Dies hier ist mein Büro. Wie Sie sehen, mache ich Überstunden – und zwar auf meine Weise.«

Die Stimme des Hauptmanns klang gemütlich. Doch sein Gesicht wirkte hager und streng, angespannt und grau. Tiefe Falten zerfurchten die nicht sonderlich hohe Stirn und schienen dann schroff, an den Mundwinkeln vorbei, abwärtszufallen. Es war, als ob dieser Offizier viele lange Nächte seines Lebens angestrengt durchwacht hätte – auch diese.

»Und wer sind Sie?« fragte der Hauptmann sanft fordernd.

»Grenadier Recht. Martin Recht.« Er öffnete die Brusttasche, um seinen Ausweis hervorzuziehen. Das tat er mit bebenden Händen, doch überaus bereitwillig. Denn Recht hatte sich nunmehr damit abgefunden, daß sein nächtliches Abenteuer beendet war – und an die möglichen Folgen wagte er noch nicht zu denken.

Doch der Hauptmann Ahlers winkte ab. »Nur nichts überstürzen«, sagte er gelassen. »Ich schätze, Sie können eine Stärkung ganz gut gebrauchen, Recht. Wie wär's mit einem Whisky? Direkt aus Schottland. Ich selbst habe ihn erst vorige Woche von dort geholt. Zum Vorzugspreis – versteht sich.«

Recht vermochte nur noch zustimmend zu nicken. Dabei schloß er seine Brusttasche wieder. Er schwitzte Mißtrauen aus. Ungläubig sah er, wie der Hauptmann zwei Gläser füllte und ihm dann eins davon hinschob.

Der Hauptmann hob sein Glas. »Besucher sind mir immer willkommen«, sagte er lächelnd. »Und die Verbundenheit zwischen Heer und Luftwaffe sollte bei jeder sich bietenden Gelegenheit gepflegt werden – sozusagen zum Wohle des Ganzen. Trinken wir darauf!«

Darauf tranken sie.

Sie hatten kaum ausgetrunken – da wurde die Tür aufgestoßen. Ein Oberfeldwebel der Luftwaffe erschien. Er war ein großer hagerer Mann mit entschlossenem Wildwestfilmgesicht. Er blieb in der Tür stehen und blinzelte in das helle Licht Hauptmann Ahlers entgegen.

Martin Recht erwartete nunmehr das in solchen Situationen übliche Zeremoniell: der Oberfeldwebel, also der Untergebene, kam herein und machte seine Ehrenbezeigung – dabei die Mütze, Futter zum Körper, in der linken, mit der rechten Hand salutierend. Sodann erst, nach vollendetem Gruß: das Vorbringen des Anliegens.

Doch nichts davon hier. Der Oberfeldwebel sagte vielmehr wütend: »Das ist vielleicht eine schöne Schweinerei, Mensch! Da habe ich doch glatt meine Wette verloren.«

Martin Recht blickte schockiert auf den seltsamen Oberfeldwebel. Denn dieser Mann benahm sich völlig gegen jede Regel. Einfach unmöglich so was – jedenfalls im Bereich des Grenadierbataillons. Und einen anderen Bereich der Garnison hatte Recht bis zu diesen Minuten noch nicht kennengelernt. Verwirrt blickte er auf Hauptmann Ahlers.

Dessen lächelnde Gelassenheit jedoch blieb ungetrübt. Vielmehr schien er diese Situation zu genießen: Nahezu verbindlich sagte er: »Darf ich die Herren miteinander bekannt machen? Oberfeldwebel Voßler von meiner Transportstaffel. Grenadier Recht; auf Besuch bei mir.«

»Habe Sie völlig übersehen«, sagte der Oberfeldwebel zu Martin Recht. Er ging auf ihn zu und reichte ihm die Hand. »Im Augenblick sehe ich nämlich nur noch rot. Aber wenn Sie wissen würden, was mir passiert ist, dann hätten Sie Verständnis dafür.«

Der Oberfeldwebel Voßler ließ sich ohne Aufforderung nieder und griff nach der Whiskyflasche. Er goß sich ein Glas voll und trank es leer.

Die Verwirrung des Martin Recht wuchs von Minute zu Minute. Denn er war die scharfe Disziplin der »Eisenstirnen« gewohnt. Und dieser Oberfeldwebel tat, als ob er noch nie etwas über das korrekte Verhalten zwischen Untergebenen und Vorgesetzten gehört hätte.

»Verdammter Mist!« sagte der Oberfeldwebel Voßler. »Ich habe also tatsächlich meine Wette verloren. Es ging um fünf

Flaschen Champagner – aber darauf kommt es mir nicht an. Doch daß dieser Ohrwurm Treuberg schneller in der Kaserne war als ich, das geht mir einfach nicht ein. Aber irgendein Idiot hat meine Strickleiter eingezogen. Warst du das etwa, Ahlers?«

»Das war unser junger Freund«, sagte der Hauptmann und wies auf Recht. »Er hat offenbar die Strickleiter noch dringender gebraucht als du.«

Der Oberfeldwebel blickte prüfend den verstörten Recht an. »Seit wann macht man denn Besuche über eine Mauer?«

»Vermutlich, seitdem dort Strickleitern hängen«, erklärte Hauptmann Ahlers.

»So was muß doch wohl seinen besonderen Grund haben«, sagte der Oberfeldwebel durchaus interessiert, »und den würde ich gerne erfahren.«

»Auch unser junger Freund«, sagte der Hauptmann wohlwollend, »scheint das Bedürfnis zu verspüren, in verschiedener Hinsicht aufgeklärt zu werden. Denn ich habe das Gefühl, er sieht in dieser Nacht Welten zusammenstürzen, und zwar solche, an denen bei den ›Eisenstirnen‹ seine Vorgesetzten fleißig gebastelt haben. Ist das nicht so, Recht?«

»Ich weiß das nicht«, sagte der Grenadier mühsam. Und sein Gesicht schien auszudrücken: was weiß ich denn überhaupt noch?

»Er scheint tatsächlich eine gewisse Aufklärung nötig zu haben«, meinte der Oberfeldwebel zustimmend.

Hauptmann Ahlers nickte. »Aufklärung wohl zunächst in einem Punkt. Offenbar kommt unserem Gast die Art und Weise, wie hier ein Oberfeldwebel mit einem Hauptmann umgeht, reichlich seltsam vor. Nun, das ist schnell zu erklären. Denn Voßler und ich sind alte Kriegskameraden. Wir haben damals gemeinsam einige hundert Feindflüge hinter uns gebracht.«

»Erfolgreich – versteht sich«, ergänzte Voßler.

»Aber nicht mit reiner Freude. Das Fliegen selbst hat uns immer eindeutig mehr interessiert als die Möglichkeit, dabei abgeknallt zu werden. Heute jedenfalls sind wir wieder zusammen. Und mein alter Freund Voßler ist unser bester Flugzeugführer.«

»Bin ich nicht«, sagte der Oberfeldwebel vergnügt. »Das behauptest du nur, um mir die kompliziertesten Einsätze aufhalsen zu können. Dabei müßtest du sie fliegen, denn du bist der bessere!«

Beide lachten – und auch Martin Recht verzog sein Gesicht. Er fühlte sich ein wenig erheitert. Offenbar schien er hier gar nicht vom Regen in die Traufe geraten zu sein; dennoch schien immer noch Vorsicht geboten. Schließlich hatte er Vorgesetzte vor sich.

Ihr fröhliches Lachen wurde unterbrochen – das Telefon klingelte. Hauptmann Ahlers nahm den Hörer ab und meldete sich. Er hörte wortlos zu. Schließlich sagte er: »Die Herren sollen warten.«

Dann legte er nachdenklich den Hörer wieder auf die Gabel. Er schien es dabei zu vermeiden, die Anwesenden anzusehen. Er nahm sein Glas und trank es aus.

»Eigentlich reichlich komisch das Ganze«, sagte der Oberfeldwebel, nachdem er das Glas seines Hauptmanns erneut mit Whisky gefüllt hatte. Interessiert blinzelte er Recht zu. »Sie statten also meinem Freund Ahlers einen Besuch ab, und zwar über die Mauer. Durch das Tor wäre es bequemer.«

»Sicherlich bequemer«, sagte der Hauptmann, »aber in diesem Fall nicht unbedingt zweckmäßig – oder irre ich mich da?« Er betrachtete Recht wie eine leere Tafel, auf der er alsbald eine möglichst exakte Rechnung zu erblicken hoffte.

Der Grenadier erkannte: hier wurde Aufrichtigkeit von ihm erwartet – nicht gefordert! Und allein dieser geringe, doch gewichtige Unterschied veranlaßte Martin Recht dazu, uneingeschränkt ehrlich zu sein.

»Ich versuchte, einer Heeresstreife zu entkommen«, berichtete er. »Ich kenne diese Stadt noch nicht – ich habe bisher unsere Kaserne nur wenige Male verlassen. Ich wußte daher auch nicht, daß diese Mauer, an der ich entlangrannte, zum Luftwaffengelände gehörte. Als ich die Strickleiter sah, benutzte ich sie – ohne zu ahnen, wohin ich dadurch geriet.«

»Unter anderem an unseren Whisky«, sagte der Oberfeldwebel belustigt. »Außerdem haben Sie mich um fünf Flaschen

Champagner gebracht. Denn das war schließlich meine Strickleiter – sie sollte mir helfen, eine Wette zu gewinnen.«

»Über diesen Punkt später mehr.« Hauptmann Ahlers schien jetzt nicht mehr gewillt, lediglich gefällige Konversation zu machen. »Zunächst interessiert mich, warum Sie von der Heeresstreife verfolgt wurden. Das wird ja wohl nicht nur aus Spaß geschehen sein?«

»Nein«, bekannte Recht. »Ich hielt mich in einer Espressobar auf, die *La Paloma* heißt – und dort saß ich im Hinterzimmer.«

»Im sogenannten Anheizkeller«, sagte der Oberfeldwebel Voßler sachverständig.

»Wir waren sieben Personen.« Bei Recht schienen sämtliche Schleusen geöffnet worden zu sein. »Sieben Personen – ein Kamerad von mir und ich, dazu ein Gefreiter der Luftwaffe und dann noch ein Soldat von den Amerikanern. Ferner drei Mädchen.«

»Also das übliche«, erklärte der Oberfeldwebel. »Man pflegt dort so herumzusitzen, und zwar in bunter Reihe; dabei leistet man sich kleine Liebesbezeigungen im leicht verdunkelten Raum.«

»Nicht mehr?« fragte der Hauptmann.

»Mehr kann man in diesem Stall nicht tun.« Der Oberfeldwebel sprach für Martin Recht – der brauchte nur noch bestätigend zu nicken. »Daher der Name ›Anheizkeller‹.«

»Und das ist wirklich alles?«

»Leider, wie?« sagte der Oberfeldwebel und grinste Recht mitfühlend an. »Die normalen Beziehungen der Geschlechter sind in diesem Kaff ausgesprochen gefährdet. Wenn sich das nicht grundlegend ändert, sehe ich für die örtliche Wehrfreudigkeit schwarz.«

»Jedenfalls erschien die Heeresstreife«, berichtete Recht weiter. »Sie drang in das Lokal ein, und ich – ich türmte.«

»Warum?«

»Ich kann nicht genau sagen, warum! Vielleicht dachte ich: dein Konto ist fast voll – du darfst dich nicht erwischen lassen. Vielleicht hatte ich auch kein sonderlich reines Gewissen. Nicht, daß irgend etwas Bestimmtes passiert wäre – das nicht. Aber in so einem Lokal ertappt zu werden, das war mir doch ziemlich peinlich. Jedenfalls – als die Streife kam, schnappte ich mir meine Mütze, sauste durch den Hinterausgang und von da in den ersten Stock. Die Streife mir nach! Und da sprang ich aus dem Fenster in den Hof.«

»Das hätte ich vermutlich auch getan«, sagte der Oberfeldwebel. »Oder sollte Recht etwa riskieren, aufgeschrieben und gemeldet zu werden? Für wen denn? Doch nicht für die Weibsbilder, die in diesem Anheizkeller verkehren?«

»Das jedenfalls ist wirklich alles, Herr Hauptmann«, versicherte der Grenadier.

Hauptmann Ahlers erhob sich, ging durch den Raum und blieb dann an seinem Schreibtisch stehen. Er sagte: »Ich habe vorhin ein Telefongespräch entgegengenommen. Am Apparat war der Offizier vom Dienst. Er meldete mir, daß am Kasernentor eine Heeresstreife steht. Sie will gesehen haben, wie ein von ihr verfolgter flüchtender Soldat bei mir über die Mauer gestiegen ist.«

»Lächerlich!« sagte der Oberfeldwebel genußvoll. »Seit wann ist es Mode, daß die Eisenstirnen ihre großen Nasen bei uns hereinstecken dürfen? Die wollen doch nicht etwa versuchen, auch hier ihre Methoden einzuführen? Man sollte sie am Tor stehenlassen, bis sie dort Wurzeln schlagen.«

»Leider«, sagte Hauptmann Ahlers bedächtig, »darf dabei folgendes nicht übersehen werden: die Existenz einer Strickleiter bei uns; sie ist eine Tatsache. Und ich weiß nicht recht, wie ich ihr Vorhandensein an der Mauer glaubhaft erklären soll. Es ist deine Strickleiter, Voßler.«

»Habe ich sie benutzt?«

»Du hast sie bereitgestellt – und das dürfte vorerst genügen. Mithin bist du eine Art Handlanger. Es gibt dabei aber auch noch einen anderen Handlanger – und der bin ich. Denn ich habe dein Spiel bei der Wette mit Treuberg zumindest geduldet. Mit derartigen Komplikationen konnten wir natürlich nicht rechnen.«

»Du wirst das schon machen«, sagte der Oberfeldwebel Voßler vertrauensvoll. »Und was ist denn schon in unserem Bereich eine Strickleiter, auch wenn sie an der Mauer hängt? Wir können ja auch eine Nachtübung geplant haben – oder so was ähnliches. Hauptsache: die von dir dazu abgegebene Erklärung klingt streng dienstlich.«

»Und was machen wir mit Martin Recht?«

»Den werfen wir einfach wieder zurück über die Mauer.« Der Oberfeldwebel sah nicht die geringsten Schwierigkeiten. »Der verschwindet in der Nacht und saust wieder in seine Kaserne zurück. Und an das, was er hier bei uns erlebt hat, kann er sich dann nicht mehr erinnern. Kapiert, Recht?«

»Das alles tut mir leid«, sagte der Grenadier. In diesen wenigen Minuten hatte er zwei prachtvolle Kerle kennengelernt. Jetzt war er gewillt, für sie durchs Feuer zu gehen. »Ich bin auch bereit, mich zu stellen – und alle Schuld auf mich zu nehmen.«

»Er hat Anwandlungen von Edelmut«, sagte der Oberfeldwebel Voßler. »Dagegen muß man möglichst schnell was unternehmen – meinst du das nicht auch, Ahlers?«

Der Hauptmann nickte entschlossen.

Vor dem Tor der Luftwaffenkaserne – Flugplatz mit vier Hallen und zwei Rollbahnen anschließend – stand die Heeresstreife: der Feldwebel beherrschend unter der Torlampe; hinter ihm der heimlich gähnende, sich ins Bett wünschende Unteroffizier. Doch der Feldwebel war entschlossen eisern – wie es der Lieblingsparole seines Bataillonskommandeurs entsprach: Jedem möglichen Feind unbeirrt die Stirne zu bieten!

Sie waren hier auf einen Posten von horrender Sturheit geprallt. Der, ein Gefreiter, war von der schlichten Erkenntnis durchdrungen: eine Luftwaffenkaserne ist für Luftwaffenangehörige da. Hier hat das Heer nichts zu suchen – schon gar nicht diese Berufsbullen von den »Eisenstirnen«, die ihre Kameraden von der Fliegerei gelegentlich »Lackschuhtreter« zu nennen pflegten oder auch »Schlapphosen« oder schlicht »Sesselkrieger«.

Der Posten jedenfalls zeigte sich nicht im geringsten gewillt, von den »Eisenstirnen« irgendwelche Befehle entgegenzunehmen.

Er verständigte den Wachhabenden, dieser den Offizier vom Dienst und der den Staffelkapitän, also Hauptmann Ahlers, der Tag und Nacht erreichbar schien. Und Ahlers sagte also: »Die Herren sollen warten.«

»Sie sollen warten«, sagte nunmehr der Offizier vom Dienst zum Wachhabenden und der zum Posten und dieser wieder zur Heeresstreife: »Sie sollen warten.« Er sagte das nicht ohne Genuß und so, als ob er an einem »Eingang für Lieferanten« lästige Staubsaugervertreter abzuwimmeln habe.

»Und wie lange sollen wir hier warten?« fragte der Feldwebel unwillig.

»Bis Sie nicht mehr zu warten brauchen – vermutlich«, erklärte der Posten grinsend. In seinen Augen waren die »Eisenstirnen« höchstens »Holzköpfe« oder »Lederhintern«. Außerdem hatten einige dieser Wochenschausoldaten versucht, ihm am letzten Samstag eine Braut wegzuschnappen. Das war eine Frechheit gewesen – und die hatte er ihnen sowieso bei passender Gelegenheit heimzahlen wollen.

»Mann«, sagte der Feldwebel breit, »Sie wissen wohl nicht, wen Sie vor sich haben.«

»Und ob ich das weiß«, sagte der Posten freudig.

Der Feldwebel setzte zu einem Machtwort an. Doch der Unteroffizier versuchte sofort, ihn davor zu bewahren. Und mit einiger Mühe gelang es ihm auch, den streitbaren Streifenführer zu beruhigen: schließlich wäre man hier nicht bei den Grenadieren!

»Leider«, knurrte der Feldwebel.

»Aber das«, sagte der praktisch denkende Unteroffizier, »kann auch seine Vorteile haben. So soll es bei diesem Verein immer Bohnenkaffee geben – und auch Zigaretten frisch aus Griechenland und der Türkei. Sollen wir mal ausprobieren, ob diese Luftkutscher wenigstens doch in dieser Hinsicht so etwas wie Kameradschaftsgeist entwickeln können?«

»Du hast wohl keinen Stolz, was?« fragte der Feldwebel tadelnd.

»Klar habe ich welchen – aber Durst habe ich eben auch!« Der Unteroffizier blickte verlangend nach der elektrischen Kaffeekanne, die auf dem Fensterbrett des Wachlokals stand. »Was vergeben wir uns dabei – wenn wir uns einen einschenken lassen?«

»Eine ganze Menge!« behauptete der Feldwebel prompt – denn er hatte jetzt nicht das geringste Verlangen nach einem Getränk. »Oder willst du etwa diesen Halbzivilisierten gegenüber irgendeine Schwäche zeigen? Das fehlte noch!«

Inzwischen versuchte Hauptmann Ahlers, die gegebene Situation zu klären. Er hielt zunächst die Angaben des Grenadiers Martin Recht für glaubhaft. Außerdem fand er diesen Jungen sympathisch; er erinnerte ihn ein wenig an seinen verstorbenen Sohn. Hinzu kamen die besonderen Besorgnisse des Hauptmanns Ahlers: Die Strickleiteraktion seines Kameraden Voßler war nicht unbedenklich – vom Standpunkt der eisernen Infanterie aus gesehen. Umständliche Nachforschungen zu diesem Punkt mußten möglichst vermieden werden.

»Man müßte versuchen«, sagte der Hauptmann nachdenklich, »diesen Übersoldaten das Wasser abzugraben.«

»Na prächtig!« rief Voßler entzückt. »Und damit bist du wieder einmal bei deiner Lieblingsbeschäftigung angelangt.« Der Oberfeldwebel zwinkerte dem Grenadier Recht zu. »Seine heimliche Leidenschaft besteht nämlich darin, gewisse wilde Kommißhengste zu zähmen.«

»Ich bin lediglich um möglichst menschliche Zustände bemüht«, korrigierte Ahlers.

»Man kann das auch so sagen!« rief Voßler fröhlich. »Du bist der geborene Nestausmister. Und wo willst du diesmal damit anfangen?«

»Zunächst einmal«, sagte Ahlers, »werde ich mich mit Oberst Turner in Verbindung setzen.«

Oberfeldwebel Voßler stieß einen anerkennenden Pfiff aus. Denn er wußte: Oberst Turner, der Geschwader-Kommodore, war eine Art Halbgott. Der pflegte zumeist einsam hinter einem Schreibtisch zu thronen. Normale Sterbliche – mithin solche ohne wichtige Dienststellung – bekamen ihn kaum jemals zu Gesicht. Und seine Entscheidungen hatten Seltenheitswert – denn es mußte schon sehr viel passieren, ehe er sich eindeutig für irgend etwas entschied.

Außerdem war er eine Art Philosoph. Es ging sogar die Sage, daß er an einem eigenen, zweifellos bedeutsamen Werk arbeite. Dafür war der Titel *Soldat und Gesellschaft* vorgesehen – das schon vor fünf Jahren.

Ihn also rief der Hauptmann Ahlers an.

Oberst Turner meldete sich unverzüglich. Seine Stimme klang sonor und liebenswürdig. Ahlers versuchte zunächst, sich für diesen späten Anruf zu entschuldigen.

Doch Turner entgegnete mit Herzlichkeit: »Aber ich bitte Sie! Ich bin immer für meine Mitarbeiter da. Außerdem beschäftige ich mich gerade mit meinem Buch. Was kann ich für Sie tun?«

Hauptmann Ahlers berichtete von der Heeresstreife, die am Tor der Luftwaffenkaserne stand, angeblich, um einen flüchtigen Soldaten des Heeres festzunehmen – »auf unserem Gelände, Herr Oberst«. Eine höchst fragwürdige und überstürzte Aktion somit; ohne jede ausreichende Begründung, ohne Aussicht auf das geringste Ergebnis. Kurz: ein Übergriff.

»Verstehe«, sagte der Oberst Turner, mild wie ein Zahnarzt. »Das scheint mir, Ihrem Bericht nach, ein klarer Fall zu sein. Auch vertraue ich Ihrem Urteil.«

»Habe ich also Vollmacht, entsprechend zu handeln, Herr Oberst?«

»Aber selbstverständlich, mein Lieber – im Rahmen der bestehenden Verfügungen, die Sie ja alle kennen – wie ich hoffe. Und ferner kann ich nur hoffen, daß Sie vorsichtig und geschickt operieren werden. Denn schließlich wissen Sie ja um das leider ein wenig gespannte Verhältnis zwischen uns und den Kameraden vom Heer?«

Das war eine Frage, die bejaht werden wollte. Das tat Hauptmann Ahlers denn auch. »Ich darf also als Ihr Stellvertreter handeln, Herr Oberst – als der mit der Wahrnehmung der Standortgeschäfte beauftragte Offizier?«

»Natürlich dürfen Sie das, mein lieber Ahlers. Ich bin sicher, daß Sie mich nicht enttäuschen werden. Genauso, wie ich sicher bin, daß Sie sich nicht von gewissen herrschenden Vorurteilen leiten lassen werden. Denn, nicht wahr, die Methoden jener Herren des Heeres, ihre Ausbildungsziele zu erreichen, gehen uns nichts an. Das ist ihre Angelegenheit. Wir jedenfalls handeln ausschließlich nach den maßgeblichen Bestimmungen.«

So war der Oberst Turner – und so war er immer. Überaus verbindlich und völlig ungreifbar. Dabei war er der denkbar angenehmste Vorgesetzte – solange man ihm keine Unannehmlichkeiten zumutete. Mit ihm konnte man Pferde stehlen – sofern das amtlich einwandfrei durch entsprechende Verfügungen ermöglicht wurde.

Der Hauptmann Ahlers trank einen starken Kaffee und führte dann weitere Telefongespräche.

Zunächst instruierte er den Offizier vom Dienst. Danach war der Heeresstreife mitzuteilen, daß für sie das Gelände der Luftwaffe nicht zugänglich wäre – und das grundsätzlich. Was praktisch hieß: die Kerle sollten sich zum Teufel scheren! Hierauf verlangte Ahlers – dringend – den Kommandeur des Panzergrenadierbataillons zu sprechen.

Dieser, ein Major Bornekamp, war weit und breit als Haudegen bekannt – und nicht wenige achteten ihn daher ungemein. Er war einer der Helden des vergangenen Krieges, und das wollte er auch im nächsten sein. Daher war er auch bereits im tiefsten Frieden: jederzeit einsatzbereit! Dies war eins seiner eisernen Prinzipien.

Um diese Zeit hielt er sich im Kasino auf, wo er zumeist jüngeren Offizieren Nachhilfestunden in Lebensweisheit gab – so wie er sie verstand. Bei ihnen hieß er schlicht »die Eiche«. Sein Benehmen war entsprechend knorrig.

»Sie wollen sich wohl schon wieder mal an mir reiben – was, Ahlers?« Dabei lachte Bornekamp rauh-gemütlich ins Telefon. »Aber tanzen Sie getrost an!«

Nachdem das erledigt war, telefonierte der Hauptmann mit Herbert Asch, dem Bürgermeister des Ortes. Der war der einflußreichste Zivilist weit und breit – nicht nur Stadtoberhaupt, sondern auch Vorsitzender des erfolgreichen Sportklubs, ferner Besitzer des zentral gelegenen *Hotels Asch* – mit dazugehörendem Café, Restaurant und Eckkneipe. Auch ihn bat Ahlers um eine Unterredung.

»Gerne«, sagte Herbert Asch lapidar.

»Also dann auf in den Nahkampf!« rief Voßler unternehmungslustig.

Martin Recht stand verlegen da – er wußte nicht, was er sagen sollte. Ahlers nickte ihm ermunternd zu. »Nur keine Angst«, sagte er. »Wir werden das schon schaffen.«

»Und das wird uns sogar ein Vergnügen sein«, versicherte Voßler und fügte vertraulich hinzu: »Gewissen Leuten machen wir nicht ungern Schwierigkeiten.«

»Vergessen Sie diese Bemerkung möglichst schnell«, empfahl Ahlers. »Mir geht es lediglich um einige grundsätzliche Dinge. Und dazu gehört auch die primitive Erkenntnis, daß ein Soldat ein Mensch ist – und als solcher behandelt werden sollte.«

Bald danach bestieg der Hauptmann Ahlers ein Dienstfahrzeug. Als Kraftfahrer fungierte der Oberfeldwebel Voßler. Der Grenadier Recht erhielt Anweisung, sich hinten in den Wagen hineinzusetzen – und dort sitzen zu bleiben.

Dieses Fahrzeug verließ die Luftwaffenkaserne. Es schaukelte gemächlich die Königstraße nach Norden entlang, überquerte den Marktplatz und rollte dann auf die Grenadierkaserne zu. Hier wurde das Tor weit geöffnet, denn dieses Fahrzeug war angemeldet – das sogar durch den Kommandeur persönlich – und konnte daher passieren. Selbstverständlich ohne Kontrolle.

Der Grenadier Recht – so schien es jedenfalls – war somit in Sicherheit gebracht worden.

Die Unterredung mit Major Bornekamp – dem Kommandeur des hiesigen Grenadierbataillons – schien erfreulich und höchst zwanglos vor sich zu gehen. Sie fand im Kasino statt. Bornekamp scheuchte ein paar jüngere Offiziere von seinem Tisch und lud Ahlers ein, mit ihm ein Glas Sekt, vermischt mit Bier, zu trinken.

»Daß Sie mich ausgerechnet mitten in der Nacht stören müssen!« rief Bornekamp scheinbar gemütlich – während er Ahlers musterte, als gelte es, feindliche Linien zu erkunden. »Um diese Zeit habe ich schließlich wesentlich anderes zu tun! Sie verlangen doch nicht etwa diesbezügliche Einzelheiten von mir?«

Hauptmann Ahlers verlangte sie nicht – er konnte sie sich denken. Denn Bornekamp legte Wert darauf, nicht nur als schneidiger Haudegen zu gelten, sondern auch als Weiberheld. Beides, so glaubte er, gehörte eng zusammen. Ahlers betrachtete diesen Helden vieler und verschiedenartiger Schlachten nicht ohne leise Belustigung.

»Wer Soldat sein will«, sagte Bornekamp herzhaft, »der muß auch stets bereit sein, sich zu bewähren.« Er lachte, denn er fand diese Bemerkung durchaus witzig. Doch dabei achtete er darauf, ob wohl auch sein Besucher derartige Scherze zu würdigen verstand. Und es befriedigte ihn, Hauptmann Ahlers lächeln zu sehen.

»Ich komme«, sagte Ahlers, »in Vertretung des Standortältesten, Herr Major.«

»Wir haben immer gut zusammengearbeitet«, versicherte Bornekamp sofort. Das allerdings tat der Major ein wenig gedämpfter als bisher – denn die jüngeren Offiziere, die hinten im Raum respektvoll herumsaßen, brauchten nicht alles zu hören. Man mußte ihnen auch nicht gleich auf die Nasen binden, daß selbst er, ein »Blücher« und »Papa Wrangel« der Garnison, zu gelegentlichen Konzessionen bereit sein mußte. »Unsere Zusammenarbeit war doch wohl immer völlig einwandfrei – oder?«

»Gewiß – sie war im großen und ganzen nicht zu beanstanden«, versicherte Ahlers. »Bis jetzt jedenfalls nicht.«

Bornekamp kniff die Augen zusammen – wie ein Schütze, der ein Ziel anvisiert. Dann lachte er herzhaft dröhnend auf. »Trinken wir zunächst einmal«, forderte er. Er hob sein Glas, stieß es gegen das von Ahlers, trank es aus. Nachdem das geschehen war, fragte der Major: »Sie wollen mir doch nicht etwa Schwierigkeiten machen, mein Lieber?«

Die Drohung, die in dieser Frage lag, war offensichtlich. Und Ahlers beeilte sich daher zu erklären: »Ich bin hier, um Schwierigkeiten zu beseitigen.«

»Gut«, sagte der Major. Seine lärmende Freundlichkeit war

lauernder Kampfbereitschaft gewichen. »Was also haben Sie vorzubringen?«

»Eine Heeresstreife hat heute abend versucht, in die Luftwaffenkaserne einzudringen.«

»Blödsinn!« sagte Major Bornekamp prompt. »Wie kommen diese Kerle dazu? Die sind wohl von allen guten Geistern verlassen! Ich kann nur hoffen, Sie haben diesen Idioten einen kräftigen Tritt in den Hintern verpaßt.«

»So ungefähr«, sagte Hauptmann Ahlers. »Ich habe ihnen mitteilen lassen, daß sie zu verschwinden haben.«

»Na bravo!« stimmte der Major zu. Auch in diesem Augenblick war er ganz der Führer der »Eisenstirnen«: immer hart und entschlossen geradeaus! »Erwarten Sie etwa jetzt noch von mir, daß ich mich entschuldige?«

Ahlers beeilte sich, dem Nahkampf auszuweichen. »Davon kann natürlich gar keine Rede sein, Herr Major.«

»Und weshalb sonst sind Sie hier?«

»Gewissermaßen um eine gute Atmosphäre der Zusammenarbeit zu schaffen. Darauf legt auch Herr Oberst Turner größten Wert. Ich habe vorhin mit ihm telefoniert. Und er hat mit Nachdruck erklärt: Kleine Mißverständnisse können überall vorkommen, sie sollen das Gefühl für die Gemeinsamkeit nicht trüben.«

»So – sagte er das?« Der Major Bornekamp stieß diesen Satz unzufrieden hervor. Er dachte: Ich laß mir doch von diesen Lackaffen keinen Honig ums Maul schmieren. In seinen Augen bestand die Luftwaffe weitgehend aus »Lackaffen«; es schien ihm eine glatte Unverschämtheit, ihn auf diese Weise herauszufordern.

»Es war ein Mißverständnis«, versicherte Hauptmann Ahlers, leicht erschreckt über die abweisende Empörung des Majors. Da hatte er nun gedacht, auf angenehme Weise reinen Tisch zu machen – doch dieser Bornekamp schien entschlossen, alles erreichbare Porzellan zu zertrümmern. »Ich denke, wir sollten ein derartiges Mißverständnis lediglich zur Kenntnis nehmen und es dann so schnell wie möglich wieder vergessen.«

»Das«, sagte der Major, unzugänglich wie ein Burgverlies, »ist vermutlich die Auffassung der Luftwaffe, aber nicht die der von mir geführten Einheiten. Denn ich pflege keine Mißverständnisse zu dulden oder gar zu vergessen – ich prüfe sie nach und beseitige sie. Alles andere ist faule Kompromißbereitschaft – und die wird von mir verabscheut. Gute Nacht, Herr Hauptmann.«

»Herr Asch«, sagte der Hauptmann Ahlers, »Sie sind, wie ich weiß, Offizier gewesen.«

»Wollen Sie etwa an eine diesbezügliche Solidarität appellieren?« fragte Herbert Asch mit leicht ironischem Lächeln. »Ich war nämlich nicht nur Offizier, sondern eine weit längere Zeit einfacher Soldat – und die habe ich nicht vergessen.«

»Um so besser«, versicherte der Hauptmann. »Um so besser werden Sie mich verstehen können.«

»In welcher Hinsicht, Herr Ahlers?«

»Ich brauche Ihre Unterstützung.«

»Als Hotelier, als Bürgermeister – oder etwa als Mensch?« Herbert Asch lachte. »Oder etwa gar als ehemaliger Soldat? Das lieber nicht, Herr Ahlers. Denn ich bin schon immer für Deutlichkeit gewesen. Und jetzt kann ich sie mir sogar leisten.«

Der Hauptmann Ahlers hatte in Gegenwart dieses Mannes schon immer das Gefühl gehabt, frei und ungehindert alle Gedanken aussprechen zu können. Und jetzt fragte er, vorsichtig tastend: »Sie halten wohl nicht viel von unseren Soldaten, nicht wahr?«

»Ich habe frühzeitig gelernt, Herr Ahlers, daß man nichts verallgemeinern darf. Was Soldaten sind oder was sie nicht sind, das hängt immer von den Menschen ab, die in diesen Uniformen stecken – und von denen, die sie anführen.«

»Gewiß«, stimmte der Hauptmann zu. Er hatte das Gefühl, daß jetzt von ihm so etwas wie eine grundsätzliche Erklärung erwartet wurde. Denn Asch entkorkte eine bereits kalt gestellte Flasche mit Frankenwein – ein sicheres Zeichen dafür, daß nichts überstürzt zu werden brauchte.

Und Ahlers führte – gerafft – etwa folgendes aus: Soldaten müssen sein. Was existieren wolle, müsse auch bereit sein, seine

Existenz zu verteidigen. Daher käme man um Soldaten nicht herum. Diese Welt sei nun einmal nicht vollkommen; und Soldaten seien – das gebe er zu – alles andere als vollkommene Geschöpfe, überall in der Welt. Keine diesbezügliche Organisation, die ohne Mängel wäre – selbstverständlich auch nicht die der Bundeswehr. Entscheidend wäre aber doch wohl, daß man unbeirrt bestrebt sei, das Beste daraus zu machen, also Verbesserungen aller Art zu erreichen – und das könne mitunter nur gegen die ewig Unverbesserlichen geschehen.

»Das klingt nicht schlecht«, sagte Asch. »Doch ich nehme an, daß diese Ausführungen nicht nur als schöne Theorie gedacht sind. Vermutlich wollen Sie auf handfeste praktische Folgerungen hinaus. Also – Herr Ahlers: Was erwarten Sie von mir?«

»Heute abend«, sagte Hauptmann Ahlers, »ist eine Heeresstreife unberechtigt in ein Lokal eingedrungen, das Sie vermutlich kennen – es nennt sich *La Paloma*.«

»Ich kenne es«, sagte Herbert Asch mäßig amüsiert. »Und ich weiß auch, was dort vor sich geht.«

»Einmal ganz abgesehen davon, Herr Asch – glauben Sie, daß es sich bei diesem Einschreiten der Heeresstreife lediglich um ein Versehen gehandelt hat, um einen rein zufälligen Eingriff? Es kann doch durchaus sein, daß vielleicht schon morgen versucht wird, auch andere Lokale unter Kontrolle zu bekommen. Auch solche, die Ihnen gehören. Und was dann?«

»Man könnte das ja mal bei mir versuchen«, sagte Herbert Asch gelassen. »Aber das Resultat eines derartigen Unternehmens wäre dann vermutlich recht überraschend – und zwar für die Heeresstreife oder eben für irgendeine andere ähnliche Organisation.«

»Sie sind also der Ansicht, daß man sich etwas Derartiges nicht ohne weiteres gefallen lassen kann?«

»Ich beginne, Sie bereits zu verstehen, Herr Ahlers – ich glaube sogar ziemlich genau zu wissen, was Sie von mir erwarten.« Herbert Asch hob sein Glas und trank davon, ohne dabei seinen Besucher aus den Augen zu lassen. »Ich vermute: Ein Einspruch aus sogenannten maßgeblichen Kreisen der Bevölkerung gegen derartige Kontrollmethoden wäre Ihnen sehr willkommen. Und dieser Einspruch sollte so wirksam wie möglich erfolgen – also von mir, in meiner Eigenschaft als Bürgermeister. Stimmt das so?«

»Ja«, sagte Hauptmann Ahlers. »Ich weiß es zu würdigen, daß Sie mir erspart haben, derartige Wünsche mit einer Deutlichkeit auszusprechen, die mir peinlich gewesen wäre.«

»Dennoch«, sagte Herbert Asch nachdenklich, »werde ich Ihnen vermutlich nicht alles ersparen können. Ich sage also grundsätzlich nicht nein. Aber ich denke auch gar nicht daran, hier voreilig Partei irgendeiner Seite zu ergreifen. Damit will ich sagen: Ich habe auch nicht die geringste Lust, mich hier etwa von der Luftwaffe gegen das Heer ausspielen zu lassen – oder auch umgekehrt.«

»Das ist keinesfalls beabsichtigt, Herr Asch.«

»Das hoffe ich auch«, sagte der. »Denn interne Auseinandersetzungen gehen mich nichts an. Außerdem pflege ich mein eigenes Spiel zu spielen.«

»Herr Asch – ich danke Ihnen. Ich spüre, Sie wollen mir helfen. Muß ich jetzt noch versichern, daß ich es ehrlich meine? Nein?«

»Wir kennen uns schon ziemlich lange«, sagte Herbert Asch. »Und ich glaube, wir wissen recht gut, was wir voneinander zu halten haben. Es ist, schätze ich, nicht wenig.«

»Darf ich Ihnen gestehen«, sagte Ahlers, »daß Sie zu den wenigen Menschen gehören, mit denen ich befreundet sein möchte?«

»Das sind Sie, Herr Ahlers.« Asch trank seinem Besucher zu – in seinen klugen Augen lag gewinnende Herzlichkeit. »Und eben deshalb habe ich immer wieder gehofft, Sie würden einmal nicht als Hauptmann und stellvertretender Standortältester zu mir kommen, sondern ganz einfach als Klaus Ahlers. Was halten Sie davon?«

»Danke«, sagte der Hauptmann.

Sein Gesicht hatte sich verändert – seine Augen wirkten müde, und seine Falten schienen sich vertieft zu haben. Er legte seine Hände aufeinander, als ob er ihnen einen Halt geben müsse. »Ich weiß, Herr Asch, was Sie damit sagen wollen. Sie kennen meine privaten Verhältnisse. Bitte, lassen wir das. Damit werde ich schon fertig.«

Asch nickte. Er kannte das, was der Hauptmann Ahlers seine privaten Verhältnisse nannte. Er wußte, daß dessen geliebter Sohn im vorigen Jahr einem scheußlichen Unfall zum Opfer gefallen war. Er kannte auch die tragische Geschichte seiner Tochter, die seit ihrer Geburt – in den letzten Monaten des Krieges – unter einer Verletzung der Wirbelsäule litt und mehrmals operiert werden mußte. Und das mußten Operationen gewesen sein, die ein Vermögen verschlungen hatten. Summen jedenfalls, die ein simpler Hauptmann der Luftwaffe keinesfalls mühelos aufbringen konnte.

»Nun gut, lassen wir das«, sagte Asch. »Doch wenn sich eine entsprechende Gelegenheit zeigt, dann sollten Sie daran denken, daß wir miteinander befreundet sind. Versprechen Sie mir das?«

»Ja«, sagte Klaus Ahlers dankbar.

»Und was kann ich sonst noch für Sie tun – außer daß ich Ihnen von meinem besten Wein einschenke?«

»Darf ich einen Soldaten zu Ihnen schicken?«

»Warum nicht«, sagte Asch. »Doch was soll ich mit ihm anfangen?«

»Es handelt sich um einen Angehörigen des Heeres. Er ist Grenadier und heißt Martin Recht. Man sollte sich seiner ein wenig annehmen – ich glaube, er verdient es. Denn ich fürchte, daß er in schlechte Gesellschaft geraten ist. Davor sollte man ihn bewahren. Wollen Sie sich ein wenig um ihn kümmern?«

»Irgendein Verwandter von Ihnen?« fragte Asch interessiert.

»Nein, nein – ich habe ihn ganz zufällig kennengelernt. Allerdings –« und hier zögerte der Hauptmann, um dann ein wenig verlegen weiterzusprechen: »Allerdings hat dieser Martin Recht eine gewisse Ähnlichkeit mit meinem Sohn.«

»Schicken Sie ihn also getrost zu mir. Sie machen mich neugierig auf diesen Knaben.«

»Aufstehen, die Herren!« rief der Unteroffizier vom Dienst fordernd freundlich. Er hatte die Tür weit aufgerissen und öffnete alle Fenster. Auf diese Weise sorgte er für frische Luft. Das war gesund. Auch zog er mit fröhlichen Worten die Decken von den Schläfern.

»Erkältet euch nicht, Kameraden!« rief er dabei.

Dieser Stube 13 galt seine besondere Aufmerksamkeit. Hier nämlich hauste der sogenannte »Stoßtrupp Kamnitzer«, der bereits mehr als einen Vorgesetzten bis an den Rand der Verzweiflung getrieben hatte. Denn der in der Kompanie tonangebende Gefreite Kamnitzer pflegte mit dem Soldatengesetz unter dem Kopfkissen zu schlafen.

Dieser Unteroffizier vom Dienst jedoch beherrschte die vergleichsweise neuartigen Spielregeln einigermaßen. Er grinste, klapperte mit den Fensterläden, verrückte polternd Stühle und trommelte vergnügt gegen einen Spind. Bei diesem zielbewußt organisierten Lärm konnten selbst Schwerhörige nicht mehr schlafen.

»Kann ich sonst noch was für euch tun, Kameraden?«

»Jawohl, Sie können mich«, sagte der Gefreite Kamnitzer, wobei er sich ächzend erhob, »Sie können mich darüber aufklären, warum am frühen Morgen alle Gesichter so blöd aussehen.«

»Alle?« fragte der Unteroffizier vom Dienst nunmehr streng. Denn er fühlte sich herausgefordert – sechs noch nicht völlig wache Gesichter blickten ihm interessiert entgegen. Doch schnell besann er sich wieder darauf, was hier von ihm gefordert wurde: sich nur nicht provozieren lassen! Immer überlegen die Situation beherrschen!

»Alter Witzbold!« sagte er daher zu Kamnitzer und entfernte sich eilig.

Der Gefreite Streicher, der hier Stubenältester war und in der Nähe der Tür lag, sagte: »Du könntest ruhig ein wenig vorsichtiger sein, Kamnitzer. Dein Benehmen läßt wirklich zu wünschen übrig. Darunter hat womöglich die ganze Stube zu leiden.«

»Und du als erster«, sagte Kamnitzer unternehmungslustig.

»Wenn du nicht gleich deine Schnauze hältst, haue ich dir womöglich eine rein.«

Der Gefreite Streicher schwieg. Er blickte verächtlich – jedoch hatte er dabei Kamnitzer den Rücken zugekehrt. Der war erfahrungsgemäß am frühen Morgen höchst unleidlich, am besten also, man schnitt ihn.

Der erste, der von der Stube 13 dem Waschraum zustrebte, war der Grenadier Martin Recht. Er hatte seinen »Kulturbeutel« unter den Arm geklemmt und sich das Handtuch über die rechte Schulter geworfen. Noch müde, aber dennoch dienstwillig, trabte er durch den Korridor.

»He, Kumpel!« rief ihm Kamnitzer nach. »Reiß dir kein Bein aus! Sei froh, daß du noch alle beide hast.«

Recht blieb stehen, um auf Kamnitzer zu warten. Der war ein kleiner, drahtiger Jüngling mit einem munteren schmalen Gesicht, in dem zwei Luchsaugen glühten. Seine Bewegungen waren geschmeidig wie die eines Tänzers, der zugleich ein Ringer war. Er besaß überdies eine kräftige Ausrufstimme, konnte jedoch, wenn er wollte, auch flüstern wie eine sanfte Meeresbrise.

»Na – wie war's denn?« flüsterte er nunmehr Martin Recht zu. »Bist du gestern den Greifern entwischt?«

»Mit Mühe und Not«, sagte Recht.

»Und wie bist du wieder in die Kaserne gekommen?«

»Betriebsgeheimnis, Karl!«

Das interessierte Karl Kamnitzer. Seine Neugier aber war schon immer grenzenlos gewesen.

»Mann«, fragte er bohrend, »sollte es tatsächlich bei uns eine Stelle an der Mauer geben, wo selbst Anfänger wie du ungefährdet hinübersteigen können? Wenn das so ist, dann will ich diese Stelle wissen!«

»Ich bin ganz einfach durchs Tor in die Kaserne gekommen, Karl – mein Wort darauf.« Und um Kamnitzer nicht noch neugieriger zu machen, fragte er ablenkend: »Und wie war es bei dir? Haben sie dich geschnappt?«

»Mich kann man gar nicht schnappen!«

Sie waren im Waschraum angelangt, und hier hatten sie zwei nebeneinandergelegene Becken mit Beschlag belegt. Kamnitzer seifte sich bedächtig ein. »Daß du gestern abgehauen bist, wie die Streife kam – das war goldrichtig. Ich jedenfalls blieb einfach sitzen. Ich nahm Abstand von den Mädchen und legte meine Flossen auf den Tisch. Dabei machte ich ein dummes Gesicht – was mir immer schon leichtgefallen ist. Saß da wie Molleken Doof! Mensch, ich kenne doch diese Bullen. Sie dich türmen sehen und hinterhersausen, das war eins! Und wir konnten dann beruhigt weiterwühlen.«

»Na, ihr beiden – reichlich munter, was?« fragte eine Stimme hinter ihnen. Sie gehörte dem Gefreiten Streicher. Und sie klang durchaus kameradschaftlich-anteilnehmend. »Irgend was Besonderes los gewesen?«

»Nicht der Rede wert«, beeilte sich Martin Recht zu versichern.

»Hau hier ab, Gartenzwerg«, sagte Karl Kamnitzer genießerisch grob zu Streicher. »Deine Kragenweite ist bei mir nicht erwünscht.«

»Man kann doch mal fragen – oder?«

Kamnitzer drehte den Wasserhahn auf und legte dann den Daumen auf das Abflußloch – das Wasser zischte im scharfen Strahl heraus, genau auf Streicher zu.

Der wich zurück und schüttelte sich. Dann sagte er gekränkt: »Du bist reichlich unverschämt – ich kann dich da nur warnen. So lasse ich mich nicht behandeln. Denn schließlich bin ich hier Vertrauensmann.«

»Aber nicht für mich!« antwortete Kamnitzer. »Dir würde ich nicht einmal eine Rolle Toilettenpapier anvertrauen, obwohl ich zwei von der Sorte habe.«

Der Gefreite Streicher zog sich zurück. Karl Kamnitzer blickte ihm streitbar nach – er schien das Bedürfnis zu empfinden, diesem Streicher in den Hintern zu treten. Doch ein derartiges Verlangen war bei Kamnitzer nichts Besonderes – das hatte er oft. »Wenn ich sagen würde, was ich von diesem Kerl denke – dann zeigt der mich glatt an.«

»Du übertreibst schon wieder einmal. Was hast du gegen Streicher? Er zeigt sich doch immer sehr kameradschaftlich.«

»Eben das«, sagte Kamnitzer und griff nach der Seife von Recht, »ist es ja gerade, was mich mißtrauisch macht.«

Martin Recht trocknete nachdenklich seine Brust ab. »Karl«, sagte er dann, »wenn du etwa danach gefragt werden solltest, mit wem du gestern abend dies *La Paloma* besucht hast – würdest du dann meinen Namen nennen?«

»Mann«, sagte Kamnitzer ungehalten. »Du willst doch nicht etwa versuchen, an den Edelmenschen in mir zu appellieren? Aber du bist immerhin derjenige, der im Bett über mir liegt – und so was verpflichtet.«

»Ich kann also mit deiner Verschwiegenheit rechnen?«

»Mensch – du bist vielleicht naiv«, sagte Karl Kamnitzer. »Ich bin doch kein Wohlfahrtsinstitut! Ich bin ein Vaterlandsverteidiger. Und diese Tätigkeit will ich möglichst mit ungebrochenem Kreuz hinter mich bringen. Aber du hast Glück. Denn gewisse Leute mit uniformiertem Gehirn fallen mir grundsätzlich auf den Wecker. Die barbiere ich schockweise über den Löffel – nur so zum Vergnügen.«

»Ich werde diese Kerle mal kurz zur Sau machen.« Das versprach der Kommandeur des Grenadierbataillons mit grimmiger Gemütlichkeit seinem Adjutanten. Der stand da wie ein Brett. »Ich werde dieser Ausschußware mal zeigen, was bei mir mit Eseln geschieht, die sich leichtsinnig aufs Glatteis begeben.«

»Jawohl, Herr Major«, sagte der Adjutant ergeben.

Seitdem dieser Adjutant – es war der dritte innerhalb der letzten zwölf Monate – unter Major Bornekamp Dienst tat, war er auf alles gefaßt. Selbst die Spitzenprodukte seines Vokabulars vermochten ihn nicht mehr zu irritieren. Zumal diese zumeist lediglich für ihn bestimmt waren. Denn in Anwesenheit Dritter konnte der Major, wenn auch nur für kurze Zeit, sogar den Eindruck erwecken, ein Mann von Bildung, wenn nicht gar einer von Kultur zu sein.

»Solchen Versagern«, sagte Bornekamp, »sollte man den Hintern aufreißen bis zum Stehkragen. Wenn diese krummen Flaschen das Ansehen des Heeres untergraben, kenne ich kein Pardon. Sie sollen mich kennenlernen!«

Herein marschierte nun – vom Adjutanten dirigiert – die für gestern eingeteilte Heeresstreife: der Feldwebel, der wie ein Schrank war, und der Unteroffizier, der an einen Ballon erinnerte, welcher jederzeit platzen konnte. Beide blickten starr auf den Major. Der sah auf sie herab – und er bekam das überzeugend fertig, obgleich er wesentlich kleiner war.

»Meine Herren!« sagte der Major. Um ihn Karten, Pläne und Rundschreiben an den Wänden – doch kein Bild; nicht das des Bundespräsidenten und nicht einmal das des derzeitigen Verteidigungsministers, nichts als die Leuchtzeichen einer strengen, zielstrebigen Dienstgestaltung. Und abermals sagte Bornekamp verächtlich: »Meine Herren!«

Eine Beschimpfung, die fürchterlicher gedacht war, wurde im Bereich von Major Bornekamp kaum für möglich gehalten. Einer seiner Kernsprüche lautete: Wen ich nicht Kamerad nenne, der ist auch keiner! Die Luft um ihn sollte stets eisenhaltig sein; denn schließlich befehligte er ein Bataillon, das – in seinen Augen – dafür ausersehen war, zu einer Elitetruppe zu werden. Die Amerikaner hatten ihre »Ledernacken« – die Deutschen sollten, wenn es nach ihm ginge, ihre »Eisenstirnen« haben.

»Meine Herren – ich bin betrübt«, sagte der Major schneidend. »Ich habe einen derartigen Mißgriff niemals für möglich gehalten. Ich gedenke nicht, das einfach hinzunehmen!« Und er dachte, ohne es jedoch auszusprechen: Saukerle, die sich das leisten, werden schon erleben, wie ihnen der Arsch auf Grundeis geht!

Der Feldwebel der Heeresstreife versuchte, sich zu verteidigen. »Wir sind, Herr Major, durch einen Vertrauensmann auf gewisse Mißstände in der Espressobar *La Paloma* aufmerksam gemacht worden.«

»Und – haben Sie diese Mißstände vorgefunden?«

»Ein Soldat flüchtete, Herr Major. Wir versuchten, ihn einzufangen. Wir verfolgten ihn bis zur Luftwaffenkaserne.«

»Aber gefaßt haben Sie ihn nicht!« Was er dachte, war dies: Ihr kläglichen Armleuchter habt es nicht einmal fertiggebracht, einen idiotischen Ausreißer aufs Kreuz zu legen. Und er fuhr fort: »Das nenne ich eine wenig überzeugende Aktion!«

Dem Unteroffizier der Streife trat der Schweiß aus allen Poren. Der Feldwebel aber stand da wie ein entlaubter Baum in der Winternacht.

»Aber da war die Leiter«, sagte er schließlich. »Eine Leiter – sie befand sich an der Mauer der Luftwaffenkaserne.«

»Tierischer Unsinn!« rief der Major prompt. Im gleichen Augenblick korrigierte er sich. »Ich meine: Das ist völlig unglaubhaft! Seit wann gibt es Leitern an Kasernenmauern?«

Nunmehr mischte sich mit gebotener Vorsicht der Adjutant ein. »Vielleicht«, gab er zu bedenken, »sollten wir diese Behauptung nachprüfen – nur um nichts außer acht zu lassen. Es kann sich ja dabei um ein vergessenes Übungsgerät gehandelt haben. Um eine zufällige Manipulation. Um eine optische Täuschung. Viele Möglichkeiten sind denkbar.«

»Nicht in diesem Fall«, entschied der Major mit Nachdruck.

Auch er lebte gut und gerne nach dem Prinzip, daß nicht sein kann, was nicht sein darf. Schon gar nicht, wenn es sich dabei um Leitern handeln sollte, die angeblich an Kasernenmauern herumhingen. Was konnte absurder sein!

»Es gibt immer nur eins, das überzeugt: der Erfolg! Alles andere ist jämmerliches Versagen oder graue Theorie. Sie haben also diesen türmenden Kerl – ich will sagen: Haben Sie diesen angeblich flüchtenden Soldaten nicht gefaßt? Und die anderen Kerle in dieser Bruchbude, die sich *La Paloma* nennt – haben Sie wenigstens die erwischt?«

»Nein, Herr Major«, stotterte der Feldwebel. Er kam sich vor wie eine verwundete Robbe auf einer Eisscholle. Haltlos trieb er davon, in frostiges Dunkel.

Doch der Unteroffizier schnaufte heftig. Zweimal öffnete er den Mund – und beim dritten Male sprach er tatsächlich. Er sagte hastig: »Wir haben den verfolgt, der getürmt ist, Herr Major. Aber einer vom Heer blieb in der Spelunke zurück. Ich erinnere mich genau an seine Visage. Den könnten wir vielleicht finden, Herr Major.«

»Ach was«, sagte Bornekamp ungehalten. »Das hätte gestern

geschehen müssen – an Ort und Stelle; auf frischer Tat.« Für ihn war diese Angelegenheit erledigt. Die Sündenböcke waren ermittelt – nun würde er sie, so dachte er, durch den Wolf drehen!

»Immerhin«, meldete sich der Adjutant mit behutsamer Neugier, »frage ich mich, was eigentlich unsere Leute in diesem Stall so treiben?«

Auf diese Frage konnte der Feldwebel Antwort geben: »Sie sitzen nebeneinander auf einer Bank, immer ein Kerl neben einem Weib. Es spielt dekadente Musik – Jazz und so was. Und dabei befummeln sie sich.«

»Was machen sie? Befummeln sich?«

»Jawohl, Herr Major, gegenseitig.«

»Was, zum Teufel, ist darunter zu verstehen?«

Nun schaltete sich wieder der Adjutant ein. »Ich glaube«, sagte er, »der Spezialausdruck für eine derartige Tätigkeit lautet: Petting. Das ist, wenn ich mich nicht irre, eine amerikanische Erfindung.«

»Werden Sie deutlicher, verdammt noch mal!«

»Ich bin in dieser Hinsicht nicht sonderlich bewandert«, erklärte der Adjutant. »Doch ich möchte meinen: Petting heißt soviel wie handgreifliche Liebkosungen – auch unterhalb der Gürtellinie. Dabei kommt es jedoch nicht zum sogenannten Letzten.«

»Jawohl«, bestätigte der Streifenfeldwebel. »Sie befummeln sich nur – wie gesagt.«

»Pfui Teufel!« rief der Major empört. Kein echter Soldat benahm sich so – das wußte er von seiner langen Dienstzeit her. »Diesen Saustall heben wir aus! So was kann unter keinen Umständen geduldet werden. Ich will die Kerle haben, die dabei waren.«

Der daraufhin ausgegebene Befehl des Bataillons – vollzähliges Antreten der einzelnen Einheiten zum Appell – erreichte auch die dritte Kompanie. Und hier war es zuerst Hauptfeldwebel

Kirschke, der diesen Bataillonsbefehl in die Hände bekam. Das konnte fast als Zufall bezeichnet werden. Denn Kirschke pflegte neuerdings, und das selbst während seiner Dienststunden, ausgedehnt zu schlafen.

»Was soll dieser Seich?« fragte er gelangweilt.

»Kommt vom Bataillon«, sagte der Schreibstubenunteroffizier lapidar.

»Na – und?« fragte Kirschke und gähnte herzhaft.

Er gähnte noch mehrmals, und das, wie er glaubte, aus gutem Grund. Denn das, was neuerdings in seiner Kompanie geschah, das konnte, seiner Ansicht nach, kein normaler, moderner Mensch ungetrübt über sich ergehen lassen – und er war einer, weiß Gott! Seiner Ansicht nach. Er war bereit gewesen, sich dem neuen Geist einer neuen Armee sozusagen mit Leib und Seele zu verschreiben. Doch in den letzten Tagen und Wochen wollte ihm das immer sinnloser scheinen. Allein der ausgedehnte Schlaf schien ihm die letzte Möglichkeit der Gerechten zu sein, sich zu bewahren.

Betont müde und gleichmütig begab sich Christian Kirschke in das Dienstzimmer des Kompaniechefs. Den Befehl des Bataillons schwenkte er dabei wie eine trübselige Fahne vor sich her.

»Ihre Ehrenbezeigung«, sagte der Oberleutnant Dieter von Strackmann, »könnte ruhig straffer sein.«

Darauf zu antworten, hielt Christian Kirschke für unter seiner Würde. Für ihn war dieser Oberleutnant von Strackmann ein blutiger Anfänger. Der hatte noch am Schnuller gesaugt, als Christian Kirschke eine Infanteriegeschützbedienung befehligte und bereits kurz vor dem Ritterkreuz stand. Das jedoch bekam damals sein Zugführer.

»Erledigen Sie das«, sagte der Oberleutnant Dieter von Strackmann, nachdem er einen kurzen Blick auf den Befehl geworfen hatte. »Lassen Sie die Kompanie zur angeordneten Zeit antreten, Kirschke.«

»So einfach ist das nicht«, sagte der Hauptfeldwebel.

»Ob einfach oder nicht!« rief der Oberleutnant ungehalten. »Befehl ist schließlich Befehl – und das gilt auch für Sie!«

Kirschke schloß die Augen – diesmal nicht aus Müdigkeit. Es schien vielmehr, als ob er sich, wenn auch nur kurz, den Anblick dieses Dilettanten in Uniform ersparen wollte.

Seitdem dieser junge Mann die Kompanie in Stellvertretung übernommen hatte – der eigentliche Kompanieführer, ein Hauptmann, lag mit Gelbsucht seit mehreren Wochen im Krankenhaus –, gab er sich alle Mühe, unter den Eisernen der Eisernste zu sein.

»Ein Teil der Kompanie ist unterwegs«, erklärte Hauptfeldwebel Kirschke nachsichtig. »Einige sind in der Stadt, um einzukaufen. Die Fahrschule karrt irgendwo durch die Gegend. Und der zweite Zug übt im Gelände.«

»Das«, sagte der Oberleutnant von Strackmann mit steigendem Unwillen, »ist mir scheißegal.«

»Aber mir nicht«, sagte Kirschke mit freundlicher Belehrung. »Schließlich bin ich kein Zauberer.«

»Sie werden gefälligst spuren, Kirschke!« rief der von Strackmann fordernd. Sein junges Gesicht – rauhporig, grobkantig und bereits von Energiefalten durchzogen – versuchte, beherrschend zu blicken. In seinen Augen war dieser Mensch ein heimlicher Saboteur – zumindest sabotierte er des von Strackmann Karriere. »Sie werden spuren – falls Sie hier noch länger Kompaniefeldwebel bleiben wollen!«

Das zu hören, schien Christian Kirschke mäßige Heiterkeit zu bereiten. Nur mühsam unterdrückte er ein breites Grinsen. Denn fest stand, daß er – aufgrund aller möglichen Tests – als Kompaniefeldwebel mit besonderer Begabung eingestuft worden war. Der von Strackmann war hingegen, als zurzeit stellvertretender Kompanieführer, ein unbeschriebenes Blatt. Er war es, der sich bewähren mußte – nicht Kirschke.

»Wie Sie das machen, ist Ihre Sache«, sagte der Oberleutnant. Er erhob sich und ging zur Tür – er konnte diesen überheblichen Kirschke einfach nicht mehr sehen. »Jedenfalls steht die Kompanie zur befohlenen Zeit!«

Sie stand zur befohlenen Zeit. Damit das geschehen konnte, hatte der Hauptfeldwebel Kirschke lediglich verschiedene Unterführer zu mobilisieren brauchen. Auch dabei gähnte er fortlaufend, denn er beherrschte die Klaviatur der Befehlsgebung nahezu im Schlaf. Pünktlich auf die Minute war sein Haufen aus allen erdenklichen Richtungen zusammengetrommelt worden.

Die Soldaten stauten sich gleichmütig auf dem Appellplatz. Sie fragten nicht, warum sie antreten mußten – es interessierte sie nicht. Was interessierte sie überhaupt noch in dieser Kompanie, seitdem sie von einem Strackmann geführt wurde? Hauptsächlich der Feierabend.

Allein Martin Recht fühlte sich beunruhigt. Er stand im ersten Glied direkt neben Karl Kamnitzer.

»Da – die Heeresstreife!« flüsterte Recht erregt. »Die kommen direkt auf uns zu. Was jetzt passieren wird, kann ich mir denken.«

Noch befanden sie sich in respektabler Entfernung: Der Adjutant des Bataillonskommandeurs führte sie an. Fast tänzelnd schritt er einher – ohne Bornekamp wirkte er geradezu fröhlich. Die Männer der Heeresstreife, Spürhunden vergleichbar, trotteten hinterher. Und ihnen stelzte der von Strackmann pfauenhaft gereckt entgegen.

»Verschwinde ins dritte Glied«, sagte Kamnitzer zu Recht. »Ich werde diese Burschen schon einseifen.«

Der Grenadier Martin Recht tauchte bereitwillig unter. Der Gefreite Streicher versuchte kurz, Schwierigkeiten zu machen. Doch Kamnitzer warf ihm lediglich einen warnenden Blick zu – der genügte vorerst.

Der eine Oberleutnant, der Adjutant war, begrüßte den anderen, der sich als stellvertretender Kompaniechef betätigte. Hierauf meldete Kirschke lässig, und seine Meldung wurde nicht minder lässig entgegengenommen.

Der nächste Befehl lautete. »Erstes Glied – drei Schritte vor! Drittes Glied – drei Schritte zurück!«

Nachdem das geschehen war, nickte der Kompanieführer-Oberleutnant dem Oberleutnant-Adjutanten zu. Und dieser sagte leicht gelangweilt zur Heeresstreife: »Also los denn! Noch einmal dasselbe! Hoffentlich haben wir jetzt mehr Glück.«

Hierauf setzte sich der Feldwebel der Streife in Bewegung,

der Unteroffizier folgte ihm. Mit wichtigen Mienen begannen sie, die Front abzuschreiten.

»Für meine Kompanie«, versicherte der von Strackmann dem Adjutanten, »lege ich die Hand ins Feuer.«

»Das muß ja nicht unbedingt sein, Kollege«, sagte der Adjutant freundlich. Fern von seinem Kommandeur hatte er durchaus menschliche Anwandlungen.

Inzwischen schritt die Heeresstreife weiter – langsam, bedächtig, um Gründlichkeit bemüht. Der Feldwebel und der Unteroffizier sahen von einem gleichgültigen Gesicht in das andere. Sie sahen in Augen, die sie kühl musterten, sie abschätzten – aber auch in andere, die willige Ergebenheit verrieten. Augen wie von Kühen, von Stieren, von Kälbern, dachte der Feldwebel, aber eben alles Rindvieh.

Doch dann stutzten beide, blieben stehen mit verwundertem Blick. Denn sie sahen ein erwartungsvoll grinsendes Gesicht. Es gehörte einem Gefreiten. Und der fragte freundlich:

»Suchen Sie etwa mich?«

»Das ist der Kerl!« rief der Unteroffizier erregt.

»Name?« fragte der Feldwebel.

»Kamnitzer«, sagte der Gefreite. »Karl mit Vornamen. Kann ich was für Sie tun?«

»Hielten Sie sich gestern in der Stadt auf?«

»Genau«, bestätigte Karl Kamnitzer. Er genoß es, alle Blicke auf sich gerichtet zu wissen. Selbst der Oberleutnant von Strackmann starrte ihn mit leicht geöffnetem Mund an – er steckte dabei mechanisch eine Hand in die Hosentasche. Das war vermutlich jene Hand, die er noch drei Minuten vorher ins Feuer legen wollte.

»Ich saß gestern abend in der Espressobar *La Paloma*«, erklärte Kamnitzer bereitwillig. »Mit Mädchen und diversen Kameraden. Genau in jenem Augenblick, da die Herren von der Streife das Lokal durchkämmten. Ich saß dort und blieb dort sitzen.«

»Folgen Sie mir«, ordnete der Feldwebel an.

»Mit Vergnügen«, behauptete Kamnitzer, und diese Behauptung klang durchaus überzeugend.

»Wir haben ihn!« meldete der Feldwebel dem Adjutanten. Sein Triumph schien vollkommen. Die wenigen zweifelnden Blicke – darunter die des Adjutanten und des Gefreiten Kamnitzer – übersah er großzügig. »Jetzt ist es soweit. Jetzt werden wir die Puppen tanzen lassen!«

Dieser so großspurig angekündigte »Tanz der Puppen« war eine Art Verhör: eine halb offizielle Vernehmung, auf das Wesentlichste beschränkt. Sie fand in den Räumen des Bataillons statt – und zwar in der sogenannten Bibliothek. Diese wurde auch als »Eisenstirnige Leihbücherei« bezeichnet.

»Gestehen Sie!« forderte der Feldwebel.

»Was denn – bitte?« Karl Kamnitzer schien dienstbereit und entgegenkommend. »Darf ich wissen, was Sie von mir erwarten?«

Der Oberleutnant von Strackmann blickte forschend und fordernd auf Kamnitzer – der jedoch schien das nicht zu bemerken. Der Adjutant sah indessen zum Fenster hinaus; doch dort erblickte er nichts als eine Mauer. Sodann blinzelte er zu den Bücherregalen hin – sie waren nahezu prall gefüllt. Die vergleichsweise stattliche »demokratische Abteilung« dieser Bibliothek wies diverse Werke von Heuss auf, die vor Sauberkeit glänzten. Dort waren auch die Memoiren von Churchill und die von de Gaulle vorzufinden, ferner die *Gedanken und Erinnerungen* von Bismarck und die Standardwerke *Große Deutsche*, *Deutsche Heerführer* und *Soldaten deutscher Nation*. Sie alle wirkten frisch wie am ersten Tag. Denn die Mehrzahl der Bundesbürger in Uniform bevorzugte Karl May und Ludwig Ganghofer.

»Sie hielten sich also gestern in dem besagten Lokal auf?«

»Ja, das sagte ich doch bereits.« Kamnitzer saß da, als sei er lediglich zu einer Teestunde geladen. »Die Herren hätten sich schon gestern mit mir unterhalten können – aber dafür schien kein sonderliches Interesse zu bestehen. Sie hatten es vielmehr überaus eilig – warum eigentlich? Ich kam kaum dazu, meine Ehrenbezeigung zu machen – so schnell rasten Sie durch das Lokal!«

Der Unteroffizier schnaufte gedämpft auf – er blickte warnend auf den Feldwebel, und sein Blick besagte: Vorsicht, schwerer Brocken! Doch der Feldwebel wähnte sich nahe dem Ziel, und er fühlte sich in dieser Hinsicht durch ein ermunterndes Kopfnicken des Oberleutnants von Strackmann bestätigt. Lediglich der Adjutant gab sich völlig gleichgültig. Er betrachtete immer noch die Bücher – jetzt war er bei den Romanen angelangt. Rubrik Weltliteratur: *Und ewig singen die Wälder, Der Graf von Monte Christo* und *Quo vadis*.

»Wer war der Kerl, der getürmt ist?« fragte der Feldwebel.

Kamnitzer tat äußerst erstaunt. »Was – getürmt soll einer sein?« Er schüttelte den Kopf. »Ich weiß nur so viel: einer eilte dringlich davon, in Richtung Toilette – genau als Sie kamen. Ich hielt das für eine ganz natürliche Reaktion.«

»Wer war dieser Kerl?« beharrte der Feldwebel.

»Woher soll ich das wissen? Mir war es völlig gleichgültig. Aber wenn Sie sich so lebhaft für ihn interessieren, so hätten Sie ihn doch nur nach seinem Namen zu fragen brauchen – oder wollte er den nicht nennen?«

»Sie machen sich wohl lustig über mich – was?«

»Meinen Sie – das ist möglich?«

»So geht das nicht!« rief der Oberleutnant von Strackmann entschieden. Er schob den Feldwebel zur Seite und baute sich vor Kamnitzer auf. Der blinzelte ihn erwartungsvoll an. Der Adjutant hatte aufgehört, die aufgestellten Bücher zu betrachten – er sah jetzt besorgt aus.

»Los, los«, forderte Strackmann energisch. Er war überzeugt davon, daß der Gefreite diese Situation lediglich mißverstand – doch er würde ihn schon auf Vordermann bringen. »Namen nennen.«

»Sie wollen die Namen von den Mädchen wissen, Herr Oberleutnant?« Der Gefreite Kamnitzer lächelte. »Tut mir leid, aber diese Adressen kann ich Ihnen nicht vermitteln. Ich kenne kaum den Vornamen von diesen Käfern.«

»Geschwätz!« rief der Oberleutnant. »Den Namen von dem Kerl will ich wissen!«

Kamnitzer neigte ein wenig den Kopf, als sei er um einen besseren Blickwinkel bemüht – denn der von Strackmann schien ihm eingehender Betrachtung wert. »Herr Oberleutnant«, sagte der Gefreite nachsichtig, »wenn ich so ein Lokal aufsuche, dann doch nicht der Kameraden wegen. Die interessieren mich außerdienstlich überhaupt nicht, schon gar nicht an einem solchen Ort. Allein der Mädchen wegen gehe ich dorthin.«

»Schweinerei«, sagte der Oberleutnant.

»Das mit den Mädchen? Da kenne ich noch ganz andere Sachen.«

»Ich meine: Es ist eine Schweinerei, daß Sie mir keine eindeutige Antwort auf meine Frage geben.«

»Noch eindeutiger kann ich doch wohl gar nicht mehr werden – oder?«

Nun hielt es der Adjutant für ratsam, seinerseits einzugreifen. Er zog seinen Kameraden von Strackmann zur Seite und redete auf ihn ein. Er stellte fest: dieser Gefreite weiß nichts – oder er will nichts sagen. Irgendeinen Zwang auszuüben scheine nicht ratsam. Außerdem warte der Major auf das Ergebnis.

Und der Major Bornekamp wartete in der Tat mit Ungeduld. Er empfing die beiden berichterstattenden Offiziere stehend neben seinem Schreibtisch. Der Adjutant schob den Oberleutnant von Strackmann vor. Der begann, um disziplinierte Knappheit bemüht, das Ergebnis der Untersuchung auszuwerten.

Er berichtete abschließend: »Der sich der Streife zu entziehen trachtende Soldat war ein Angehöriger des Heeres – mithin jemand von unserem Bataillon. Sein Name allerdings konnte nicht festgestellt werden.«

»Sie haben alle Möglichkeiten erschöpft?«

»In bezug auf den Gefreiten Kamnitzer, Herr Major?«

Auf diese Frage des von Strackmann nickte Bornekamp nachdrücklich. Und der Oberleutnant beeilte sich zu versichern: »Über dessen Verhalten ist das letzte Wort noch nicht gesprochen. Ich verstehe diesen Mann nicht – vielleicht liegt lediglich ein Irrtum vor. Aber der ist, wenn ich das so sagen darf, schwer zu bearbeiten; er scheint unzugänglich, widerspenstig und ausgesprochen unbequem. Es kann daher noch einige Zeit dauern, bis es gelingt, diesem Soldaten klarzumachen, wo seine Verpflichtungen liegen.«

»Ich aber«, erklärte Bornekamp entschieden, »will greifbare Resultate sehen – so schnell wie möglich. Um das zu erreichen, schlage ich folgendes vor: eine Art Appell an Ehre und Gewissen.«

Der Adjutant blickte ergeben himmelwärts – doch weiter als bis zur stabilen Decke vermochte er nicht zu blicken. Der Oberleutnant von Strackmann aber nickte mit nachdrücklicher Zustimmung. Damit wollte er sagen: er verstand den Major, und zwar so gut wie kaum ein anderer.

»Aufruf!« diktierte der Major souverän seinem Adjutanten. »An das Bataillon! Inhalt: Einer meiner Männer hat versucht, sich der von mir angesetzten Heeresstreife zu entziehen. Das mag in Anbetracht der Situation verständlich sein. Selbiger jedoch ist erkannt worden. Und daher fordere ich ihn auf, sich freiwillig zu melden. Ich werde diese freiwillige Meldung als ein Zeichen des Vertrauens mir gegenüber werten.«

Der Major Bornekamp nickte befriedigt. »Das wird hinhauen – was?«

Eine knappe Viertelstunde später bremste vor dem Tor der Grenadierkaserne ein beigefarbener Porsche 1600. Darin saß Herbert Asch – und zwar, wie er dem Posten mitteilte, in seiner Eigenschaft als Bürgermeister. Er äußerte den Wunsch, den Kommandeur des Bataillons zu sprechen.

Dieser Wunsch wurde dem Adjutanten übermittelt, und der leitete ihn unverzüglich weiter. Der Major Bornekamp fragte nachdenklich: »Haben Sie eine Ahnung, was der Mann von mir will?«

»Nein, Herr Major«, sagte der Adjutant. »Außerdem ist es wohl immer sehr schwierig zu erraten, was Herr Asch wirklich beabsichtigt. Jedenfalls werden wir ihn wohl empfangen müssen.«

»Selbstverständlich!« rief der Major. »Oder glauben Sie, ich weiche ihm aus? Mein lieber Schwan, da bin ich schon mit ganz anderen Leuten fertiggeworden. Ich habe sogar schon mal dem Führer meine Meinung gesagt.«

Diese Episode war allgemein bekannt – Bornekamp selbst hatte sie mehr als hinreichend verbreitet. Danach wäre der Rußlandfeldzug wesentlich anders verlaufen, wenn Hitler auf ihn gehört hätte. Das jedoch geschah nicht – das Ergebnis ist bekannt. Der Adjutant entfernte sich eilig.

Der Major Bornekamp aber ging seinem Besucher mehrere Schritte entgegen und streckte seine Rechte weit aus. Ein sozusagen »eiserner Händedruck« war fällig. Herbert Asch überstand ihn, ohne mit der Wimper zu zucken.

Der Kommandeur hatte eine gewisse Schwäche für diesen Mann. Denn er hatte sich stets als entgegenkommend und großzügig erwiesen. Außerdem besaß er ein ausgeprägtes Gefühl für soldatische Lebensweise. Und diesmal berichtete Herbert Asch zunächst von einer neuen Sendung aus Frankreich – es handelte sich dabei um Weißweine: Chablis und Meursault.

»Ich werde Ihnen eine Auswahlsendung schicken«, versprach Asch.

»Einverstanden.« Dabei handelte es sich um eine durchaus dienstliche Entscheidung – denn der Major war nicht nur Kommandeur des Grenadierbataillons, sondern auch entscheidender Kasinovorstand. Und auch als solcher hatte er um das Wohlergehen seiner Offiziere besorgt zu sein. Nur das Allerbeste durfte hierfür gut genug sein.

Doch auf Asch konnte man sich in dieser Hinsicht verlassen.

Dennoch blieb der Major nicht völlig frei von Mißtrauen. Denn praktisch gab es niemanden in seinem Bereich, dem er nicht mißtraute. Nur Leistungen vermochten ihn zu überzeugen!

»Sie wollen mir aber doch nicht einreden, Herr Asch«, sagte Bornekamp gemütlich und wachsam zugleich, »daß Sie mich lediglich aufgesucht haben, um mir Ihre französischen Weißweine anzupreisen.«

»Trauen Sie mir das etwa zu?« fragte Asch freundlich.

»Eben nicht!« versicherte der Major rauh auflachend. Er glaubte, seinen Asch zu kennen! Denn der war, seiner Ansicht nach, in diesem Kaff nur Bürgermeister geworden, um dadurch noch besser als bisher verdienen zu können. »Sie haben doch irgend etwas Besonderes auf der Pfanne!«

Herbert Asch war kein alter Mann, aber er hatte bereits Legionen der verschiedenartigsten Vorgesetztentypen kennenlernen müssen. Aber dieser Major schien ihm eine neue Spielart zu sein. Bornekamp pflegte sozusagen Eisen zu fressen und konnte mit Palmenzweigen wedeln. Vielleicht hatten die demokratischen Bemühungen der Bundeswehr eine Art Verwandlungskünstler aus ihm gemacht – wenn auch einen vergleichsweise primitiven.

»Mir ist nämlich aufgefallen, Herr Asch, daß Sie sich bei mir ausdrücklich als Bürgermeister anmelden ließen.« Der Major sagte das mit wacher Aufmerksamkeit wie ein Scharfschütze im vordersten Graben. »Also auf mit dem Sack und heraus mit der Katze!«

»Ich habe heute vormittag«, erklärte Asch bedächtig, »ein längeres und nicht gerade angenehmes Telefongespräch führen müssen – und zwar mit dem Besitzer der Espressobar *La Paloma*.«

»Aha!« rief der Major erwartungsvoll und ließ sich tief in seinen Sessel gleiten. »Daher also weht der Wind!«

Herbert Asch hatte mit seiner Formulierung eine nicht ungefährliche Klippe geschickt umschifft. Er hatte auf diese Weise nicht einzugestehen brauchen, daß er von sich aus mit der Espressobar in Telefonverbindung getreten war. Der Major konnte also annehmen, der Besitzer des »Anheizkellers« habe sich mit ihm, dem Bürgermeister, in Verbindung gesetzt.

»Einfach lächerlich!« sagte der Major überlegen. »Für den Kerl, dem diese Bruchbude gehört, ist jedes Wort verschwendet. Denn das muß ja doch wohl ein Saustall übelster Sorte sein! Sie werden doch jetzt nicht etwa versuchen wollen, gegen die von mir angesetzten Streifen anzustänkern?«

»Nicht nur das, Herr Bornekamp – ich wollte Sie bitten, in Zukunft von derartigen Überwachungsmethoden Abstand zu nehmen.«

»Nun machen Sie aber mal einen Punkt!« polterte der Major – und das tat er jetzt noch mit vertraulichem Augenzwinkern. »Schließlich kann es Ihnen doch nur recht sein, wenn ich auf diese Weise Ihrer Konkurrenz kräftig eins auswische.«

»Das wäre doch wohl reichlich kurzsichtig gedacht, Herr Bornekamp. Denn ganz abgesehen davon, daß ich diesen Amüsierkeller gar nicht als Konkurrenz empfinde – wo wollen Sie mit Ihren Aktionen aufhören? Was diesem Stall recht ist, das könnte schon morgen etwa für mein Hotel billig sein.«

»Ich verstehe – Sie wollen sich absichern!«

»Ich will möglichst klare Verhältnisse schaffen. Und ich versichere: Ich habe gar kein Verlangen danach, meine Nase in Ihre Angelegenheiten zu stecken. Tun Sie das gleiche! Die Kaserne ist Ihr Bereich – die Lokale in der Stadt aber sind unsere Sache. Oder wollen Sie in Kauf nehmen, daß da gewisse Mißverständnisse entstehen – etwa zwischen der Garnison und der Bevölkerung? Oder gar zwischen uns beiden?«

»Natürlich will ich das nicht«, versicherte der Major. »Aber dennoch sehen Sie mich überaus verwundert. Denn ich hätte niemals gedacht, daß Sie versuchen würden, mir derartig robust die Pistole auf die Brust zu setzen. Haben Sie sich auch genau überlegt, was Sie da tun?«

»Was tue ich anderes als dies: ich versuche, unnötige Schwierigkeiten zu vermeiden.«

Der Major musterte Asch wie eine Generalstabskarte. Dieser Bürgermeister war kein leicht zu nehmendes Hindernis – vermutlich mußte es vorerst einmal taktisch klug umgangen werden. »Wir werden uns schon verständigen, Herr Asch.«

»Das sollte mich freuen.«

»Also – kommen wir zur Sache. Was haben Sie für präzise Wünsche?«

»Keinerlei Wünsche«, behauptete Herbert Asch. »Lediglich eine Bitte, eine Empfehlung: Pfeifen Sie Ihre Jagdhunde zurück! Blasen Sie Ihre Aktionen ab. Zeigen Sie sich großzügig und verständnisvoll. Die Bevölkerung wird Ihnen dankbar sein. Dafür werde ich sorgen.«

»Einverstanden«, sagte der Major mit gut gemachter Fröhlichkeit. Doch seine Augen, die er leicht zusammenkniff, blickten eiskalt. »Auch dieses Kind«, dachte er, »werden wir schon schaukeln!«

Beim Mittagessen saß der Gefreite Streicher neben dem Grenadier Martin Recht. Das schien sich rein zufällig ergeben zu haben. »Ich bin«, sagte er, »wie dir ja bekannt ist, der Vertrauensmann für die Mannschaftsdienstgrade in unserer Kompanie. Und ich sage das nur, damit du weißt, daß du dich mir anvertrauen kannst.«

»Schon gut«, sagte Martin Recht. »Von mir aus kannst du auch hier Vertrauensmann bleiben – mich stört das nicht.«

Der Gefreite Streicher zerteilte gerade andächtig sein paniertes Schnitzel. »Hast du den Aufruf unseres Kommandeurs zur Kenntnis genommen, Martin?«

»Das habe ich«, sagte Recht. Er kaute dabei angestrengt an seinem Schnitzel – er hatte eins erwischt, das zäh wie Sohlenleder war. Doch da er durchaus bereit war, stets das Positive zu sehen, sagte er sich: So was ist gut für die Zähne.

»Der Kommandeur erwartet eine freiwillige Meldung.«

»Ist mir bekannt«, versicherte Recht. Dabei dachte er: Möglicherweise existierte hier nur ein einziges Schnitzel, das zäh wie ausgetrocknete Gummibereifung war – und dieses Ausschußexemplar geriet prompt auf seinen Teller.

Das und ähnliches geschah Martin Recht immer wieder; sein Stahlhelm hatte ein Schweißband wie aus Metall; sein Tarnanzug war wasserdurchlässig wie ein Sieb; und seine Marschstiefel schienen Folterwerkzeuge zu sein. Dennoch war er stets bemüht, sich an alles zu gewöhnen.

»Mit mir kann man offen reden«, behauptete der Gefreite Streicher. Sein Schnitzel war saftstrotzend und puddingweich.

Der Saal war voll gefüllt. Kein Platz an den langgestreckten Tischen schien frei zu sein. Die Soldaten aßen meist schweigend und mit mechanischer Inbrunst. Nicht wenige hatten im Verlaufe ihres kurzen Lebens schon schlechter gegessen. Und außerdem hatten sie jetzt lediglich das Verlangen, sich den Magen zu füllen. Ziemlich gleichgültig, womit.

»Man darf mich nicht für dumm verkaufen wollen«, behauptete der Gefreite Streicher. Dabei beroch er die Nachspeise; es gab Vanillepudding mit Himbeersaft, von den Soldaten auch spaßhaft »Eiter mit Blut« genannt. »Ich halte meine Augen immer offen. Und ich weiß daher auch genau, daß du gestern abend in dieser Espressobar *La Paloma* warst.«

»Wenn du das weißt, dann vergiß es. Oder willst du mich etwa anzeigen?«

»Ich will dir lediglich helfen«, erklärte der Gefreite Streicher betont kameradschaftlich. »Und ich kann nur hoffen, du weißt das zu würdigen.«

Nahezu hilfesuchend blickte er auf das Wandgemälde, das den Speisesaal beherrschte. Es stellte irgendeine Schlacht dar, in der noch mit Lanzen, Schwertern und Morgensternen operiert wurde. Sie war von irgendeinem staatsbewußten, garantiert akademischen Maler erstellt worden – für runde dreißigtausend Mark, wie es hieß.

Irgendein Superheld zog dort oben an der Wand die Lanzen schockweise auf seine entblößte Brust. Die war erdig braun und felsartig gewölbt. Unter den fest aufgestemmten Beinen türmten sich Berge von Leichen – mithin: Opfer! Diese mußten bekanntlich gebracht werden, sobald ewige Werte in Gefahr gerieten. Doch viel mehr als einen einzigen Blick pflegten die Soldaten an diese pompöse Dekoration nicht zu verschwenden.

»Du siehst«, sagte der Gefreite Streicher, »daß mir so leicht nichts entgeht. Aber ich brauche dir wohl nicht erst zu versichern, daß du dich auf mich verlassen kannst. Und wenn du klug bist, solltest du davon Gebrauch machen.«

»Bei Gelegenheit – vielleicht«, sagte Martin Recht ausweichend.

»Nicht wahr«, sagte der Gefreite Streicher, »du bist mit Kamnitzer in die *La-Paloma-Bar* gegangen?«

»Schon möglich«, sagte Recht. Er schob die Reste seines Mittagessens weit von sich – auch die unberührte Nachspeise.

Diese Nachspeise zog der Gefreite Streicher zu sich hinüber. Süßigkeiten, so erklärte er, seien Nervenstärkung und ihm wichtiger als Tabak und Alkohol. Natürlich sei das Geschmackssache; doch wie immer: er lege nun mal Wert darauf, stets bestimmten Grundsätzen zu huldigen.

Und weiter sagte er, nachdem er den Pudding verschlungen hatte: »Martin, ich muß dir ins Gewissen reden. Sei mal ganz ehrlich – du bist gestern genau zu dem Zeitpunkt in der *La-Paloma-Bar* gewesen, als die Streife kam.«

»Kümmere dich gefälligst um deinen Dreck«, empfahl der Grandier Recht mühsam.

Doch der Gefreite Streicher blieb unbeirrt. »Als dich Kamnitzer heute ins dritte Glied schob, kurz bevor die Streife die Front abschritt – da war mir alles klar.«

»Dann halte die Schnauze!« rief Recht erregt.

»Du verkennst die Situation«, sagte der Gefreite milde. »Du bringst mich in eine Zwangslage. Gewiß, Fehler machen wir schließlich alle. Aber man muß sich zu ihnen bekennen – meinst du das nicht auch?«

»Verlangst du das etwa von mir?«

»Ich verlange überhaupt nichts, Martin. Ich will nur dein Bestes! Schließlich bin ich dein Freund und Kamerad. Außerdem bin ich hier, wie gesagt, noch Vertrauensmann. Bedenke das bitte. Denn unter Umständen müßte ich melden, was ich weiß – das wäre meine Pflicht.«

»Das bekommst du glatt fertig – was?«

Der Gefreite Streicher blickte betrübt. »Ich sage dir nur so viel, Martin – dieser Kamnitzer ist kein Umgang für dich. Erkennst du nicht, daß er immer wieder versucht, dich in seine üblen Geschichten mit hineinzuziehen? Er bekommt es womöglich fertig, dich noch zu einer Gehorsamsverweigerung zu verleiten. Glaube mir: das einzig Richtige ist, dich unverzüglich freiwillig zu melden. So was versöhnt jeden Vorgesetzten.«

»Du willst mich zwingen?«

»Wer spricht denn von so was! Ich gebe dir lediglich einen guten Ratschlag. Und den solltest du befolgen – meine ich.«

»Nun«, sagte Martin Recht resignierend, »offenbar bleibt mir gar nichts anderes übrig.« –

Dennoch beeilte sich der Grenadier Martin Recht nicht, die von ihm geforderte freiwillige Meldung anzubringen. Zunächst einmal beschloß er, mit Kamnitzer darüber zu sprechen. Denn möglicherweise konnte der das wache Gewissen des eifrigen Vertrauensmannes zur Ruhe bringen.

Doch Karl Kamnitzer war vorerst nicht aufzufinden. Er hatte

noch während der Mittagspause die Kaserne verlassen. Denn er war für den Nachmittag »zum Einkaufen« eingeteilt worden. Und damit nichts dazwischenkam, verschwand er vorzeitig. Denn seitdem der von Strackmann die Kompanie führte, waren Dienstpläne und Einteilungen kaum mehr als Anhaltspunkte. Und auf diesbezügliche Überraschungen legte Kamnitzer keinen Wert. Er kaufte ein – und damit war er vor Dienstschluß nicht zurückzuerwarten.

»Schon beim Kompaniefeldwebel gewesen?« fragte der Gefreite Streicher bohrend, nachdem Recht die Stube 13 wieder betreten hatte.

Der verneinte. Er behauptete, Kirschke halte sich nicht in der Schreibstube auf.

»Dann mußt du ihn eben suchen, Martin. Und ich helfe dir gerne dabei.« Der Gefreite Streicher schien ehrlich besorgt. »Du mußt diese Sache möglichst schnell hinter dich bringen – nur nicht erst lange zögern! Das macht keinen guten Eindruck.«

Schließlich verließ der Grenadier Recht abermals seine Stube – nicht zuletzt, um Streichers unermüdlicher Fürsorge zu entkommen.

Doch der Hauptfeldwebel Kirschke hielt seine Mittagsruhe. Bevor er sich schlafen legte, pflegte er dem Schreibstubenpersonal zu verkünden: »Ich muß mal meine Hosen wechseln.« Und das dauerte dann erfahrungsgemäß ungefähr zwei Stunden.

Dennoch wartete Martin Recht geduldig auf dem Korridor. Und nach geraumer Zeit erschien auch tatsächlich Kirschke. Er schlenderte auf die Schreibstube zu und gähnte herzhaft.

»Wollen Sie etwa zu mir?«

»Jawohl, Herr Hauptfeldwebel!«

»Hat das nicht bis morgen Zeit, Mensch?«

Kirschke witterte, daß ihm hier eine Meldung gemacht werden sollte. Und Meldungen, gleich welcher Art, liebte er nicht. Für Meldungen, wenn sie schon sein mußten, war seiner Ansicht nach der einzig richtige Zeitpunkt der Vormittag. Und der nächste Vormittag war morgen.

Doch der Grenadier Recht schien fest entschlossen, seine Meldung vorzubringen. Und nachdem der Hauptfeldwebel sich müde alles angehört hatte, was Recht glaubte vorbringen zu müssen, schloß er zunächst einmal seine Augen – als ob er den dringenden Wunsch hätte, weiterzuschlafen. Dann sagte er lediglich: »Sie spinnen ganz schön vor sich hin, Recht.«

»Es ist die Wahrheit, Herr Hauptfeldwebel.«

»Reichlicher Blödsinn«, sagte Kirschke und gähnte ungeniert und demonstrativ zugleich. »Wollen Sie sich etwa wichtig machen? Oder sollten Sie lebensmüde sein? Doch was auch immer Sie sein mögen – ich jedenfalls bin nicht Ihr Handlanger, Mensch! Außerdem haben Sie Glück – ich höre nämlich manchmal verdammt schlecht. So auch jetzt. Ich habe also kein Wort von Ihrem Gefasel verstanden.«

»Aber der Aufruf des Herrn Kommandeurs ...«

»Mann!« sagte Kirschke. »Sie öden mich langsam an. Sie scheinen ja völlig übermüdet zu sein. Sie sollten sich erst einmal gründlich ausschlafen – dann können wir weitersehen.«

Damit wollte er sich abwenden.

Doch im gleichen Augenblick näherte sich der Oberleutnant von Strackmann – er marschierte auf Gummisohlen und in forschen Eilschritten. Er übersah Kirschke – schon um dessen stets reichlich lahme Ehrenbezeigung nicht zur Kenntnis nehmen zu müssen –, nicht aber den verstört wirkenden Grenadier. Dabei erkannte er, daß hier irgend etwas faul zu sein schien.

Fordernd fragte er: »Was geht hier vor?«

»Nichts Besonderes«, sagte der Hauptfeldwebel Kirschke gelassen. »Hier spinnt vermutlich einer, und dafür ist mir meine Zeit zu schade. Hauen Sie ab, Recht.«

»Hiergeblieben!« rief der Oberleutnant von Strackmann.

Das Benehmen dieses Kirschke forderte ihn heraus. Er hatte das verpflichtende Gefühl, gerade noch rechtzeitig zum Stellvertreter eines Kompaniechefs ernannt worden zu sein, der sich hier einen Saustall angelegt zu haben schien – mit Hilfe von Kirschke! Das Gebot der Stunde hatte daher zu lauten: gründlich aufzuräumen!

»Also – was will der Grenadier?«

Der Hauptfeldwebel zuckte mit den Schultern und überließ Recht dem stets einsatzwilligen Oberleutnant. Der verlegte erst einmal diese Unterredung vom Korridor in sein Dienstzimmer. Kirschke folgte wie ein gemächlich dahintrabender Bernhardiner – das nicht nur aus Neugier, vielmehr um das Schlimmste zu verhüten.

Martin Recht brachte erneut seine freimütige Meldung vor, wobei der von Strackmann ihn betrachtete wie ein Habicht, der hoch über seiner Beute kreist. Nachdem Recht geendet hatte, atmete der Oberleutnant hörbar aus; dann befahl er dem Grenadier, im Vorraum zu warten. Hierauf atmete er wieder ein. Dann blickte er den Hauptfeldwebel Kirschke an, als ob er den noch niemals richtig gesehen hätte.

»Das«, sagte er, »ist ein ganz unerhörter Vorgang.«

»Eine Dummheit – kaum mehr.«

»Mit dem, was ich soeben sagte, meine ich Ihr Verhalten, Kirschke! Unglaublich! Skandalös! Da wird an Sie eine Meldung herangetragen, auf die der Herr Kommandeur dringend wartet – und was tun Sie?«

»Das wohl in diesem Fall einzig Richtige, Herr Oberleutnant. Ich warte ab. Man sollte nämlich grundsätzlich nichts überstürzen. Das hat der Herr Hauptmann, unser Kompaniechef, auch immer gesagt.«

»Ihr Verhalten ist geradezu alarmierend!« rief der Oberleutnant empört. »Was Sie sich leisten, grenzt an Sabotage!«

Doch der Kompaniefeldwebel war nicht aus der Ruhe zu bringne. »Es gibt kaum Befehle, die endgültig sind. Auch schriftliche Anordnungen erweisen sich oft als überholt, ehe sie noch bei uns auf der Schreibstube gelandet sind. Ich an Ihrer Stelle würde zunächst einmal beim Bataillon anfragen, ob der Aufruf des Kommandeurs überhaupt noch Gültigkeit hat.«

»Sie sind aber nicht an meiner Stelle, Mensch!«

Das Gesicht des Kirschke besagte ganz eindeutig: leider! Doch der Oberleutnant von Strackmann telefonierte bereits mit dem Kommandeur. Er meldete, nicht ohne Stolz, das Ergebnis: »Der gesuchte Mann ist gefunden – er heißt Recht, Martin mit Vornamen; Dienstgrad Grenadier.«

Der Oberleutnant hörte den Major knurren wie einen gereizten Hund. Er schien äußerst ungehalten. Und dann bellte er:

»Mann – lassen Sie mich doch gefälligst mit diesem Mist zufrieden!«

»Aber«, stotterte der von Strackmann verwirrt, »es handelt sich doch um den Aufruf, den Herr Major persönlich ...«

»Ist überholt!« rief der Kommandeur abweisend. »Und ich muß doch sehr bitten, mich nicht mit Dingen zu belästigen, die bereits erledigt sind! Sorgen Sie lieber dafür, daß Ihre Kompanie auf Vordermann gebracht wird. Dort scheint eine stattliche Anzahl von schäbigen Flaschen vorhanden zu sein. Machen Sie mal was dagegen, Strackmann! Aber mit dem nötigen Nachdruck, wenn ich bitten darf!«

»Jawohl, Herr Major!« rief der stellvertretende Kompanieführer verwundert und ergeben. Und das, obgleich er wußte, daß Bornekamp ihn nicht mehr hörte – das kurze, harte Knakken in der Leitung hatte wie eine Ohrfeige geklungen.

Das war dem Oberleutnant ungemein peinlich. Und er vermied es, seinen Kompaniefeldwebel anzusehen. Denn er war überzeugt davon: der würde jetzt grinsen wie ein Vollmond auf Kitschpostkarten. Und einen derartigen Anblick konnte er nicht ertragen.

»Von was für schäbigen Flaschen bin ich umgeben!« rief er schließlich aus. »Versager auf der ganzen Linie. Aber das muß sich ändern! Wir werden eine Geländeübung veranstalten!«

Geländeübungen konnten – jedenfalls nach der Ansicht von Major Bornekamp – nicht oft genug stattfinden. Am liebsten hätte er sogar den normalen Exerzierdienst ins Gelände verlegt; Sport und Unterricht dazu. Aber noch, so sagte er sich, war es bei der Bundeswehr nicht soweit – noch hatten dort gewisse, sich demokratisch fühlende Elemente einen beträblichen Einfluß.

Immerhin: plötzliche, alarmartig angesetzte Geländeübungen hatten grundsätzlich die Zustimmung des alten Kriegskommandeurs. Eine kurze Benachrichtigung an den Adjutanten genügte! Und der registrierte denn auch die Meldung gelassen: Dritte rückt aus. Seitdem Oberleutnant von Strackmann dort den an

Gelbsucht erkrankten Chef vertrat, wurde diese Kompanie gern »Völkerwanderungsverein« genannt: immer unterwegs!

»Was ist denn heute wieder im Rohr?« fragte der Feldwebel Rammler. Er war ein anerkannter Spezialist für die Schulung von Einzelkämpfern. »Wie lange soll das Volksvergnügen diesmal dauern?«

»Woher soll ich das wissen«, sagte Kirschke gleichmütig. »Ich bin hier nur Kompaniefeldwebel. Aber seit wann interessiert es ausgerechnet dich, wie lange so eine Übung ausgedehnt wird? Du kannst doch sonst niemals genug davon kriegen.«

»Schließlich möchte ich mich auch mal woanders hinlegen – nicht immer nur in ein Deckungsloch.« Rammler lachte auf. »Bin nämlich gerade dabei, mir eine ganz große Nummer unter den Nagel zu reißen. Das prächtigste Exemplar weit und breit – nicht mal im Film gibt es so viel Busen. Mensch – wenn ich bei der Abschuß melden kann, dann wirst du Augen machen.«

»Soll das heißen, daß du für heute abend verabredet bist?«

»Und wie! Zuerst Kino. Dann trinken wir einen. Schließlich Stadtpark. Vielleicht sogar sturmfreie Bude.«

Kirschke blickte zweifelnd. »Und die Zeit, zu der du im Stadtpark sein willst, bist du vielleicht noch im Moorgelände. Vergiß nicht, daß ihr die ganze dicke Ausrüstung mitschleppen müßt.«

»Das muß ja noch nicht gleich bedeuten, daß wir die halbe Nacht wegbleiben. Dabei kann es sich ganz einfach um Ballast handeln.«

Natürlich handelte es sich dabei um Ballast. Man bepackte die Soldaten wie Lastesel: Sturmgewehre, leichtere Maschinengewehre, Bazookas – so wurden die Panzerabwehrwaffen genannt. Dazu kamen Spaten, Feldfernsprecher, Handfunkgeräte, Nebelkerzen, Übungsmunition. Ferner: Zeltbahnen, Schlafsäcke, Gefechtsflaggen, Seile und Gewehre mit Zielfernrohr für Einzelschützen. Transportfahrzeuge wurden diesmal nicht bewilligt.

Auch der Oberleutnant von Strackmann erschien im Kampfanzug. Doch er transportierte lediglich eine Pistole, eine Kartentasche, eine Trillerpfeife. Dazu eine Packung Papiertaschentücher. Es war selbstverständlich, daß er persönlich diese Übung leiten würde – das war für ihn Ehrensache.

Doch bevor er noch die Kompanie ins Gelände traben ließ, suchte er den Hauptfeldwebel Kirschke auf. »Sie kommen natürlich mit!«

»Das geht leider nicht«, sagte Kirschke lapidar.

»Das geht!« behauptete der Oberleutnant. »Denn etwas frische Luft kann Ihnen bestimmt nichts schaden.«

»Schon möglich«, sagte der. »Mir schadet das nichts – aber meiner Arbeit.«

»Morgen ist auch ein Tag, Kirschke.«

»Eben – morgen ist der Tag, an dem die Bestandsaufnahme der Bekleidungskammer fertig sein soll. Und zwar muß sie bereits morgen früh beim Bataillon sein. Wir haben kaum mit den Vorbereitungen angefangen. Wenn Sie allerdings der Ansicht sein sollten, daß diese Angelegenheit Zeit hat – auf Ihre Verantwortung.«

»Erledigen Sie diesen Klimbim«, sagte der Oberleutnant zornig. »Doch wenn Sie damit fertig sind, dann kommen Sie nach.«

»Das kann aber ziemlich spät werden«, bemerkte Kirschke freundlich. »Sogar sehr spät – wenn überhaupt!«

Der Oberleutnant eilte wutschnaubend davon – zu seiner schwerbepackten Kompanie. Der Hauptfeldwebel sah seinem Chefkrieger mit sanftem Lächeln nach. Dann gähnte er herzhaft. Und zufrieden verkündete Kirschke dem Schreibstubenpersonal: »Dann will ich also wieder mal die Hosen wechseln.«

Der Gefreite Karl Kamnitzer weilte inzwischen in der Stadt, um dort, wie befohlen, einen Einkauf zu tätigen: zu besorgen war diesmal ein Radioapparat, im Werte von etwa zweihundert Mark; er war für den Aufenthaltsraum bestimmt. Niemand war für derartige Aufträge besser geeignet als Kamnitzer.

Für diesen Einkauf gedachte der Gefreite lediglich eine halbe Stunde zu opfern. Die restlichen vier bis fünf Stunden plante er im Kino und im *Café Asch* zu verbringen. Und er erhoffte sich einen nicht minder gemütlichen Abend.

Das *Café Asch* war um diese Zeit nur wenig besucht. Das konnte Kamnitzer nur recht sein. Er blieb an der Eingangstür stehen und blickte erwartungsvoll in den Raum. Doch was er suchte, schien er nicht zu finden.

Er stolzierte auf das Büfett zu. Und hier legte er, mit fröhlich übertriebener Exaktheit, die Hand an die Mütze.

»Guten Tag, gnädige Frau!« rief er heiter. »Darf man sich nach dem werten Befinden erkundigen?«

Die Frau, die hinter dem Büfett Kassenzettel ordnete, blickte hoch. Sie lachte, als sie Kamnitzer erkannte. Es war Frau Elisabeth Asch.

Sie pflegte das Café zu betreuen. Ihr Mann hingegen kümmerte sich in erster Linie, wenn er nicht gerade Bürgermeister spielte, um das Hotel. Asch wurde allgemein respektiert – sie aber wurde verehrt; sogar von Kamnitzer.

»Sehr enttäuscht, nur mich hier zu sehen?« fragte Elisabeth Asch lächelnd.

»Madame«, rief Kamnitzer galant, »ich kann mir keinen schöneren Anblick vorstellen! Wären Sie noch frei – ich würde keinen Augenblick von Ihrer Seite weichen.«

Elisabeth Asch lächelte belustigt. Und wieder einmal fand Kamnitzer: Diese Frau war großartig; sie war niemandem zu gönnen – vielleicht gerade noch diesem Herbert Asch.

»Setzen Sie sich rechts hin – in die Nähe des Fensters«, empfahl Frau Elisabeth, »dort werden Sie sicherlich am besten bedient werden.«

Kamnitzer tat, wie ihm empfohlen, rückte sich einen Stuhl zurecht, so daß er das ganze Lokal überblicken konnte, und registrierte freudig und dankbar, daß Frau Elisabeth die Tür zur Küche öffnete. Sie sagte: »Kundschaft – speziell für Sie, Fräulein Wieder.«

Dann trat in Erscheinung, weshalb Kamnitzer gekommen war: Helen Wieder – die wohl beste und gewiß sehenswerteste Kraft im Unternehmen Asch.

Diese Helen Wieder näherte sich Kamnitzer lässig – robust

und graziös zugleich. Und er rief begeistert: »Da bist du ja – endlich!«

»Ich weiß«, sagte Helen Wieder unbeeindruckt, »ich bin der Traum deiner schlaflosen Nächte. Aber außerdem bin ich hier angestellt. Was kann ich dir bringen?«

»Was du willst!«

»Also – gar nichts.«

Helen Wieder blickte auf Kamnitzer wie auf ein lästiges Insekt. »Du hättest es verdient, daß ich dich einfach übersehe! Denn wo warst du gestern? Hattest du dich nicht mit mir verabredet?«

»Ich bin dienstlich aufgehalten worden«, versicherte Kamnitzer. »Von einer Heeresstreife! Und ich weiß – ich habe dadurch viel versäumt. Aber das können wir ja nachholen. Wie wär's mit heute abend?«

»Bedaure – aber für heute abend bin ich bereits verabredet!«

Kamnitzer blickte entsetzt. »Ich höre wohl nicht richtig? Du scheinst die Funktion einer Soldatenbraut völlig zu verkennen. Du willst doch nicht etwa unseren Wehrwillen untergraben? Kaum werde ich mal von einer Streife abgebremst, da triffst du auch schon anderweitige Verabredungen! Kenne ich den Kerl?«

»Erlaube mal«, erklärte Helen Wieder. »Wir sind schließlich nicht miteinander verheiratet! Wir sind noch nicht einmal verlobt. Ich kann mich daher verabreden, mit wem ich will. Also bitte, deine Bestellung!«

»Du willst mich wohl vorübergehend auf Eis legen – was? Oder willst du mich etwa abschreiben?«

»Also – ein Kaffee«, sagte Helen. »Sonst noch was?«

»Heute abend, wenn du hier fertig bist, erkläre ich dir alles haargenau – einverstanden?«

»Dann bin ich besetzt!« sagte Helen Wieder unzugänglich und stelzte davon.

»Was heißt denn hier: besetzt!« rief ihr Kamnitzer nach. »Den will ich kennenlernen, der sich so was in meinem Revier erlaubt.«

*

Das Übungsgelände für das Grenadierbataillon konnte vergleichsweise bequem erreicht werden. Es begann knapp drei Kilometer vor den Toren der Kaserne und lag im Norden der Stadt. Es durfte als ideal bezeichnet werden: Gestrüpp, dichtes Waldgebiet und moorseichtes Sumpfgelände. Kein Tummelplatz für Panzer – mithin eine Art Paradies für eiserne Infanterie.

»Wir beginnen heute«, verkündete der Oberleutnant von Strackmann seiner am Waldrand angetretenen Kompanie – »zunächst mit einfachen Gefechtsübungen: Graben, Schanzen, Tarnen!«

Kämpferische Kameradschaftlichkeit strömte von ihm aus. Er machte fast jedermann glauben, daß er am liebsten selbst mit dem Spaten in der Hand den Boden bearbeiten würde: jederzeit ein Vorbild.

Doch zunächst einmal bat er die eingeteilten Zugführer zu sich. Das waren ihrer drei: ein blutjunger Leutnant, dann ein bärbeißiger, wortkarger Oberfeldwebel, allgemein »Teddy« genannt, schließlich Feldwebel Fritz Rammler, der bewährte Spezialist für die Ausbildung von Einzelkämpfern.

»Meine Herren«, sagte der Oberleutnant zu ihnen. »Eine Kompanie ist eine Einheit. Sie ist wie ein Körper, bei dem jeder einzelne seiner Teile einwandfrei funktionieren muß. Wenn dem nicht so ist, kann man von einer Krankheit sprechen. Wollte man einen derartigen Gesichtspunkt auf unsere Kompanie übertragen, so könnte möglicherweise die Rede von aufweichenden, schlappen oder destruktiven Elementen sein. Ich sage nicht, daß es die gibt – ich sage aber: wenn sie vorhanden sein sollten, dann müssen sie erkannt und bekämpft werden! Vorbeugend daher auch diese Härteübung. Noch irgendeine Frage, meine Herren?«

Diese Aufforderung war rein theoretisch gedacht. Dennoch meldete sich diesmal, durchaus überraschend, der Feldwebel Rammler.

Der Oberleutnant nickte zustimmend, wenn auch nicht sonderlich gnädig: er erteilte somit Rammler Sprecherlaubnis. Und der leistete sich die Frage: »Haben wir uns auf eine Übung von längerer Dauer einzurichten?«

Der von Strackmann blickte unangenehm überrascht. Eine derartig undisziplinierte Zwischenfrage hatte er nicht erwartet, schon gar nicht von einem Rammler! Und den Oberleutnant beschlich der Gedanke: selbst also ein sonst so verläßlicher Ausbilder wie dieser Feldwebel schien von Schwächen – von Aufweicherscheinungen – befallen! Diese Einheit mußte, in der Tat, schleunigst auf Vordermann gebracht werden – mit Nachdruck, wie der Kommandeur so richtig gesagt hatte.

Kühl antwortete der Oberleutnant daher: »Diese Übung wird so lange dauern, wie ich es für notwendig erachte!«

Das aber hieß praktisch: auf unbegrenzte Zeit! Und damit war vermutlich der so überaus vergnüglich gedachte Abend in der Stadt für Rammler verdorben.

Er entzog zunächst seinen Zug den Blicken des Oberleutnants von Strackmann. Er ließ auf weiter Fläche ausschwärmen und scheuchte dann seine Leute in das nächste Gebüsch. Von hier aus stieß er mit seinen Männern weiter vor – bis zum Rand des Moores hin. In Richtung auf das Bahnwärterhäuschen.

Hier angekommen, stellte er sich mitten unter seine Leute – breitbeinig, knorrig und scheinbar gemütlich. Seine Stimme klang fast so, als mache er Anstalten, ein Märchen zu erzählen. Er sagte jedoch lediglich: »Atomgefahr.«

Mehr brauchte er nicht zu sagen. Denn dieses Wort bedeutete: jetzt nichts wie eingraben, Leute! Und prompt traten dreißig Spaten in Aktion. Damit war, zumindest für die nächste halbe Stunde, der Zug Rammler ausreichend beschäftigt.

Rammler selbst pirschte sich durch seine Maulwürfe hindurch ins Gebüsch. Er tat, als ob er von dort aus, getarnt, seine Leute zu beobachten trachtete.

Doch der Feldwebel strebte auf das Bahnwärterhäuschen zu. Er hatte das dringende Verlangen, ein Telefongespräch zu führen. Denn er sah sich genötigt, seiner sogenannten Braut eine mögliche Verspätung anzukündigen und sie um Geduld zu bitten.

Helen Wieder bediente den Karl Kamnitzer. Das tat sie, als sei er ein bereits überführter Zechpreller. Klirrend stellte sie das Geschirr vor ihm ab.

»Ich bin der verträglichste Mensch von der Welt«, versuchte Kamnitzer zu scherzen. »Aber immer wieder werde ich verkannt.«

»Wieso verkannt?« fragte Helen. »Du wirst durchschaut – leider reichlich spät.«

»Ich bin die Sanftmut in Person«, fuhr Kamnitzer fort. »Und allein deinetwegen habe ich mich am hellen Tage von der Truppe entfernt. Doch was ist der Dank dafür?«

Helen Wieder entfernte sich, nicht ohne verächtlich aufgelacht zu haben. Entzückt sah ihr Kamnitzer nach. Er hätte ihr stundenlang zusehen können!

Das jedoch war ihm nicht vergönnt. Denn er vernahm eine anscheinend amüsierte Stimme hinter sich, und die sagte: »Ich will nicht hoffen, mein Lieber, daß Sie mein Personal von der Arbeit abhalten wollen.« Er sah sich um und erblickte Herbert Asch.

Beide hatten sich bereits vor geraumer Zeit kennengelernt – an jenem Tag, da Karl Kamnitzer diese Helen Wieder entdeckt hatte. Wobei »entdeckt« nicht ganz das richtige Wort war: Er prallte vielmehr auf sie wie gegen eine Wand aus Licht und Glut und Gold. Sie sehen und sich sagen: das ist sie, sie und keine andere – dies war für Kamnitzer eins. Doch sofort war Herbert Asch dagewesen.

Genauso wie jetzt! Und wieder setzte sich Herbert Asch Kamnitzer gegenüber und lächelte ihm freundlich zu. Diesmal fragte der Hotelier: »Nun – was gibt es Neues auf dem Rialto?«

Das, was Herbert Asch »Rialto« nannte, war die Grenadierkaserne. Für das, was dort vor sich ging, schien Asch einiges Interesse zu haben.

»Große Aufregung wegen einer Heeresstreife«, berichtete der Gefreite Kamnitzer bereitwillig. »Aber vermutlich blinder Alarm. Sie wissen ja, woraus man hier gewöhnlich einen Donnerschlag macht. Jedenfalls haben sich die Streifenbullen benommen wie Elefanten im Porzellanladen. Das war reinstes

08/15! Und so was pflegt selbst unserm eisernen Alten Unbehagen zu bereiten.«

»Das klingt beinahe so«, sagte Asch aufhorchend, »als ob Sie dabeigewesen wären.«

»Klar. Ich immer mittendrin! So dumme Gesichter habe ich schon lange nicht mehr gesehen!«

»Davon müssen Sie mir mehr erzählen«, forderte Herbert Asch.

Doch Karl Kamnitzer wurde abgelenkt. Frau Elisabeth erschien und sagte: »Da ist ein Telefongespräch für Fräulein Wieder. Ist sie nicht hier?«

»Leider nein«, sagte Karl Kamnitzer. »Sie meidet mich wie die Pest. Und sie will sich nichts erklären lassen.«

»Bedauerlich«, sagte Frau Elisabeth mitfühlend. »Das Telefongespräch scheint dringend zu sein. Ein gewisser Herr Rammler ist am Apparat.«

»Wer?« fragte Kamnitzer alarmiert.

»Rammler – ein Feldwebel, wie er sagt.«

»Den werde ich bedienen!« rief Kamnitzer munter.

Er eilte zum Büfett, wo der Telefonapparat stand. Er nahm den daneben liegenden Hörer auf und meldete sich mit den Worten: »Bitte, was wünschen Sie?«

Die Stimme, die er vernahm, kannte er zur Genüge. Doch jetzt hatte sie nichts mehr von ihrer forsch-fordernden Exerzierplatzüberlegenheit. Sie säuselte Kamnitzer ins Ohr: »Kann ich bitte Fräulein Wieder sprechen?«

»Bedaure«, sagte Kamnitzer grinsend. »Das ist im Augenblick völlig unmöglich. Was wollen Sie von ihr?«

Der Feldwebel Rammler schien zu zögern. Er atmete schwer. Schließlich erklärte er: »Ich bin für heute abend mit Fräulein Wieder verabredet, doch vermutlich nicht zur vereinbarten Zeit abkömmlich. Das aus dienstlichen Gründen. Ich bitte, ihr das auszurichten.«

»Erlauben Sie mal!« rief Karl Kamnitzer mit künstlich rauher Stimme. »Wir sind hier kein Callgirl-Unternehmen. Wir sind ein seriöser Betrieb. Wir verbitten es uns daher, für Kuppeleien jeder Spielart mißbraucht zu werden.«

»Mit wem spreche ich?« fragte Rammler, leicht heiser vor Wut. »Ihre Stimme kommt mir bekannt vor! Wir kennen uns doch! Wer sind Sie?«

»Wissen Sie, was Sie mich können?« fragte Kamnitzer vergnügt und jetzt in hoher Tonlage. »Ich bin überzeugt, Sie wissen es! Doch machen Sie sich diesbezüglich keinerlei Hoffnungen – denn selbst dafür bin ich mir zu schade!«

Der Gefreite Kamnitzer knallte den Hörer auf die Gabel. Er war überzeugt, eine Schlacht gewonnen zu haben. Er vergaß dabei, daß eine einzige gewonnene Schlacht noch lange nicht einen Feldzug entscheidet. Und der fing erst an.

Der Feldwebel Rammler verließ das Bahnwärterhäuschen wie ein Mann, auf dessen Helm eine Keule geschmettert worden war. Zur Stärkung griff er nach seiner Taschenflasche.

Fast mechanisch schob er sich wieder durch das Gebüsch zu seiner Truppe zurück. Die Soldaten schaufelten immer noch. Sie wurden von vier Unteroffizieren überwacht.

Rammler stellte sich auf und betrachtete seine Maulwürfe – wie ein Trainer, der Rennpferde zu begutachten hat. Er war überaus verbittert – und nun begann er sich zu fragen: Wer war daran schuld?

Die Antwort, die er fand, entbehrte nicht einer gewissen Logik: schuld war, wer diesen Zirkus auf dem Gewissen hatte! Irgendein Waschlappen vermutlich. Der hatte der Kompanie, also den Kameraden, diesen zusätzlichen Dienst verschafft – und ihm, seinem Vorgesetzten, einen hoffnungsvollen Abend versaut.

Doch damit nicht genug! Rammlers Logik zog weite Kreise. Denn gedankenscharf sagte er sich: gäbe es nicht diesen heimtückischen Schlappschwanz – dieses »aufweichende Element« –, wären sie jetzt nicht hier. Wären sie nicht hier, hätte er in der Stadt sein können. Hätte er in der Stadt sein können, wäre ihm auch dieses verdammt peinliche Telefongespräch erspart geblieben.

Mithin: Wenn also versucht worden war, ihn fernmündlich »zur Sau« zu machen – wer hatte letztlich daran schuld? Nun – eben derjenige, den er finden würde!

»Darf ich Herrn Feldwebel fragen, ob es ratsam ist, bei der Anlegung eines Deckungsloches die Windrichtung zu berücksichtigen? Auch dann, wenn gar kein Wind geht?«

Der Feldwebel blickte zunächst erstaunt auf den Fragesteller. Er fühlte sich belästigt. Dann erkannte er den Gefreiten Streicher. Und das war ein Anblick, der Rammler erfreute wie ein Glas Bier bei großer Hitze.

»Streicher«, sagte er nicht ohne Wohlwollen, »das rechteckige Deckungsloch ist immer so anzulegen, daß die Schmalseite gegen die Windrichtung liegt. Das ist Vorschrift. Aber wenn, wie jetzt, kein Wind weht, dann kann von mir aus jeder graben, in welche Richtung er will.«

»Ich beabsichtige lediglich«, sagte der Gefreite, »die normalerweise in dieser Gegend um diese Jahreszeit vorherrschende Windrichtung zu berücksichtigen. Wenn auch im Augenblick kein Wind weht, so kann doch jederzeit einer aufkommen. Ist das richtig, Herr Feldwebel?«

»Goldrichtig«, sagte der und nickte anerkennend.

»Also Schmalseite nach Osten – genauer Nordnordost.«

Einige Soldaten, die sich in der Nähe befanden, hörten zu schaufeln auf, sie benutzten die günstige Gelegenheit, ein wenig pausieren zu können. Zu ihrem Glück beachtete sie der Feldwebel Rammler nicht. Er nahm den Gefreiten Streicher zur Seite und begann mit ihm auf und ab zu spazieren.

»Streicher«, sagte er dabei fast werbend, »Sie sind doch hier Vertrauensmann – und darüber hinaus sind Sie noch ein ganz brauchbarer Soldat. Wenn es nach mir ginge, könnten Sie schon Unteroffizier sein. Aber nun sagen Sie mir mal ganz offen: Haben Sie eine Ahnung, warum dieses Geländespielchen angesetzt wurde?«

»Schon möglich, Herr Feldwebel.« Streicher zierte sich kunstvoll – doch das in ihn gesetzte Vertrauen schien seine Mitteilungsbereitschaft zu fördern. »Natürlich kann auch ich nichts

Genaues sagen – aber ich vermute einiges. Das mit allem Vorbehalt.«

»Mit soviel Vorbehalt, wie Sie wollen, Streicher! Aber was vermuten Sie?«

Der begann, die ihm bekannten Einzelheiten zu berichten: die Aktion der Heeresstreife – der verfolgte Flüchtling – das Verschwinden über die Mauer – die Nachforschungen – die möglichen Folgen. »Dabei war der Betroffene bereit, seine Fehler einzugestehen – doch es war wohl schon zu spät dazu.«

»Wer?« fragte Rammler.

Der Gefreite Streicher wies auf einen hochaufgeworfenen Maulwurfshügel. Dahinter werkte ein Mann, der die Erde aufwarf wie eine Maschine: mechanisch, kraftvoll, bestaunenswert gleichmäßig – Haufen um Haufen. Ein Mensch schien sich in einen Bagger verwandelt zu haben.

Rammler trat näher. Er sah unter sich in der Grube den Grenadier Martin Recht. Dessen Gesicht glänzte schweißnaß.

»Sie!« rief Rammler nach eingehender Betrachtung. »Sie sind als Baumschütze eingeteilt.«

Recht wußte, was das zu bedeuten hatte. Er schoß aus der Grube hervor und schnappte sich ein Gewehr mit Zielfernrohr. Damit bestieg er den nächsten größeren Baum. Er hastete, nahezu affenartig, über die Äste, bis in die Krone hinauf. Hier angekommen, versuchte er, sich Schußfeld und Tarnung zugleich zu verschaffen. Denn er spürte fast körperlich, daß der Blick des Feldwebels auf ihm ruhte.

»Das ist der falsche Baum«, sagte der Feldwebel nahezu mild.

Der Grenadier Martin Recht kroch abwärts und sprang auf den nächsten Baum. Auch den erstieg er bis zur Krone. Und als er hier angekommen war, vernahm er wieder die vergleichsweise milde Stimme des Feldwebels Rammler: »Zu wenig Schußfeld.«

Beim nächsten Baum hieß es: »Nicht genügend Tarnung.«

Beim vierten sagte Rammler, nun mit leicht verschärfter Stimme: »Zuviel Tarnung und kaum Schußfeld.«

Im Gipfel des fünften Baumes erst wurde es dem schweratmenden, schweißnassen Recht einigermaßen klar, was der Feldwebel mit ihm anzustellen beabsichtigte. Er klammerte sich mit zitternden Händen an den Ast, auf dem er hockte. Die Zweige des Baumes schienen sich vor seinen Augen in ein dichtes Gitternetz zu verwandeln.

»Wollen Sie sich dort oben etwa ausruhen?« fragte Rammler mit mühsam gedrosselter Lautstärke. »Sie sind doch sonst wesentlich unternehmungslustiger! Also los, los, Mann! Keine Müdigkeit vorschützen! Nächster Baum.«

Und so ein Wald, erkannte Recht mit schwindelerregender Deutlichkeit, war voll von Bäumen.

Voll von Menschen war zur gleichen Zeit das *Café Asch*. Sie saßen an den Tischen, plauderten miteinander, stopften Kuchen in sich hinein und schütteten Kaffee hinterher.

»Sie sagten also, Herr Kamnitzer, daß Sie dabei waren, als die Heeresstreife die *La-Paloma-Bar* heimsuchte?« Herbert Asch stellte diese Frage mit harmlosem Gesicht, wie ein Viehhändler, der sich einem Prachtbullen nähert.

Kamnitzer blickte überrascht von seiner gewaltigen Portion Schwarzwälder Kirschtorte hoch; er hatte die Einladung des Hoteliers um so lieber angenommen, als Helen Wieder ihn bedienen mußte. Doch in ihren Augen schien er lediglich zur Einrichtung zu gehören wie die Stühle und Tische im Raum.

»Gewiß – ich habe gesagt«, erklärte Kamnitzer kauend, »daß ich dabei war, als die Heeresstreife kam. Aber kein Wort vom *La-Paloma-Keller*. Woher wissen Sie denn das schon wieder, Herr Asch?« – »Dieser Martin Recht – was ist das für ein Mensch?«

Jetzt verschluckte sich Kamnitzer heftig. »Verdammt noch mal!« rief er hustend. »Dieser Name ist Ihnen auch schon bekannt! Nur Ihnen allein, Herr Asch – oder etwa schon der halben Stadt? Wenn das der Fall ist, kann ich glatt einpacken!«

Nunmehr erschien ein Herr in saloppem Zivil, der von Herbert Asch herzlich begrüßt und dann mit dem Gefreiten Kamnitzer bekannt gemacht wurde. Er hieß Ahlers. Kamnitzer vermutete, einen halbwegs seriösen Vertreter, vielleicht einen für Waschmittel, vor sich zu haben.

»Herr Kamnitzer«, sagte Herbert Asch, wobei er sich leicht zu Ahlers hinüberneigte, »scheint Ihren speziellen Freund, den Grenadier Martin Recht, ziemlich gut zu kennen.«

Karl nickte. »Er schläft im Bett über mir.«

»Sind Sie sein Freund?« fragte Ahlers.

»Sein Freund? Das ist ein reichlich großes Wort. Vielleicht sollte ich sagen – er ist mein Kamerad. Aber damit ist wohl zuwenig gesagt.«

»Was erklären schon Worte«, sagte Ahlers freundlich. »Jedenfalls scheinen Sie ihn doch wohl zu mögen. Warum eigentlich?«

Kamnitzer blickte vorsichtig zu Herbert Asch hin. Der nickte ihm zu – das sollte heißen: man kann offen zu diesem Ahlers sein.

»Dieser Martin Recht«, führte Kamnitzer mithin aus, »kommt mir manchmal vor wie ein Kind, das sich prompt in jedem größeren Wald verirrt und dann vor sich hinpfeift, um sich Mut zu machen. Davon gibt es vermutlich eine ganze Menge in dieser Welt – jedenfalls weit mehr, als man gewöhnlich ahnt.«

»Er ist nicht etwa wie ein Herdenschaf?«

»Nein, das bestimmt nicht – wenn es auch manchmal so aussehen mag. Und eben deshalb wirkt er als Herausforderung für Leithammel und scharfe Hunde. Auch davon gibt es ja eine ganze Menge, natürlich auch bei den Soldaten.«

Ahlers beugte sich ein wenig vor. »Sie sind nicht gerne Soldat – was?«

Karl Kamnitzer stutzte. Doch da dieser Mann in Zivil war und die Freundschaft eines Herbert Asch zu besitzen schien, redete er auch mit ihm wie mit einem Zivilisten. »Geben Sie Menschen die Möglichkeit, mit anderen Menschen Schlitten zu fahren oder sie wie Gänse durch die Gegend zu treiben – und die meisten werden das tun, wenn es von ihnen verlangt oder auch nur erwartet wird. Bringen Sie darüber hinaus noch derartigen Antreibernaturen bei, daß sie im Namen irgendeines Ideals handeln – Vaterlandsliebe oder Freiheit oder was auch immer –, und sie werden 'rangehen wie Blücher! So was muß man wissen – und eben das weiß Martin Recht nicht!«

»Sie könnten mich bei Gelegenheit mit diesem Martin Recht bekannt machen, Herr Kamnitzer«, sagte Herbert Asch. »Laden Sie ihn ein. Von mir aus für heute abend.«

»Sollte irgendeine Teufelei dahinterstecken?« fragte Kamnitzer interessiert.

»Sicherlich«, sagte Herbert Asch und lächelte.

»Dann bin ich dabei«, versicherte Karl Kamnitzer und verspeiste den Rest der Torte.

Der Major Bornekamp pflegte noch geraume Zeit nach Dienstschluß in den Büroräumen seines Bataillons zu verweilen. Er blätterte dann in Aktenstücken, studierte Pläne und Vorschriften, durchschnüffelte mitunter die Schreibtische seiner Mitarbeiter und führte fernmündliche Kontrollen durch. Sein Adjutant stand zumeist stumm dabei wie ein gut trainierter Schäferhund.

Dieser Tätigkeitsdrang des Majors wurde im allgemeinen allein als nimmermüde Einsatzbereitschaft ausgelegt. Wer jedoch Bornekamp näher kannte, der wußte, daß es auch noch einen anderen Grund dafür gab: er wollte einfach nicht nach Hause. Das aber war fast jedem verständlich, der einmal der Frau des Majors begegnet war.

»Rufen Sie bei mir zu Hause an«, befahl Bornekamp seinem Adjutanten.

»Jawohl«, sagte der. Was er dabei mitzuteilen hatte, brauchte ihm nicht erst gesagt zu werden – es war immer das gleiche: der Herr Major habe noch zu arbeiten – auf unbestimmte Zeit.

Bornekamp begab sich in den vorderen Büroraum. Hier verweilte er mit besonderer Vorliebe. Denn hier waren weibliche Zivilangestellte tätig – und mit ihnen kraftvoll-männliche Gespräche zu führen, schien ihm ausgeprägte Freude zu bereiten.

»Sie haben wohl eine Schwäche für mich – was?« fragte er herzhaft polternd.

Das weibliche Wesen, das so angesprochen wurde, versuchte

zu erröten – das allerdings vergeblich. Denn dieses Mädchen von dreißig hatte ausreichend Gelegenheit gehabt, ihren Kommandeur kennenzulernen. In ihren blassen Augen war der Herr Major ein vollendeter Kavalier der alten Schule. Für ihn Überstunden machen zu dürfen, war nahezu ein Vergnügen.

»Sie scheinen sich nicht von mir trennen zu können, Verehrteste!« rief der Major mit forcierten Schwerenötertönen. »Weiter so – und Sie bringen mich noch mal in Versuchung!«

Der Adjutant lächelte nachsichtig. Bornekamp war für ihn wie ein aufgeschlagenes Buch; und auf allen Seiten stand das gleiche. Was diese weiblichen Wesen anbetraf, so pflegte der Major zwar kräftig mit ihnen zu scherzen – doch mehr als dies würde er niemals tun; jedenfalls nicht in seinem dienstlichen Bereich.

»Ich muß noch auf eine Meldung der dritten Kompanie warten«, erklärte das Mädchen. »Diese Meldung ist zwar bereits fertiggestellt, wie mir Herr Hauptfeldwebel Kirschke mitteilte, aber sie muß noch vom Kompaniechef unterschrieben werden.«

Der Major warf einen Blick auf den meterbreiten Ausbildungsplan, der an der Breitwand des Büros hing. Und dort sah er – in der Spalte: 3. Kompanie am heutigen Tage – die blaue Grundfarbe mit roten Querstrichen durchsetzt. Das aber bedeutete: Innendienst war abgeändert worden durch Außendienst.

»Das ist mir neu«, sagte Bornekamp zu seinem Adjutanten. »Warum ist mir das nicht mitgeteilt worden?«

Die gemütlich-scherzende Stimme von Bornekamp war übergangslos schneidender Kälte gewichen. Der Adjutant gab sich alle Mühe, einen internen Verkehrsunfall zu vermeiden. Er verwies auf eine ältere, für grundsätzlich gehaltene Anordnung des Majors. Danach hatte Geländedienst stets willkommen zu sein, und eine entsprechende Dienstplanänderung bedurfte keiner ausdrücklichen Zustimmung des Bataillons – rechtzeitige Routinemeldung an den Adjutanten genügte.

»Das aber nicht in diesem Fall!« rief Bornekamp ungehalten. »Ich habe klar und deutlich gesagt, daß eine gewisse Angelegenheit für mich erledigt ist. Ich liebe keine Eigenmächtigkeiten, die auch nur den Verdacht aufkommen lassen können, daß in meinem Bereich irgend jemand beliebige Sonderaktionen starten kann!«

»Dann«, erklärte der Adjutant bereitwillig, »wird vermutlich der Oberleutnant von Strackmann einem Irrtum zum Opfer gefallen sein.«

»Sorgen Sie gefälligst dafür, daß dieser Zirkus sofort eingestellt wird! Sobald das geschehen ist, soll sich der von Strackmann bei mir melden – im Kasino.«

Diesen Befehl gab der Adjutant telefonisch an Kirschke weiter. Der Hauptfeldwebel lauschte hocherfreut den ihm wortgetreu übermittelten Formulierungen wie »Zirkus« und »sofort einstellen«. Er schwang sich auf das Dienstfahrrad der Kompanie und radelte, dies sogar mit einigem Tempo, in das Gelände hinaus.

Er traf den Oberleutnant im Birkenwäldchen an. Hier besprach der von Strackmann mit einigen Unterführern neuartige Methoden, in Notfällen auf Bäumen zu übernachten. Auch versuchte er die Frage zu klären, wie man sich – von der Truppe abgeschnitten – von Wurzeln und Kräutern ernähren könne. Als er Kirschke auf sich zuradeln sah, rief er aus: »Da sind Sie ja endlich! Sie können sich dem dritten Zug anschließen.«

»Beim Rückmarsch in die Kaserne?« fragte Kirschke grinsend.

»Bis dahin«, sagte der Oberleutnant selbstbewußt, »kann noch eine ganze Nacht vergehen!«

»Höchstens eine Viertelstunde!« stellte Kirschke genußvoll fest. »Befehl vom Bataillon! Dieser Zirkus ist sofort einzustellen.«

Der Oberleutnant von Strackmann gab nun – wenn auch nicht ganz mühelos – ein Musterbeispiel an Selbstbeherrschung. Zunächst stand er nahezu zehn Sekunden starr und wortlos da. Dann holte er tief Luft, blickte an Kirschke vorbei und befahl: »Übung einstellen!«

Dieser Befehl erreichte auch – durch einen Melder – den dritten Zug. Der Feldwebel Rammler schien allein am Waldrand zu stehen. Denn seine Leute befanden sich auf den Bäumen. Und auf dem höchsten davon hockte der Grenadier Martin Recht. Er klammerte sich an einen schwankenden Ast, und es sah aus, als drohte er herabzufallen. Doch er fiel nicht.

Rammler blickte auf seine Uhr. Dabei stellte er fest: Es war bereits zu spät, um noch zu seiner Verabredung zu kommen. Und es war noch zu früh, um Recht in ausreichender Weise den Denkzettel erteilen zu können, den der seiner Ansicht nach verdient hatte.

»Antreten!« rief er zu den Bäumen hinauf.

Die Soldaten kletterten herunter und versammelten sich vor ihm in lockerer Formation. Der Feldwebel hatte sich inzwischen zu einer abschließenden Schnellbehandlung entschlossen. Wenn auch die Zeit drängte – das Gelände war günstig. Denn unmittelbar in der Nähe floß der Sturzbach sozusagen einladend dahin.

»Feind hält Waldrand besetzt«, sagte Rammler. »Zug als Ersatz für kämpfende Truppe in Anmarsch Richtung Nordnordwest. Eile geboten!«

Damit wurde, taktisch durchaus einwandfrei, folgender Vorgang begründet: Die Truppe mußte sich, durch Baum- und Buschbestand gegen angebliche Feindsicht getarnt, direkt im Sturzbach vorwärts bewegen. Und der schweißnasse Martin Recht trug ein Maschinengewehr – was ausdrücklich als besondere Auszeichnung erklärt wurde.

So trotteten die Soldaten durch das Wasser – knietief zunächst, dann bis in Brusthöhe versinkend. Martin Recht keuchte. Er konnte nicht schwimmen – und in seinen Augen flackerte Angst.

»Macht sich hier etwa einer in die Hosen?« rief Rammler anfeuernd vom trockenen Ufer her.

Das jedoch war an diesem Tag Rammlers letzter fröhlicher Augenblick. Denn kurz danach tauchte der Oberleutnant von Strackmann auf. Er nahm den Feldwebel zur Seite.

»Sie halten den Betrieb auf!« schrie er Rammler an. »Die Übung ist beendet – war mein Befehl nicht klar?« Denn schließlich wartete der Herr Major persönlich auf ihn im Kasino. »Ich verbitte mir jede Extratour!«

Rammler stand stramm, bis ihn der Oberleutnant wieder verlassen hatte. Dann blickte er auf Martin Recht. Der war immer noch nicht zusammengebrochen. Und Rammler murmelte empört vor sich hin: »Was man sich alles gefallen lassen muß – wegen so einem Scheißkerl!«

Der Feldwebel Rammler suchte unverzüglich den Hauptfeldwebel Kirschke auf und behauptete forsch: »Dieser Martin Recht ist eine riesengroße Flasche!«

»Von mir aus!« sagte Kirschke. »Flaschen gibt es überall.«

»Er muß eine Sonderwache schieben – gleich heute abend!«

»Warum nicht«, sagte Kirschke gleichmütig. »Aber für heute abend ist bereits alles eingeteilt.«

Doch Rammler ließ nicht locker. Er forderte, er beschwor, er bat sogar. Schließlich appellierte er an die Kameradschaft – an die der Feldwebel.

Kirschke aber wollte nichts als seine Ruhe haben, und deshalb stimmte er schließlich zu. »Na schön – wenn du so wild darauf bist!«

Doch der sofort gesuchte Grenadier Martin Recht war nicht mehr aufzufinden. Er hatte sich, wie es hieß, unmittelbar nach der Geländeübung in die Stadt begeben. Und Kirschke erklärte ungerührt: »Da kann man eben nichts machen.«

»Man muß ihn sofort suchen!« forderte Rammler. »Der kann doch nicht einfach verschwinden!«

»Warum denn nicht?« fragte Kirschke mäßig belustigt. »Soll er dich etwa vorher um Erlaubnis fragen, ob er auch tatsächlich nach Dienstschluß mit seiner Freizeit beginnen darf?«

Rammler hatte das Gefühl, verraten und verkauft und in einen gewaltigen Sauhaufen hineingeraten zu sein. Selbst die Gewerkschaft der Feldwebel funktionierte nicht mehr.

»Dieser schäbige Verein«, rief er, »scheint nur noch aus Armleuchtern zu bestehen!«

Er begab sich auf seine Stube. Hier wechselte er sein Hemd, besprühte sich mit Eau de Cologne und schmierte sich verschwenderisch Brillantine in sein Haar. Ein Blick in den Spiegel bewies ihm, daß er ein stattlicher Mann war. Das gab ihm Auftrieb. Und bereitwillig genehmigte er sich daher ein Schnäpschen aus seinem Zahnputzglas. Marke: »Nur für starke Männer.«

Derartig angefeuert, begab er sich mit zügigen Schritten in die Stadt. Er steuerte im geraden Kurs auf das *Café Asch* zu. Hier angekommen, fragte er tönend nach Helen Wieder. Am Büfett wurde ihm liebenswürdig erklärt: das Fräulein Wieder sei bereits ausgegangen – und zwar mit einem Soldaten.

Rammler schnaufte ungehalten. »Wer ist hier eigentlich für diesen Puff verantwortlich?« fragte er streitbar.

Die Frau hinter dem Büfett – es war Elisabeth Asch – blieb dennoch freundlich. Sie wies, geradezu einladend, auf einen Tisch in der Nähe des Fensters. Dort saßen zwei Herren in Zivil: Herbert Asch und Klaus Ahlers. Ihr Lachen klang Rammler geradezu aufreizend entgegen. Denn die Möglichkeit, daß sie über ihn lachten, hielt er nicht für ausgeschlossen.

Entschlossen setzte er sich daher in Bewegung – direkt auf Asch und Ahlers zu. Und was er hier vor sich zu sehen glaubte, waren zwei typische, herumalbernde Zivilisten. Er vermißte Ernst, Würde, Haltung.

Nicht, daß er grundsätzlich gegen die Zivilbevölkerung eingestellt wäre! Doch seine Welt war die der Kaserne – und zwar die Kasernenwelt von morgen, wie er sie sich vorstellte: fußend auf der Tradition und den Erfahrungen von gestern.

»Können wir etwas für Sie tun?« fragte einer der Zivilisten.

»Wer«, wollte Rammler wissen, »ist hier eigentlich verantwortlich?«

»Wofür?« fragte Herbert Asch.

»Für dieses Telefon!« Rammler blickte verächtlich und nachsichtig zugleich. Er wähnte, lediglich einem simplen Cafétier gegenüberzustehen. Und der bekam es fertig, einen Rammler herausfordernd anzugrinsen!

»Sprechen Sie sich ruhig aus«, sagte dieser Mann.

»Vorhin habe ich hier angerufen. Doch an den Apparat kam dann irgendein fragwürdiges Subjekt.«

»So was soll es geben«, sagte Herbert Asch. »Der Mißbrauch von Telefonen ist gar keine Seltenheit.«

»Sie werden sich doch nicht etwa von der Verantwortung drücken wollen?« fragte Rammler tadelnd. Und als er ein amüsiertes Auflachen vernahm, das er als herausforderndes Gelächter auslegte, rief er unbeherrscht grob: »Wer sind Sie denn überhaupt!« In seinen Augen schien jetzt dieses Café nichts anderes zu sein als ein erweiterter Kasernenhof. Fest stand für ihn: Diese Stadt lebte von der Garnison – und sie lebte nicht schlecht davon. Eine gewisse Dankbarkeit konnte daher wohl mindestens erwartet werden. »Wie kommen Sie mir vor!«

»Wie ich Ihnen vorkomme, das kann ich natürlich nicht beurteilen«, erklärte Herbert Asch unbeirrt freundlich. »Aber wer ich bin, das kann ich Ihnen gern sagen. Ich bin – unter anderem – der Besitzer dieses Unternehmens.«

»Na eben!« Rammler war nicht im geringsten bereit, sich von solchen reichlich selbstbewußten Zivilisten beeindrucken zu lassen. »Und damit sind Sie verantwortlich – auch für den Mißbrauch Ihres Telefons, verdammt noch mal!«

»Vielleicht«, sagte Herbert Asch einladend, »sollten Sie jetzt einen starken Kaffee trinken – als mein Gast, wenn es Ihnen recht ist.«

Rammler winkte überlegen ab. »Wofür halten Sie mich – ich bin doch kein Schnorrer!«

»Ich jedenfalls«, sagte Klaus Ahlers behutsam, »bin vermutlich auch nicht das, wofür Sie mich halten. Man irrt sich da sehr leicht.«

»Mischen Sie sich gefälligst nicht ein – mit Ihnen rede ich nicht!«

»Aber ich rede mit Ihnen«, stellte Ahlers fest. »Und vielleicht interessiert es Sie, daß ich Hauptmann der Luftwaffe bin.«

Rammler stutzte kurz. Aber schließlich war er Spezialist für die Ausbildung von Einzelkämpfern; Experte für den Nahkampf – und daher auch immer auf trickreiche Gegenangriffe gefaßt. Dementsprechend erklärte er: »So was kann schließlich jeder sagen.«

»Wollen Sie meinen Ausweis sehen?« fragte Klaus Ahlers entgegenkommend.

Nunmehr stutzte Rammler abermals, diesmal sogar geraume Zeit – etwa fünf Sekunden lang. Dann schlug er, wie er meinte, einen kurzen, kühnen Haken und erklärte: »Mit Ihnen habe ich nichts zu tun. Ich spreche allein mit dem Inhaber dieses Ladens.

Sie brauchen sich also auch nicht einzumischen. Ich habe lediglich die Absicht, mich über den Verlauf eines Telefongesprächs zu informieren. Außerdem bin ich ganz privat hier.«

»Das höre ich nicht ungern«, versicherte Herbert Asch. »Doch rate ich Ihnen, sich auch dementsprechend zu benehmen. Und so schwer Ihnen das im Augenblick auch fallen mag – Sie haben wirklich keine Wahl. Versuchen Sie, mir das zu glauben.«

»Ich will wissen, mit wem ich telefoniert habe! Den Kerl muß ich herausfinden. Anders gebe ich keine Ruhe.«

»Setzen Sie sich!« sagte der Major Bornekamp. »Es wird höchste Zeit, daß ich Ihnen ein paar Wahrheiten verpasse.«

Diese einleitenden Worte galten dem Oberleutnant von Strackmann. Der Major musterte ihn prüfend – nicht ohne an dieser Mischung aus zielstrebigem Bemühen und williger Ergebenheit ein gelindes Wohlgefallen zu finden.

»Wenn ich Sie nicht hierher bestellt hätte, Strackmann – was hätten Sie sonst um diese Zeit gemacht?«

»Gearbeitet, Herr Major.«

»Und wenn Sie mit dieser Arbeit fertig gewesen wären?«

»Es gibt für unsereinen immer was zu tun, Herr Major.«

Der Major trank von der rotleuchtenden Flüssigkeit, die vor ihm stand. Es handelte sich dabei um sogenanntes Türkenblut – schlichter deutscher Einheitssekt mit französischem Rotwein gemischt – halb und halb. Er fragte: »Haben Sie eine Braut, Herr Oberleutnant?«

Der von Strackmann verneinte – fast war es, als weise er eine Verdächtigung von sich. »Einfach keine Zeit dafür. Ich komme kaum jemals aus der Kaserne hinaus.«

»Mein lieber junger Freund«, sagte der Major überlegen, »es gibt Dinge, für die muß man eben Zeit haben – wie für das Rasieren oder die Körperpflege. Und es gibt da gewisse Vorrechte für junge Offiziere, die geradezu zur Körperpflege gerechnet werden können!«

Der Oberleutnant von Strackmann gab sich erheitert. Denn

derartige Redensarten des Majors waren allgemein bekannt; es war ratsam, ihm hier zuzustimmen.

So war, wie Bornekamp fand, zunächst einmal eine angenehme Atmosphäre des Vertrauens geschaffen. Er schenkte dem jungen willigen Offizier sogar ein Glas von seinem Türkenblut ein.

»Ich will mich auf meine Offiziere verlassen können«, sagte er dann. »Besonders auf jene, die mit mir als Kompanieführer eng zusammenarbeiten.«

Der von Strackmann nickte mit Eifer. Er war mit Leidenschaft bereit, sich zu bewähren. Und zu erfahrenen Vorgesetzten sah er gerne mit Andacht empor.

»Unsere Welt«, sagte der Major, »ist eine Welt für sich. Es muß vermieden werden, daß Außenstehende versuchen, Einfluß auf unsere Wesensart zu nehmen. Man darf ihnen keinerlei Veranlassung dazu geben.«

Das schien ihm eine ungemein geschickte Formulierung. Denn was er dachte, war dies: Diese Zivilisten, auch wenn sie Bürgermeister sind, geht es einen Dreck an, was wir hier machen. Aber noch darf man sie nicht einfach auf die Pfoten hauen, wenn sie versuchen, sich bei uns einzumischen! Man grinst sie freundlich an – und damit genug! Keine andere irgendwie sichtbare Reaktion darauf! Schon gar nicht etwa eine überstürzt angesetzte Geländeübung.

»Haben wir uns verstanden, Strackmann?«

»Verstanden, Herr Major«, versicherte der Oberleutnant voreilig.

»Fein«, sagte Bornekamp. »Weiter so, mein Lieber – und Sie werden in naher Zukunft nicht nur eine meiner Kompanien in Stellvertretung führen.«

Der Oberleutnant erglühte – weniger des Türkenblutes wegen als vor Stolz. »Danke, Herr Major!«

»Würden Sie mir auch einen persönlichen Gefallen tun?« fragte nun Bornekamp nahezu vertraulich.

»Jeden, Herr Major!«

»Dann suchen Sie bitte meine Frau auf – möglichst noch heute abend. Nehmen Sie eine Flasche Kognak mit; ich habe sie ihr versprochen. Bestellen Sie meine herzlichen Grüße. Aber ich werde vermutlich heute – wenn überhaupt – erst sehr spät nach Hause kommen können. Ich muß noch einige Kontrollen vornehmen und ein paar Stapel Akten durchsehen. Klar? Gut – dann lassen Sie sich hier nicht länger aufhalten.«

Im Café des Asch-Gebäudes am Markt hockte der Feldwebel Rammler wie ein Löwe aus Sandstein. Er hatte einen Platz belegt, von dem aus er die Eingangstür beobachten konnte. Er lauerte auf Helen Wieder.

»Möglicherweise warten Sie vergeblich«, sagte Elisabeth Asch. »Es ist sehr fraglich, ob Fräulein Wieder noch einmal hierherkommt.«

»Doch das ist immerhin möglich – nicht wahr?«

»Gewiß – es ist nicht ausgeschlossen. Aber zumindest kann es recht lange dauern.«

»Ich warte!« erklärte Rammler dumpf entschlossen. »Ich habe Zeit. Und von meiner Ausdauer können manche ein Lied singen! Bringen Sie mir einen Doppelten – von meiner Spezialsorte!«

»Ich werde Ihre Bestellung weitergeben«, sagte Frau Asch. Sie verließ diesen nicht sonderlich angenehmen Gast gerne.

Der blickte mißmutig um sich, in die leuchtende Kunststoffpracht des modischen Cafés hinein, bis ihm eine Kellnerin den bestellten doppelten Schnaps brachte: »Nur für harte Männer.« Sie war mit Helen Wieder in keiner Beziehung zu vergleichen – Rammler konnte hinschauen, wo immer er wollte. Und so vermochte sie ihn auch nicht von seiner bohrenden Verärgerung abzulenken.

Doch da erschien in der Eingangstür ein weibliches Wesen, das ihm sehr beachtenswert schien. Dieses Mädchen wirkte sportlich straff, stand sozusagen gespannt wie eine Stahlfeder da. Sie schien das Café zu betrachten, als ob es eine Aschenbahn wäre, wo sie nun zum Kurzstreckenlauf anzusetzen habe.

Sie durchquerte den Raum und schien direkt auf Rammler zuzuschreiten. Der registrierte sachverständig: Die flotte Kleine hat Feuer im Leib; trägt Kleider eng wie eine Uniform. Sie nahm am Nebentisch Platz.

Das empfand Rammler als Aufforderung zum Tanz. Daß der Tisch neben ihm als einziger im Raum frei gewesen war, übersah er großzügig.

»Na – wie wär's?« fragte er, sich vertraulich vorbeugend.

Alles an diesem Mädchen war von kühler Helligkeit: ihre Haare, ihre Augen, ihre Kleidung. Demgemäß klang auch ihre Stimme. »Kennen wir uns?«

»Wir sind gerade dabei, uns kennenzulernen«, versicherte Rammler unternehmungsfreudig. Denn einmal: diese Kleine mißfiel ihm nicht. Zum anderen aber: Helen Wieder, dieses durchtriebene Biest, hatte einen Denkzettel verdient! Es gab auch noch andere!

»Kommen Sie an meinen Tisch – oder soll ich mich zu Ihnen setzen?«

»Weder – noch!« rief eine Männerstimme neben Rammler. »Geben Sie sich keine Mühe, Kamerad – diese Dame ist bereits besetzt.«

Rammler blickte unwillig auf: Er sah vor sich einen mittelgroßen, schlanken Mann in Zivil stehen. Der lachte unbekümmert und sagte: »Voßler.«

»Von mir aus können Sie heißen, wie Sie wollen! Mit Ihnen rede ich nicht – ich spreche mit dieser jungen Dame.«

»Und ich«, erklärte das Mädchen erleichtert, »kann nur antworten: Versuchen Sie, woanders zu landen!«

Das war unmißverständlich. Männer mit weniger Selbstbewußtsein hätten das als Niederlage empfunden – nicht jedoch Rammler! Er war leicht angeschlagen. Entmutigt aber war er noch lange nicht.

Er betrachtete das Pärchen am Nebentisch mit Widerwillen. Sie nannte ihn »Viktor«, und er sagte zur ihr »Gerty« – vermutlich hieß sie also Gertrud. Und sie benahmen sich wie die Turteltauben. Schließlich lenkte er ärgerlich seinen Blick in Richtung Büfett – und was er dort sah, alarmierte ihn.

Denn dort stand der Grenadier Martin Recht – genau derjenige, dem er die Enttäuschung dieses Tages zu verdanken hatte.

Zwar hatte er ihm einen ersten Denkzettel verpaßt, aber dieser Knabe schien schon wieder reichlich munter zu sein. Er plauderte ungeniert mit der Frau hinter dem Büfett – bis er, als spüre er Rammlers Blick, in dessen Richtung sah. Der Feldwebel richtete sich auf, um nicht übersehen zu werden. Und der Grenadier, in plötzlichem Schreck, produzierte eine alles andere als vorschriftsmäßige Ehrenbezeigung.

Sie dankend zu erwidern, fiel Rammler nicht ein. Vielmehr winkte er; mit dem Zeigefinger der rechten Hand. Und der Grenadier setzte sich prompt in Bewegung, auf seinen Feldwebel zu.

»Was treiben Sie hier?« fragte Rammler.

Hierauf fand Recht keine Antwort, die den Feldwebel befriedigt hätte. So stand er denn steif und stumm da. Und sein Blick bat um eine halbwegs menschenwürdige Behandlung.

»Sie treiben sich also hier herum«, erklärte Rammler unnachsichtig. »Dabei sind Sie zum Wachdienst eingeteilt worden.«

»Davon«, sagte Recht, »wußte ich nichts.«

Rammler betrachtete den Grenadier lauernd – er suchte noch nach der besten hier anwendbaren Methode.

Doch auch in dieses Gespräch schien sich der Mann in Zivil vom Nebentisch einmischen zu wollen. Er unterbrach das Turteltaubenspiel, stand auf, ging auf Recht zu und rief: »Wen haben wir denn da! Ist das nicht unser Gast von gestern abend?«

»Herr Oberfeldwebel!« rief Martin Recht maßlos erleichtert. »Wie geht es Ihnen?«

»Glänzend!« sagte der Oberfeldwebel Voßler. »Ich genieße meine Freizeit. Das sollten Sie übrigens auch tun und sich durch nichts davon ablenken lassen.«

Der Grenadier lächelte dem Oberfeldwebel dankbar zu. Er ergriff die Hand, die ihm entgegengestreckt wurde, wie ein Schiffbrüchiger auf hoher See.

»Wollen Sie sich nicht zu uns setzen, Herr Recht?« fragte Voßler mit Herzlichkeit. »Fräulein Ballhaus und ich würden uns darüber freuen.«

»Erlauben Sie mal!« sagte Rammler, nur mühsam beherrscht. »Was berechtigt Sie dazu, sich hier einzumischen? Das Gespräch, daß ich hier führe, geht Sie einen Dreck an!«

»Warum regst du dich auf, Kamerad.« Voßler blickte durchaus friedfertig auf Rammler. »Es geht doch auch anders. Man muß nicht gleich ins Horn stoßen, wenn man sich bemerkbar machen will.«

»Was heißt hier: Kamerad!« rief Rammler. »Ich habe mit einem von meinen Leuten zu reden – und zwar dienstlich. Da lasse ich keine Einmischung zu!«

Viktor Voßler legte, wie schützend, seinen Arm um die Schultern von Martin Recht. Und seine Stimme klang nahezu wie eine erste Geige mit Dämpfer: »Nur immer ruhig Blut, Kamerad! Tief ein- und ausatmen und mindestens bis drei zählen. Und vergiß nicht die alte Soldatenweisheit: Man kann nie so dumm denken, wie es kommt.«

»Ich verbitte mir das!« rief Rammler erregt. Besonders das Lächeln dieser »Gerty«, also Gertrud, wurde von ihm für unverschämt gehalten. »Das verbitte ich mir ganz energisch!«

Doch nun stieß – zielsicher wie ein Habicht – Herbert Asch auf diese Gruppe zu. Er stellte sich zwischen die Kampfhähne auf, nahm die Haltung eines Schiedsrichters an und sagte: »Zunächst einmal möchte ich bitten, die Lautstärke erheblich abzudrosseln. Dies hier ist ein Café und keine Kaserne.«

»Trotzdem«, erklärte Rammler bebend, »befinde ich mich mitten in einer dienstlichen Handlung. Sie geht allein den Grenadier Recht und mich an.«

»Sie irren«, sagte Herbert Asch gelassen. »Das hier ist ausschließlich mein Bereich – keinesfalls der Ihre.«

Martin Recht stand da wie ein vergessenes Schaf auf einsamem Feld; um ihn das Geheul der Wölfe. Gleichwohl beherrschte ihn das verwirrende Gefühl: Er wurde beschützt!

»Sie!« fauchte Rammler Herbert Asch zu. »Sie – ich warne Sie! Mischen Sie sich nicht in militärische Angelegenheiten ein.«

»Lassen Sie das lieber mich machen«, empfahl Voßler. »Unter Vereinsbrüdern erledigen sich diese Dinge viel leichter.«

»Gar nicht notwendig«, erklärte Herbert Asch. »Hier bin ich der Hausherr. Kein anderer sonst. Und in dieser Eigenschaft muß ich Sie, Herr Rammler, leider ersuchen, meine Gäste nicht weiter zu belästigen und das Lokal unverzüglich zu verlassen.«

»Ich höre wohl nicht richtig!« Rammler blickte ungläubig auf Asch. »Sie werfen mich doch nicht etwa hinaus?«

»Nennen Sie das, wie Sie wollen.«

»Ich gehe!« rief Rammler drohend. »Aber ich sage Ihnen: Das werden Sie noch einmal bereuen!«

Er ging, ohne seine Zeche bezahlt zu haben. Herbert Asch gab Anordnung, sie auf sein privates Konto zu verbuchen – als laufende Unkosten.

Dann widmete er sich dem leicht verstörten Martin Recht; er bat ihn in seine Privaträume, damit er dort eine Bekanntschaft erneuern könne – mit Hauptmann Ahlers. Asch tat das nicht zuletzt, um »Gerty« und »Viktor« nicht weiter zu stören.

Der Feldwebel Rammler aber durchschritt die große Doppeltür, bemüht, ein schweres Los mit Anstand zu tragen: denn er fühlte sich als Opfer von heimtückisch-verständnislosen Zivilisten; von Kameraden ohne Solidaritätsgefühl; von Weibsbildern, die keine blasse Ahnung von wahren Werten besaßen.

Mit verächtlichem Lächeln schritt er auf die Treppe zu, die aufwärts führte. Hier jedoch blieb er wie angewurzelt stehen. Denn vor sich sah er Helen Wieder – und neben ihr: Karl Kamnitzer!

»Guten Abend, Herr Feldwebel!« rief Kamnitzer. »Sie wollen doch nicht schon gehen?«

»Sie!« sagte der Feldwebel mit heiserer Stimme. »Sie waren derjenige, mit dem ich telefoniert habe!«

»War ich das?« fragte Kamnitzer augenzwinkernd. »Und wann soll das gewesen sein? Und wenn ja – hat es Ihnen gefallen?«

Helen Wieder schob sich energisch vor. Mit aufreizend sanfter Stimme sagte sie: »Gerade fein finde ich das ja nicht – sich erst groß mit einer Dame zu verabreden und sie dann kurz und bündig telefonisch abzuservieren. Ich muß schon sagen – das ist mir noch nicht passiert!«

Der Feldwebel Rammler fühlte sich im Handumdrehen in die Defensive gedrängt. Statt der Anklage, die er hervorzuschleudern gedachte, schien nun ein Rechtfertigungsversuch geboten.

Denn Helen Wieder zweifelte offenbar seinen guten Willen an, seine bewährte Verläßlichkeit.

»Ich habe mich entschuldigt«, versicherte er. »Ich war dienstlich verhindert, durch eine Geländeübung – sie war überraschend angesetzt worden.«

Helen Wieder blickte ihn ungläubig an. Und Rammler wandte sich – hilfesuchend und vorwurfsvoll zugleich – an Kamnitzer. »Haben Sie das denn Fräulein Wieder nicht gesagt?«

»Ich? Wie käme ich dazu?«

»Mensch – wir haben doch miteinander telefoniert!«

»Haben wir das?« Kamnitzer schien mächtig verwundert. »Sollten tatsächlich Sie das gewesen sein, mit dem ich telefoniert habe?«

»Klar, Mensch! Wer denn sonst?«

»Komisch«, sagte Kamnitzer. »Ich hätte wetten können: da war einer an der Strippe, der mich auf den Arm nehmen wollte. Gab sich für Feldwebel Rammler aus! Wir kennen doch derartige Spaßvögel!«

»Mann!« rief Rammler empört. »Mich können Sie nicht für dumm verkaufen! Solche Typen wie Sie habe ich schon lange durchschaut.«

»Da tun Sie mir aber schwer unrecht«, behauptete der Gefreite Kamnitzer bieder. »Bedenken Sie doch mal meine Situation, Herr Feldwebel. Da ruft irgend so ein Kerl an und nennt Ihren Namen; röhrt dabei irgend etwas von einer Geländeübung. Und das mir! Wo ich doch unseren Dienstplan genau kenne und weiß: Da war gar keine Geländeübung verzeichnet!«

»Sie ist überraschend angesetzt worden, Mann!«

»Tatsächlich? Aber das konnte ich schließlich nicht riechen. Außerdem klang Ihre Stimme ganz anders als auf dem Kasernenhof. Geradezu lieblich.«

»Das ist mir zu dumm!« sagte Helen Wieder. »Dafür ist mir meine Zeit zu schade!«

»Aber ich will Sie doch nur aufklären, Fräulein Wieder!«

»Ich bin aufgeklärt genug!« rief sie und stieg die Treppe aufwärts.

Der Feldwebel und der Gefreite sahen ihr nach – der Anblick, der sich ihnen bot, ließ sie verstummen: Diese Helen schien der lebendig gewordene Landsertraum.

»Sie entschuldigen mich«, sagte Kamnitzer. »Aber ich bin in Eile. Ich habe, sozusagen in Ihrer Stellvertretung, Herr Feldwebel, die Betreuung von Fräulein Wieder übernommen. Denn ich konnte sie ja schließlich nicht dasitzen lassen – wie bestellt und nicht abgeholt. Und in dieser Beziehung bin ich konsequent – ich werde sie also auch weiterhin betreuen. Das bin ich Ihnen schließlich schuldig!«

Damit verließ Kamnitzer seinen Feldwebel und stieg hinter Helen her. Rammler stand längere Zeit wie versteinert da, mit offenem Mund. Doch dann schloß er ihn wieder, schüttelte schwer den Kopf und sagte dumpf brütend: »So was kann man doch mit mir nicht machen!«

Der nächste Tag begann mit einem zwar alltäglichen, aber immer wieder schönen Schauspiel: der Oberleutnant von Strackmann putzte persönlich seine Stiefel. Das geschah im Korridor, vor der Tür seines Zimmers. Er wollte ein Beispiel geben.

Dabei befahl er den Unteroffizier vom Dienst zu sich und ließ sich von ihm, dabei unentwegt weiterputzend, Meldung erstatten. Er erfuhr das gleiche wie an jedem anderen Morgen auch: Keine besonderen Vorkommnisse! Sein Kommentar hierzu: »Wäre ja auch noch schöner, wenn in meinem Bereich nicht alles klappte!«

Nachdem sich der UvD ausreichend an dem Anblick seines stellvertretenden Kompaniechefs geweidet hatte, war das Erscheinen des Kompaniefeldwebels fällig. Das jedoch zögerte sich, wie gewöhnlich, hinaus.

Schließlich tauchte Kirschke auf – immerhin ohne den Oberleutnant anzugähnen. Dafür war es noch zu früh.

Nachdem sich beide mißmutig gemustert hatten, fragte der Oberleutnant: »Nun – was werden wir heute veranstalten?«

»Das Übliche«, sagte Kirschke lakonisch.

Der Oberleutnant forderte Details. Zwar kannte er den Dienstplan des Tages genau, aber er wollte wissen, ob ihn auch der Hauptfeldwebel kannte. Der jedoch zog lediglich eine Durchschrift aus der Tasche und machte Anstalten, sie vorzulesen.

»Ersparen Sie mir das!« Die Verachtung des von Strackmann diesem renitenten Menschen gegenüber war so stark, daß er sogar vergaß, weiter an seinen Stiefeln zu putzen. »Ich will wissen, was Sie – Sie persönlich – heute zu unternehmen gedenken?«

»Auch das Übliche.« Kirschke leistete sich diese Bemerkung unbeirrt gleichgültig. »Lauter Routineangelegenheiten.«

»Hauptfeldwebel«, sagte der Oberleutnant energisch, »ich erwarte von meinen engsten Mitarbeitern jeden Tag einen guten Gedanken!«

Diesen geforderten guten Gedanken glaubte Kirschke durchaus zu haben, allerdings behielt er ihn wohlweislich für sich. Er dachte: Der benimmt sich wie bei den Pfadfindern! Hätte dieser Strackmann zwanzig Jahre früher das Licht der deutschen Welt erblickt – die HJ hätte wohl kaum einen Besseren finden können.

Aber der Oberleutnant war nun einmal in diese Demokratie hineingeboren. Und er machte das Beste daraus – seiner Ansicht nach.

Unverdrossen spielte der von Strackmann an diesem Tag zunächst einige Stunden Schäferhund, wie Kirschke es nannte – er bewachte seine Herde, umkreiste sie aufmerksam und mit Ausdauer, trieb Nachzügler zum Haufen und sorgte für gutes Tempo. Dabei dachte er immer wieder an seinen Hauptfeldwebel. Von allem anderen abgesehen, schien der ihm nicht zuletzt ein hartnäckiges Hindernis auf seinem Weg nach oben. Es gab wahrlich genügend Gründe, dieses Hindernis aus dem Weg zu räumen – dies schien nicht nur in seinem, sondern auch im Interesse des Ganzen dringend geboten.

Der Oberleutnant fühlte sich schließlich von seiner eigenen Entschlossenheit bedrängt und suchte die Schreibstube auf. Hier jedoch war der Hauptfeldwebel nicht. Auf Strackmanns energische Frage, wo er sich befinde, bekam er zur Antwort: »Vermutlich auf seiner Stube. Er wechselt dort seine Hosen.«

Die Ankündigung Kirschkes, daß er seine Hosen zu wechseln gedenke, war bereits vor zwei Stunden erfolgt. Doch das erfuhr der Oberleutnant nicht – er hatte es einfach versäumt, sich danach zu erkundigen. Aber sein Mißtrauen wies ihm den rechten Weg.

Er begab sich zur Stube des Hauptfeldwebels, die auf dem unteren Korridor lag. Hier kam der von Strackmann jedoch lediglich bis zur Tür – denn sie war verschlossen. Er pochte zunächst noch gemäßigt, ähnlich wie ein Briefträger, gegen die Füllung. Keine Antwort.

»Kirschke«, sagte er fordernd. »Machen Sie auf!«

Doch ihm wurde nicht aufgetan. Nunmehr pochte er eher nach Art eines Polizeikommandos mit Verhaftungsbefehl gegen die Tür.

»Öffnen Sie!« rief er dabei. »Hier ist Oberleutnant von Strackmann! Ich weiß, daß Sie sich eingeschlossen haben, Kirschke.«

Danach trommelte er einige Wirbel. Herausforderndes Schweigen antwortete ihm.

Nun setzte sich der Oberleutnant windhundflink in Bewegung. Er sauste – »wie ein geölter Blitz«, sagten später die Zeugen – durch den Korridor, zur Tür hinaus, um den Block herum, genau dorthin, wo das Fenster von Kirschkes Zimmer war.

Dieses Fenster war ein wenig mehr als mannshoch. Doch der von Strackmann war ein sportlicher junger Mann. Er sprang hoch, griff zum Fensterbrett und absolvierte einen bemerkenswerten Klimmzug – zur hellen Freude einiger aufmerksam herumstehender Soldaten.

Und der Oberleutnant, angestrengt durch das Fenster schauend, sah folgendes: ein pralles, mit einer Unterhose bekleidetes Hinterteil – es gehörte Kirschke. Und während Strackmann durch das Fenster in die Stube hineinpeilte, schaute Kirschke durch das Schlüsselloch zur Stube hinaus.

Dieser Anblick schien Strackmann den Atem zu verschlagen. Er löste sich, leicht keuchend, vom Fensterbrett. Dann setzte er sich eilig in Marsch, wieder um den Block herum, in den Korridor, auf Kirschkes Stube zu. Die Tür war jetzt offen, und der Hauptfeldwebel schaute heraus.

»Das«, sagte Strackmann, noch mühsam atmend, »wird ein Nachspiel haben.«

»Wieso denn?« fragte Kirschke. »Kann man sich nicht einmal mehr die Hosen wechseln?«

»Hinter verschlossenen Türen?« fragte der Oberleutnant streng.

»Klar«, sagte der Hauptfeldwebel. »Ich pflege meine Hosen immer hinter verschlossenen Türen zu wechseln. Schließlich könnte ja zufällig eine Putzfrau hereinkommen.«

»Wir werden das klären«, rief der Oberleutnant. »Und ich selbst werde die notwendigen Untersuchungen führen.«

»Gerne – von mir aus.« Kirschke schien wenig beeindruckt. Seiner Überzeugung nach war ihm dieser eifrige Ignorant bei weitem nicht gewachsen. Doch unbequem konnte der zweifellos werden. Daher war es wohl angebracht, ihn abzulenken – und der Hauptfeldwebel wußte auch schon, womit. »Immerhin gibt es doch wohl Angelegenheiten, die dringender erscheinen.«

»Die Entscheidung darüber überlassen Sie gefälligst mir!«

»Natürlich, Herr Oberleutnant. Aber da kam vorher ein Anruf – von einem gewissen Herrn Asch, Inhaber des gleichnamigen Cafés. Er sagte: Wir sollten doch darauf hinwirken, daß sich Angehörige unserer Einheit in seinem Lokal halbwegs gesittet aufführen.«

Der von Strackmann richtete sich auf – steif, wie aus Wachs gegossen. »Das hat dieser Mann gesagt – Ihnen gegenüber?«

»Mir gegenüber, jawohl. Er wollte zunächst Sie sprechen, Herr Oberleutnant – aber da Sie unterwegs und somit nicht zu erreichen waren ...«

»Das hat dieser Mann wortwörtlich gesagt?«

Der Oberleutnant war empört. Kirschke sah das mit Genuß. Natürlich hatte Herbert Asch keine so scharfen Formulierungen gebraucht – aber sinngemäß stimmte seine Interpretation durchaus; und der von Strackmann ging offenbar bereitwillig auf diesen Leim.

Er erinnerte sich nämlich sofort an die gewichtige Unterredung, die er gestern abend mit seinem Kommandeur geführt hatte. Darin, vertraulich, die Forderung: sich nur nicht von irgendwelchen Zivilisten an den Wagen fahren lassen – oder so ähnlich.

»Was nimmt sich dieser Mensch heraus!« rief der von Strackmann ahnungslos. Von den Verhältnissen in der Stadt wußte er wenig. Sein Leben war ausschließlich der Armee geweiht, und über die Mauern seiner Kaserne pflegte er selten hinauszublicken – es sei denn in Richtung Übungsgelände. Er wußte mithin auch nicht, wer Herbert Asch war – und es interessierte ihn auch nicht.

»Hier ist seine Telefonnummer«, sagte Kirschke und hielt erwartungsvoll dem Oberleutnant einen Zettel hin.

Der schnappte danach wie ein Hecht nach dem Köder. »Dem werden wir mal zeigen, was eine Harke ist!«

Nunmehr wurden in kürzester Zeit fünf Telefongespräche geführt. Sie lockerten den Stein, der dann ins Rollen geraten sollte.

Zunächst ließ sich der Oberleutnant über die Hotelvermittlung mit Herbert Asch verbinden und erklärte ihm unter anderem, er halte nichts von indirekten Verdächtigungen – und wenn man etwas von ihm wolle, so möge man das schriftlich einreichen. Und das auf dem sogenannten Dienstweg!

Herbert Asch war leicht verblüfft. Er sagte: »Ich kann nur hoffen, Sie wissen, mit wem Sie sprechen.«

»Mir genügt, wenn Sie wissen, mit wem Sie es zu tun haben!«

Das glaubte Herbert Asch jetzt zu wissen. Und er war es, der das zweite Telefongespräch in dieser Serie führte: mit Hauptmann Ahlers.

Asch erzählte ihm von seinem vorsorglichen Anruf bei der 3. Kompanie. Er hätte beabsichtigt, den Unternehmungsgeist eines Feldwebels namens Rammler ein wenig zu dämpfen – nicht zuletzt, um dadurch Martin Recht zu schützen. Er habe zunächst mit Hauptfeldwebel Kirschke telefoniert; dies sei ein offenbar ruhiger, geradezu gemütlicher und verständnisvoller Mensch. Dann aber sei ein neuer Mann in Erscheinung getreten – ein Oberleutnant von Strackmann.

»Den habe ich flüchtig kennengelernt«, sagte Hauptmann Ahlers. »Er ist wahrscheinlich guten Willens. Aber er scheint zu den Hundertfünfzigprozentigen zu gehören.«

»Jedenfalls hat er sich mir gegenüber benommen wie ein Holzhacker.«

»Dieses Handwerk werden wir ihm legen«, versprach Ahlers zuversichtlich.

Das dritte Telefongespräch führte Hauptmann Ahlers mit Oberst Turner. »Erledigen Sie das, lieber Ahlers«, sagte der, nachdem er aufmerksam und schweigend zugehört hatte. »Erledigen Sie das in meinem Sinne – und im Rahmen der bestehenden Vorschriften.«

Hauptmann Ahlers aber behauptete, diesmal sei das leider nicht ganz einfach. Er bekannte: »Ich bin es nämlich gewesen, der Herrn Asch den Rat gegeben hatte, von einer offiziellen Meldung abzusehen. Ich empfahl ihm, diese Angelegenheit möglichst unauffällig zu bereinigen.«

»Dagegen ist nichts einzuwenden«, sagte Turner zustimmend. »Ich empfinde diese Empfehlung als glücklich.«

»Aber ich habe dabei sozusagen als Beauftragter des Standortältesten zum Bürgermeister dieser Stadt gesprochen. Deshalb faßte Herr Asch meine Anregung als mehr oder weniger offiziell auf. Das brüske Verhalten des Oberleutnants von Strackmann ist nun zumindest äußerst unklug. Hier scheint also ein klärendes Wort geboten. Und das kann eigentlich nur von Ihnen kommen, Herr Oberst – von Ihrer Erfahrung mit heiklen Situationen einmal ganz abgesehen.«

Der Oberst Turner schluckte das mit einiger Überwindung. Doch er sah keine andere Möglichkeit, als das von ihm erwartete Telefongespräch zu führen. So verlangte er dann Major Bornekamp zu sprechen.

Diesem gegenüber führte Turner aus: Er pflege niemals unerbetene Ratschläge zu erteilen, auch sträube er sich dagegen, in andere Bereiche einzugreifen. »Aber als Kommandeur ist man doch wohl für seine Offiziere verantwortlich, nicht wahr?«

»Sprechen Sie allgemein, Herr Oberst – oder meinen Sie einen bestimmten Fall?«

»Einer Ihrer Offiziere, ein gewisser Oberleutnant von Strackmann, hat sich leider einen bedenklichen Mißgriff geleistet. Er sprach mit dem Bürgermeister, Herrn Asch, in einer Weise, die ich als reichlich leichtfertig bezeichnen muß. Ich kann nicht annehmen, daß dies in Ihrem Sinne ist, Herr Major. Schließlich ist

Herr Asch der maßgebende Mann dieses Ortes – zumindest bis zur nächsten Wahl. Als zuständiger Standortältester bin ich ein wenig besorgt. Aber ich bin andererseits überzeugt, daß Sie diese Angelegenheit in der rechten, sachgemäßen Weise regeln werden.«

Der Major nahm diese sanfte, aber deutliche Standpauke zähneknirschend hin. Er wußte, daß nun der Oberst eine Aktennotiz anfertigen würde: mit Ort, Datum, Uhrzeit und genauen Details des Gesprächs, das vermutlich als »hinweisende Belehrung« bezeichnet werden würde.

Hinzu kam, daß sich Bornekamp menschlich enttäuscht fühlte – und zwar von diesem Strackmann. Er hatte ihn für intelligenter gehalten. Oder sollte er ihn etwa falsch belehrt haben? Auf alle Fälle war es dieser Oberleutnant, der ihm eine derartig unbequeme Zurechtweisung verschafft hatte.

Somit war es Major Bornekamp, der das fünfte Telefongespräch führte. Er zitierte den Oberleutnant von Strackmann an den Apparat und überfuhr ihn – so nannte es später Kirschke – wie ein Panzerwagen einen Frosch.

»Eine glatte Idiotie, was Sie sich da geleistet haben!« rief der Major. »Bügeln Sie das schleunigst wieder aus – oder Sie sind geliefert.«

Der Oberleutnant von Strackmann stand da wie erstarrt. Der Hauptfeldwebel Kirschke, der alles mitgehört hatte, grinste beglückt. »Soll ich jetzt«, fragte Kirschke sodann, »eine Meldung aufsetzen – gegen mich? Wegen Schlafens während der Dienstzeit?« Und beinahe hätte er hinzugefügt: Wer schläft, der telefoniert wenigstens nicht! Doch das war überflüssig – der von Strackmann ahnte, was sein Kompaniefeldwebel dachte.

Dumpf sagte er: »Alles wegen diesem elenden Sauhaufen!«

»Meinen Mann müssen Sie zunächst entschuldigen, Herr Recht. Er ist aufgehalten worden – wodurch, weiß ich nicht.«

Frau Ahlers sagte das zu ihrem Gast mit lächelnder Selbstverständlichkeit, ohne die Andeutung eines Vorwurfs.

»Wir leben recht einfach«, sagte Frau Ahlers gleichmütig. »Aber das brauche ich Ihnen wohl nicht erst zu sagen – Sie sehen es.«

Martin Recht sah es – doch er empfand keine Verlegenheit dabei. Die Möbel bestanden aus schlichtem, robustem Material; die Stoffe waren geschmackvoll ausgesucht, doch von billiger Qualität; auf dem Fußboden lag ein einfacher, einfarbiger Hanfteppich. Recht verstand einiges von diesen Dingen; seine Mutter besaß ein Geschäft für Wohnungseinrichtungen.

»Ich muß wieder in die Küche«, sagte Frau Ahlers. »Doch meine Tochter wird Ihnen inzwischen Gesellschaft leisten.«

Recht gefiel ihr schmales, klares Gesicht. Sie zögerte noch einen Augenblick und fragte dann: »Hat mein Mann Ihnen gesagt, daß unsere Tochter leidend ist – ich meine: daß sie ein Leiden hatte und noch nicht wieder ganz gesund ist?«

»Doch, das hat er gesagt.«

»Wissen Sie auch, worum es sich dabei handelt?«

»Nein.«

»Sie werden es bemerken«, sagte Frau Ahlers. »Und ich bin sicher, daß Sie sich dann schon richtig verhalten werden.«

Carolin Ahlers, die Tochter, erschien kurz danach. Recht blickte in helleuchtende Augen. Die Haut dieses Mädchens schien ihm die Farbe weißer Rosen zu haben, auf die ein mildes Abendrot scheint; das lang herabfallende Haar kam ihm vor wie ein kostbares Tuch; und ihr Lächeln, fand Recht beglückt, erinnerte an Märchen von Prinzessinnen und Feen. Kurzum: Martin Recht hatte eine ungemein poetische Sekunde.

Er konnte sich nicht dagegen wehren: Dieses Mädchen besaß einen Zauber, der seine Phantasie sanft, aber unwiderstehlich beflügelte. Doch dann sah er sie gehen und geriet in die rauhe Wirklichkeit zurück. Sie ging vorsichtig, unsicher, als beherrsche sie nicht ganz ihren Körper. Man konnte sagen: sie hinkte – aber das traf nicht ganz ihre keineswegs schwankenden, sondern gleichsam tastenden Bewegungen. Martin Recht registrierte es sachlich – und stellte gleichzeitig fest, daß er sich nicht allzusehr gewundert hätte, wenn sie plötzlich, den Boden verlassend, langsam dahingeschwebt wäre.

Sie bemerkte seinen Blick und lächelte – und das war kein sogenanntes tapferes Lächeln, es schien eher voller Nachsicht, und zwar Recht gegenüber. Frau Ahlers aber blickte prüfend auf ihren Gast und sah befriedigt, daß er seine Überraschung schnell überwand. Er eilte auf Carolin zu.

»Darf ich Ihnen behilflich sein?« fragte er.

»O nein!« sagte das Mädchen unerwartet heiter. »Ich komme schon ganz gut alleine zurecht. Sie müssen nur versuchen, sich an meinen Gang zu gewöhnen. Oder sind Ihnen kranke Menschen sehr unangenehm?«

»Wie kommen Sie darauf?« sagte Martin Recht und rückte einen Stuhl für Carolin zurecht. »Meine Schwester hatte Kinderlähmung, und sie versuchte das ganz schön auszunutzen.«

»Aber Sie ließen sich nicht ausnutzen?«

»Doch – mit Vergnügen!« Recht ergriff, ohne lange zu zögern, den Arm von Carolin, um sie sicher zum Stuhl zu geleiten.

»Das sind so letzte ritterliche Instinkte, müssen Sie wissen – lassen Sie mir die Freude.«

Frau Ahlers blickte lächelnd auf ihre Tochter und nickte dann Martin Recht dankbar und ermunternd zu. Dann verließ sie den Raum.

Recht aber zog einen Stuhl herbei und setzte sich zu Carolin. Er fand es zunächst ein wenig verwirrend, in dieses sanfte, leuchtende, lächelnde Gesicht zu sehen: Diesmal erinnerte es ihn an einen Frühlingsmorgen zwischen Birken, Wiese und Bach. Ihm war schon wieder poetisch zumute; doch er zwang sich dazu, an ihren Gang zu denken.

»Woher kommt das?« fragte er offen, fast neugierig. »Was ist das für eine Krankheit?«

»Eine Art partieller Lähmung der Beine«, antwortete Carolin. »Die Ursache war eine Verletzung der Wirbelsäule.«

»Scheußlich«, sagte Martin betont unsentimental. »Wie lange haben Sie das schon?«

»Seit meiner Geburt«, sagte Carolin.

Martin Recht vermochte nicht, seine Betroffenheit zu verbergen. Fragend blickte er sie an.

»Ich bin so etwas wie eins der letzten Opfer des vergangenen

Krieges«, erklärte Carolin. »Ich wurde neunzehnhundertfünfundvierzig auf der Flucht geboren – und zwar in Lübeck. Das Krankenhaus, so sagte man mir, war überfüllt, und verfügbar war nur ein einziger Arzt. Die Folge davon war diese Verletzung meiner Wirbelsäule.«

»Was soll ich dazu sagen?« fragte Martin Recht leise.

»Nichts! Dazu gibt es gar nichts zu sagen. Es ist so – und damit fertig!« Carolin lehnte sich zurück, ergeben und auch ein wenig erschöpft. »Und ist das wirklich so schlimm? Ich habe mich schon lange daran gewöhnt.«

»Und die Ärzte? Können sie nichts tun?«

»Sie haben bereits sehr viel getan! Ich habe mehrere Operationen hinter mir. Früher einmal war es viel schlimmer; ich saß in einem Rollstuhl. Jetzt aber kann ich sogar schon gehen.« Und lächelnd fügte sie hinzu: »Ein wenig jedenfalls. Das ist immerhin etwas.«

»Das ist viel!« sagte Martin Recht. »Das ist schon sehr viel – und das ist ein guter Anfang! Gehen Sie manchmal spazieren?«

»Gelegentlich – mit Mutter; meistens im Stadtpark.«

»Strengt Sie das an?«

»Nein – nicht, wenn man Geduld mit mir hat.«

»Fein«, sagte Martin Recht entschlossen. »Dann könnten Sie ja auch mal mit mir spazierengehen.«

Carolin richtete sich wie abwehrend auf. Dennoch fragte sie: »Das würden Sie tun?«

»Warum denn nicht?«

Die sanfte Röte auf Carolins Gesicht schien sich zu verstärken. »Das sagen Sie vermutlich aus Höflichkeit. Oder um mich zu trösten. Oder vielleicht, weil Sie sich meinem Vater gegenüber verpflichtet fühlen! Doch das brauchen Sie nicht – wirklich nicht!«

»Hören Sie mal«, sagte Martin Recht, nachdem er tief Atem geholt hatte. Und er war bestrebt, das, was er vorzubringen gedachte, möglichst rauh zu sagen. Diese Methode hatte sich auch damals bei seiner kranken Schwester bewährt. »Das ist alles Unsinn. Sie gefallen mir – ganz einfach. Und das ist schon alles. Oder bin ich Ihnen sehr unsympathisch?«

»Nein – das nicht!«

»Dann sind wir uns einig.«

»Vielleicht.«

»Und wann gehen wir spazieren?«

»Demnächst einmal«, sagte Carolin ausweichend.

»Warum nicht gleich heute – nach dem Abendessen?«

Carolin Ahlers schüttelte den Kopf. »Ich weiß nicht – wir sollten das nicht überstürzen.«

»Aber warum sollten wir es hinauszögern? Abgemacht? Bitte sagen Sie ja.«

»Ja«, sagte Carolin Ahlers.

»Sie sollten ein Wartezimmer einrichten«, empfahl der Gefreite Kamnitzer. »Ich komme mir hier vor wie bei einem Zahnarzt.«

»Welcher Zahnarzt«, fragte Herbert Asch, »bewirtet seine Patienten mit Getränken frei nach Wunsch?«

»Bin ich Ihr Patient?«

»Sagen wir lieber – Sie sind für mich eine Art Versuchskaninchen.«

»Für welche Art von Experimenten?«

»Ich möchte gerne herausfinden, ob der gesunde Menschenverstand unter gewissen Umständen fähig ist, sich durchzusetzen.«

»Da sind Sie aber bei mir an der falschen Adresse, Herr Asch. Für das, was ich mir gelegentlich leiste, braucht man keinen besonderen Verstand. Nur Instinkt. Oder glauben Sie etwa, daß ich wild darauf bin, diesen Verein aufs Kreuz zu legen? Ich denke gar nicht daran! Für mich ist es übrigens ein recht interessanter Verein – ich schaue mir das an, wie im Zirkus sozusagen, und warte das Ende der Vorstellung ab.«

Herbert Asch betrachtete den Gefreiten Kamnitzer mit Wohlwollen. Es gab Augenblicke, in denen er glaubte, sich selbst in diesem Gefreiten wiederzuerkennen. Aber heute war vieles ganz anders als damals, da er selbst die Uniform trug. Oder etwa nicht?

Er hatte den Gefreiten Kamnitzer in sein Büro gebeten, unter dem Vorwand, hier könne er in Ruhe, und kostenlos obendrein, auf Helen Wieder warten.

»Weiter so«, sagte Kamnitzer, »und Sie können ein Soldatenheim aufmachen.«

»Halten Sie etwa jeden, der eine Uniform trägt, für einen Soldaten?«

»Sie wollen mich wohl aufs Glatteis führen – was?« Kamnitzer zwinkerte Herbert Asch zu.

»Mißtrauen Sie mir etwa?« fragte Asch belustigt.

»Das nicht gerade«, erwiderte Kamnitzer unbekümmert. »Aber ich kann noch zwei und zwei zusammenzählen – und ich weiß daher auch, daß die Garnison für Sie kein schlechtes Geschäft ist.«

»Sie meinen: ich verdiene daran?«

»Klar! Und das nicht zu knapp. Immerhin – Ihnen gönne ich es.«

»Das ist wenigstens etwas, Herr Kamnitzer.«

Dieses Gespräch, das Asch zu gefallen schien, wurde schroff unterbrochen. Denn die Tür öffnete sich, ohne daß angeklopft worden war, und herein trat Viktor Voßler. Er schritt auf Asch zu, blieb vor ihm stehen und musterte ihn wie ein Barometer.

»Nanu!« rief Asch erheitert. »Wollen Sie mir etwa auch die Leviten lesen? Mein Bedarf ist bald gedeckt.«

»Was Sie sich mit Ihren Angestellten leisten«, erklärte Voßler gemütlich, »das artet ja langsam in Sklaverei aus. Bei Ihnen sind wohl neuerdings Überstunden an der Tagesordnung? Und die finden womöglich noch, Ihrer Ansicht nach, im Interesse der Bundeswehr statt?«

»Da kann ich nur zustimmen!« rief Kamnitzer. Er betrachtete Voßler, den er noch nicht kannte, interessiert.

»Nicht so voreilig, mein lieber Freund!« Herbert Asch rieb sich genußvoll die Hände: Wer ihn näher kannte, der wußte, daß jetzt einer seiner kleinen Späße fällig war. »Schließlich könnte doch sein, daß Sie beide an der gleichen Dame interessiert sind – und was dann?«

Voßler und Kamnitzer, beide in Zivil, sahen sich mit schnell steigendem Mißtrauen an. Denn sie erkannten, daß sie beide von ähnlichem Kaliber waren. Und jeder von ihnen dachte: Durchaus denkbar, daß mein Mädchen an dem Gefallen finden könnte!

»Die Herren kennen sich nicht?« fragte Herbert Asch liebenswürdig. »Dann darf ich vorstellen: Gefreiter Kamnitzer – Oberfeldwebel Voßler.«

»Ob mir das angenehm ist, kann ich noch nicht sagen«, erklärte Kamnitzer, ohne sich aus seinem Sessel zu erheben. »Auf alle Fälle möchte ich gleich vorbeugend darauf aufmerksam machen, daß ich privat hier bin.«

»Ich auch«, sagte der Oberfeldwebel und streckte nach kurzem Zögern dem Gefreiten die Hand hin.

Asch genoß das Katerspiel, das sich anzubahnen schien. Dabei wartete Kamnitzer auf Helen Wieder; und die hatte Dienst im Café. Und Gertrud Ballhaus, von Voßler »Gerty« genannt, mußte noch für den Bürgermeister arbeiten – den Bürgermeister Asch.

Kamnitzer ergriff Voßlers Hand und drückte sie lässig. »Oder erwarten Sie«, sagte er, »etwa eine Art Ehrenbezeigung von mir?«

»Geschenkt!« sagte Voßler und ließ sich in einen Sessel fallen.

»Was heißt hier geschenkt!« erklärte Kamnitzer. »Da ich privat hier bin, in Zivil und als Gast von Herrn Asch, können Sie gar keine Ehrenbezeigung von mir erwarten – und mir also auch keine schenken!«

Voßler wurde leicht unruhig – soviel unbekümmerte Kaltschnäuzigkeit verblüffte ihn. Natürlich, Gerty mochte solche Burschen. Sie mochte das ja auch an ihm. Er lächelte unbehaglich und hielt sich erst einmal zurück.

Kamnitzer aber schwadronierte weiter: »Sie müssen nämlich wissen: ob einer Oberfeldwebel ist oder Briefträger – das ist mir zunächst einmal ganz egal!«

»Mir auch«, sagte Voßler.

»Na, dann sind wir uns ja alle einig«, versicherte Herbert Asch und schob seinen beiden Gästen vollgefüllte Weingläser zu. Doch bevor sie tranken, klärte er sie über ihren Irrtum auf. Ihre Verblüffung machte ihm ebensoviel Spaß wie ihre danach einsetzende Heiterkeit.

»Immerhin«, gestand der Oberfeldwebel, »ich habe Ihnen tatsächlich zugetraut, daß Sie in meinem Revier wildern könnten.«
»Diese Feststellung ehrt mich«, behauptete Kamnitzer. »Und sie beruht auf Gegenseitigkeit.«
»Freut mich, daß wir uns kennengelernt haben«, bemerkte Voßler.

Herbert Asch lehnte sich genußvoll zurück. Es behagte ihm, wenn seine Freunde auch untereinander zu Freunden wurden.

»Sagen Sie mal«, erklärte Kamnitzer nach einiger Zeit, »Sie scheinen mir weit und breit der patenteste Oberfeldwebel zu sein. Fühlen Sie sich da bei Ihrem Haufen nicht ein bißchen einsam? Oder gibt es dort noch mehrere von Ihrer Sorte?«
»Eine ganze Menge«, erwiderte Voßler.
»Und Sie und Ihresgleichen gelten nicht als unerwünschte Elemente?«
»Bei uns sind wir in der Mehrzahl – da sind die anderen unerwünscht.«
»Das ist ja allerhand!« rief Kamnitzer erfreut. »So was gibt es also auch! Oder neigen Sie zu kleinen Übertreibungen?«
»Besuchen Sie uns doch mal bei Gelegenheit«, empfahl Viktor Voßler. »Sie sind mir jederzeit willkommen. Ich führe Sie dann gerne herum.«
»Gern«, sagte Kamnitzer. »Wissen Sie, es fällt mir immer ziemlich schwer, zu glauben, daß eine Kaserne nicht dasselbe ist wie eine andere Kaserne.« Sein nachdenklicher Blick zeigte plötzlich Mißtrauen. »Oder haltet ihr euch für eine Art Feudalklub?«
»Wir sind Flieger«, sagte der Oberfeldwebel, »und wir wollen nichts anderes sein als nur das.«
»Aha«, sagte Kamnitzer. »Und ob ihr Bomben durch die Gegend fliegt oder Medikamente, Munition oder Unterhosen – das ist euch egal, was?«
»Was haben wir denn da für einen Typ eingekauft?« sagte Voßler zu Herbert Asch. »Ist unser Freund eine Art verhinderter Missionar – oder was?«
»Er macht sich gelegentlich Gedanken«, sagte Asch herzlich. »Er will es nur nicht zugeben.«

»Ach was«, bemerkte Kamnitzer. »Lassen wir uns dadurch nicht ablenken. Was immer Sie in der Luft anstellen, Herr Voßler, ich habe trotzdem das Gefühl, daß man hier auf dieser Erde mit Ihnen Pferde stehlen kann. Oder?«

»Wo sind die Pferde?« fragte Voßler prompt.

»Einen leicht wild gewordenen Hengst«, sagte Kamnitzer versonnen, »hätte ich auf Lager. Mindestens einen.«

»Wie schön, daß Sie wieder einmal für mich Zeit haben«, sagte Frau Bornekamp und öffnete die Tür ihres Hauses weit.

Davor stand der Oberleutnant von Strackmann; Dieter mit Vornamen. Er produzierte – mit steifem, wie mit Holzwolle ausgestopftem Oberkörper – eine Folge von Bewegungen, die als Mischung zwischen korrekter Ehrenbezeigung und ergebener Begrüßung gedeutet werden konnte. Überaus verbindlich versicherte er: »Ich hoffe, die gnädige Frau nicht zu stören.«

»Wo denken Sie hin!« rief Elfrieda Bornekamp mit befehlsgewohnter, schwungvoller Herzlichkeit. »Nur keine falsche Bescheidenheit – Sie sind mir willkommen.«

Der von Strackmann versicherte seine Dankbarkeit in vorschriftsmäßiger Weise, wie er glaubte. Er hatte den internen Gesellschaftsunterricht – »Umgang mit Damen« – schließlich mit Erfolg absolviert: das konnte in seiner Personalakte nachgelesen werden.

Willig folgte er der gnädigen Frau. Er umkurvte sie – dabei stets bemüht, an ihrer Linken zu weilen – mit geschmeidiger Aufmerksamkeit: Sportgeist ergänzte Kasinostil. Und ehe er noch die Flasche Kognak auswickeln konnte – es war die zweite in dieser Woche, die er auf Anregung des Majors hierhertransportierte –, befand er sich bereits im Wohnzimmer. Und zwar auf der Couch desselben.

Elfrieda schaltete die Stehlampe ein und das Deckenlicht aus. »So plaudert es sich besser – und wir wollen es uns doch gemütlich machen, nicht wahr?« Sie ließ sich neben ihm nieder. Der Zwischenraum betrug nahezu dreißig Zentimeter.

»Es ist für mich eine große Ehre«, versicherte der Oberleutnant ein wenig mühsam, doch tapfer. »Und ich empfinde Ihr großzügiges Entgegenkommen, gnädige Frau, als besondere Verpflichtung.«

In der Tat: er fühlte sich auserlesen. Er, ein junger Offizier, war zum Stellvertreter des erkrankten Kompaniechefs ernannt worden – und der Major würdigte ihn überdies seines persönlichen Vertrauens; er pflegte mit ihm vertrauliche Gespräche; er ließ ihn sogar in seinem engsten Kreis verkehren.

Frau Elfrieda empfand das frische, idealistische Wesen dieses jungen Offiziers als wohltuend. Unwillkürlich rückte sie zehn Zentimeter näher. Sie hatte die gedrosselte Lichtquelle hinter sich, das wirkte sich vorteilhaft für sie aus.

»Mein Mann«, sagte sie, ohne Untertöne von Klage, »ist immer sehr beschäftigt.«

»Der Dienst geht ihm über alles«, versicherte der Oberleutnant. »Er reibt sich geradezu dabei auf. Das ist bewundernswert.«

»Gewiß«, sagte Frau Elfrieda, »und auf seine Weise ist mein Mann ja auch immer wieder recht aufmerksam – zum Beispiel, indem er Sie zu mir schickt.«

»Das empfinde ich als Auszeichnung«, sagte der Oberleutnant. Er war bestrebt, sich dieses Vertrauens würdig zu erweisen, und glaubte das am überzeugendsten dadurch tun zu können, daß er nun einige seiner Pläne enthüllte. Im übrigen würde die gnädige Frau darüber sicherlich ihrem Mann berichten . . . »Heute habe ich ein Lob-und-Tadel-Buch angelegt.«

»Was haben Sie?« Frau Elfrieda war gerade im Begriff gewesen, abermals zehn Zentimeter weiter zu rutschen, doch jetzt blieb sie sitzen.

»Der Herr Major«, sagte der von Strackmann, »steht den neuen Methoden durchaus aufgeschlossen gegenüber. Er ist indessen bemüht, eine Synthese zwischen ihnen und der bewährten Erziehung zu finden. Das scheint mir vorbildlich.«

Frau Elfrieda lehnte sich, wie leicht erschöpft, zurück. Dabei berührte ihr linkes Knie das rechte von Dieter. Der zuckte zusammen und rief wohlerzogen aus: »Pardon – gnädige Frau!«

Dann räusperte er sich und fuhr fort: »Ich bin immer bemüht, den Anregungen von Herrn Major zu folgen.«

»Wirklich – sind Sie das?«

»In jeder Beziehung«, versicherte er. »Daher auch mein Lob- und-Tadel-Buch. Damit erfülle ich eine der interessanten Anregungen von Herrn Major. Denn in der bisherigen Praxis fehlte in gewisser Hinsicht noch die Beherrschung der feineren Unterschiede.« – »Und Sie sind dazu fähig?«

»Ich bemühe mich! Ich bin jedenfalls bestrebt, die befohlenen Abstufungen in Zukunft so exakt wie möglich anzuwenden. Kennen Sie, gnädige Frau, zum Beispiel den Unterschied zwischen einer Belehrung und einer Ermahnung?«

»Nein«, sagte Frau Elfrieda nahezu barsch.

Aber das überhörte der von Strackmann. Er redete unentwegt weiter. Er sprach von »schwerem Tadel«, in dem aber die Erwartung auf Besserung mit enthalten sein müßte. Dann erklärte er ziemlich ausgedehnt, daß eine »Warnung« gleichbedeutend mit Mißbilligung sei; sie enthalte den Hinweis auf eine Meldung an den höheren Vorgesetzten. Schließlich –

»Sie langweilen mich«, erklärte Frau Elfrieda offen.

Der von Strackmann war bestürzt. »Das tut mir leid«, versicherte er, bemüht, seiner Verwirrung Herr zu werden. »Bitte, sagen Sie mir, gnädige Frau, was kann ich tun . . .«

»Öffnen Sie endlich die Kognakflasche«, befahl nunmehr Frau Bornekamp. »Und rücken Sie näher!«

Der Major Bornekamp ging inzwischen seiner Lieblingsbeschäftigung nach: Er führte Krieg. Allerdings nur Papierkrieg. Doch auch das schien ihn gänzlich auszufüllen.

Ein Mann von der Zeitung – von den örtlichen *Nachrichten für Stadt und Land* – wartete bereits seit geraumer Weile. Aber der sollte ruhig warten. Dieser Journalist – sein Name lautete Flammer – war in den Augen des Majors ein billiger Zeilenschinder: Er produzierte eine halbe Seite gängige Gesinnung für dreißig bis fünfzig Mark. Früher hatte er vermutlich Artikel unter dem Tenor »Nie wieder Krieg« von sich gegeben; heute aber konnte er wieder richtig deutsch schreiben. Na schön – man war ja nicht nachtragend! Und nach einer weiteren geraumen Weile ließ er Herrn Flammer bitten.

Bornekamp lehnte sich mit großzügiger Geste in seinen Sessel und fragte gönnerhaft: »Nun, mein Lieber, dann schießen Sie mal los – was wollen Sie denn wissen?«

Dabei versäumte er, souverän wie er sich fühlte, eine andere, nicht ganz unwichtige Frage. Er erkundigte sich nicht, wer eigentlich den Journalisten auf die Idee gebracht hatte, sich an ihn zu wenden. Möglich, daß darauf Flammer erklärt hätte: das allgemeine, öffentliche Interesse! Möglich aber auch, daß er wahrheitsgetreu gesagt hätte, er folge einer Anregung des Bürgermeisters Asch.

Asch nämlich hatte nicht nur den Journalisten zu diesem Besuch inspiriert, er hatte sich sogar mit ihm gemeinsam verschiedene Fragen für das Interview ausgedacht. Und die erste davon lautete völlig unverfänglich: »Wie beurteilen Sie die vor einigen Monaten eingezogenen Soldaten?«

Bornekamp lächelte überlegen. Das war eine recht naive Frage. Geläufig sagte er: »Das Material darf als gut bezeichnet werden. Junge Menschen ohne falschen pathetischen Idealismus – vielmehr nüchtern, realistisch, klar denkend. Daher im Grunde verläßlich. Sie stehen eindeutig auf dem Boden unserer Demokratie.«

Der Journalist blickte nicht von seinem Notizblock auf; auch nicht, als er die zweite Frage stellte. »Wie sehen Sie das Verhältnis zwischen Soldaten und Zivilbevölkerung?«

Der Major amüsierte sich heimlich. Dabei dachte er: »Naiv« ist gar kein Ausdruck für diesen Zeilenschinder – das ist ein glatter Idiot; sicher hatte er niemals gedient. Schon wie der dasaß! Krumm wie ein Flickschuster.

»Also – Verhältnis zur Zivilbevölkerung!« Bornekamp kannte alle diesbezüglichen gängigen Gemeinplätze – er schnurrte sie herunter wie eine Grammophonplatte. »Wird von Tag zu Tag besser. Das Verständnis wächst – auf beiden Seiten. Die Soldaten fühlen sich wohl. Gelegentliche, sehr vereinzelte und unwesentliche Übergriffe – von beiden Seiten – ändern natürlich nichts daran. Wir haben allerdings noch, gemeinsam, gewisse Nachwirkungen einseitiger Diffamierung zu überwinden – und wir werden sie überwinden!«

Der Journalist schrieb unentwegt. Er hatte noch eine ganze Menge ähnlicher Fragen auf Lager. Bornekamps Antworten sprudelten wie Quellwasser. Er zitierte seitenweise aus den *Informationen für die Truppe* – dazwischen hielt er einen privaten Offiziersunterricht ab. Nur einmal versprach er sich: Er nannte das »Innere Gefüge«, wie im Kasino üblich, »Inneres Gewürge«. Doch er reagierte auf diese Fehlleistung, wie er glaubte, ungeheuer geschickt; er erklärte einfach: »Spaß muß schließlich auch mal sein!«

Der Journalist verriet mit keinem Wimperzucken, ob er derartige Scherze verstand. Er schrieb lediglich alles auf, was er hörte. Und langsam lotste er mit seinen Fragen den sich herrlich überlegen fühlenden Major immer mehr auf das Glatteis der Politik. »Halten Sie die hinlänglich bekannten, sogenannten Kasernenhofmethoden bereits für überwunden?«

»Sie brauchen nicht erst überwunden zu werden«, behauptete der Major, »denn sie haben niemals bei uns existiert – abgesehen von einigen wenigen, für das große Ganze unerheblichen Ausnahmefällen. Man sollte sich darüber im klaren sein, daß diesbezügliche Schilderungen aus früheren Zeiten oft leichtfertig bis bewußt verlogen, zumindest aber stark aufgebauscht waren. Allerhöchstens stellten sie jene ganz seltenen Extremfälle dar. Gegenteilige Behauptungen sind pure Verleumdungen, von einigen Linksintellektuellen geschäftig und geschäftstüchtig in Umlauf gesetzt.«

Damit war der Major Bornekamp in Fahrt gekommen – und er steuerte in der vorausgesehenen Richtung. Der Journalist Flammer brauchte nur noch seine letzte Frage zu stellen. Und er tat das mit gut gespielter Harmlosigkeit.

»Was halten Sie von Kriegsdienstverweigerern?«

Das war eines der Lieblingsthemen des Majors – und Herbert Asch hatte das gewußt. Das rote Tuch war ausgerollt – der Stier stieß darauf los. »Diese Kerle sind entweder Kommunisten oder

Feiglinge! Ziehen Sie ihnen eine Zebrauniform an, und es wird bald keine mehr geben!«

»Danke«, sagte der Journalist und klappte seinen Notizblock zu. »Ich bin sicher, daß Ihre Ausführungen, Herr Major, auf lebhaftes Interesse stoßen werden – bescheiden ausgedrückt.«

Der Feldwebel Rammler besuchte abermals das *Café Asch* – selbstverständlich wegen Helen Wieder. Doch diesmal erschien er nicht allein. Dem Gefreiten Streicher war die Ehre zuteil geworden, ihn begleiten zu dürfen.

»Es gibt kaum noch richtige Kerle«, behauptete Rammler, verächtlich um sich blickend. »Sie sind natürlich auch noch keiner, Streicher – aber Sie können einer werden. Sie haben das Zeug dazu. Sie wissen, was ein Vorgesetzter ist.«

Streicher wußte zwar, wie wenig solcherlei Redensarten besagten – aber er empfand dennoch eine gewisse Dankbarkeit. Der Feldwebel Rammler hatte offenbar eine Schwäche für ihn – das konnte sich vorteilhaft auswirken. Schließlich wollte er Unteroffizier werden.

»Sie werden bald Unteroffizier sein«, bemerkte Rammler vertraulich.

»Wirklich?«

»Wenn ich Ihnen das sage!« Rammler blickte dabei durch das Café – dorthin, wo Helen Wieder stand. »Ganz unter uns, Streicher – Sie sind bereits zur Beförderung eingereicht.«

Das allerdings wußte Streicher auch. Dennoch tat er angenehm überrascht. Behutsam fragte er, ob er eine Lage bestellen dürfe.

»Von mir aus auch zwei oder drei Lagen«, sagte Rammler. Helen Wieder beachtete ihn nicht. Sie vermied es offenbar, ihn zu bedienen. Sie schickte vielmehr diese Schreckschraube von Serviermädchen zu ihm, die schon einmal sein Mißfallen erregt hatte.

»Diese Welt ist versaut«, sagte Rammler düster. »Glauben Sie mir das, Streicher!«

Streicher gab vor, das zu glauben. Dabei war er ein optimi-

stischer Mensch – randgefüllt mit vorschriftsmäßigen Gedanken.
»Immerhin, Herr Feldwebel – es gibt auch noch aufbauende Kräfte.«

Rammler nickte zustimmend; er fühlte sich direkt angesprochen. Doch seine nachdenkliche Minute war noch nicht vorüber. »Eine Welt wie aus Kunststoff«, sagte er. »Statt Kerle lauter Waschlappen. Und Weiber, die sich diesen Typen auch noch an den Hals werfen!«

Während er derartigen kantigen Gedanken nachhing und seinen Blick dabei sogar von Helen Wieder löste, sah er den Grenadier Recht, diesen Milchflaschensoldaten, mit seinen typisch zivilistischen Bewegungen durch die große Eingangstür kommen. Und dicht hinter ihm tauchte ein offenbar leicht gehbehindertes weibliches Geschöpf auf.

»Was hat denn der sich aufgegabelt!« rief Rammler. »Aber das sieht ihm ähnlich.«

Martin Recht indessen bemühte sich ritterlich um Carolin Ahlers. Er sah nur sie – niemand sonst in diesem Café. Ihre wachsende Verlegenheit verstärkte nur seine zärtliche Zuneigung. Er fand zwei Plätze gleich neben der Eingangstür. Daß Rammler in der Nähe saß, bemerkte er nicht.

Er rückte den Stuhl für Carolin zurecht und setzte sich dann ihr gegenüber – mit dem Rücken zum Feldwebel. Er griff nach ihrer ein wenig bebenden rechten Hand und umschloß sie mit seinen beiden Händen.

»Sehen Sie«, sagte er dabei fröhlich. »Es war doch gar nicht so schlimm!«

»Sie haben es mir leichtgemacht, Martin.«

Recht war ein wenig verlegen. Und hastig sagte er: »Nur weiter so – und bald werden wir ausgedehnte Spaziergänge unternehmen können.«

»Das wäre schön«, sagte Carolin Ahlers und blickte auf die Tischplatte – dorthin, wo seine Hände auf den ihren lagen.

Rammler hörte jedes Wort von diesem Gespräch. Er schnaufte verächtlich, als nun eine Art Invasion auf den Nebentisch einsetzte.

Zunächst erschien dort Helen Wieder. Sie begrüßte Recht und

sein Mädchen mit demonstrativer Herzlichkeit und nahm die Bestellung entgegen – eine Flasche Mineralwasser für Carolin und eine Tasse Kaffee für Recht. Dann tänzelte sie davon.

Unmittelbar danach tauchte Frau Elisabeth Asch auf. Auch sie begrüßte die beiden wie gute Bekannte. Doch damit nicht genug – sie ließ sich sogar an deren Tisch nieder und plauderte mit ihnen minutenlang; so lange, bis Helen Wieder die bestellten Getränke brachte. Dann erst erhob sie sich und sagte: »Ich will weiter nicht stören. Und ich kann nur hoffen, Sie beide noch oft hier bei uns zu sehen.«

Um Rammler kümmerte sich niemand. Dabei war er hier fast so etwas wie ein Stammgast. Aber diese Helen Wieder schien einen penetranten Hang für niedere Dienstgrade zu besitzen – und noch dazu für die fragwürdigsten Elemente unter ihnen. Außerdem ging es hier um gewisse Prinzipien.

Daher drehte er sich gewichtig herum, tippte dem Grenadier Recht auf die Schulter und sagte ohne jede Schärfe, vielmehr betont beiläufig: »Sie sehen wohl schlecht – was?«

Martin Recht blickte überrascht in das Gesicht seines Feldwebels. Dann färbte sich seine Haut bis hinunter zum Hals. Und er sagte mühsam: »Ich bitte um Entschuldigung – aber ich habe Sie nicht bemerkt, Herr Feldwebel.« Danach setzte er zu seiner Ehrenbezeigung an.

»Wohl zu stark beschäftigt?« fragte Rammler und gab sich amüsiert. »Na ja, Sie scheinen tatsächlich schlecht zu sehen. Sie halten einen Feldwebel für einen Stuhl und eine lahme Ente für einen Schwan – was?« Er lachte wie über einen rauhen, aber gutmütigen Scherz.

Martin Recht sprang auf. Er schien sich auf den Feldwebel stürzen zu wollen. Der saß geradezu erwartungsvoll da. Doch fast zur gleichen Zeit erhob sich auch der Gefreite Streicher. Dies vermutlich in seiner Eigenschaft als Stubenkamerad und Vertrauensmann.

Er trat auf Martin Recht zu und sagte, ihn am Arm fassend: »Mach keine Dummheiten, Martin!«

Der jedoch entzog heftig seinen Arm dem Zugriff des Gefreiten. Er beugte sich vor. Und seine Hände waren zu Fäusten geballt.

»Martin«, sagte nun Carolin, und ihre Stimme war leise, aber klar und deutlich. »Sie wollten mir gerade sagen, wohin wir morgen gehen können. Ich möchte das gerne wissen.«

Martin Recht richtete sich auf. Die Muskeln seines Körpers entspannten sich. Er drehte sich langsam um, blickte Carolin an, versuchte zu lächeln und setzte sich wieder. Dann sagte er: »Danke, Carolin.«

Jetzt war sie es, die ihre Hände auf die seinen legte.

Der Feldwebel Rammler aber schien grimmig-belustigt. Er sagte: »Was war denn das? Wollte der mir etwa an den Kragen gehen? Das ist ja nicht zu fassen! Aber derartige Wunschträume werden wir gewissen Leuten schon noch austreiben.«

Dieser Abend – er wurde später als »der graue Donnerstag« bezeichnet – schien dennoch durchaus erfolgreich für den Feldwebel Rammler zu enden. Schließlich war er nicht der Mann, der frühzeitig kapitulierte. Er wußte auch, was Kriegslist und geordneter Rückzug ist.

Zunächst einmal verließ er demonstrativ das Café Asch. Er wartete erst gar nicht ab, bis etwa Herbert Asch auftauchte oder der renitente Kamnitzer oder dieser unsoldatische Konkurrent von der Luftwaffe namens Voßler. Auch würdigte Rammler eine Helen Wieder keines Blickes mehr. Und die abermalige, wohl vorbeugende Ehrenbezeigung des Grenadiers Recht übersah er.

»Solche Typen«, sagte er zu Streicher, der ihn weiterhin begleiten durfte, »können uns doch nicht das Wasser reichen!«

»Ich will ihn nicht unbedingt in Schutz nehmen«, bemerkte Streicher vorsichtig, »aber leicht hat der es bestimmt nicht.«

»Dann soll er sich eben mehr am Riemen reißen!« rief Rammler. »Aber dieser Recht kann offenbar anstellen, was er will – es kommt kaum mehr als Hühnerscheiße dabei 'raus!«

»Vielleicht ist er irgendwie gehemmt? Er soll ja übrigens Halbjude sein, sagt man.«

»Na – und?« Rammler hatte davon gehört. »Soll ich ihm deshalb eine Extrawurst braten? Lassen Sie mich bloß mit diesem Mist zufrieden!«

Streicher hielt Rammler nicht für einen Antisemiten. Dennoch schien ihm dies ein Thema, das man lieber nicht näher erörterte. Er hatte lediglich eine kleine, behutsame Warnung anbringen wollen – nichts weiter.

Rammler indessen blickte – mitten auf dem Marktplatz stehend – um sich wie ein siegesbewußter Faustkämpfer im Ring. Und er rief: »Was kann man eigentlich noch in diesem Kaff unternehmen?«

Die Häuser der kleinen Stadt umstanden sie still. Ein matter Mond strahlte sanft die soliden Fachwerkgebäude an. Es hätte wohl niemanden sonderlich gewundert, hier einen Nachtwächter mit Horn und Laterne auftauchen zu sehen.

»Irgendwas muß doch hier noch los sein!«

»Vielleicht sollten wir am besten nach Hause gehen«, schlug der Gefreite Streicher vage vor. Mit »nach Hause« meinte er die Kaserne.

»Kompletter Unsinn«, sagte der Feldwebel. »Ich bin noch lange nicht bettreif. Ich denke, wir sollten jetzt mal diesem *La-Paloma*-Puff einen Besuch abstatten.«

Streicher versuchte, seinem Feldwebel diese Idee auszureden. »Das ist wohl kaum ein empfehlenswertes Lokal für höhere Dienstgrade.«

»Mein lieber Schwan«, erklärte Rammler unbeirrt, »das eine müssen Sie sich merken: Sobald wir irgendwo drin sind, ist das unser Lokal – kapiert? Wo wir unsere Hintern niederlassen, da geben wir den Ton an – klar?«

Er betrat die Espressobar besitzergreifend und strebte unverzüglich, sechs Stufen mit drei Schritten abwärts steigend, dem sogenannten »Anheizkeller« zu. Streicher folgte ihm widerwillig.

Rammler sah vor sich zunächst Rauchschwaden – fast wie von Nebelkerzen: Das stark gedämpfte Licht verführte ihn zu diesem Vergleich. Doch dann unterschied er ein dichtgedrängtes Rudel Menschen, überwiegend männlichen Geschlechts – sie hockten an den kleinen Tischen und umstanden die schmale Bartheke. Eine Musikbox dudelte einen schmalzigen Schlager vom blauen Meer.

Der Feldwebel in Zivil bahnte sich einen Weg, indem er Streicher wie einen Rammbock vor sich herschob. An der Theke verlangte er sein Lieblingsgetränk: »Nur für harte Männer – doppelstöckig!« Dann peilte er die Lage.

»Auf ein Weibsbild kommen mindestens drei Kerle«, stellte er fest. »Also sind hier zwei Drittel der Anwesenden überflüssig.«

»Das ist nicht immer so«, sagte ein resignierender Jüngling neben ihm. »Aber heute sind uns die Italiener zuvorgekommen.«

»Wer?« fragte Rammler verwundert. »Wir sind doch nicht an der Adria – oder?«

Er wurde bereitwillig aufgeklärt: Am Stadtrand befand sich eine chemische Fabrik. Dort wurde Isoliermaterial hergestellt – mit Hilfe italienischer Gastarbeiter. Und die wurden nicht schlecht bezahlt; die Besoldung von Soldaten war im Vergleich dazu ein besseres Trinkgeld.

»Schön«, sagte Rammler gönnerhaft, »von mir aus können diese Wirtschaftswunderhelfer Isolierband wickeln, solange sie lustig sind, aber was gehen sie hier in Deutschland unsere Frauen an?«

»Na ja«, sagten die zumeist jungen Leute, die ihn umgaben. »Aber was sollen wir machen? Schließlich waren sie zuerst da.«

Rammler, der auf den ersten Blick erkannt hatte, daß ihn hier Soldaten in Zivil umstanden, meinte: »Was ihr da machen sollt? Was für eine blöde Frage! Ihr seid wohl von der Luftwaffe – was?«

»Allerdings.«

»Drum!« sagte Rammler. Dann bestellte er erneut einen Doppelstöckigen – nur für harte Männer. Dabei drehte er den unruhig gewordenen Luftwaffensoldaten seinen breiten Rücken zu.

Nun führte er ein weithin vernehmbares Gespräch mit Streicher; dabei schürte er kräftig das bereits gelegte Feuer. Schließlich fiel das Wort »Makkaronifresser«. Als selbst das noch nicht genügte, half Rammler mit Kriegserinnerungen nach.

Langsam wurden die Italiener munter. Drei von ihnen lösten sich von ihren deutschen Partnerinnen und schoben sich, zunächst versöhnungsbereit, auf die Männer an der Theke zu. Sie verlangten eine Erklärung.

»Was die sich alles herausnehmen«, sagte Rammler. »Aber mit euch von der Luftwaffe kann man sich so was ja wohl auch leisten.« Und damit machte er Anstalten, sich auf die Toilette zu begeben. Er wollte den Gefreiten Streicher mitnehmen – aber der war schon verschwunden.

So drängte der Feldwebel Rammler zwei, drei Leute kameradschaftlich rauh zur Seite. Daß dabei einer davon gegen einen Italiener prallte, schien er nicht zu sehen. Daß sich der Italiener angegriffen fühlte und zurückstieß, sah er tatsächlich nicht mehr.

Denn kurz darauf stand er bereits versonnen im Waschraum. Hochbefriedigt lauschte er den Geräuschen von draußen. Sie wurden lauter und lauter: im Lokal fand offenbar ein Schichtwechsel statt.

Als er nach einiger Zeit das Lokal wieder betrat, wirkte es zwar aufgeräumt, doch wesentlich bequemer als vorher. Zwei Drittel der Belegschaft waren verschwunden. Einem gelungenen Abschluß dieses Tages schien nun nichts mehr im Wege zu stehen.

»Haben uns unsere lieben Freunde aus dem schönen Italien bereits verlassen?« fragte er augenzwinkernd.

Die anderen lachten. Sie fanden alles überaus heiter – jedenfalls so lange, bis die alarmierte Streife eintraf.

Als sich der Grenadier Martin Recht am nächsten Morgen erhob, lächelte er immer noch glücklich.

»Weißt du, wie du aussiehst?« fragte Kamnitzer aufmerksam. »Wie einer, der im Lotto gewonnen – oder der seine Entlassungspapiere bereits in der Tasche hat.«

»So ähnlich komme ich mir auch vor, Karl.«

Karl Kamnitzer baute sein Bett. Das konnte er, ohne näher hinzusehen. Außerdem fand er, daß Martin Recht weit mehr sein Interesse verdiente – dessen offenbar schrankenloses Glücksgefühl machte ihn besorgt.

»Gestern abend«, berichtete Martin Recht dem Freund ungetrübt heiter, »hatte ich das Verlangen, diesem Rammler eine herunterzuhauen.«

»Dieses Verlangen habe ich immer«, behauptete Kamnitzer. »Aber ich werde mich hüten, es ihm auf die Nase zu binden. Ich grinse ihn vielmehr freundlich an – er weiß trotzdem, was ich von ihm halte.«

»Ich stand vor ihm«, erzählte Recht. »Es hat wirklich nicht viel gefehlt – und ich hätte zugeschlagen.«

»Du scheinst heftig geträumt zu haben, Freundchen, Freundchen.«

Doch Martin Recht schien unbeirrbar. »Und du kannst mir glauben, Karl – es war geradezu befreiend! Ich kam mir vor wie ein anderer Mensch – wenn auch nur für Sekunden.«

»Das«, sagte Kamnitzer stirnrunzelnd, »mußt du mir ganz genau erzählen.« Sie setzten sich nebeneinander auf das untere Bett. Recht begann zu berichten – und je länger Kamnitzer zuhörte, desto weniger Zwischenfragen stellte er. Schließlich war er vollkommen verstummt.

»Ist das nicht fabelhaft?« fragte Martin Recht. – »Fabelhaft – in der Tat«, bemerkte Kamnitzer trocken, »fabelhaft idiotisch.«

»Sollte ich denn das Mädchen einfach beschimpfen lassen?« wehrte sich Recht. »Lahme Ente! Du weißt nicht, was man damit hätte anrichten können! Obwohl es gar nicht trifft – sie ist keine lahme Ente.«

»Natürlich nicht«, sagte Kamnitzer. »Aber manchmal hat man seine Ohren, um wegzuhören.« Er schien angestrengt nachzudenken. »Ich glaube, es ist das beste, wenn du eine Beschwerde einreichst.«

»Wozu soll das gut sein? Damit bausche ich doch nur diese Angelegenheit unnötig auf.«

»Dir bleibt gar nichts anderes übrig, Menschenskind! Oder glaubst du, dieser Rammler läßt sich so einfach an den Schlips fassen – noch dazu von dir?«

»Die Sache ist erledigt – von mir aus. Vielleicht denkt er genauso. Schließlich hat er ja auch ein Gewissen.«

»Aber ein anderes als wir. In seinen Augen hast du – zumindest im Geiste – einen tätlichen Angriff gegen einen Vorgesetzten riskiert. Deshalb wird er dich zu Brei verarbeiten, wenn du ihm nicht rechtzeitig sein Handwerk legst. Und da bist du nicht ohne Chancen – zumal es sich um die Tochter eines Hauptmanns handelt. Du mußt dich also beschweren, du hast gar keine andere Wahl. Ich stelle mich dir als Vermittler zur Verfügung, damit der Schornstein auch richtig raucht.«

»Vielleicht hast du recht«, sagte Martin widerwillig. »Aber unter Umständen kann doch Carolin mit in diese Sache hineingezogen werden – etwa durch eine Befragung. Und das gefällt mir gar nicht – das möchte ich ihr nicht zumuten.«

»Mann – du bist doch nicht etwa in dieses Mädchen verliebt?«

»Ich liebe sie«, gestand Martin Recht.

»Das«, sagte Karl Kamnitzer, »ist schlimm – ich meine: Das kann ein Hemmschuh sein, bei dem Versuch, Rammler zu überfahren. Aber wir müssen es trotzdem versuchen. Immerhin: Wir werden ihm die Wahl überlassen, ob es rauchen soll oder nicht. Vielleicht hat er eine Anwandlung von Anstand und entschuldigt sich. Wenn er jedoch weiter versessen darauf ist, daß einer auf der Strecke bleiben muß – nun, dann wird eben er das sein.«

Auch an diesem Morgen putzte der Oberleutnant von Strackmann – zur allgemeinen Freude – seine Stiefel. Dabei glaubte er, ein schönes Zeugnis dafür zu erleben, in welchem Ausmaß man ihm Vertrauen entgegenbrachte. Denn es erschien der Feldwebel Rammler und bat in vorbildlicher Haltung um die Erlaubnis, ihn sprechen zu dürfen.

»Ich höre«, sagte der von Strackmann wohlwollend. Wenn er neuerdings Rammler sah, mußte er stets auch an Kirschke denken. Dieser Rammler wußte, was Gehorsam war. Der von ihm geführte Zug galt als der beste des Bataillons. Rammler anstelle von Kirschke – und die Kompanie wäre mustergültig!

»Durch einen Zufall«, berichtete Rammler, »geriet ich gestern abend in die Espressobar *La Paloma*.«

»Nicht unbedingt ein Lokal für Sie«, stellte der von Strackmann fest – das jedoch nachsichtig lächelnd.

»Ich hatte lediglich Durst – aber auch die Absicht, mich zu informieren«, behauptete Rammler mit freier Stirn. »Ich wollte mich davon überzeugen, ob auch Angehörige meines Zuges dort verkehren. Zu diesem Zwecke ließ ich mich von einem unserer verläßlichsten Soldaten begleiten – vom Gefreiten Streicher.«

Der Oberleutnant von Strackmann nickte. Streicher war aus dem Holz, aus welchem er die ihm gemäßen Unteroffiziere zu schnitzen gedachte.

»In diesem Lokal entstand nun, während ich mich gerade im Waschraum befand, eine Schlägerei – und zwar zwischen irgendwelchen Fremdarbeitern und Angehörigen der Luftwaffe in Zivil.«

»Das ist bedauerlich.« Strackmann griff nach einem Wollappen, um seinem Schuhwerk den letzten Glanz zu verleihen. »Doch ich entnehme Ihren Ausführungen, daß Sie nichts damit zu tun haben.«

»Nicht das geringste«, behauptete Rammler, »das kann der Gefreite Streicher bezeugen. Und als die Polizei erschien, gemeinsam mit einer Streife – diesmal einer der Luftwaffe – habe ich sie nach besten Kräften unterstützt.«

Das, in der Tat, hatte er getan. Er hatte sich – seinen Ausweis zückend – sofort zur Verfügung gestellt.

»Ich bin überzeugt, daß Sie sich korrekt verhalten haben. Ich habe auch nichts anderes von Ihnen erwartet.«

»Jedenfalls wollte ich Herrn Oberleutnant unverzüglich davon Mitteilung machen.«

Der nickte anerkennend. »Das ist es, Rammler, was ich an meinen Soldaten schätze: Aufrichtigkeit!«

Befriedigt betrachtete er seine glänzenden Stiefel – die bestgeputzten der Kompanie. Und er sagte abschließend: »Man muß sich aufeinander verlassen können, Rammler. Das ist auch die sicherste Grundlage für eine dringend notwendige soldatische Erneuerung unserer Kompanie, wie ich sie erstrebe. Dabei hoffe ich auch auf Sie und Ihresgleichen. Und ich bin sicher, Sie werden mich nicht enttäuschen.«

Der Hauptmann Klaus Ahlers frühstückte im Kreise seiner Familie. Das war nicht selten nahezu die einzige halbe Stunde des Tages, die er gemeinsam mit seiner Frau und seiner Tochter verbringen konnte.

Er genoß diese kurze Spanne Zeit – und er genoß sie heute besonders. Denn seine Tochter Carolin wirkte an diesem Morgen ungewöhnlich heiter und gelöst. Sie plauderte lebhaft mit dem Vater und erzählte, daß sie gestern einen längeren Spaziergang gemacht habe. »Das hat mir gutgetan«, sagte sie.

Der Hauptmann Ahlers sah fragend zu seiner Frau hinüber. Die jedoch erklärte lächelnd: »Ich glaube, Carolin war in guten Händen. Der junge Recht macht einen sympathischen Eindruck. Ich hatte das Gefühl: ich konnte ihm Carolin anvertrauen.«

Carolin berichtete nun über ihren Besuch im *Café Asch*. »Es war alles sehr lustig«, sagte sie. »Und am Nebentisch sagte ein Soldat, daß ich eine lahme Ente sei.«

»Und das findest du lustig, Carolin?«

»Sehr«, sagte sie unbekümmert. »Als dieser Mensch das sagte, dachte ich mir: Der hätte mich früher sehen sollen – als ich mich noch kaum bewegen konnte. Was hätte er wohl dann gesagt? Und was wird er sagen, wenn ich wieder richtig gehen kann!«

Ahlers legte erfreut seine Hand auf den Arm seiner Tochter. Ihre überlegene Reaktion auf jene pöbelhafte Bemerkung gefiel ihm ungemein. Die schwere Krankheit hatte ihr im Grunde heiteres Naturell nicht auslöschen können, sondern sie eher gelassener gemacht.

Als die Türglocke läutete, sah Ahlers überrascht, daß sich Carolin erhob. Sie ging hinaus, um zu öffnen. Und es wollte dem Vater scheinen, daß sie sich leichter bewegte als sonst; sie ging, als sei sie lediglich ein wenig müde und etwas steif nach schwerer Arbeit.

Dann vernahm der Hauptmann die Stimme des Oberfeldwebels Voßler. Und nicht ohne Genugtuung konstatierte Ahlers, daß auch Voßler Carolins Veränderung bemerkte. »Mädchen!« rief Voßler. »Du willst doch nicht etwa einen Geländelauf unternehmen? Komm in meine Arme!«

Viktor Voßler benahm sich, als gehöre er zur Familie. Nach

herzlicher Begrüßung ließ er sich, ohne erst eine Aufforderung abzuwarten, am Frühstückstisch nieder.

»Wir haben noch Zeit«, verkündete er. »Mindestens noch eine Viertelstunde. Mein Wagen steht draußen. Und wenn man mir eine Tasse Kaffee anbietet, sage ich nicht nein.«

Der Wagen, der vor der Tür stand – Farbe: polarblau –, konnte sich in der Offizierssiedlung Süd sehen lassen. Selbst dem Oberst Turner stand kein besseres Fahrzeug zur Verfügung. Voßler konnte sich das leisten. Denn er besaß ein Gut in Franken mit einer Mineralwasserquelle. Dort arbeiteten verläßliche Verwalter für ihn. Was Viktor Voßler allein interessierte, das war die Fliegerei. Und neuerdings Gertrud Ballhaus, »Gerty« genannt, die Sekretärin des Bürgermeisters Asch.

Er bekam seine gewünschte Tasse Kaffee, plauderte mit Frau Ahlers und versuchte, Carolin durch alberne Bemerkungen zu erheitern. Er bot sich an, mit ihr demnächst einen Wettlauf zu veranstalten, und er behauptete, nicht mehr ganz sicher zu sein, ihn auch zu gewinnen. »Du scheinst mächtige Fortschritte zu machen, Mädchen!«

Als Ahlers und er das Haus verließen und auf die Straße traten, schien sich der Oberfeldwebel in einen Untergebenen zu verwandeln. Er wußte, daß er in der Offizierssiedlung Zuschauer hatte – vermutlich standen einige Damen mit unzulänglich ausgefüllter Freizeit hinter den Gardinen. Also öffnete er dem Hauptmann die Wagentür und wartete, bis Ahlers Platz genommen hatte. Kein Herrschaftschauffeur konnte aufmerksamer sein.

Sie durchfuhren die Siedlung – auf die Kaserne zu. »Deine Tochter wird ja immer munterer«, sagte der Oberfeldwebel.

»Nun ja – ich kann nur hoffen, das hält bei ihr vor.«

»Ob es nun ein Dauerzustand ist oder nicht – auf alle Fälle scheint die Gelegenheit günstig.« Voßler drosselte den Motor. »Du weißt, was ich meine, Klaus – eine günstige Gelegenheit, Carolin operieren zu lassen. Sie braucht doch noch diese letzte, große Operation – und jetzt scheint sie in dem Zustand, auf den die Ärzte damals hofften.«

»Möglich«, sagte Ahlers, und seine Stimme klang ablehnend. »Aber lassen wir das.«

Viktor Voßler wußte, was den Hauptmann bewegte. Er kannte ihn recht genau – und er kannte auch gewisse Zahlen: sechstausendfünfhundert Mark – für sieben Monate Klinikaufenthalt für Carolin; zweitausendeinhundert Mark – für drei Operationen, ausgeführt von Professor Martin; dazu mehr als dreitausend Mark – für laufende Untersuchungen, Medikamente und ärztliche Betreuung.

»Klaus«, sagte der Oberfeldwebel zu seinem Hauptmann, »ich habe dir meine Hilfe schon mehrmals angeboten.«

»Danke, Viktor. Aber du weißt genau, daß ich dieses Angebot nicht annehmen kann.«

»Ach was – ich bin ja doch kein armer Mann; und langsam mißfällt es mir, daß du meine Hilfe immer wieder ablehnst.«

»Laß das!« rief Ahlers mit forcierter Munterkeit. »Du bist mein Freund – aber nicht mein Geldverleiher. Ich fürchte, daß sich diese Dinge nicht recht miteinander vertragen. Und wenn ich zu wählen habe – ein Freund ist mir lieber.«

Die 3. Kompanie hatte sich zum Unterricht versammelt. Außer Hauptfeldwebel Kirschke, der alles kannte und daher durch nichts mehr aufzuklären war, fehlten lediglich die Offiziere, die Kranken, die Beurlaubten und die Leute, die Wachdienst hatten.

Der Oberleutnant von Strackmann sprach – anhand der *Sammlung bewährter Unterrichtsbeispiele* – über Treue, Gehorsam und Tapferkeit. Er war sicher, daß ihm die Leute aufmerksam zuhörten. Daß etwa Kamnitzer die Kunst erlernt hatte, mit offenen Augen zu schlafen, konnte er nicht wissen.

»Treue«, sagte der Oberleutnant, wobei er fast wörtlich aus seinem Lehrbuch zitierte, »ist eine selbstverständliche Voraussetzung jedweder Ordnung. Speziell gemeint ist hiermit Treue gegenüber dem Dienstherrn. Dieser jedoch« – hier wandelte er seine Vorlage etwas markiger ab – »ist das Vaterland.«

Die Männer der 3. Kompanie nahmen seine Ausführungen hin, als hätte er erklärt: Das Wasser fließt abwärts – niemals aufwärts. Oder: Wo die Sonne hinscheint, ist es hell.

»Auch hat der Soldat«, fuhr Strackmann fort, »unbeirrbaren Gehorsam zu üben. Und zwar gegenüber den Befehlen seiner Vorgesetzten. Denn diese handeln im Auftrage des Dienstherrn, also der Bundesrepublik.«

Diese frühe Vormittagsstunde – die erste des regulären Dienstes – war den Männern der Kompanie hochwillkommen als eine Art Verlängerung der Nachtruhe. Die meisten dösten ergeben vor sich hin. Allein Streicher machte eifrig Notizen.

»Tapferkeit«, las der von Strackmann nun ab, »wird im Verteidigungsfalle als selbstverständlich erachtet, wenn es gilt, Recht und Freiheit des deutschen Volkes zu verteidigen.«

Diese Formulierung – sie stand auf Seite 86 des Standardwerkes *Der Offiziersunterricht* – schien dem Oberleutnant besonders zu gefallen. Bekräftigend erhob er seinen Zeigefinger.

Doch die Männer vor ihm, außer Kamnitzer, hatten Mühe, ihre Augen aufzureißen. Der Unterrichtsraum war zu klein, um der ganzen Kompanie einigermaßen bequem Platz zu bieten. So hockten sie denn eng nebeneinander, fast aufeinander, wie Heringe in einer Büchse. Ein süßsaurer, muffiger Geruch hing in der Luft.

»Kameradschaft«, zitierte der von Strackmann weiter, »ist die Grundlage jeder Gemeinschaft, besonders, wenn diese zum gemeinsamen Wohnen verpflichtet ist.«

In diesem Augenblick erschien Hauptfeldwebel Kirschke. Er flüsterte auf den Oberleutnant ein; dennoch konnten die Leute in den vorderen Reihen, also die Feldwebel und die Unteroffiziere, ziemlich deutlich vernehmen: »Unverzügliche Meldung beim Kommandeur.«

»Der Herr Major will mich sprechen«, verkündete der von Strackmann sogleich – und das hörte sich an, als wolle er sagen: Der Kommandeur wünscht dringend meinen Ratschlag. »Ich bin so schnell wie möglich wieder zurück. Inzwischen übernimmt hier der Feldwebel Rammler die Aufsicht.«

Bei dieser Ankündigung wurde der Gefreite Kamnitzer wieder munter. Er stieß Recht an, der neben ihm saß. »Jetzt kann es heiter werden«, sagte er hoffnungsvoll.

Dieser Ansicht waren offenbar auch andere Soldaten. Eine

gewisse Erwartungsfreude machte sich breit. Denn Rammler – lediglich zur Aufsicht befohlen – schien gewillt, den Unterricht fortzusetzen. Schließlich lag das Lehrbuch aufgeschlagen vor ihm – und ablesen konnte er auch.

»Folgendes Beispiel«, las Rammler ab. »Der Grenadier A. kommt zu spät zum Dienst. Und er versteht es, unangenehmen Dienstverrichtungen aus dem Wege zu gehen – so da sind: Stubendienst, Wachdienst, Revierreinigen und so weiter. Was meinen Sie zum Verhalten dieses Soldaten?«

Sogleich meldete sich Kamnitzer zu Wort, mit hoch erhobener Hand. Doch Rammler übersah ihn und forderte den Grenadier Recht auf, die Frage zu beantworten.

Recht erhob sich gehorsam. Er wußte, welche Antworten von ihm erwartet wurden; er hatte sie auswendig gelernt. Er sagte: »Der Soldat hat seine Treuepflicht verletzt. Denn Treue zeigt sich in allen dienenden Handlungen. Ein Soldat, der im Frieden seine Treuepflicht verletzt, wird auch im Krieg nicht tapfer kämpfen.«

Das war vorbildlich. Rammler verglich, was Recht hergesagt hatte, mit seiner Vorlage: Kaum ein Komma schien zu fehlen.

»Nun ja«, sagte Rammler mißmutig. »Irgend etwas auswendig lernen kann schließlich jeder. Aber auch auf den Dings – auf den Geist kommt es an.«

»Sehr richtig!« rief Kamnitzer mit verdächtiger Zustimmung. Er erhob sich, ohne eine Aufforderung abzuwarten und sagte: »Denn ich frage mich zum Beispiel, warum Wachdienst eine ›unangenehme Dienstverrichtung‹ sein soll – und wie man ihr aus dem Weg gehen kann. Das würde ich gerne wissen, Herr Feldwebel.«

Rammler hielt es für geschickt, eine möglichst allgemeine Antwort zu erteilen, ohne auf Kamnitzers Frage im einzelnen einzugehen. »Die Sache ist so«, versuchte er tönend zu erklären. »Man muß eben parieren – das ist Treue.«

»Unter allen Umständen?« fragte Kamnitzer versonnen. »Auch einem Hitler?«

»Ich verbitte mir derartige Spitzfindigkeiten!« rief Rammler empört. »Das hier hat schließlich nichts mit Hitler zu tun. Das sind doch zwei völlig verschiedene Welten!«

»Aber es gibt da doch wohl einige«, sagte Kamnitzer mild, »die ganz gut in der einen wie in der anderen Welt leben und parieren können – oder wie ist das?«

»Schluß damit!« rief Rammler. »Der Unterricht wird unterbrochen, bis der Herr Oberleutnant kommt. Alles Hände auf die Tische! Bitte mir Haltung aus. Wir werden jetzt ein Lied singen. Schlage vor: Westerwald!«

Kamnitzer grinste. »Und Sie«, rief Rammler drohend, »Sie werde ich melden! Für Ihre Bemerkungen werden Sie zur Rechenschaft gezogen werden!«

»Aber gerne«, versicherte Kamnitzer bereitwillig. »Da bin ich aber gespannt, was dabei herauskommen wird.«

Hauptmann Ahlers begrüßte, wie jeden Tag, seine nächsten Mitarbeiter und reichte ihnen die Hand. Die Zivilangestellte seines Büros wurde allgemein nur Monika genannt und war ein Mädchen von dunkler, eigenwilliger Schönheit – dunkler als Polen, aber noch nicht Afrika, wie Voßler es einmal genannt hatte. Darüber hinaus war sie tüchtig.

»Irgendwas Besonderes?« fragte er sie.

»Ich glaube kaum«, sagte Monika. »Aber sicher wird Herr Treuberg anderer Ansicht sein.«

Herr Treuberg war Hauptmann wie Klaus Ahlers, einer von den zwölf Hauptleuten in der Staffel. Und damit gab es in diesem Bereich zehn zuviel. Doch darüber hinaus war Treuberg der offizielle Stellvertreter von Ahlers und ein überaus bemühter Soldat.

»Herr Treuberg wartet bereits auf Sie«, berichtete Monika.

Er wartete jeden Morgen auf Ahlers. Er wartete überhaupt immer – in erster Linie auf eine günstige Gelegenheit, sich zu bewähren. Doch Ahlers ließ sich Zeit. Nach Monika widmete er sich seinem Hauptfeldwebel und dem Schreibstubenunteroffizier. Dann begab er sich in sein Arbeitszimmer.

»Höchst unangenehme Angelegenheit«, sagte hier der Hauptmann Treuberg, noch ehe sie sich begrüßt hatten. »Eine Meldung der von uns eingesetzten Standortstreife.«

Ahlers las die Meldung durch. Treuberg betrachtete ihn dabei und hatte Mühe, sich mit der ungetrübten Gelassenheit seines Kameraden abzufinden.

»Ich jedenfalls«, sagte Treuberg suggestiv, »würde die Verantwortung nicht ohne weiteres übernehmen.«

»Das brauchen Sie auch nicht«, entgegnete Ahlers. »Das mache ich.«

Er ließ den Streifenführer zu sich kommen. Der war ein Feldwebel mit einem ausdruckslosen Apfelgesicht; glatt, rund und glänzend. Er wurde aufgefordert, Platz zu nehmen.

»Ich entnehme Ihrer Meldung«, sagte der Hauptmann Ahlers, »daß Sie gestern abend telefonisch alarmiert worden sind. Durch wen, ist nicht bekannt. Sie begaben sich danach mit der Polizei in die *La-Paloma-Bar*. Stimmt das soweit?«

»Das stimmt genau – soweit«, sagte der Feldwebel.

»In dieser Bar«, referierte Ahlers freundlich weiter, »fanden Sie also einige Angehörige der Luftwaffe vor, und zwar in Zivil. Außerdem: einige weibliche Wesen von vermutlich mittlerer Preislage. Aber für Handel und Gewerbe außerhalb der Kaserne sind wir bekanntlich nicht zuständig. Sind wir uns bis zu diesem Punkt einig?«

»Jawohl«, sagte der Feldwebel. Seine Fischaugen blickten vertrauensvoll auf Ahlers. Die Anwesenheit von Treuberg schien er nicht zu bemerken – der zählte für ihn nicht.

»Nun frage ich Sie folgendes: Hat der Besitzer Anzeige erstattet? Oder einer der anwesenden Soldaten? Oder eins der Mädchen? Oder jemand von den Gastarbeitern?«

»Nein«, sagte der Feldwebel wahrheitsgemäß.

»Weiter: War eine direkte Gefährdung des Ansehens der Garnison gegeben? Mußten Sie einschreiten, um Tätlichkeiten zu verhindern oder zu beenden? Lag ein greifbarer Verstoß gegen Moral und Sittsamkeit vor?«

»Nein«, sagte der Feldwebel abermals.

»Dann«, meinte Ahlers, »ist doch wohl diese Angelegenheit als erledigt zu betrachten.« Er blickte den Feldwebel fragend an, und der nickte. Ahlers zerriß die Meldung. »Mit Ihrem Einverständnis«, sagte er zum Feldwebel. Und der nickte abermals.

»Ich weiß nicht recht«, gab Treuberg zu bedenken, »ob ich da ohne weiteres zustimmen könnte.«

»Das ist in diesem Fall auch nicht notwendig, Herr Treuberg.«

Sie sahen sich flüchtig an und wußten genau, was sie voneinander dachten. Für Treuberg war dieser Ahlers ein Mensch ohne ausgeprägten Sinn für straffe Ordnung und soldatische Exaktheit; vielleicht ein brauchbarer Praktiker, aber nicht unbedingt willens oder fähig, einwandfreie Verwaltungsarbeit zu leisten. Treuberg hingegen war für Ahlers schlicht der Mann, der sein Stellvertreter war, um sein Nachfolger zu werden.

»Ohne Sie irgendwie beeinflussen zu wollen, Herr Ahlers – aber in diesem speziellen Fall hätte ich, mit der gebotenen Vorsicht, meine Bedenken anzumelden.«

»Niemand hindert Sie daran – ob mit oder ohne gebotene Vorsicht.« Ahlers blickte auf Treuberg mit Nachsicht. Er hatte ihn sich nicht ausgesucht – er war ihm zugeteilt worden. »Sie werden sich langsam daran gewöhnen müssen – es gehört nun mal zu unseren Aufgaben, Entscheidungen zu treffen.«

»Gewiß, Herr Ahlers, gewiß. Nur vermag ich nicht einzusehen, warum wir bereitwillig und vielleicht voreilig eine Verantwortung übernehmen sollen, für die wir möglicherweise gar nicht zuständig sind. Vielleicht wäre es ratsam gewesen, vorher Herrn Oberst Turner zu verständigen.«

Klaus Ahlers wußte, dieser Hauptmann Treuberg war stets bemüht, einen dicken Schutzwall um sich zu bauen: aus Vorschriften, Verordnungen, Richtlinien, Tagesbefehlen und Ergänzungen zu denselben. Er nahm den in der Garnison herrschenden Papierkrieg hin wie ein Naturereignis.

»In Zweifelsfällen«, sagte Treuberg, »sollte man nie versäumen, sich abzusichern.«

»Ach was!« rief Ahlers. Er zerknüllte die zerrissene Meldung des Feldwebels und warf sie in den Papierkorb. »Bei uns versucht offenbar jeder, sich hinter jedem zu verschanzen. Kaum einer scheint freiwillig Verantwortung übernehmen zu wollen. Das aber ist subaltern – es ist die Denkweise der Bürokraten.«

»Machen Sie sich das alles nicht ein wenig zu einfach?«

»Diese Dinge sind einfach«, behauptete der Hauptmann Ahlers, »oder sie sollten es wenigstens sein. Man muß nur wissen, daß ein Tropfen Herzblut mehr wert ist als ein Berg von Papier!«

Der Hauptfeldwebel Kirschke hockte in seiner Schreibstube und gähnte.

»Ich bringe diesen Scheißkerl, den Kamnitzer, zur Meldung!« rief Rammler. »Der hat es gewagt, im Unterricht die Bundeswehr mit Hitler zu vergleichen!«

Kirschke schüttelte schläfrig den Kopf. »Das glaubst du doch wohl selber nicht. Dieser Kamnitzer ist viel zu gerissen, um vor versammelter Mannschaft so was zu verzapfen. Derartige Blößen gibt der sich nicht.«

»Diesmal aber doch! Beschwören kann ich das – wenn es sein muß!«

»So was muß ja nicht unbedingt sein.« Kirschke lehnte sich in seinen Stuhl zurück und streckte die Beine aus. Er genoß sein Überlegenheitsgefühl diesem Büffel gegenüber. Der mochte vielleicht ein prima Heldenantreiber sein – aber der geborene Kompaniefeldwebel war der bestimmt nicht.

Diese Erkenntnis stimmte den Hauptfeldwebel nachsichtig. Und mild erklärte er daher: »Du solltest Kamnitzer nicht unterschätzen. Wie ich den kenne, wird er genau das Gegenteil von dem beschwören, was du behauptest. Und er wird Kumpel finden, die ihn dabei unterstützen. Am Ende kommt dann das übliche heraus: Du hast dich verhört, oder er ist mißverstanden worden – und gemeint war alles ganz anders.«

»Du kannst uns gegenüberstellen«, behauptete Rammler. »Dieser Kerl wird es nicht wagen, mir frech ins Gesicht zu lügen.«

»Mann«, sagte Kirschke, »wenn du den aufs Kreuz legen

willst, dann gebe ich dir folgenden Ratschlag: Laß dich von ihm – in Gegenwart von mindestens zwei wohlwollenden Zeugen – in die Fresse schlagen. Dann kannst du ihn vielleicht abservieren.«

Doch der Feldwebel Rammler blieb eisern. »Ich bestehe darauf!« rief er.

»Na schön«, sagte der Hauptfeldwebel gelangweilt. »Wenn du unbedingt vergnügungssüchtig bist, dann will ich dich nicht daran hindern.« Und er ließ den Gefreiten Kamnitzer kommen.

»Gegen Sie«, klärte ihn Kirschke auf, »liegt eine Meldung vor.«

»Wie sich das trifft«, sagte Kamnitzer. »So kommt eins zum anderen. Denn auch ich habe eine Beschwerde vorzutragen.«

»Doch nicht etwa gegen mich?« fragte Rammler erstaunt.

Kirschke begann freudig zu grinsen. Er kannte den Betrieb – und er kannte Kamnitzer.

»Bei dieser Beschwerde«, erklärte Kamnitzer entgegenkommend, »fungiere ich sozusagen als Vermittler – und zwar freiwillig. Beschwerdeführer ist der Grenadier Recht. In seiner Gegenwart, und noch dazu in einem öffentlichen Lokal, wurde gestern abend eine junge Dame, die leicht gehbehindert zu sein schien, als lahme Ente bezeichnet. Zeugen sind vorhanden.«

»Entspricht das etwa den Tatsachen?« fragte Kirschke.

»Manchmal«, sagte Rammler, »redet man irgendwas vor sich hin.«

»Diese junge Dame«, klärte Kamnitzer den Feldwebel auf, »ist die Tochter eines Offiziers – und zwar eines Hauptmanns.«

Kirschke schloß entzückt die Augen. Seine Menschenkenntnis feierte wieder einmal Triumphe. Er hatte beide richtig eingeschätzt – Kamnitzer ebenso wie Rammler.

»Habe ich so was wissen können?« fragte Rammler erregt. Der Hinweis auf die Hauptmannstochter hatte ihn sichtlich aus dem Gleichgewicht gebracht. »Wenn ich tatsächlich eine derartige Bemerkung gemacht haben sollte – dann war das doch bestimmt als Spaß gemeint. Aber ich erinnere mich nicht. Es kann ein Mißverständnis sein.«

»Es hat sich eindeutig um eine Beleidigung gehandelt«, erklärte Kamnitzer. »Eine diesbezügliche Beschwerde ist daher vollkommen berechtigt.«

»Aber nicht bei mir!« rief Kirschke aus. Jetzt sah er tatsächlich seinen wohlverdienten Mittagsschlaf in Gefahr. Nicht nur eine dieser lästigen Schreibereien drohte sich anzubahnen – sondern gleich zwei davon; und eine schien ihm ebenso überflüssig wie die andere. Er richtete sich auf. »Ich jedenfalls habe nicht die geringste Lust, mir derartige Schaumschlägereien anbieten zu lassen.«

»Wenn Sie meinen«, sagte Kamnitzer bereitwillig, »daß hier Schaum geschlagen wird, will ich Ihnen nicht widersprechen. Ich jedenfalls fühle mich dadurch nicht getroffen.«

»Muß man sich so etwas bieten lassen!« rief Rammler.

»Unter Umständen – durchaus«, erklärte Kirschke. Dabei blinzelte er Kamnitzer zu. Und der blinzelte zurück.

»Also – Papierkorb, was?« fragte der Gefreite.

Der Hauptfeldwebel nickte. »Sie können abtreten, Kamnitzer. Ihre Rechnung stimmt wieder mal. Null plus Null ist gleich Null.«

Er entließ Kamnitzer mit huldvoller Handbewegung. Rammler aber sagte erbittert: »Du machst doch nicht etwa mit solchen Typen gemeinsame Sache?«

»Ich könnte jetzt sagen, Rammler: Was bleibt mir anderes übrig – wenn sich Feldwebel benehmen wie ausgewachsene Wildsäue! Das könnte ich sagen – aber ich sage es nicht! Ich frage dich vielmehr: Hast du denn immer noch nicht erkannt, woher der neue Wind weht?«

Rammler schien erschöpft. Er ließ sich breit auf dem Schreibtisch von Kirschke nieder. Sein Gesicht glänzte schweißig. »So ein Bursche wagt es, mich zu verschaukeln!« murmelte er. »Aber das lass' ich mir nicht bieten – ich nicht!«

»Im Gelände«, sagte Kirschke verweisend, »kannst du leider machen, wozu du lustig bist – aber hier in der Kaserne nicht! Nicht in meiner Gegenwart. Ich bin schließlich eine Art Mutter der Kompanie – kein Ringrichter.«

»Diesen Burschen werde ich es zeigen«, sagte Rammler verbissen. »Heute nachmittag finden Orientierungsmärsche statt.«

»Dabei solltest du aber darauf achten«, empfahl Kirschke, »daß du selbst die Orientierung nicht verlierst.«

»Hast du Lust, schnell mal nach Athen zu fliegen«, fragte der Hauptmann Ahlers seinen Freund Voßler. »Dorthin sind Geräte zu transportieren.«

»Danke«, sagte der ablehnend. »Dort ist es mir zu heiß – zur Zeit schmeckt mir nicht einmal der Whisky.«

»Dann könnte ich dich zu einem Flug nach Bordeaux abkommandieren.« Das war, wie Ahlers wußte, ein außerordentlich verführerisches Angebot. In Bordeaux lagerten die besten Weine Frankreichs – ganz nach dem Geschmack von Oberfeldwebel Voßler. »Du hast dort drei Stunden Aufenthalt.« Was praktisch hieß: Zeit genug, um in Ruhe einzukaufen.

Doch der Oberfeldwebel Voßler zeigte sich auch weiterhin unlustig – und das demonstrativ. Er saß im Arbeitszimmer von Hauptmann Ahlers; im bequemen Sessel, mit weit ausgestreckten Beinen. Er sagte: »Wenn's nach mir geht, kann durch die Gegend karren, wer will – ich habe nicht die geringste Lust dazu. Sie ist mir vergangen.«

Das war neu. Denn sonst zögerte Voßler niemals, jedes erdenkliche Flugangebot anzunehmen. Und da er nicht nur der leidenschaftlichste, sondern zugleich der verläßlichste Flugzeugführer der Staffel war, fand es Ahlers selbstverständlich, ihn in gewisser Weise zu bevorzugen: Er durfte zumeist wählen.

»Mir gefällt der Betrieb nicht mehr«, behauptete Voßler. »Ich trage mich mit dem Gedanken, die Uniform an den Nagel zu hängen. Angebote von privaten Fluggesellschaften habe ich genug.«

»Aber du bist weder der Typ eines Beamten noch der eines Angestellten«, sagte Ahlers. »Auf Wochen oder Monate hinaus genau festgelegte Flugpläne wären dir ein Greuel. Du brauchst auch in dieser Beziehung eine gewisse Freiheit – und die findest du allein bei uns.«

»Aber hier«, grollte Voßler, »bin ich lediglich ein Oberfeldwebel, also für manche ein Untergebener – und manchmal gefällt mir das nicht.«

»Du könntest jederzeit Offizier werden – wenn du wolltest.«

»Ich denke gar nicht daran«, sagte Voßler störrisch, »mich auf irgendwelchen Lehrgängen abzuquälen. Was habe ich davon? Ich will fliegen, weiter nichts! Und ob ich Offizier bin oder nicht – ein besserer Flugzeugführer werde ich dadurch auch nicht.«

Klaus Ahlers fühlte sich ein wenig ratlos. Er vermochte nicht zu erkennen, worauf Voßler hinauswollte. Dabei hätte er lediglich zu befehlen brauchen: Flug 347 nach Bordeaux; Besatzung wie üblich, Start 13 Uhr. Und Voßler würde nichts weiter als »Jawohl« sagen. Doch das war ihm zu einfach.

»Irgendwelchen Ärger gehabt, Viktor – etwa mit Hauptmann Treuberg?«

Voßler sah seinen Freund Ahlers vorwurfsvoll an. »Ein Oberfeldwebel«, sagte er, »ist nun einmal der Untergebene eines Hauptmanns. Mehr noch: Er gehört praktisch einer anderen Gesellschaftsklasse an als ein Hauptmann – auch wenn er unter vier Augen Freund genannt wird. Aber das ist dann auch schon alles.«

»Das ist blühender Unsinn«, sagte Ahlers, »und das weißt du ganz genau.«

»So? Dann könntest du ja mal versuchen, mir das Gegenteil zu beweisen. Das wäre sogar vergleichsweise recht einfach – denn wie oft soll ich dir noch sagen, Klaus: wenn du Geld brauchst für die Operation von Carolin, von mir kannst du es haben!«

»Danke«, sagte Ahlers, »ich weiß, daß du so denkst.«

»Dann, verdammt noch mal, richte dich doch endlich danach!«

Ahlers nickte ihm zu. »Ich werde mich an dich wenden, wenn ich keinen anderen Ausweg mehr weiß. Doch wir dürfen eins nicht vergessen, Viktor – es existieren hierzu nun mal im Rahmen der Bundeswehr gewisse Bestimmungen, die völlig eindeutig sind.«

»Sie gelten doch nicht für Freunde!«

»Doch – das tun sie. Dann etwa, wenn sich diese Freunde, und noch dazu freiwillig, den herrschenden soldatischen Gesetzen unterworfen haben.«

»Ach was – ich denke doch nicht daran, dich zu bestechen oder dir auch nur irgend etwas zu schenken! Du bekommst, wenn du willst, von mir ein Darlehen. Dafür kannst du Zinsen zahlen. Den höchsten Satz meinetwegen, wenn das dein Gewissen beruhigen sollte. Oder willst du etwa, daß deine Tochter niemals ganz gesund wird?«

»Also gut«, sagte Ahlers. »Wenn der Arzt diese Operation jetzt für sinnvoll hält und wenn es mir nicht gelingt, anderswo ein Darlehen aufzutreiben – dann nehme ich deine Hilfe in Anspruch.«

»Abgemacht«, rief Voßler. »Ich werde für alle Fälle gleich ein paar tausend Mark bereitstellen – gegen Schuldschein und von mir aus mit Wucherzinsen! Wenn schon ein Vorgesetzter seine Untergebenen nicht ausbeuten darf – dann versuchen wir es doch einmal umgekehrt.«

»Was Besonderes?« fragte der Oberleutnant von Strackmann seinen Hauptfeldwebel und war darauf gefaßt, ein stereotypes »Nein« zu hören.

Doch Kirschke sagte: »Jawohl!«

Der von Strackmann kam von einer Offiziersbesprechung, die beim Kommandeur stattgefunden hatte, und fühlte sich leicht erschöpft. Denn er hatte von etwa siebzehn neuen Verordnungen Kenntnis nehmen müssen, durch welche etwa vierzehn älteren Datums außer Kraft gesetzt worden waren.

»Ich habe mich wohl verhört, Kirschke? Sagten Sie ›jawohl‹?«

»Jawohl«, sagte der Hauptfeldwebel. »Hier lag eine Meldung des Feldwebels Rammler vor.«

Dies sagte Kirschke wohlberechnet in Gegenwart von zwei Zeugen: Schreibstubenunteroffizier und Zivilangestellte. Bevor er seinen Mittagsschlaf antrat, gedachte er wenigstens noch diesen Strackmann um die Mittagsruhe zu bringen.

»Der Feldwebel Rammler«, führte er aus, »glaubt gehört zu haben, daß vor versammelter Mannschaft Hitler und die Bundeswehr sozusagen im gleichen Atemzug genannt wurden.«

Der Oberleutnant von Strackmann kniff die Augen zusammen und öffnete den Mund – in diesem Augenblick wirkte dieser »Eiserne« reichlich hilflos. Er kam sich vor wie auf Glatteis – wie einer, den man dorthin gelockt hatte und der sich nun mit äußerster Vorsicht bewegen mußte.

»Ich kann nur hoffen«, sagte er schließlich, »daß es sich hierbei um einen Irrtum gehandelt hat.«

»Möglicherweise hat sich lediglich jemand verhört.« Kirschke gab sich großmütig. Denn er hatte sein Ei gelegt – seine Mitteilung trug zwar den Charakter des Nebensächlichen, dennoch hatte er eine offizielle Meldung angebracht. Was jetzt der Oberleutnant daraus machte, war seine Angelegenheit. Zunächst jedenfalls. Eine Art Staatsaktion war danach gegebenenfalls – wenn Kirschke wollte – jederzeit möglich.

»Liegt irgend etwas Schriftliches dazu vor?« fragte der Oberleutnant.

»Mir nicht«, sagte Kirschke.

Der von Strackmann atmete auf. »So was kann doch nur Geschwätz sein.« Und dann sicherte er sich ab – nach bewährter Methode. »Sie haben das also nicht ernst genommen. Sicherlich haben Sie in diesem Fall richtig gehandelt.«

»Verzeihung, Herr Oberleutnant – gehandelt habe ich überhaupt nicht. Ich habe lediglich Feldwebel Rammler befragt, ob er sich seine Meldung genau überlegt habe. Das schien nicht ganz der Fall gewesen zu sein – ein Versäumnis, das er nachholen wollte. Ob aber seine Meldung möglicherweise Hand und Fuß gehabt hat oder nicht, entzieht sich meiner Beurteilung.«

Das Tauziehen, das sie auf diese Weise veranstalteten, hätte noch längere Zeit so weitergehen können. Doch der Oberleutnant legte keinen Wert darauf. Er wollte von Komplikationen nichts wissen. Er hatte Mühe, mit der Gegenwart fertig zu werden. Zusätzlich noch die Vergangenheit zu bewältigen, schien ihm entschieden zuviel verlangt.

Und daher sagte er, abschließend, wie er glaubte: »Eine Meldung, die mir nicht vorliegt, existiert für mich auch nicht.«

Kirschke ließ ihn bei diesem Glauben.

Herbert Asch saß seiner Frau Elisabeth gegenüber. Er blickte zärtlich auf sie und war bereit, diese Mittagsstunde vorbehaltlos zu genießen. Kein Angestellter durfte sie stören. Selbst das Telefon war abgestellt.

»Habe ich eigentlich schon einmal gesagt, daß ich dich liebe?« fragte er.

»Nein«, sagte Elisabeth und lächelte. »Muß man das sagen?«

»Ich sage es mir jeden Tag – ohne es allerdings auszusprechen.«

Die Speisen waren aufgetragen. »Manchmal frage ich mich«, erklärte Frau Elisabeth behutsam, »wie lange wir uns noch unser kleines mittägliches Idyll werden leisten können. Denn ich fürchte, deine Zeit wird immer knapper werden – wenn du so weitermachst.«

»Du bist doch nicht etwa besorgt, Elisabeth?«

»Ich mache mir lediglich meine Gedanken.« Sie schob ihm die Speisen zu. Sie wußte, was er bevorzugte. Er hatte es niemals nötig, irgendwelche diesbezüglichen Wünsche zu äußern – sie erriet jeden. Und sie sagte: »Du hast dich heute vormittag längere Zeit mit Herrn Flammer beschäftigt, dem Reporter unserer Zeitung?«

»So was läßt sich kaum vermeiden«, erklärte Herbert Asch.

»Und deine Besprechungen mit den Gemeinderäten?«

»Sind ebenfalls unvermeidlich – schließlich bin ich Bürgermeister.«

»Und die ausführlichen Telefongespräche mit Heer und Luftwaffe müssen vermutlich auch sein?«

»Diese Institutionen sind nicht zu übergehen. Sie existieren – also muß man sich mit ihnen beschäftigen.«

Elisabeth vermied es in diesem Augenblick, ihren Mann anzusehen. Sie wollte ihn nicht wissen lassen, was sie dachte. Und zugleich war sie sicher: er wußte es dennoch.

»In gewisser Weise«, sagte Herbert Asch, »bin ich vermutlich immer noch ein neugieriger Jüngling. Mich interessieren immer auch Dinge, die mich – deiner Ansicht nach – nichts angehen. Aber geht mich das wirklich nichts an, was um mich herum geschieht, in meiner näheren Umgebung? Schau, Elisabeth, als ich Soldat war – genau hier in dieser Stadt, draußen in der Kaserne –, da bin ich oft abends mit ein paar Kameraden nach Hause gekommen; und dann haben uns die Väter gefragt: Wie geht es euch? Nicht aber: was macht ihr dort, was stellt man mit euch an? Sie waren ja nicht mehr in der Kaserne; und wenn man sie selbst früher falsch oder sogar übel behandelt haben sollte – nun, warum nicht auch uns? Und damals haben wir gedacht: Denen ist es völlig gleichgültig, was mit uns passiert.«

»Und wie willst du das ändern, Herbert?«

»Das«, meinte Herbert Asch nachdenklich, »weiß ich noch nicht genau. Aber man darf nicht gleichgültig sein, man muß sich dafür interessieren, ob sie es jetzt wirklich besser machen; man muß diejenigen stützen und ermutigen, die es tun, und andere muß man mit der Nase auf gewisse Erfahrungen stoßen, die wir gemacht und noch immer nicht vergessen haben. Kurz und vielleicht auch gut: Ich habe Lust, in meinem Rahmen da ein wenig mitzumischen.«

»Versuchst du das nicht schon seit geraumer Zeit?«

Herbert Asch sah sich durchschaut. Er genoß das Einfühlungsvermögen seiner Frau. Und leichthin sagte er: »Jedenfalls – diesen Spaß möchte ich mir nicht gerne entgehen lassen.«

Der Feldwebel Rammler glaubte zu wissen, woran es seinen Leuten mangelte: Sie waren nicht bedingungslos genug einsatzbereit. Gewisse schiefe Gedankengänge mochten ihren Charakter verdorben haben; auch neigte der hochzivilisierte Mensch ohnehin zur Weichheit. Verantwortungsbewußt – wie er glaubte – sagte er sich: Das muß anders werden!

»Mein Zug«, sagte er zum Unteroffizier vom Dienst, »hat zehn Minuten vor der üblichen Zeit auf dem Appellplatz zu stehen.«

Bei anderen Feldwebeln handelte es sich bei derartigen Anforderungen, wie der UvD wußte, lediglich um Anregungen – man wünschte, man bestand aber nicht unbedingt darauf. Falls es Komplikationen gab, wurde das Feld geräumt; schließlich hatte man sich nicht festgelegt. Doch Rammler erklärte ausdrücklich: »Das ist ein Befehl – von mir!«

So wurde denn sein Zug vorzeitig herausgetrommelt. Die Leute versammelten sich, Rammlers Ansicht nach, wie ein Haufen Touristen vor dem Brandenburger Tor. Ihr Geschwätz war ihm unerträglich.

»Ruhe!« rief er.

Die Leute schwiegen und betrachteten ihn erwartungsvoll. In ihren Augen war er wie ein heftig angeheizter Kessel, bei dem dringend Dampf abgelassen werden mußte.

»Ich habe gesagt: Ruhe!« erklärte Rammler. »Ich habe nicht gesagt: haltet die Schnauzen.«

»Es hat sich aber genauso angehört«, flüsterte Kamnitzer seinem Nebenmann Recht zu.

»Ich sage jetzt auch nicht: Flossen hoch! Ich sage lediglich: Fingernägel vorzeigen.«

Das war die Art, wie Rammler den neuen Stil vorzuführen liebte. Seine Leute streckten die Hände aus, und der Feldwebel schritt die Front ab. Sein Gesicht verzog sich.

»Ein Mensch ohne Bildung«, sagte er dann, »würde nunmehr behaupten, daß ihr Mistfinken und Dreckschweine seid. Ich aber erkläre lediglich: die allgemeine Sauberkeit läßt zu wünschen übrig.«

Denn er hatte Fingernägel gesehen, die alles andere als gepflegt waren. Und nur in sauberen Körpern wohnt bekanntlich ein sauberer Geist. »Wenn ich solche Hände hätte«, behauptete Rammler, »dann würde mir der Appetit vergehen.«

»Uns haben die zehn Minuten gefehlt, die wir früher heraustreten mußten.« Der das in freundlichem Ton erklärte, war natürlich Kamnitzer. »Und meine Schuhe konnte ich auch nicht mehr richtig putzen – wenn Sie mal sehen wollen, Herr Feldwebel!«

»Hinlegen«, sagte Rammler lässig.

Und sein Zug legte sich hin. Er durfte jedoch bald wieder aufstehen. »Handflächen vorzeigen«, sagte Rammler nunmehr.

Auch diese ihm entgegengestreckten Handflächen waren nun, nach dem Hinlegen, alles andere als sauber – schon gar nicht die von Kamnitzer und Recht. Rammlers Bemerkung darüber klang indessen verhältnismäßig freundlich: »Daß Sie aber auch immer wieder auffallen müssen! Ich sehe das gar nicht gerne.«

»Ich auch nicht«, sagte Kamnitzer und fügte gedehnt hinzu: »Herr Feldwebel.«

Der stellte sich vor die Front und rief: »Sauberkeit ist dem Soldaten ein Bedürfnis! Und wo sie nicht ist, da beherrscht ihn das Verlangen, sie herbeizuführen. So auch auf dem Rasen.«

Dieser Gedanke war nicht neu – Rammler pflegte ihn etwa zweimal in der Woche zu äußern. Dabei behauptete er, eine weggeworfene Zigarettenschachtel vor dem Kompanieblock erblickt zu haben oder Streichhölzer, oder Teile einer Zeitung. Diesmal handelte es sich, seiner Angabe nach, um Papier, möglicherweise Toilettenpapier.

»Ausschwärmen«, befahl der Feldwebel. »Durchkämmen!« Und er vergaß nicht, hinzuzufügen: »Ich will ja nicht behaupten, daß sich hier einer von uns unanständig aufgeführt hat – aber ganz gleich, wer das war: Wir dulden nicht die geringste Verschmutzung unseres Rasens! Oder ist jemand anderer Meinung?«

Anderer Meinung waren nicht wenige, doch sie sagten es nicht. Wenn Rammler vom Säuberungsdrang erfüllt schien, war dagegen kein Kraut gewachsen. Dann war eben der Rasen voller Abfälle!

So absolvierten sie denn dieses Spiel. Sie schwärmten aus und kämmten durch. Wer etwas fand, hatte es bei Rammler abzuliefern. Darin sah er ein Zeichen von Tüchtigkeit. Und darauf konnte er beharrlich warten. Sein diesbezüglicher Rekord lag bei fünfundvierzig Minuten.

Doch heute hatte er einen Einfall besonderer Art. Nach dem dritten Durchgang – mit beklagenswert spärlichen Funden – erklärte er: »Erfolg wird belohnt! Wer mir Abfälle anschleppt, wird von weiterer Suche befreit – der kann unverzüglich zum Essen sausen.«

»Der hat gut reden«, sagte der Grenadier Recht – und er sprach aus, was auch alle anderen dachten. »Hier ist weit und breit kein Fremdkörper mehr zu finden.«

»Dann muß man eben welche anschaffen«, erklärte Kamnitzer souverän.

Dabei griff er in seine Gesäßtasche. Hier hatte er mehrere Blatt Toilettenpapier verstaut. Davon riß er einen Fetzen von etwa vier Zentimeter Länge ab, ließ ihn auf den Rasen fallen und trampelte darauf. Dann hob er das so bearbeitete Papier auf und trug es zu Rammler hin.

»Darf ich Ihnen, Herr Feldwebel, meinen Fund überreichen?«

Rammler nahm höchst widerwillig diese Trophäe entgegen. Er betrachtete sie längere Zeit und mit berechtigtem Mißtrauen.

»Dann gehe ich jetzt in den Speisesaal, Herr Feldwebel«, sagte der Gefreite munter. Er produzierte eine exakte Ehrenbezeigung, machte kehrt und stolzierte zufrieden davon.

Rammler kam gar nicht dazu, ihm wütend nachzublicken. Denn Kamnitzers Beispiel hatte Schule gemacht. Fast jeder kramte seine Taschen durch und behauptete dann, irgend etwas gefunden zu haben. Vor dem Feldwebel türmte sich alsbald ein solides Häufchen Abfall.

»Haut ab!« rief er empört. »Macht, daß ihr zu den Freßtrögen kommt!«

Niemand ließ sich das zweimal sagen. Die Soldaten trabten davon – zurück blieb allein der Feldwebel Rammler mit seinem Häufchen.

Doch er ließ sich dadurch nicht entmutigen. Der Tag war noch lange nicht zu Ende. Und seine Energie war groß. Außerdem hatte er Einfälle – nicht nur im Hinblick auf Abfälle. Es gab zahlreiche Möglichkeiten, den Geist dieser Truppe zu heben.

Der Oberfeldwebel Voßler, von dem Wunsch beseelt, seinem Freund zu helfen – und kein Flug nach Athen oder Bordeaux war ihm wichtiger als der Versuch, diese Hilfe möglichst rasch in die Tat umzusetzen –, setzte sich noch während der offiziellen Mittagspause in seinen polarblauen Wagen und suchte Frau Ahlers auf.

»Es ist soweit«, sagte er zu ihr. »Klaus will sich von mir helfen lassen!«

»Hat er das tatsächlich gesagt?« fragte Frau Ahlers hoffnungsvoll und besorgt zugleich. »Das würde mich freuen.«

»Ich habe ihn bekniet nach allen Regeln der Kunst«, versicherte Voßler. »Offenbar wollte er mir weitere Anstrengungen ersparen. Jedenfalls hat er endlich zugestimmt.«

Frau Ahlers nahm diese Ankündigung mit spürbarer Dankbarkeit entgegen. Zugleich erkannte sie, was von ihr erwartet wurde: sie hatte nun die praktischen Voraussetzungen zu schaffen.

So sprach denn Frau Ahlers zunächst mit Carolin. »Würdest du dich einer neuen Operation unterziehen wollen?«

»Ja«, sagte Carolin sofort. Um dann jedoch nach kurzer Pause hinzuzufügen: »Können wir uns das aber leisten?«

»Darüber brauchst du dir keine Gedanken zu machen, Carolin. Es kommt jetzt ganz darauf an, ob du diese Operation willst!«

»Ja – ich will wieder richtig gehen können, Mutter.«

Dieses Resultat wurde dem wartenden Voßler mitgeteilt. »Na also!« rief er beglückt. »Noch in diesem Jahr will ich mit Carolin tanzen – sofern mir das mein derzeitiges Fräulein Braut erlaubt.«

Hierauf wurde Voßler in die Küche abgeschoben und dort von Carolin mit Hingabe betreut. Während er das improvisierte Mittagessen – Omelette mit Champignons – verzehrte, telefonierte Frau Ahlers mit Professor Martin. Und der erklärte: eine derartige Operation wäre niemals ganz ungefährlich – entscheidend sei der Allgemeinzustand und nicht zuletzt die psychische Bereitschaft der Patientin.

Als Professor Martin dann erfuhr, daß Carolin mit Freude eingewilligt habe, sogar auf einen baldigen Termin zu drängen scheine, gab er, mit den üblichen Vorbehalten, seine Zustimmung. Dann erst, sehr zögernd, nannte er den dazugehörigen Preis. Er überstieg – mit Krankenhausaufenthalt, ärztlicher Betreuung und Medikamenten – die Summe von zweitausend Mark.

»Wenn es weiter nichts ist!« rief Voßler. »Sagen wir also:

dreitausend Mark! Dann haben wir alle Eventualitäten mit eingerechnet.«

Eilig verabschiedete er sich. Klaus Ahlers mußte nun das Geld so schnell wie möglich bekommen – ehe er sich's etwa anders überlegte. Und außerdem mußte ihm suggeriert werden, daß Voßler dabei letzten Endes nicht zu kurz kommen würde. Nur nicht das Gefühl aufkommen lassen, es handle sich um pure Wohltätigkeit. Ein einigermaßen hartgesotten wirkender Vertrag mußte deshalb her.

Diesen Vertrag – mit Klauseln, die hart an gesetzlich gerade noch erlaubten Wucher zu grenzen schienen – sollte ihm seine Gerty, also Gertrud Ballhaus, aufsetzen. Doch sie war blockiert. Ihr Brotgeber, der Bürgermeister Asch, hatte ihr eine Menge Briefe zu diktieren.

»Hat dieser Asch wirklich nichts Besseres zu tun, als seine Umgebung mit Lesestoff zu versorgen?«

Diese Frage wurde verneint. Denn die von Asch diktierten Briefe waren durchaus interessant. Sie betrafen das »Verhältnis zwischen Bundeswehr und Zivilbevölkerung«. Sie waren gerichtet an Oberst Turner, Luftwaffe; an Major Bornekamp, Heer; an die Stadtverordneten; an diverse Vertreter öffentlicher Körperschaften; an bestimmte Gewerbetreibende. Letztere ausgesucht unter dem Kennwort: Gaststätten, Beherbergungsunternehmen und Versorgungsbetriebe.

In allen diesen Briefen wurde der lebhafte Wunsch nach einem angenehmen, harmonischen Verhältnis zwischen Garnison und Stadt ausgesprochen. Anregungen würden erbeten; Verbesserungsvorschläge sollten gerne zur Kenntnis genommen werden; eventuelle Beschwerden könne man vertrauensvoll vorbringen. Der in jedem dieser Schreiben wiederkehrende Kernsatz lautete schlicht: Schließlich seien sie allesamt gleichberechtigte Staatsbürger – ob nun mit oder ohne Uniform.

»Kannst du diesem Asch nicht klarmachen«, fragte Voßler, »daß du dringend anderweitig benötigt wirst?«

»Am hellen Nachmittag, Viktor?« Gertrud Ballhaus blickte geradezu streng, doch ihre Augen funkelten fröhlich. »Du scheinst zu vergessen, daß ich auch noch einen Beruf habe – und daß ich sogar auf diesen Beruf angewiesen bin. Schließlich bin ich nicht verheiratet. Ich bin noch nicht einmal verlobt.«

Viktor Voßler verließ daraufhin fluchtartig das Rathaus. Gertys Andeutungen waren seinem Empfinden nach ein wenig zu deutlich gewesen – wenn auch, wie er ungern einräumte, nicht ganz unberechtigt. Doch im Augenblick war das wichtigste für ihn dieser Darlehensvertrag; der mußte schleunigst aufgesetzt werden.

Glücklicherweise gab es in der Kaserne Monika – jene erfreuliche Mischung aus übersteigertem Polen und gemäßigtem Afrika. Es war angenehm, soviel fröhlich-unbekümmerte Schönheit mitten in einer Kaserne zu haben. Und Monika war ein hilfsbereites Wesen.

»Sie brauchen mir nur zu sagen, was ich tun soll, Herr Voßler – für Sie tue ich alles; oder sagen wir: fast alles!«

»Die Aufsetzung eines Schriftstückes würde mir vorerst genügen. Das jedoch mit der Bitte um äußerste Diskretion. Und – völlig privat.«

So diktierte Voßler denn seinen Vertrag. Danach erschien der Geldverleiher, also er, nachgerade als Ausbeuter; zumindest deutete keine Spur in diesem Schriftstück darauf hin, daß hier etwa ein Freund dem anderen völlig selbstlos helfen wollte.

Doch diese fröhliche Arbeit wurde unterbrochen. Hauptmann Ahlers bat Monika in sein Dienstzimmer. Voßler benutzte diese Gelegenheit, um sich Zigaretten zu holen. Der Vertrag, der nahezu fertig war, blieb in die Maschine gespannt.

Und diesen Vertrag sah der Hauptmann Treuberg.

Treuberg betrat das leere Büro, warf einen Blick auf die Schreibmaschine und las hier zunächst das Wort: *Vertrag*. Dann, leicht erstaunt, die einleitende Formulierung: *Zwischen Klaus Ahlers und Viktor Voßler* ... Schließlich – zunächst ungläubig, dann höchst angeregt – den Satz: *Betreffend ein Darlehen in Höhe von DM 3000, in Worten: dreitausend* ...

»Das ist ja hochinteressant«, sagte der Hauptmann Treuberg.

Der Feldwebel Rammler pflegte mit Worten höchst sparsam umzugehen, wenn er sich in seinem ureigenen Element bewegte – im Gelände. Und zwar im Gelände nördlich der Stadt. Das nämlich kannte er wie seine Westentasche.

Hier bevorzugte er die Bewegung mit dem Daumen, die Benutzung der Trillerpfeife, das Klatschen mit den Händen. Eine Armbewegung etwa – der eines Sämanns vergleichbar –, und sein Zug paßte sich dem Gelände an; legte sich flach auf den Boden, versuchte in jede sich anbietende Falte hineinzukriechen.

»Er scheint heute viel vorzuhaben«, sagte Martin Recht ahnungsvoll.

»Auch bei ihm wird nur mit Wasser gekocht«, behauptete Kamnitzer.

»Seid doch still!« flüsterte der Gefreite Streicher besorgt. »Ihr fordert ihn nur unnötig heraus!«

Doch Rammler war an diesem Tag nicht so leicht herauszufordern – dafür war er seiner Sache viel zu sicher. Er stand breitbeinig da, die Karte entfaltet: vor ihm seine Leute, hinter ihm zwei Transportwagen, um ihn das Gelände, das sich weit nach Norden ausdehnte. Es durfte als ideal bezeichnet werden: verwachsene Wälder, sumpfige Wiesen und lehmige Felder.

»Orientierungsmarsch in Einzelgruppen«, verkündete Rammler.

Das war für keinen seiner Leute eine Überraschung – alle Vorbereitungen hatten darauf hingedeutet. Sie waren schwer bepackt; außerdem hatte jeder Karte und Kompaß empfangen.

»Hinlegen! Bis zum Waldrand vorarbeiten.«

Das diente zur körperlichen Ertüchtigung und gehörte mit zum Geländedienst. Nur die Entfernungen pflegten zu wechseln. Dieses hatte Mittelmaß. Somit würde bei diesem geistreichen Bewegungsspiel etwa eine Viertelstunde vergehen – Rammlers Zeitplan ließ eine derartige Erweiterungsübung bequem zu. Lässig schritt er hinter den kriechenden Soldaten her.

»Der Grenadier Recht streckt seinen Hintern zu weit aus«, sagte er nach fünf Minuten. »Ich will nicht hoffen, daß das eine Aufforderung sein soll!«

Er wartete kurz auf zustimmendes Gelächter – und einige

lachten tatsächlich, wenn auch leicht keuchend. »Der Grenadier Recht daher noch einmal zum Ausgangspunkt zurück.«

Am Waldrand teilte Rammler seinen Leuten zunächst das Marschziel mit: die sogenannte Fliedermühle am Ferkelteich. Das war eine Entfernung von etwa zweiundzwanzig Kilometern, wie alle Soldaten sofort wußten. »Zu erreichen innerhalb von drei Stunden.«

»Das heißt Eilmarsch!« sagte Streicher.

»Bei mir heißt so was Schikane«, sagte Kamnitzer. »Wozu soll das gut sein? Ich habe diese Strecke im letzten Vierteljahr bereits zweimal zurückgelegt.«

Der Feldwebel gab inzwischen die von ihm vorbereiteten Zettel aus. Auf diesen stand verzeichnet, wer mit wem marschierte und von wo aus. Denn Rammler hielt viel vom getrennten Einsatz bei der Erstrebung eines gemeinsamen Zieles. Er löste den Zug in etwa zwölf Einzelgruppen auf und verfrachtete sie auf die Transportwagen – um sie dann alsbald wieder an den einzelnen Ausgangspunkten abzusetzen.

So begann eine Art Sternmarsch. Das unter den verschiedenartigsten Voraussetzungen: Einige Gruppen hatten Wege zur Verfügung; andere mußten durch dichtes Waldgelände; wieder andere würden Sand und Lehm vorfinden. Die Marschgruppe 7 jedoch mußte kilometerlange Sumpfwiesen durchwaten, wenn sie nicht einen stundenlangen Umweg riskieren wollte.

Diese Marschgruppe 7 bestand aus dem Gefreiten Kamnitzer, dem Grenadier Recht und einem weiteren Grenadier mit Namen Armke. Dieser Armke sprach fast nie; auch zeigte er kaum jemals Zustimmung oder Ablehnung. Was auch immer geschehen mochte, es schien ihm völlig gleichgültig zu sein – nicht zuletzt deshalb schien er manchen Vorgesetzen höchst verdächtig.

»Jede Minute unter drei Stunden«, verkündete Rammler abschließend, »ergibt einen Pluspunkt. Jede Minute über drei Stunden bedeutet einen Minuspunkt. Lahme Enten« – und hierbei sah er Recht grinsend an – »können damit rechnen, den ganzen Weg noch einmal zu machen.«

Die Transportwagen schaukelten davon, und an den bestimmten Stellen wurden die einzelnen Marschgruppen ausgesetzt. Sie sprangen ab und verschwanden schnell im Gelände – schließlich ging es um Minuten. Kamnitzer, Recht und Armke stiegen unmittelbar am Rande einer Sumpfwiese aus dem Lkw – und Sekunden später standen sie allein auf weiter Flur.

»Also – dann los!« sagte Martin Recht ergeben. »Es bleibt uns ja nichts anderes übrig.«

»Und du, Armke«, fragte Kamnitzer, »bist du auch scharf darauf, ein Schlammbad zu nehmen?«

»Mir ist alles scheißegal«, sagte der Grenadier Armke wahrheitsgemäß.

»Das ist ein Wort!« Kamnitzer ließ sich zunächst einmal gemächlich am Straßenrand nieder. »Beginnen wir mit einer Zigarettenpause.«

»Aber das können wir uns doch nicht leisten!« rief Recht besorgt. »Wenn wir das Ziel in drei Stunden erreichen wollen, müssen wir uns verdammt beeilen.«

»Immer ruhig Blut«, empfahl Kamnitzer. »Und das eine mußt du wissen, mein Bester – durch einen schönen, soliden Gewaltmarsch wirst du Rammlers Wohlwollen nicht erringen. Meinst du das nicht auch, Armke?«

»Der ist mir scheißegal«, sagte der Grenadier Armke.

Kamnitzer nickte ihm zu: »Viel sagt unser Armke ja nicht gerade – aber was er sagt, das stimmt immer.«

»Du redest und redest – und inzwischen wären wir schon einen Kilometer marschiert!« Martin Recht war von heftiger Unruhe erfüllt. »Mir genügt, was dieser Rammler jetzt schon mit mir anstellt. Ich habe nicht die geringste Lust, ihm noch zusätzliche Anreize zu liefern.«

Kamnitzer blinzelte Armke zu. »Hörst du – da ist einer gerade dabei, sich in die Hosen zu machen; aber davor wollen wir ihn bewahren. Das zunächst einmal durch die Lösung einer kleinen Denksportaufgabe. Frage: Wer schafft zweiundzwanzig Kilometer quer durch sumpfige Wiesen innerhalb von drei Stunden? Antwort: Kein Schwein und wir auch nicht! Wir würden auf alle Fälle zu spät kommen. Mit den Beinen ist das also garantiert nicht zu schaffen – vielleicht aber mit Köpfchen.«

Der Grenadier Armke brauchte seinen Standardslogan gar

nicht erst auszusprechen – man sah ihm deutlich an, was er dachte. Die Unruhe Martin Rechts aber steigerte sich noch. »Karl – du brütest doch nicht etwa schon wieder eins von deinen Hintertreppenspielen aus! Wenn dir Rammler auf die Schliche kommt, bin ich der Dumme.«

»Damit wir uns richtig verstehen«, erklärte Kamnitzer gemütlich, »ich bin hier der Dienstälteste; und daher ernenne ich mich zum Marschgruppenführer. Ihr beide hört auf mein Kommando! Kapiert?«

»Mir«, begann Armke, »ist das...«

»Wissen wir!« Kamnitzer erhob sich gemächlich. »Wir werden uns zunächst einmal absetzen – und zwar zwei Kilometer nach Süden. Genau bis zum Waldgasthaus *Zur friedlichen Einkehr*. Dort werden wir einen ausgedehnten Imbiß zu uns nehmen – verbunden mit gemütlichem Nachmittagsschoppen.«

»Bist du denn von allen guten Geistern verlassen!« rief Recht entsetzt.

»Ohne Tritt marsch!« befahl Kamnitzer.

Armke folgte, ohne zu zögern. Recht sah keine andere Möglichkeit, als sich anzuschließen. Er schwieg vorwurfsvoll. Der Gefreite Kamnitzer pfiff unternehmungslustig eine Melodie vor sich hin, die vermutlich der *River-Kwai-Marsch* sein sollte.

Nach etwa zwanzig im Schlenderschritt zurückgelegten Minuten trafen sie im Waldgasthaus ein. Sie legten Gepäck und Waffen ab und nahmen Platz. Sie waren die einzigen Gäste, und der Wirt begrüßte sie erfreut, wenn auch ein wenig verwundert.

»Drei doppelte Steinhäger und drei halbe Liter Bier für meine Leute«, ordnete Kamnitzer an. »Sie müssen sich stärken. Sie haben noch viel vor.«

»Mir noch ein Rührei mit Schinken«, verlangte Armke.

Martin Recht jedoch schwieg dumpf vor sich hin. Er sah ein Übermaß an Komplikationen auf sich zurollen – wie eine dunkle Gewitterwand; und auf den Wolken hockend den Blitzschleuderer, der die rachewütigen Gesichtszüge Rammlers trug. Verderben lag in der Luft.

Armke aber aß – schweigend, doch nicht lautlos. Sein Appetit war ungetrübt. Kamnitzer verlangte zunächst eine Zeitung und schien sie eingehend zu studieren, einschließlich der Schlachtviehpreise. Dann wünschte er Musik zu hören, und der Wirt legte eigenhändig eine Schallplatte auf: *Aus Heide und Wald,* Volkslieder im Marschrhythmus. Kamnitzer protestierte nach der ersten Minute. Hierauf folgten italienische Weisen.

Nach etwa einer Stunde erhob sich Karl Kamnitzer und sagte: »Jetzt wird es wohl langsam Zeit.« Dann ging er zum Telefon und bestellte ein Taxi.

An diesem Nachmittag hielt sich der Oberleutnant von Strackmann nicht in der Kaserne oder im Gelände auf. Er weilte vielmehr bei Frau Elfrieda Bornekamp, der verehrten Gattin des hochgeschätzten Majors. Sie hatte Dieter zu sich gebeten.

»Ich weiß nicht recht«, sagte der, sozusagen schwankend zwischen Neigung und Pflicht, »wieweit ich es verantworten kann, um diese Stunde hier zu sein.«

»Warum diese Bedenken?« Sie lächelte ihn ermunternd an. »Oder sind Sie nicht gern gekommen?«

»Ich wüßte nicht, was ich lieber täte!« Er verstand es, solche traditionellen Kasinoformulierungen durchaus überzeugend vorzubringen. Und auch sie gefiel sich gern in dergleichen Redewendungen.

Sie sagten unentwegt »Sie« zueinander – trotz einigem, das zwischen ihnen vorgefallen war. Und selbst in jenem Augenblick, da eben dies geschehen war, hatte Frau Elfrieda zumindest rein geistig die Form zu wahren gewußt. »Machen Sie weiter so!« hatte sie gesagt.

Aber der von Strackmann fühlte sich als ritterlicher Mensch und empfand zutiefst die Tragik, die ihn umwitterte. Denn die eine lieben und den anderen verehren wollen – wohin mußte das führen?

»Wenn jemals der Herr Major irgendeine diesbezügliche Frage an mich richten würde«, bekannte der Oberleutnant, »ich wüßte nicht, was ich ihm darauf antworten sollte.«

»Er wird keine diesbezüglichen Fragen stellen«, behauptete sie überzeugt. »Oder halten Sie meinen Mann für kleinlich?«

»Das natürlich nicht!« versicherte von Strackmann. »Der Herr Major besitzt unzweifelhaft Großzügigkeit!«

»Und Verständnis.«

»Das auch – gewiß.«

»Eben«, sagte Frau Elfrieda und lehnte sich, wie von leichter Schwäche befallen, an ihn.

Dieter wagte kaum zu atmen. Sie aber sagte: »Sie brauchen keine Bedenken zu haben – er weiß, daß Sie hier sind.«

Der von Strackmann erschrak. Seine Hände lösten sich hastig von ihr – als habe er eine erhitzte Herdplatte berührt.

Sie schritt zum kleinen Tisch neben der Anrichte, auf dem einige Flaschen und Gläser standen.

»Ich habe«, bekannte sie, »meinen Mann verständigt, bevor ich Sie zu mir bat. Er hat zugestimmt. Wie Sie ganz richtig sagten – er ist ungemein großzügig.«

Der von Strackmann vermochte nicht zu begreifen, was ihm hier eröffnet wurde. Das bisher seiner Ansicht nach so strahlende Bild des bewunderten Vorgesetzten drohte zu verblassen.

»Begreifen Sie denn noch immer nicht?« Frau Elfrieda schien belustigt. Sie hielt ihm ein vollgefülltes Glas entgegen und sagte: »Sie sind sozusagen dienstlich hier.«

»Dienstlich!« rief der Oberleutnant verwirrt. Hier streikte seine Phantasie.

Frau Elfrieda hielt es nun für höchste Zeit, ihren verstörten Verehrer aufzuklären. »Mein Mann«, sagte sie, »hält es – auf meine Anregung hin – für opportun, einen geselligen Abend mit den Offizieren des Bataillons und ihren Damen zu veranstalten. Und das sollen Sie gemeinsam mit mir organisieren.«

Nunmehr empfand der von Strackmann grenzenlose Erleichterung. Er trank auf einen Zug sein Glas leer. Er glaubte zu erkennen: der Herr Major hatte außerordentliches Vertrauen zu ihm. Er legte neuerdings selbst interne Organisationsfragen in die Hände des von ihm wiederholt ausgezeichneten Oberleutnants.

»Was den von Herrn Major angeregten geselligen Abend anbelangt, so könnte der wohl nur in den Räumen des *Hotels Asch* stattfinden.«

»Darüber«, schlug Frau Elfrieda einladend vor, »können wir doch wohl später auch noch reden. Kommen Sie!«

Bei der sogenannten Fliedermühle am Ferkelteich stand der Feldwebel Rammler. Neben ihm hielt sich der Gefreite Streicher auf; er war als »Ordonnanz« eingeteilt worden. Das galt als besondere Ehre, zumindest war es eine eindeutige Bevorzugung.

Dafür erwies sich Streicher dankbar. Er blickte auf seine Uhr und sagte: »Die ersten Marschgruppen müssen bald eintreffen. Denn Ihre Berechnungen, Herr Feldwebel, stimmen genau.«

»Wie üblich«, sagte Rammler selbstbewußt.

Er hatte jahrelang Zeit gehabt, sich mit dieser Gegend vertraut zu machen. Kein Weg war ihm fremd – und was ein Umweg war, wußte er auch.

»Dieser Kamnitzer mit seinem Haufen wird garantiert eine halbe Stunde zu spät kommen – mindestens eine halbe Stunde.« Rammler blickte über den moorigen, dunkelglänzenden Ferkelteich in weite Fernen. »Wollen wir darauf wetten, Streicher?«

»Ich bin überzeugt, daß Sie sich nicht verschätzen.«

»Ich wette um zwanzig Mark.«

»Diese Wette«, erklärte Streicher, »würde ich glatt verlieren.«

Diese Einsicht seines bewährten Untergebenen tat Rammler wohl. Dennoch hätte er gerne gewettet – denn keine Spekulation konnte so sicher wie diese sein.

Inzwischen trafen die ersten Marschgruppen ein. Sie meldeten sich bei Rammler und wiesen ihre Zettel vor, auf denen Uhrzeit und Ausgangspunkt des Orientierungsmarsches eingetragen waren. Diese Zettel sammelte Streicher ein.

»Sie laufen wie die Windhunde«, erklärte Rammler nicht ohne Stolz. »Aber so muß es auch sein in meinem Zug! Eiserne Einsatzbereitschaft! Unter den Besten sind wir die Allerbesten. Bei den Herbstmanövern können wir alle Rekorde schlagen.«

»Darf doch wohl nicht wahr sein!« rief Streicher plötzlich erstaunt. »Oder meine Uhr geht falsch!«

Nun sah auch Rammler – nicht minder erstaunt –, was Streicher erblickt hatte: Auf der Landstraße näherte sich die Marschgruppe Kamnitzer, und zwar mit munteren Schritten. Sogar Pfeiftöne waren zu vernehmen. Und selbst auf einhundert Meter Entfernung glaubte der Feldwebel das fröhliche Grinsen des Gefreiten zu erblicken.

»Dabei ist es erst siebzehn Minuten vor der angegebenen Stichzeit«, sagte Streicher fassungslos.

Kamnitzer trabte herbei und meldete seine Gruppe. Dann wies er auf seine Armbanduhr und sagte: »Siebzehn Minuten früher, das sind siebzehn Pluspunkte – nicht schlecht, was?«

»Jetzt sind es nur noch fünfzehn Minuten«, stellte Streicher fest.

»Von mir aus«, sagte Kamnitzer, »kannst du quasseln, soviel du willst – aber nicht auf meine Kosten! Meine Uhr geht genau nach Rundfunkzeit. Oder willst du etwa behaupten, der Rundfunk sei nicht zuverlässig?«

»Schnauze!« rief Rammler, sekundenlang unbeherrscht.

»Hast du gehört«, sagte Kamnitzer zu Streicher, »du sollst deine Schnauze halten. Du hast nichts weiter zu tun, als für uns siebzehn Pluspunkte aufzuschreiben.«

Der Feldwebel Rammler betrachtete die Marschgruppe Kamnitzer. Und als versierter Fachmann erkannte er: diese Burschen wirkten verdächtig frisch; keine Spur deutete auf besondere Strapazen – weder an den Stiefeln noch im Gesicht. Das waren entweder ganz eiserne Kerle – oder aber eine höchst hinterhältige Bande. Das letztere hielt er durchaus für möglich.

»Wie haben Sie das gemacht, Kamnitzer?«

»Wir sind marschiert«, erklärte der Gefreite lakonisch. »Und jetzt sind wir am Ziel.«

Rammler wußte aus Erfahrung, daß mit Kamnitzer nichts anzufangen war. Daher blickte er fast hoffnungslos zum nächsten Glied der Marschgruppe Kamnitzer – aber hier sah er Armke, den Scheißegal-Armke. Eher war aus einem Stein Wasser zu schlagen als aus Armke eine halbwegs vernünftige Antwort hervorzulocken. Doch da stand Recht!

»Hinter die Fliedermühle – marsch, marsch!« rief Rammler dem Grenadier Recht zu. »Dort eingraben – zwecks Spezialaufgabe.«

Rammler war sicher, den schwachen Punkt der Marschgruppe Kamnitzer herausgefunden zu haben. Er ließ die anderen stehen, übergab einem Unteroffizier das Kommando und trabte hinter Recht her. Er glaubte, eine grandiose Schweinerei zu wittern, und wollte Klarheit darüber.

Hinter der Fliedermühle angekommen, sah er sich prüfend um: eine rote Ziegelsteinmauer, davor saftgrüne Wiesen – mitten darin Recht, der bestrebt war, sich befehlsgemäß einzugraben. Im Hintergrund, dicht vor einem idyllisch zu nennenden Birkenwald, ein Bach; leider kaum mehr als hüfttief.

»In den Wald, marsch, marsch!« rief Rammler.

Dies geschah wohlbegründet: Allzu tief wollte er an dieser Stelle nicht graben lassen; es war unter Umständen sogenannter Flurschaden zu befürchten – und die Torfbauern in der Umgebung hatten verdammt schnell gelernt, wie man sich auf Kosten der Garnison bereichern konnte. Im übrigen konnte Rammler keinen zufälligen Zeugen brauchen. Was ihm nun unvermeidlich schien, mußte sozusagen »unter vier Augen« geschehen. Schließlich kam es darauf an, einen renitenten, verstockten Burschen aufzuweichen – und das nach allen Regeln der Kunst. Denn: die Disziplin war in Gefahr!

Also heizte er Recht ein. Er jagte ihn über die Wiese, durch den Bach, in den Wald hinein. Er ließ ihn sich hinlegen, kehrtmachen, in Deckung gehen. Er trieb ihn in den Sumpf, in den Schlamm, in das Wasser – eine gute Viertelstunde lang.

»Haben Sie mir nichts zu sagen?« fragte dann Rammler, während Recht keuchend vor ihm lag.

Er erhielt keine Antwort. Doch das entmutigte ihn keinesfalls. Er begann die Prozedur von neuem: über die Wiese, durch den Bach, in den Wald – hin und zurück! »Damit Sie Zeit zum Nachdenken haben, Sie Arschloch!«

Rammler war sonst in der Wahl seiner Worte durchaus vorsichtig – den herrschenden Spielregeln entsprechend. Aber hier lag schließlich ein Sonderfall vor. Und weit und breit war kein Zeuge vorhanden.

»Kommen Sie her, Sie Drecksack! Sie Sauarsch! Ich werde Sie durch den Wolf drehen, bis Sie nur noch den Wunsch haben, mir die reine Wahrheit zu sagen, Sie Scheißkerl.«

Selbst das empfand Rammler lediglich als Gebot der Stunde. Der Gedanke war ihm fern, etwa die durch das Grundgesetz verbriefte Würde des Menschen antasten zu wollen. Ganz im Gegenteil: Wer hier nicht spurte und womöglich heimliche Sabotage trieb, war ein Feind der zu verteidigenden Freiheit und Menschenwürde und mußte zielstrebig in Schranken gehalten werden.

»Ich reiße Ihnen den Arsch auf, Recht, bis zum Stehkragen – wenn Sie sich weigern, mit Ihren Vorgesetzten vertrauensvoll zusammenzuarbeiten. Also, was ist? Entweder Sie sagen mir jetzt die Wahrheit über den Orientierungsmarsch, oder ich verarbeite Ihre Gedärme zu einem Pelzkragen für Sie!«

Selbst hierauf erhielt Rammler keine Antwort. Seine ehrliche Empörung war grenzenlos. Eine weitere halbe Stunde später – und Recht brach taumelnd zusammen.

»Widerlich!« rief Rammler verächtlich. »Wirklich widerlich, daß es Menschen gibt, die uns zu so etwas zwingen!«

Herbert Asch sah den Wochenenden mit besonderen Hoffnungen entgegen.

Zunächst hatte sich bei ihm Oberst Turner gemeldet – Kommodore des Transportgeschwaders, Standortältester – allgemein Standortkommandant genannt – und Philosoph. Er erklärte: »Ich habe schon immer großen Wert auf verständnisvolle Zusammenarbeit gelegt.«

Dieser Oberst war wie ein Phantom. Asch hatte ihn höchst selten gesehen, doch oft mit ihm telefoniert. Selbst die Truppe kannte ihren Kommodore kaum, wohl aber einige hundert Befehle von ihm. Er regierte wie Zeus auf einem Wolkenthron.

»Ich habe Ihren Brief, Herr Bürgermeister, aufmerksam gelesen. Im Prinzip sind wir uns einig – das wollte ich Ihnen nur schnell sagen. Verbindlichsten Dank.«

Nach Turners betont freundlichem Telefonat meldete sich dessen Ordonnanzoffizier. Und der verkündete: Der Herr Oberst würde eine Erweiterung des gesellschaftlichen Horizonts der künftigen Offiziere, also der Fähnriche, lebhaft begrüßen. »Gedacht ist dabei an eine Art Tanztee mit ausgesuchten jungen Damen aus der obersten Klasse des örtlichen Lyzeums. Selbiger könnte, wenn Sie zustimmen, in einer geeigneten Räumlichkeit des Hotels stattfinden.«

»Aha«, sagte Asch mäßig belustigt und fügte vernehmlicher hinzu: »Einverstanden.«

Gleich darauf meldete sich bei Herbert Asch ein ihm bis dahin unbekannter Offizier, mit dem er lediglich einmal telefoniert hatte – ein Oberleutnant von Strackmann. Er zog eine Liste aus seiner Aktentasche und sagte im Befehlston: »Eine Veranstaltung für etwa zweiundvierzig Personen, Damen wie Herren. Darf ich Sie bitten, eine geeignete Räumlichkeit zur Verfügung zu stellen. Und zwar für Sonnabend. Ein gediegenes, gesellschaftliches Beisammensein ist geplant.«

Herbert Asch zögerte, hierauf eine Antwort zu geben. Dieser Herr von Strackmann wirkte herausfordernd auf sein zivilistisches Gemüt. Und sekundenlang dachte Asch daran, dieses Ersuchen ganz einfach abzulehnen – denn dieser Oberleutnant schien eine kleine Lektion über den Umgang mit Nichtuniformierten dringend nötig zu haben. Aber dafür war am Samstag auch noch Zeit und die Gelegenheit möglicherweise günstiger. Daher sagte Asch auch hier lediglich: »Einverstanden.«

»Ich habe auch nichts anderes erwartet«, erklärte herablassend der von Strackmann.

Herbert Asch wollte auch sein Vergnügen haben. Und deshalb telefonierte er zunächst mit seinem Freund, Hauptmann Ahlers. »Ich habe bereits«, erklärte er, »zwei gemischte Gesellschaften für Samstag an Land gezogen. Was mir jetzt noch fehlt, wäre eine Art Hefe.«

»Ein paar Hechte für den Karpfenteich –?«

Herbert Asch lachte. »Können Sie mir so etwas liefern?«

»Durchaus möglich«, sagte Ahlers. »Ein halbes Dutzend junger Offiziere – sie haben gerade einen harten Lehrgang hinter sich gebracht und wollen feiern.«

»Genau die richtige Belegschaft für mich! Ich garantiere Sonderpreise und eine bevorzugte Bedienung. Vielen Dank also. Und vergessen Sie nicht – wenn ich mal was für Sie tun kann...«

Herbert Asch versäumte kaum eine Gelegenheit, um ein solches Angebot auszusprechen. Die schwierigen privaten Verhältnisse von Klaus Ahlers beschäftigten ihn immer wieder. Denn er sagte sich: Dieser Offizier mit dem gut funktionierenden gesunden Menschenverstand war eine Wohltat nicht nur für Soldaten – doch wie würde der erst aufblühen, wenn er keine drückenden finanziellen Sorgen mehr hätte?

Das nächste Telefongespräch führte Herbert Asch mit Major Bornekamp. Bei ihm bedankte er sich für das ihm als Hotelier entgegengebrachte Vertrauen. Er versprach: »Ich werde der geplanten geselligen Veranstaltung Ihrer Offiziere meine volle Aufmerksamkeit widmen. Und was die Tischweine anbelangt, so werde ich mir erlauben, einige bescheidene Kostproben zu übersenden.«

»Sie sind auf Draht – das muß man anerkennen.«

»Erlauben Sie mir ganz privat einen Ratschlag, Herr Major?«

Bornekamp gab hierzu seine Erlaubnis. Eröffnet wurde dem Major folgendes: Oberst Turner habe ein Tänzchen für seine Fähnriche angeregt, dabei von den Planungen der Bornekamp-Offiziere erfahren und anscheinend sein Interesse daran durchblicken lassen. »Vielleicht wäre es ratsam, auch Herrn Oberst Turner einzuladen.«

»Keine schlechte Idee!« stimmte der Major zu. »Das werde ich tun.«

Und damit hatte Herbert Asch alle maßgeblichen Leute der Garnison auf die Beine gebracht. Ihr gemeinsames Marschziel am Samstag: sein Hotel. Die Weichen waren gestellt.

Der Feldwebel Rammler blickte angewidert auf sein Werk. Der zusammengebrochene Grenadier Martin Recht hatte bewiesen, wie wenig Widerstandskraft er besaß. Er war eine Schande für jede Elitetruppe.

»Schleimscheißer!« sagte Rammler abschließend. Dann verließ er die idyllische Wiese hinter der Fliedermühle und begab sich zu seinen Leuten zurück. Sie waren inzwischen vollzählig eingetroffen. Der eingeteilte Unteroffizier und der Gefreite Streicher hatten sie in Empfang genommen, die Zeiten notiert und Plus- beziehungsweise Minuspunkte verzeichnet.

Doch Rammler warf keinen Blick auf die Ergebnisse des Orientierungsmarsches. Er schritt durch die herumstehenden Leute hindurch auf Karl Kamnitzer zu.

»Ich gebe Ihnen eine letzte Gelegenheit«, sagte er zu ihm.

»Gelegenheit wozu – bitte?«

»Kamnitzer, ich kann Sie nur warnen! Wagen Sie es nicht, mich für dumm zu verkaufen. Sie wissen ganz genau, was ich meine.«

Natürlich wußte der Gefreite Kamnitzer das. Er kannte seinen Rammler! Der wollte von ihm wissen, was er offensichtlich von Recht nicht erfahren hatte. Aber da konnte er lange warten.

»Sie reden wohl nicht mehr mit mir?«

»Doch, Herr Feldwebel – ich weiß nur nicht, was, warum und worüber.«

Rammler konnte das freundliche Grinsen des Gefreiten nicht mehr ertragen. Er machte kehrt und rief seinen Leuten zu: »Fertigmachen! Abmarsch in zehn Minuten.«

Dann befahl er Streicher: »Holen Sie den Grenadier Recht. Er befindet sich hinter der Mühle. Er ist dort ausgerutscht.«

»Jawohl, Herr Feldwebel!« rief Streicher und trabte davon. Kamnitzer schloß sich ihm unaufgefordert an. Mithin: freiwillig. Das abermals zum Ärger von Rammler. Doch laut Bataillonsbefehl war »freiwillige Einsatzbereitschaft« grundsätzlich nicht zu behindern.

Sie fanden Martin Recht auf der Wiese vor. Er stand dort wie ein verkrümmter Weidenstrunk. Soweit die Haut seines verdreckten Gesichtes zu sehen war, war sie kreideweiß.

»Nimm dich zusammen«, sagte Kamnitzer gewollt rauh. »Bei uns ist jeder selbst daran schuld, wenn er sich auf diese Weise fertigmachen läßt.«

»Komm, Kamerad«, sagte der Gefreite Streicher ermunternd. Er machte Anstalten, Martin zu stützen. Doch der befreite sich von dem kameradschaftlichen Zugriff. »Es wird schon gehen«, sagte er.

Sie erreichten den Zug, der bereits abmarschbereit vor der Fliedermühle stand. Die Motoren der beiden Transportwagen surrten. Die angetretenen Soldaten blickten an Recht vorbei – der vor ihnen stehende Feldwebel schien jede ihrer Reaktionen genau zu beobachten.

»Aufsitzen!« rief Rammler.

Die Leute verteilten sich auf die beiden Lastwagen. Fahrer und Beifahrer schlossen die Klappen und zerrten die Planen zu. Dann dröhnten die Motoren auf, und die Fahrzeuge setzten sich in Bewegung – Richtung Kaserne. Entfernung: 30 Kilometer.

»Mir ist schlecht«, sagte Martin Recht.

Kamnitzer, der neben ihm hinten im zweiten Wagen saß, schüttelte mißbilligend den Kopf. »Das hättest du dir ersparen können.«

»Was sollte ich denn machen?« fragte Martin Recht bitter. »Ich war ihm doch völlig ausgeliefert. Und er hat mich behandelt wie den letzten Dreck.«

»Wenn du dich so behandeln läßt –«

»Man kann doch nichts dagegen tun, Karl!«

»Und ob man das kann!«

»Soll ich ihn etwa melden? Er würde alles ableugnen. Denn nur wir beide waren im Gelände. Ohne Zeugen.«

»Das ist es ja gerade, Menschenskind! Das ist genau der springende Punkt. Und eben deshalb mach' ich dir ja Vorwürfe.«

»Wie soll ich das verstehen?« fragte Recht mit matter Stimme.

»Mann! Da sagst du ahnungslos: Es waren keine Zeugen vorhanden. Das aber ist doch ausgezeichnet! Denn: Keine Zeugen für dich – das bedeutet auch keine Zeugen für ihn! Du hättest dir ohne weiteres eine glatte Gehorsamsverweigerung leisten können und sonst noch ein paar hübsche Kleinigkeiten – beweisen kann er es nicht!«

Martin Recht schloß die Augen. Mochte auch Kamnitzer des Pudels Kern entdeckt haben – er, Recht, war nicht der Mann, diese Theorie in die Praxis umzusetzen. Zumindest nicht in diesem Zustand. Ihm war schlecht.

»Nun kotz dich mal aus!« sagte Kamnitzer und öffnete die Wagenplane.

»Das Öffnen der Wagenplane«, sagte Streicher aus dem Hintergrund, »ist ohne anderslautenden Befehl während der Fahrt durch Waldgebiete oder über baumbestandene Landstraßen grundsätzlich laut Bataillonsbefehl zu unterlassen.«

»Halt die Schnauze!« rief Kamnitzer. »Ich kenne keinen Bataillonsbefehl, wonach so was ausdrücklich verboten ist – schon gar nicht in so einer Situation, du Idiot!«

Er zerrte die Plane zur Seite und half Martin Recht, sich hinauszubeugen. Der versuchte vergeblich, sich zu erbrechen. Die Straße unter ihm tanzte wildtaumelnd dahin, kroch dann sich windend weiter, schien schließlich leblos.

Der Transportwagen hielt. Der Feldwebel Rammler sprang aus dem Führerhaus und rannte nach hinten. Hier baute er sich auf – mit deutlich gezeigtem Unwillen und kaum verborgener Genugtuung. »Das«, sagte er, »hat wohl gerade noch gefehlt!«

Dann zitierte er den Befehl des Bataillons; wortwörtlich; genauso wie vorher Streicher. Hierauf sein Kommentar: »Befehle sind da, um befolgt zu werden. Zumal dieser Befehl außerordentlich sinnvoll ist. Denn bei offener Plane in baumbestandener Gegend sind bereits sehr oft Unfälle passiert. Das nicht nur an den Wagen selbst, sondern auch bei den transportierten Leuten.«

Er stand da wie ein Wellenbrecher. Sein Gesicht leuchtete in mildem Rot, und seine Stimme klang satt und zufrieden.

»Somit steht also ein Verstoß gegen einen Bataillonsbefehl einwandfrei fest«, erklärte er. »Daran sind beteiligt derjenige, der sich hinausgelehnt hat und derjenige, der das hätte verhindern müssen – also der Dienstälteste im Wagen. Mithin der Grenadier Recht und der Gefreite Kamnitzer. Diese beiden werden Leine ziehen. Sie haben drei Stunden Zeit – das wird für den Rest des Weges genügen. Also – reißen Sie sich am Riemen!«

Der Rest des Weges: das waren achtundzwanzig Kilometer. Der Feldwebel Rammler ließ die beiden aussteigen und auf einsamer Landstraße stehen. Er selbst rollte mit dem Rest des Zuges davon.

»Tut mir leid«, sagte Martin Recht betrübt.

»Hör bloß auf«, sagte Kamnitzer. »Nicht jeder muß sich gleich wie ein Armleuchter vorkommen, dem man das einzureden versucht.«

»Immerhin, wenn wir jetzt zu Fuß in die Kaserne zurückkehren müssen – dann ist das meine Schuld.«

»Dafür wirst du auch bezahlen – und zwar mit Bargeld.« Kamnitzer blinzelte dem Freund ermunternd zu. »Denn von einem Fußmarsch kann natürlich keine Rede sein. Wir werden ganz einfach wieder ein Taxi benutzen. Aber die Kosten dafür wirst du lediglich auslegen – bei nächster sich bietender Gelegenheit kassiere ich sie von Rammler ein.«

Ehe Kamnitzer an diesem Tag in die Kaserne zurückkehrte, begleitet von dem schicksalsergebenen Martin Recht, führte er noch ein Telefongespräch – zwecks »interner Information«. Und zwar von einem offen dastehenden Apparat in einer Gastwirtschaft.

»Achtung!« sagte Kamnitzer grinsend. »Feind hört möglicherweise mit. Bringe meine Meldung daher verschlüsselt vor – nach Sonderverfahren E sechshundertfünf.«

Doch für derartige Scherze schien niemand im Schankraum ein Ohr zu haben. Die wenigen Gäste schlürften ihr Bier und wollten vermutlich unter keinen Umständen als möglicherweise mithörender Feind in Erwägung gezogen werden. Auch Martin Recht saß teilnahmslos da – trotz der Taxifahrt wirkte er immer noch erschöpft.

»Hornochse da?« fragte Kamnitzer in den Apparat. »Hier ist Rindvieh, begleitet von Herdenschaf.«

Sein Gesprächspartner war der Gefreite Ramsauer; er war auf der Schreibstube sozusagen die rechte Hand des Hauptfeldwebels Kirschke. Und für Kamnitzer hatte er stets ein offenes Ohr. Er berichtete: »Rammler hat getobt. Selbst Kirschke konnte ihn nicht beruhigen. Wenn ihr beide vorzeitig in die Kaserne zurückkehren solltet, dann seid ihr zum Wachdienst eingeteilt.«

»Ist gestrichen«, erklärte Kamnitzer. »Von vorzeitiger Heimkehr kann keine Rede sein.«

»Ansonsten ist für euch Bereitschaftsdienst vorgesehen – bei planmäßigem Eintreffen.«

»Ich habe meine eigenen Pläne«, versicherte Kamnitzer. »Ich treffe ein, wann es mir paßt. Und damit ist auch der Bereitschaftsdienst gestrichen. Kapiert?«

»Kapiert«, sagte Ramsauer. »Ich werde das Kirschke vorsichtig beibringen – dem ist sowieso in letzter Zeit alles Wurscht.«

»Paß mal auf – du stellst ganz einfach – und zwar sofort – den Wach- und Bereitschaftsdienst für heute und die nächsten Tage auf. Du legst also genau alles schriftlich fest. Aber mein Name und der von Recht hat bei deiner Aufstellung nur heute vorzukommen – zum Streichen. Nicht morgen, nicht übermorgen. Denn auf mein ungestörtes Wochenende lege ich Wert. Gemacht?«

»Gemacht«, akzeptierte Ramsauer. »Und ich lasse das Kirschke auch gleich unterschreiben. Dann ist das sozusagen amtlich. Trotzdem solltet ihr heute nicht allzu spät eintrudeln. Vermutlich wird eine Festivität steigen. Denn Streicher ist zum Unteroffizier befördert worden.«

»Höchste Zeit«, sagte Kamnitzer. »Höchste Zeit, daß die Mannschaft von diesem polierten Affenarsch befreit wird. Aber natürlich werde ich es mir nicht nehmen lassen, ihm persönlich zu gratulieren.«

Damit war die Marschroute für Kamnitzer klar: Er durfte – mit Freund Recht – erst dann in die Kaserne zurückkehren, wenn der Wachdienst bereits angetreten und der Bereitschaftsdienst zum erstenmal kontrolliert worden war. Doch nicht viel später. Denn die zu erwartende Feier anläßlich der Beförderung Streichers wollte er sich unter keinen Umständen entgehen lassen.

Nachdem das erledigt war, begab sich Kamnitzer an den Tisch zurück, an dem dumpf brütend Martin Recht hockte. Diesmal hieß die Gastwirtschaft *Zum Scharfen Eck* und lag lediglich drei Kilometer von der Kaserne entfernt.

»Wir müssen mindestens noch zwei Stunden totschlagen«, verkündete Kamnitzer.

»Ich bin verabredet.«

»Etwa mit deiner lahmen Ente?« fragte Kamnitzer lächelnd.

Martin Recht sah den Gefreiten verblüfft und vorwurfsvoll an. »So etwas«, sagte er, »solltest du nicht sagen. Wenigstens du nicht.«

Kamnitzer gedachte eine kurze Lektion in geistiger Abhärtung einzulegen – was konnte für den Kasernenhausgebrauch empfehlenswerter sein? »Du mußt dich daran gewöhnen, dieses Wort von nun an häufiger zu hören.«

»Es ist eine Gemeinheit!«

»Natürlich, Martin. Aber so was wird dann gedankenlos nachgeschwatzt, auch ohne böse Absicht. Es muß so weit kommen, daß du dir nichts daraus machst. Kapiert?«

Recht schüttelte unwillig den Kopf. »Lassen wir das, Karl.«

»Schön«, sagte Kamnitzer. »Lassen wir's erst mal. Fest steht lediglich, daß du jetzt bei dem Mädchen nicht auftauchen kannst – und später auch nicht.«

»Nun – ich könnte telefonieren.«

»Jungchen«, sagte Kamnitzer, »du entwickelst ja langsam Ideen! Du scheinst herausgefunden zu haben, daß neuerdings Kriege vorwiegend per Telefon geführt werden. Also los! Tummle dich. Versuche mal, ob du einen Einsatzbefehl zusammenbringen kannst. Ich steige inzwischen in den Keller.«

Der Gefreite Kamnitzer mietete sich die Kegelbahn des Gasthofes für die nächsten zwei Stunden. Ein Kegelbube war schnell gefunden. Kamnitzer bildete zwei Parteien – von beiden war er Vorstand und Gefolgschaft zugleich. Außerdem führte er die Oberaufsicht. Laut Wandtafel kegelte das Halbstarkenteam »Vaterland hoch drei« gegen den Halbschwachenklub »Menschheit 63«. Vorerst nicht abzusehen, wer gewinnen würde.

Nach etwa einer halben Stunde bekam Kamnitzer Besuch. Martin Recht stieg zu ihm herab, in seiner Begleitung befand sich ein junges Mädchen. Kamnitzer sah überrascht in ein sanft lächelndes Botticelli-Gesicht. Daß dieses Mädchen ein wenig hinkte, bemerkte er vorerst gar nicht.

»Ich bin die sogenannte lahme Ente«, sagte das Mädchen heiter.

»Na, prächtig!« rief Kamnitzer begeistert. »Dann versuchen Sie gleich mal, hier die nächste Kugel zu schieben.«

Recht war besorgt. »Danke für deine Einladung, Karl – aber ich glaube kaum, daß man Carolin zumuten kann...«

»Ein Versuch«, sagte Carolin, »kann ja nicht schaden.«

Kamnitzer reichte ihr mit ermunterndem Lächeln eine Kugel, erklärte kurz, wie sie angefaßt werden mußte und wie man sie warf, und sagte dann: »Also – Bahn frei! Erster Versuch.«

Das Mädchen schwang die Kugel, in den Schultern pendelnd, machte dann zwei, drei hastige Schritte vorwärts – und ließ sie, überraschend kraftvoll, rollen. Dann stand sie schweratmend da, während die Kugel über das glattblanke Holz bullerte.

»Alle neune!« schrie der Kegelbube.

Er hatte zwei Kegel mit dem Fuß manipuliert – denn tatsächlich durch die Kugel gefallen waren lediglich sieben. Aber die Korrektur fand Kamnitzers Beifall. Er beschloß, diesem Kegelbuben ein Sonderhonorar zukommen zu lassen.

»Machen wir weiter?« fragte Carolin voll Eifer.

Kamnitzer nickte bereitwillig. »Sie scheinen mir zwar reichlich gefährlich zu sein – als Kegler, versteht sich –, aber ich bin nun mal ein sportlicher Mensch. Spielen wir also um eine Flasche – Parfüm für Sie, Schnaps für mich. Martin macht den Schiedsrichter.«

Sie spielten eine überaus fröhliche Partie. Der Kegelbube machte seine Sache prächtig – er manipulierte nach allen Regeln der Kunst. Nach der dritten Wurfserie ernannte ihn Kamnitzer zum Obergefreiten und verlieh ihm ein Fünfmarkstück. Carolin hatte sich schon lange nicht mehr so vergnügt gefühlt wie in diesen Minuten, so völlig bar des Gefühls, ein kranker Mensch zu sein.

»Sie sind die flotteste lahme Ente, die mir jemals über den Weg gelaufen ist«, bemerkte Kamnitzer.

»Und ich«, sagte Carolin dankbar, »bin sehr froh darüber, daß Martin Sie zum Freund hat.«

»Raffiniert sind Sie also auch noch«, erklärte Kamnitzer lachend. »Sie erinnern mich prompt an meine Verpflichtungen. Eine Partie schieben wir noch, ehe wir uns in eine ganz andere Sorte von Vergnügen stürzen!«

Die Festivität anläßlich der Beförderung des Gefreiten Streicher zum Unteroffizier fand auf der Schreibstube statt. Das war keinesfalls üblich, aber es hatte sich diesmal so ergeben, nicht zuletzt auf Anregung von Kirschke – seine Stube, und damit sein Bett, waren von hier aus bequem zu erreichen.

Die Beförderung hatte der Oberleutnant von Strackmann persönlich verkündet. So etwas ließ er sich nicht nehmen: feierlicher Händedruck, beschwörender Blick, dazu Worte wie: »Dies ist eine große Stunde für Sie, Unteroffizier Streicher.«

Diese Empfindung hatte der frischgebackene Unteroffizier auch.

»Darauf pflegt man gewöhnlich einen auszugeben«, regte Kirschke an.

Streicher reagierte prompt. »Wenn ich Herrn Hauptfeldwebel in die Kantine bitten dürfte . . .«

»Warum so umständlich«, sagte Kirschke. »Bier kann man transportieren – Schnaps auch. Egal, wo sich der dazugehörige Haufen versammelt – Hauptsache: er ist da!«

Er war da! Schnell fand sich Rammler ein und gratulierte mit rauher Herzlichkeit – dabei ließ er durchblicken: Diese Beförderung war nicht zuletzt sein Verdienst. Ihm folgten die anderen Unteroffiziere des Zuges; völlig übergangslos waren sie nicht mehr Vorgesetzte – nur noch Kameraden. Und Ramsauer, der bewährte Schreibstubenhengst, begann Getränke anrollen zu lassen.

Schließlich fand sich sogar Oberleutnant von Strackmann ein. Er bekundete seine Bereitschaft, an dieser kleinen, improvisierten Feier Anteil nehmen zu wollen. »Als Kamerad unter Kameraden«, behauptete er schlicht und demonstrierte so seinen Leuten eisernes Zusammengehörigkeitsgefühl. Wahre Kameradschaft kannte keine Unterschiede – sofern die Untergebenen bereit waren, ihre Vorgesetzten zu respektieren. Das jedoch war eine Frage der Persönlichkeit – und der von Strackmann hielt sich für eine solche.

Gleich seinen untergebenen Kameraden öffnete er die erste Bierflasche und hob sie, ein Glas verschmähend, an den Mund. Er hatte erhebliche Mühe, sie auf Anhieb leerzutrinken. Kirschke konnte das wesentlich besser. Aber gerade ihm wollte der Oberleutnant in nichts nachstehen.

Als er es geschafft hatte, schnaufte er befriedigt auf. Auch Rammlers Leibgetränk – nur für harte Männer! – schüttete er in sich hinein. Dabei war er erfolgreich bemüht, keinerlei Wirkung zu zeigen. Zufrieden glaubte er bewundernde Blicke registrieren zu können. In Besonderheit war es Streicher, der ihn ergeben ansah. Zweifellos hatte er den richtigen Mann zum Unteroffizier gemacht.

»Die verschworene Gemeinschaft der Führer und Unterführer einer Truppe«, eröffnete der von Strackmann seiner scheinbar aufmerksam lauschenden Umgebung, »ist von großer, entscheidender Wichtigkeit. Sie muß gepflegt werden. Und sie basiert auf Vertrauen.«

Von hier aus war es nur ein Schritt zum Thema des Vertrauensmannes – der beförderte Streicher war schließlich einer.

»Er hat das Vertrauen seiner Vorgesetzten und Kameraden zu besitzen. Auch ist er verantwortlich für die Erhaltung des kameradschaftlichen Vertrauens innerhalb seines Bereiches. Seine wichtigste Aufgabe ist es, der Gemeinschaft zu dienen.«

Kirschke grinste breit. Er kannte alle diese verstelzten Formulierungen. Sie waren in dem anerkannten Standardwerk *Der Offiziersunterricht* nachzulesen. Bevor indessen der Oberleutnant mit seinen erleuchtenden Ausführungen fortfahren konnte, erschien der Gefreite Kamnitzer, begleitet von Grenadier Recht.

Kamnitzer gab sich stramm – noch strammer als die ganz Strammen. Seine Ehrenbezeigung war so exakt, wie sie kaum ein Lehrbuch beschreiben konnte – schon gar nicht der revidierte

Reibert. Dann bat Kamnitzer den Herrn Oberleutnant um die Erlaubnis, Herrn Feldwebel Rammler sprechen zu dürfen.

Diese Erlaubnis wurde ihm erteilt – mit anerkennendem Blick. Daß es einen derartig vorbildlich-korrekten Soldaten in seiner Einheit gab, erfüllte den Oberleutnant von Strackmann mit Befriedigung. Offenbar hatte er bisher diesen tüchtigen Soldaten verkannt.

Kamnitzer erstattete seine Meldung an Rammler: »Vom Sondermarsch zurück!« Der Feldwebel rief eilig: »In Ordnung!« Er hatte kein Interesse daran, die Extramarschtour seiner Untergebenen in diesem Kreise zu behandeln – zumal er es versäumt hatte, dem Oberleutnant rechtzeitig und vollständig Meldung zu erstatten.

»Bitte nunmehr Herrn Oberleutnant«, ersuchte Kamnitzer geradezu formvollendet, »Herrn Unteroffizier Streicher meine herzlichen Glückwünsche aussprechen zu dürfen.«

Diese Anrede in der dritten Person war in keiner Vorschrift vorgesehen. Offiziell hieß es: man nenne den Vorgesetzten »Sie« – unter sofortiger Hinzufügung seines Dienstgrades. Die indirekte Anrede jedoch – gelegentlich auch »traditionelle Anredeform« genannt – war gar nicht so selten. Und nicht nur Oberleutnant von Strackmann hielt sie für ein schönes Zeugnis vertrauensvoller Ergebenheit.

»Setzen Sie sich zu uns, Gefreiter Kamnitzer«, forderte ihn der Oberleutnant auf. »Feiern Sie ein wenig mit.«

»Danke gehorsamst, Herr Oberleutnant«, röhrte der Gefreite Kamnitzer.

Und nach dem nächsten Bier sagte der von Strackmann vertraulich zu Rammler: »Offenbar prächtiges Material, das Sie da in Ihrem Zug haben. Wir scheinen diesen sichtlich bemühten Soldaten bisher nicht in der rechten Weise gewürdigt zu haben. Diesen Kamnitzer sollten Sie sich merken.«

»Auf den habe ich schon lange ein Auge«, erklärte Rammler verkniffen. Des Oberleutnants Wohlwollen derartigen Scharlatanen gegenüber bereitete ihm fast körperliches Unbehagen. Aber er sagte sich: morgen ist auch noch ein Tag!

*

Der neue Tag ließ auf sich warten. Eine lange Nacht lag vor ihm. Und auch in dieser Nacht wurde nicht nur geschlafen.

»Eine schöpferische Nacht«, sagte der Oberst Turner vor sich hin.

Er traf diese Feststellung, während er an seinem Schreibtisch saß. Er hatte soeben einen Satz vollendet, den er für bedeutungsvoll hielt. Er lautete: Wie es eine Unzerstörbarkeit des Menschlichen gibt, so existiert auch eine des Soldatischen; denn das Soldatische ist ein Grundbestand des Menschlichen.

So edel und groß pflegte er zu denken. Sein Werk würde gewiß Aufsehen erregen, falls es ihm gelingen sollte, es noch rechtzeitig vor dem nächsten Krieg fertigzustellen ...

»Eine Nacht wie ein nasser Sack«, sagte der Hauptmann Ahlers zu Treuberg, seinem Stellvertreter. Beide warteten auf ein Transportflugzeug, das von Sizilien her unterwegs war. Die Schlechtwetterfront über den Alpen mochte einige hundert Kilometer entfernt sein – sie war dennoch von ihnen nur durch wenige Flugminuten getrennt.

»Was kann schon schiefgehen«, sagte Treuberg, »wenn wir beide auf Draht sind.«

Aber Ahlers war müde; er hatte einen strapaziösen Tag hinter sich. Als sich Treuberg jedoch erbot, »den Laden alleine zu schaukeln«, erklärte Ahlers: »Lieber nicht.«

»In einer solchen Nacht«, sagte der Oberfeldwebel Viktor Voßler zu Gertrud Ballhaus, die neben ihm im Wagen saß, »sollte man schlafen – meinst du nicht auch?«

»Aber jeder für sich allein – solange man nicht miteinander verheiratet ist«, sagte sie.

Das war wieder einmal, wie Voßler es nannte, eine ihrer indirekten Aufforderungen zum Hochzeitstanz. So oder so: Er war ein Opfer dieses von ihm freiwillig gewählten Berufes. Denn er wollte fliegen und zugleich leben! Und um das zu können, mußte er sich in diesem Nest aufhalten. Er wünschte sich, auf Hawaii oder in Bali zu sein – nicht hier am Stadtrand, parkend in einem schmalen Seitenweg. In solchen Augenblicken hielt er Europa für ein enges Nest – und diese Garnisonsstadt war geradezu winzig.

»Ich«, sagte der Major Bornekamp zu seiner Frau, »kenne keine Unterschiede zwischen Tag und Nacht. Ich bin immer im Dienst. Daran solltest du dich endlich gewöhnen!«

Frau Elfrieda sah nachsichtig lächelnd an ihm vorbei. Sie versuchte nicht, ihn aufzuhalten, denn zur Zeit konnte sie ihn recht gut entbehren – dank Strackmanns persönlicher Einsatzbereitschaft.

»Du hast vorzügliche Offiziere«, sagte sie zu ihm. »Der Oberleutnant von Strackmann hat das von dir angeordnete gesellige Beisammensein vorbildlich vorbereitet – und auch sonst besitzt er zweifellos seine Qualitäten.«

Als dieser Ausspruch getan wurde, lag der Oberleutnant Dieter von Strackmann bereits auf seinem Feldbett. Er lächelte, schon halb schlafend, zufrieden vor sich hin. Das Vertrauen des Majors, die Gunst Frau Elfriedas, die Verehrung seiner Untergebenen – das alles hatte ihn mit freudiger Genugtuung erfüllt. Der Rest seiner Füllung bestand aus Alkohol.

Unter dem gleichen Dach versuchte der Feldwebel Rammler zu ruhen – in voller Uniform und mit Stiefeln an den Beinen. Doch er fand keinen Schlaf. Aber er fand die Flasche mit dem Getränk für die harten Männer. Sie stand griffbereit neben seinem Bett. Er setzte sie an die Lippen wie eine Trompete.

Einige Stuben weiter verbrachte Streicher die erste Nacht seines Lebens als Unteroffizier. Er lag auf dem Rücken und hatte die Hände gefaltet; plötzlich aber erhob er sich, legte sich den Uniformrock über das Nachthemd und eilte hinaus. Das nicht etwa aus naheliegenden Gründen – er gedachte sich lediglich im Flurspiegel im Glanz seiner neuen Würde zu betrachten.

Martin Recht lag im Bett neben dem des Unteroffiziers Streicher, er hatte sich zusammengerollt wie ein Kind. Sein Gesicht ruhte auf seinen Händen, als ob er versuchte, es zu verbergen. Er atmete hastig. Denn er träumte von einer Ente, die keineswegs lahm war; vielmehr flog sie vor ihm her, und er bemühte sich, gleichfalls fliegend, sie einzuholen.

»Diese Nacht«, sagte Frau Ahlers, während sie ihre schlafende Tochter Carolin betrachtete, »kann entscheidend sein.«

Das glaubte sie zwar von fast jeder Nacht – immer wieder saß sie bei Carolin und versuchte, jedes Anzeichen einer günstigen Veränderung aufzuspüren – doch in dieser Nacht ging von Carolin wirklich eine seltsam beglückende Ruhe aus.

Sie war redefreudig und heiter von ihrem Ausflug zurückgekommen. Sie hatte von Martin Recht gesprochen und von einem Gasthaus, das sie als äußerst gemütlich bezeichnete – sie schien der Gesundheit näher denn je.

»Wenn nur nichts dazwischenkommt«, sagte Frau Ahlers kaum vernehmbar.

»Zum Teufel mit solchen Nächten«, rief Helen Wieder robust. »Sie schaffen nichts wie Unruhe – und weit und breit niemand, dem man sich in einem solchen Zustand anvertrauen will.«

»Immerhin warten mindestens drei Mann auf Sie«, sagte Herbert Asch. Er nahm ihre Abrechnung entgegen, überprüfte sie kurz und gab sie dann an Frau Elisabeth weiter.

»Sie kennen doch diesen Kamnitzer?« fragte Helen Wieder. »Was halten Sie von ihm, Herr Asch? Ist er genauso ein Windhund wie die anderen?«

»Ob er das ist, was Frauen einen Windhund nennen, kann ich nicht beurteilen. Aber soviel glaube ich zu wissen: Er ist anders als die anderen. Darauf sollten Sie achten – das könnte sich lohnen.«

Helen Wieder sah ihn aufmerksam an. »Immerhin ist er der einzige, der es fertig bekommen hat, mich sitzenzulassen – und das in dieser Woche bereits zweimal. Aber so was kann er mit mir nicht machen! Für morgen bestelle ich mir mindestens sechs Mann – und dann soll er sehen, wie er damit fertig wird!«

Als sie gegangen war, sagte Herbert Asch zu seiner Frau: »Wir haben morgen einen reichlich komplizierten Tag.« Doch sein Lächeln verriet, daß er sich darauf freute. Eine bestimmte

Sorte von Komplikationen war ihm sehr willkommen: Denn dann mußten bestimmte Leute endlich Farbe bekennen; es schien ihm höchste Zeit, zu wissen, woran man bei ihnen war.

»So eine Nacht«, sagte der Hauptfeldwebel Kirschke zum Gefreiten Kamnitzer, »macht müde. Na ja, der Schlaf ist das beste. Und ich bin ja nicht nur am Abend müde.«

Sie waren die einzigen Überlebenden der Runde. Sie tranken immer noch von Streichers Beförderungsbier, wenn auch nicht gerade auf sein Wohl.

»Sie haben die Schnauze von diesem Betrieb hier gründlich voll – was?« Kamnitzer stellte diese Frage völlig ungeniert. »Sie wollen nichts mehr sehen und hören. Und deshalb gehen Sie bei jeder sich bietenden Gelegenheit pennen. Stimmt das – oder habe ich recht?«

»Mann«, sagte Kirschke schwer, »wie kommen Sie mir vor!« Er richtete sich ein wenig mühsam auf. Schließlich saß er da wie eine Puppe in einem Wachsfigurenkabinett – und ganz plötzlich erklärte er: »Ich bin mit Leib und Seele Soldat. Ich hatte niemals einen anderen Wunsch, als Soldat zu sein. Es ist mein Lebensinhalt, Mensch!«

Karl Kamnitzer nickte und sagte dann sanft: »Nur eben, daß brave Zugpferde nicht besonders gut im gleichen Stall mit Raubtieren zusammenleben können – das gibt es nicht einmal beim Zirkus.«

»Stimmt«, sagte Kirschke rauh. Er stärkte sich durch eine neue Flasche Bier – es war mindestens seine zehnte. Und schließlich bekannte er: »Ich will nicht behaupten, daß ich ein ausgesprochener Idealist bin. So was legt sich im Laufe der Zeit. Aber deshalb tut man doch immer noch sein Bestes. Bis dann eines Tages so ein verhinderter Heldensohn mit Scheuklappen und eingebautem Lautsprecher auftaucht – einer, der Vorschriften frißt und Papierbefehle scheißt.«

»Strackmann – was?«

»Ich habe keinen Namen genannt, Kamnitzer! Jedenfalls wenn ein Vorgesetzter ein Scharfmacher ist – aus welchen Motiven auch immer, von mir aus sogar aus verirrtem Idealismus

– dann spitzt er auch seine ganze Umgebung an. Und die meisten lassen sich scharfmachen!«

»Und dagegen kann man nichts tun?«

»Mann«, sagte der Hauptfeldwebel. »Was wissen Sie denn schon davon, wie unsere Maschine funktioniert!«

»Vielleicht genügt es schon, zu wissen, wie man Teile davon auswechselt? Und wie man abschalten kann – bei allzu langem Leerlauf?«

»Mensch, was reden Sie da für einen Stuß!«

Kirschkes künstliche Empörung machte auf Kamnitzer nicht den geringsten Eindruck. Er fuhr fort: »Man kann völlig verschiedenartige Motive haben – aber dennoch das gleiche Ziel. Und lohnen kann sich das für jeden. Wollen wir beide das mal ausprobieren?«

Mit dieser Frage – die unbeantwortet blieb – endete der sogenannte »schwarze Freitag«, der auf den »grauen Donnerstag« gefolgt war. Und wenn es nach Kamnitzer ging, sollten die nächsten Tage die Bezeichnung tragen: strahlendes Wochenende!

Aber es ging nicht nach ihm.

Die Schwierigkeiten an diesem Tag begannen, als der Gefreite Kamnitzer erwachte. Sein erster Blick fiel auf den Kameraden Streicher, den er unverzüglich weckte.

»Du bist doch hier Vertrauensmann?« fragte Kamnitzer. »Oder bist du immer noch besoffen?«

»Ich bin Unteroffizier!« sagte Streicher. »Nimm deine Flossen von meinen Schultern. Ich will weiterschlafen. Als Unteroffizier steht mir das zu.«

»Was willst du sein?« fragte Kamnitzer. »Ein Unteroffizier? Hast du das schriftlich?«

»Erlaube mal!« Streicher richtete sich empört auf – obwohl in seinem Schädel eine Betonmaschine zu rotieren schien. »Schließlich warst du doch dabei, als wir meine Beförderung gefeiert haben. Du hast mir sogar gratuliert.«

»Ich soll dir gratuliert haben –? Kann ich mir nicht vorstellen.«

Kamnitzer blinzelte den Stubenkameraden zu, die ihn umringten – zwar erwartungsfreudig, doch mit vorsichtigem Abstand.

»Ich muß doch sehr bitten!« rief Streicher bereits leicht erregt. »Du hast einen Unteroffizier vor dir!«

»Wirklich? Wo sind denn deine Tressen? Am Nachthemd jedenfalls sehe ich keine. Aber was mich allein interessiert, ist dies: Bist du hier Vertrauensmann oder nicht? Ich gedenke mich nämlich zu beschweren.«

»Schon wieder!« rief Streicher.

»Was heißt hier: schon wieder! Ich reiche Beschwerde ein, so oft ich will. Dazu bin ich berechtigt. Oder will mir das jemand abstreiten?«

»Eine Beschwerde?« Streicher war jetzt hellwach. Er stieg hastig aus seinem Bett und stand im stark verknitterten Nachthemd da. »Etwa gegen mich?«

»Du bist noch nicht fällig«, erklärte Kamnitzer souverän. »Diesmal ist Rammler an der Reihe. Und du – als Vertrauensmann – wirst die Sache in die Wege leiten, wie es sich gehört.«

Damit waren die ersten Minen gelegt. Kamnitzer zog sein Nachthemd aus. Streicher jedoch hockte sich auf sein Bett und begann nachzudenken, wie er nun wohl zu reagieren habe – ob als Unteroffizier oder als Kamerad. Jedenfalls: Vertrauensmann der Mannschaft war er nach seiner Beförderung nicht mehr – oder blieb er es, bis ein anderer an seiner Stelle gewählt wurde? Das waren Probleme!

»Mußt du unbedingt diesen Wirbel machen?« fragte Martin Recht. Er ging mit Kamnitzer auf den Waschraum zu und fühlte sich nicht sonderlich wohl in seiner Haut. »Ist es nicht immer das beste, jedes Aufsehen zu vermeiden?«

»Du bist mal wieder reichlich ahnungslos! Sollte es sich noch nicht herumgesprochen haben, daß der Angriff die beste Verteidigung ist? So was behaupten wenigstens immer diverse Vorgesetzte; und wie das in der Praxis aussehen kann, das wollen wir ihnen mal demonstrieren.«

»Immer diese Unruhe!« sagte Martin unglücklich. »Dabei will

ich nichts weiter, als meinen Dienst machen und danach in die Stadt gehen. Ich bin mit Carolin verabredet.«

»Und damit du deine Verabredung einhalten kannst, müssen wir ein wenig auf die Pauke hauen – ganz einfach.«

Kamnitzer war an der Tür des Waschraums angelangt. Er übergab einem Kameraden seinen Beutel mit der Seife, der Zahnbürste und dem Rasierzeug. Seine Handbewegung hierbei bedeutete: Stammplatz für mich reservieren – das Waschbecken hinten rechts, unmittelbar neben dem Fenster.

»Läßt sich das Ganze wirklich nicht vermeiden?« fragte Martin.

»Herrgott noch mal!« rief Kamnitzer ungehalten. »Begreifst du denn noch immer nicht, wie man hier spielen muß! Ich werde dir das mal erklären. Also! Rammler wird natürlich versuchen, unsere Namen auf die Wachtliste zu setzen, oder wenigstens auf die für den Bereitschaftsdienst. Ganz abgesehen von den niedlichen Schikanen, an denen er garantiert bereits herumbrütet. Aber alle diese Suppen kann er nicht kochen, wenn eine Beschwerde gegen ihn läuft. Kapiert?«

Das allerdings begann Recht zu kapieren: Jede zusätzliche Maßnahme gegen einen Beschwerdeführer konnte als indirekte Beeinflussung, Druckmittel und Schikane ausgelegt werden. »Also soll ich mich auch beschweren – was?«

»Gar nicht nötig! Warum gleich die doppelte Menge Pulver, wenn es auch mit einer einfachen Portion geht! Diesmal bist du lediglich mein Zeuge.«

»Und was soll ich aussagen?«

»Alles, wonach man dich fragt. Tatsächlich alles. Das ist es ja gerade: Wir werden ihnen eine Wahrheit vorsetzen, die sie gar nicht schlucken können – wenn sie nicht daran ersticken wollen.«

Unterdessen hatte sich der Unteroffizier Streicher zu Feldwebel Rammler begeben, um ihn zu informieren. Rammler schäumte auf und versuchte, Hauptfeldwebel Kirschke auf den Pelz zu rücken. Der bemühte sich – gähnend –, seinen Besucher abzuwimmeln.

Rammler jedoch war fest entschlossen, diesmal in Kirschke kein Hindernis zu sehen – sondern nur einen stinkfaulen Kerl.

Und das versuchte er deutlich zu machen. Das aber war sein Fehler.

Fordernd sagte er: »Tu mal was für dein Geld! Steh hier nicht immer nur tatenlos herum. Mach diesen Kamnitzer fertig, ehe der noch sein Maul aufreißen kann!«

»Solltest du etwa ein schlechtes Gewissen haben?«

»Wie kommst du denn darauf?« Der Feldwebel blickte ehrlich empört. Sein Gewissen war immer rein. Seine Aktionen waren nur selten etwas außerhalb der Dienstvorschrift – und dabei doch stets im Interesse von Disziplin und Ordnung. »Aber wir werden uns doch nicht durch einen Kamnitzer auf den Arm nehmen lassen!«

»Wieso: wir?« Kirschke strahlte rosig, als habe er besonders gut ausgeschlafen. »Und du willst mich doch nicht zu dienstlichen Manipulationen verleiten? Jeder Soldat darf sich beschweren – ich zitiere –, der da glaubt, von Vorgesetzten oder von Dienststellen unrichtig behandelt worden oder durch pflichtwidriges Verhalten von Kameraden verletzt zu sein. WBO, Paragraph eins!«

»Ich kenne diesen Mist! Aber wenn ich hier Kompaniefeldwebel wäre, hätte ich einem derartigen Querulanten rechtzeitig das Maul gestopft!«

»Merke: Der Soldat darf wegen der Einlegung einer Beschwerde keine Nachteile erleiden. Ebenfalls WBO, diesmal Paragraph zwo!«

Rammler zitierte ordinären Goethe und entfernte sich. Er ließ Streicher zu sich kommen und versuchte dem klarzumachen, daß er Kamnitzer bearbeiten müsse – ganz kameradschaftlich, im Interesse des Kompanieklimas. Aber Streicher wußte, daß er bei Kamnitzer auf Granit beißen würde. »Ich kann höchstens versuchen, den Grenadier Recht darüber aufzuklären, was Verantwortungsbewußtsein gegenüber der Gemeinschaft ist.«

»Wenn dieser Knabe auch nur noch einen Funken Verstand hat, dann wird er jetzt spuren!«

Aber der Hauptfeldwebel Kirschke operierte diesmal wesentlich schneller. Augenblicke lang schien es, als sei er niemals ein müder Mann gewesen. Und er schmierte die peinliche Nachricht dem Oberleutnant von Strackmann sozusagen auf das Frühstücksbrot.

Je mehr der hörte, desto ratloser wurde sein Gesichtsausdruck. Schließlich fragte er: »Haben wir etwa in der Kompanie zwei, die Kamnitzer heißen?«

Doch er mußte sich darüber aufklären lassen, daß es sich bei diesem Kamnitzer um den gleichen handelte, der ihm gestern abend so angenehm aufgefallen war. Der Oberleutnant wußte minutenlang nicht, wie er sich in diesem Fall verhalten sollte. Am liebsten wäre er mit einem Donnerwetter in diese Kerle hineingefahren – aber diese Angelegenheit schien reichlich heikel zu sein. Und vorsichtig fragte er: »Halten Sie es für möglich, daß sich der Feldwebel Rammler tatsächlich einen Mißgriff geleistet haben könnte?«

Kirschke genoß diese – sicherlich vorübergehende – Schwäche des Oberleutnants, der soeben erstmalig seinen Kompaniefeldwebel um Rat gefragt hatte. »Möglich«, sagte Kirschke lakonisch, »ist schließlich alles – nicht zuletzt hier bei uns.«

»Ich werde diese Angelegenheit«, sagte der von Strackmann schließlich, »mit dem Herrn Kommandeur besprechen. Sorgen Sie dafür, daß bis dahin nichts geschieht, was die Sache noch verschärfen könnte. Dafür mache ich Sie persönlich haftbar.«

Major Wilhelm Bornekamp, Kommandeur des hiesigen Grenadierbataillons, glaubte einem rosigen Tag entgegensehen zu können. Nach dem ausgezeichneten Frühstück hatte der Oberst Turner angerufen, persönlich; er hatte seinen Dank für die Einladung ausgesprochen und versichert, gerne und pünktlich – »mit kleinem Gefolge, insgesamt drei Personen« – zum geselligen Beisammensein des Offizierskorps erscheinen zu wollen. »Bitte empfehlen Sie mich Ihrer verehrten Gattin!«

Aber dann tauchte Herbert Asch auf.

Auch er machte zunächst freilich den Eindruck, als ob er Erfreuliches zu verkünden habe. Und er sagte: »Alle Vorbereitungen sind bereits getroffen. Ich stelle meinen besten Raum, den sogenannten Silbersaal, zur Verfügung. Die Festlichkeit kann somit steigen.«

»Verbindlichen Dank«, sagte Bornekamp mit überlegenem Lächeln. Geschäftsleuten gegenüber hatte er nun mal derartig souveräne Gefühle, und er sah keinerlei Veranlassung, sie zu verbergen. »Aber deshalb hätten Sie mich nicht gleich aufzusuchen brauchen. Ein Telefongespräch hätte genügt – etwa mit meinem Adjutanten oder mit Oberleutnant von Strackmann, in dessen Hände ich die Organistaion dieses Abends gelegt habe.«

Herbert Asch schien diesen unmißverständlichen Hinweis zu überhören. Er lehnte sich in seinen Sessel zurück und sagte: »Ich habe heute früh, bevor ich zu Ihnen kam, unserer Zeitung einen Besuch abgestattet. Und dort erblickte ich – rein zufällig – die Bürstenabzüge eines Artikels, der sich mit Ihnen beschäftigt.«

»Richtig!« bestätigte der Major. »Ich habe da neulich irgendeinem Zeilenschinder eine Art Interview gegeben. Der Bursche war ganz versessen darauf. Sie kennen ja diesen Rummel – demokratische Gepflogenheit und so! Sogar ein Bild haben sie von mir verlangt.«

»Auch das habe ich gesehen. Es wird vermutlich die ganze, allein für Sie vorgesehene Zeitungsseite beherrschen. Auch die Überschrift ist bereits gesetzt – in drei Zentimeter hohen Buchstaben. Sie lautet: *Wir wissen, was wir wollen!* Mit Ausrufezeichen.«

»Das ist wohl ein wenig übertrieben – finden Sie nicht auch?« Bornekamp schien sich zu zieren – das jedoch nur wenige Sekunden lang. »Aber schaden kann das ja nicht. Und warum sollten ausgerechnet wir auf eine gute Presse verzichten?«

»Sie halten das, was in diesem Artikel steht, für gut?«

Der Major dehnte sich behaglich in seinem Sessel. »Wissen Sie, Herr Asch, wenn ich da so an früher denke – und das ist lediglich ein paar Jahre her –, was hat man sich damals oft über uns aus den dreckigen Fingern gesogen. Diesbezügliche Kreaturen waren reichlich vorhanden. Und leider, muß man wohl sagen, von den Amerikanern dazu inspiriert – bis diese dann erkannten, daß sie uns brauchten, daß sie ohne uns im Eimer waren. Dann jedoch wehte ein anderer Wind. Und die Schreiberseelen sattelten um. Vorgestern: Nie wieder Krieg! Gestern: Den Realitäten ins Auge sehen, quasi notwendige Übel in Kauf nehmen! Und heute: Freiheit und Abendland verteidigen; und das vorbehaltlos! Uniform ist wieder Ehrenkleid der Nation.«

»Trotzdem ist wohl noch nicht alles so, wie Sie sich das wünschen – nicht wahr?«

»Bedenken Sie die kurze Zeitspanne! Aber Sie müssen doch zugeben: Wir haben ganz schöne Fortschritte gemacht. Gewisse Bücher zum Beispiel, eindeutige Sudelliteratur, legt hier kein Buchhändler mehr vorne ins Schaufenster; und Leser schämen sich bereits, sie zu kaufen. Und diese Kerle vom Fernsehen wollen sich auch nicht mehr die Finger verbrennen; gewiß, gelegentlich hauen sie noch mal ziemlich daneben, aber das sind doch schon seltene Ausnahmen. Sogar die Filmindustrie versucht, uns mit Glanz und Gloria in den Hintern zu kriechen. Was wollen Sie mehr?«

Herbert Asch schien in Gedanken versunken. An den Behauptungen des Majors Bornekamp war einiges nicht unrichtig. Schließlich lag der letzte Krieg fast zwanzig Jahre zurück – und nach zwanzig Jahren wirkten selbst Todesanzeigen anders als am ersten Tag. Es war Gras über die Gräber gewachsen. Und das Gedächtnis war wie ein Sieb.

»Dennoch, Herr Major«, sagte er schließlich, »man kann selbst heute noch nicht alles sagen!«

»Doch, das kann man endlich wieder – wenn man den Mut dazu hat!«

»Aber noch existiert das, was man das Grundgesetz nennt. Darin werden dem Bürger gewisse Rechte zugestanden – unter anderem dieses: Er darf den Wehrdienst verweigern!«

»Wer sich das zu leisten wagt«, behauptete der Major wieder einmal überzeugt, »der ist in meinen Augen entweder ein Kommunist oder ein Feigling.«

»Und es ist nur nötig, solchen Kreaturen eine Zebrauniform anzuziehen – mithin eine Zuchthauskleidung –, und es wird sie nicht mehr geben.«

»Genau!« Der Major nickte befriedigt. »Genau das ist meine Ansicht. Aber woher haben denn Sie davon Kenntnis?«

»Das steht in dem Artikel über Sie in unseren *Nachrichten für Stadt und Land* – groß und deutlich, und nicht zu übersehen.« Herbert Asch betrachtete Bornekamp neugierig. »Aber damit erklären Sie praktisch, daß für Sie das Grundgesetz eine Art Schutzschild für Kommunisten und Feiglinge ist. Und die von Ihnen zitierte Zebrauniform kann sogar als KZ-Bekleidung angesehen werden. Wollen Sie tatsächlich den Eindruck erwecken, daß dies die Gedankengänge eines Offiziers dieser Garnison sind?«

Der Major erschrak. Sekundenlang blickte er überrascht und ungläubig erstaunt. Herbert Asch ließ ihm Zeit. Und langsam schien Bornekamp zu begreifen, was er da angestellt hatte.

»Dabei kann es sich doch nur um ein Mißverständnis handeln«, behauptete er schließlich mühsam.

»Sie sind aber wortwörtlich zitiert worden, Herr Major.«

»Dann hat man mich ganz einfach überfahren!« rief Bornekamp erregt. Er erkannte, daß er bei dem Interview dazu verführt worden war, sich selbst einen Strick zu drehen. »Außerdem ist dieses Zitat gar nicht auf meinem Mist gewachsen – das hat ein hoher Würdenträger gesagt!«

»Haben Sie die Quelle angegeben? Nein? Dann sind Sie allein für diesen Ausspruch verantwortlich. Und das eine kann ich Ihnen versichern: Wenn am Montag unsere örtliche Zeitung mit diesem Artikel über Sie erscheinen sollte, dann wird hier sehr schnell der Teufel los sein. Dann haben Sie zumindest den *Spiegel* auf dem Hals. Und ein Teil der Auslandspresse wird kräftig in die gleiche Kerbe hauen. Vielleicht findet sich sogar ein Abgeordneter der Opposition, der die Angelegenheit im Bundestag aufgreift!«

»Verdammt noch mal!« rief der Major äußerst besorgt. »Dagegen muß doch was geschehen! Kann man solchen Mist nicht einfach verbieten?«

»Sie haben diesen Mist schließlich gemacht – um ganz objektiv zu sein.« Herbert Asch lächelte. »Und schließlich kann man einer demokratischen Presse keine Vorschriften darüber machen, was sie veröffentlichen soll und was nicht. Soweit sind wir vorläufig noch nicht...«

»Aber Sie, Herr Asch – Sie haben Beziehungen.«

»Kann sein«, sagte der sanft lauernd.

»Könnten Sie da nicht ...« Nicht viel schien zu fehlen und Bornekamp hätte gestottert. Er fand nicht die rechten Worte. Doch er war sicher, von Asch verstanden zu werden. »Ich wäre Ihnen wirklich außerordentlich verpflichtet, wenn Sie ... Sie wissen schon ...«

»Das wird nicht so einfach sein. Aber ich könnte das ja mal versuchen – unter gewissen Voraussetzungen.«

Was unter diesen »gewissen Voraussetzungen« zu verstehen war, erfuhr der Major zunächst nicht. Denn der Adjutant tauchte auf und meldete: »Herr Oberleutnant von Strackmann – in einer dringenden Angelegenheit.«

»Er soll sich zum Teufel scheren!« rief der Major erzürnt über diese unangebrachte Störung. »Er soll gefälligst seinen Mist alleine machen. Ich habe Wichtigeres zu tun!«

Der Adjutant war ein Mann mit Taktgefühl. Er erklärte dem von Strackmann lediglich, der Herr Major dürfe im Augenblick unter keinen Umständen gestört werden – er habe eine wichtige, noch auf unbestimmte Zeit andauernde Besprechung.

Der von Strackmann entfernte sich aus den Geschäftsräumen des Bataillons und blieb dann im leeren Korridor stehen. Er dachte nach. Und er kam zu dem Ergebnis, daß ihm keine andere Möglichkeit blieb, als auf der Schreibstube zu erscheinen, wo ihn die Beschwerde des Gefreiten Kamnitzer erwartete. Ihr mußte nachgegangen werden. In der Schreibstube stellte er sich daher in Positur und befahl Kirschke, die Beteiligten vorführen zu lassen.

Kamnitzer erschien zuerst. Er gab seinem stellvertretenden Kompanieführer erneut Gelegenheit, das exakte militärische Schauspiel, das er bot, zu bewundern. Abermals schien er ganz Vorschrift.

Der Oberleutnant von Strackmann räusperte sich und fragte

dann: »Haben Sie sich auch das, was Sie vorzubringen gedenken, eingehend überlegt?«

»Jawohl, Herr Oberleutnant, das habe ich.«

»Sie fühlen sich von Feldwebel Rammler ungerecht behandelt?«

»Jawohl. Man kann es auch Schikane nennen.«

Diesen Ausdruck wies der Oberleutnant, korrekt wie er war, zunächst einmal zurück. Er appellierte sodann an Kamnitzers Einsicht – das jedoch vergeblich. Hierauf verkündete er, ein klärendes Gespräch herbeiführen zu wollen. Zu diesem Zweck hatte Rammler zu erscheinen.

»Mein Verhalten war völlig einwandfrei«, behauptete der Feldwebel. »Es lag ein eindeutiger Verstoß gegen einen Bataillonsbefehl vor. Während der Fahrt über Waldwege und baumbestandene Straßen ist die Wagenplane geschlossen zu halten.«

»Es lag aber eine Art Notstand vor«, sagte der Gefreite. »Dem Grenadier Recht war schlecht geworden. Deshalb wurde vorübergehend die Wagenplane geöffnet. Und wenn Sie wissen wollen, Herr Oberleutnant, warum dem Grenadier Recht schlecht geworden war...«

Der von Strackmann hob bremsend die Hand. Auch dies gehörte zu seinen Prinzipien: nur keine Abschweifungen in womöglich zwielichtige Details – sich vielmehr eng und hart an die Sache selbst halten!

»Besagter Grenadier«, erklärte Kirschke bereitwillig, »steht als Zeuge zur Verfügung.«

»Danke!« sagte der Oberleutnant scharf ablehnend. »Ich hoffe, das wird nicht notwendig sein.« Er begann mit steifen Schritten im Raum einherzuwandern. »Leute«, sagte er dabei, »wir sind doch schließlich so was wie eine große Familie. Und in jeder Familie gibt es schließlich mal Streit und Mißverständnisse.«

»Das war aber kein Mißverständnis, Herr Oberleutnant«, sagte Kamnitzer, »das war genau gezielt.«

»Es hat sich«, behauptete Rammler beharrlich, »einwandfrei um die Mißachtung eines Befehls gehandelt. Und das mußte entsprechend geahndet werden.«

»Wir sollten den Zeugen kommen lassen, Herr Oberleutnant«, empfahl Kirschke.

»Unsinn!« rief der von Strackmann. »Das machen wir, wie es sich gehört, unter uns aus.«

Er versuchte, die Situation zu erfassen: hier, durchaus glaubhaft, die Mißachtung eines Befehls, dort der durchaus glaubhafte Notstand; beide Aussagen von vorzüglichen Soldaten. Ein verständnisvoller Ausgleich tat not!

»Leute«, sagte er und blieb stehen. »Hört mal her! Man muß immer realistisch denken. Mißverständnisse können überall vorkommen, und Fehler machen wir alle einmal. Nehmen wir also an, der Feldwebel Rammler hat einen Mißgriff getan – er wird sich dafür entschuldigen! Nehmen wir an, der Gefreite Kamnitzer hat einen falschen Verdacht gehabt – auch er wird sich dafür entschuldigen!«

Der Oberleutnant von Strackmann blickte fordernd von einem zum anderen – er glaubte sich einer erfreulichen Lösung nahe. Selbst Kirschke schien anerkennend vor sich hinzublinzeln.

»Ein Mann«, rief der von Strackmann nun siegessicher, »sofern er ein echter Mann ist, hat auch die Größe, seine Fehler einzugestehen. Er zögert nicht, sich zu entschuldigen. Nun?«

»Jawohl, Herr Oberleutnant«, sagte Rammler.

»Und Sie, Kamnitzer?«

»Ich bin nicht nachtragend«, versicherte der. »Ich bin auch nicht kleinlich. Ich nehme jede Entschuldigung gern entgegen. Aber wer kommt für die Unkosten auf?«

»Was für Unkosten?« Der von Strackmann blickte leicht verwirrt. »Wovon sprechen Sie überhaupt?«

»Na – von dem Taxi!«

»Ich höre immer: Taxi!«

»Da hören Sie richtig, Herr Oberleutnant.«

Strackmann blickte Kamnitzer fassungslos an.

»Das«, rief Rammler würgend, »habe ich mir beinahe gedacht! Das traue ich diesem Burschen zu – das habe ich ihm schon immer zugetraut!«

»Köstlich!« Kirschke stöhnte fast vor Vergnügen. »Das ist einmalig. Er nimmt sich einfach ein Taxi! Wenn sich das herumspricht, liegt die ganze Garnison lang vor Lachen!«

Genau das schien der Oberleutnant von Strackmann auch zu befürchten. Dieses Gelächter, so schien ihm, konnte geradezu tödlich sein – jedenfalls für das Ansehen der von ihm geführten Kompanie – und damit: für ihn persönlich.

»Ruhe!« brüllte er daher. »Ich will nichts mehr von diesem Mist hören! Ich gebe allen Beteiligten ausreichend Gelegenheit, sich die Situation genau und gründlich zu überlegen. Bis dahin bitte ich mir eisernes Stillschweigen aus. Abtreten!«

»Du gehst von einer falschen Voraussetzung aus«, versicherte der Unteroffizier Streicher. »Du glaubst offenbar, dich auf Kamnitzer in jeder Beziehung verlassen zu können. Aber eben davon rate ich dir ab.«

»Kamnitzer ist mein Freund«, sagte Martin Recht.

Sie saßen sich in der Stube 13 gegenüber – jeder auf einem Bett. Die Kompanie war immer noch auf dem Kasernenhof, und Rammler wie Kamnitzer schienen auf der Schreibstube festgehalten. Ehe noch Recht als möglicher Zeuge auftreten konnte, hatte Streicher ihn kameradschaftlich zu bearbeiten.

»Kamnitzer mag ja soweit ein prima Kerl sein«, sagte er. »Aber er vergreift sich allzuoft in der Wahl seiner Mittel. Kein Wunder, wenn ihn dann einige seiner Vorgesetzten für einen notorischen Querulanten halten. Und eben das ist gefährlich – nicht zuletzt für dich.«

»Er ist mein Freund!« wiederholte Martin störrisch.

»Das bin ich auch«, behauptete Streicher. »Und deshalb will ich dir helfen. Denn das hast du offenbar dringend nötig. Oder willst du unbedingt Sonderdienste am laufenden Band schieben?«

»Natürlich nicht!«

»Du willst vielmehr dein freies Wochenende – was?«

»Ja. Ich habe eine Verabredung, und die möchte ich gerne einhalten – wenn das nur irgendwie möglich ist.«

»Warum sollte das nicht möglich sein?« Der Unteroffizier

Streicher blickte durchaus zuversichtlich. »Denn im Grunde ist alles bei uns sehr einfach – man muß nur die Spielregeln kennen. Auch ein Rammler ist schließlich kein Unmensch.«

»Na, hör mal! Er hat mich gestern vollkommen fertiggemacht! Ich fiel einfach um. So was habe ich noch nie erlebt.«

»Gewiß – er ist ein harter Brocken. Und er kann auch mal jähzornig sein. Aber ihr hattet ihn doch gereizt. Im Grunde meint er es nicht schlecht. Und kannst du wissen, wozu so was gut ist? Das kann schon auch seinen Sinn haben, wenn du das jetzt auch verständlicherweise nicht gleich einsiehst. Aber wie dem auch sei – Rammler ist der Typ ›rauhe Schale, weicher Kern‹. Wenn er nur merkt, daß man erkannt hat: Er meint es gut – dann ist auch gleich bei ihm alles in Ordnung.«

»Er wird mich schikanieren, wo er kann!«

»Das hat dir Kamnitzer eingeredet! Aber die Wirklichkeit sieht anders aus – ich kenne sie. Rammler ist auch nur ein Mensch. Er ist durchaus kameradschaftlich veranlagt – aber die Disziplin geht ihm eben über alles. Ist die einmal vorhanden, dann kann man mit ihm reden.«

Martin Recht hockte regungslos auf seinem Bett. Was Kamerad Streicher hervorbrachte, beeindruckte ihn; allein die Mühe, die sich der neuernannte Unteroffizier seinetwegen gab, machte ihn dankbar. Und er versicherte: »Ich will ja weiter nichts wie in Ruhe gelassen werden. Und ich will heute nachmittag in die Stadt – zu meiner Verabredung.«

»Das kannst du haben, Martin – dafür sorge ich. Du mußt dich mir nur anvertrauen.«

»Aber das eine mußt du wissen – ich werde nichts tun, was Kamnitzer schaden könnte.«

»Das verlangt auch niemand von dir. Im übrigen bin ich überzeugt, daß Kamnitzer selbst nicht so genau weiß, was gut für ihn ist. Denn auf die Dauer wird er sich gegen einen Rammler nicht durchsetzen können – schließlich hat der Feldwebel beim Oberleutnant einen mächtigen Stein im Brett. Und daher ist es das beste, wenn wir Kamnitzer vor weiteren unüberlegten Schritten bewahren. Das sind wir ihm als Kameraden schuldig.«

*

»Kamnitzer«, wollte der Hauptfeldwebel Kirschke neugierig wissen, »sind Sie sicher, daß Sie diesmal den Mund nicht zu voll genommen haben – und daß Sie sich nicht daran verschlucken werden?«

»Absolut sicher«, sagte der Gefreite überzeugt.

Sie standen sich auf der Schreibstube gegenüber. Der Oberleutnant von Strackmann hatte sich im Chefzimmer verschanzt. Und der Feldwebel Rammler wartete unruhig auf dem Korridor.

»Das mit dem Taxi«, gab Kirschke zu, »ist ausgesprochen genial. Aber haben Sie sich das auch genau überlegt? Zwischen einem Fußmarsch und einer Taxifahrt bestehen schließlich gewisse Unterschiede.«

»Besonders im Preis. Aber wenn Rammler bereit ist, mir meine Unkosten zu ersetzen, lasse ich eventuell mit mir reden.«

»Mann, Sie haben Nerven!« sagte Kirschke nicht ohne Anerkennung. »Was – unter Brüdern – macht Sie so sicher?«

»Unklare Befehlsgebung.« Kamnitzer blinzelte Kirschke zu.

»Denn Rammler hat, als er uns ausbootete, nicht klipp und klar gesagt: Sie marschieren von hier aus zurück in die Kaserne! Das wäre ein eindeutiger Befehl gewesen. Statt dessen hat er uns lediglich aufgefordert, Leine zu ziehen. Sie haben drei Stunden Zeit, hat er noch gesagt, also reißen Sie sich am Riemen! Von Marschieren war gar keine Rede.«

»Aber das hat er sagen wollen – das hat er sich mit Sicherheit gedacht.«

»Das will ich gar nicht mal bestreiten – aber bin ich ein Gedankenleser?«

Kirschke grinste und begab sich in das Zimmer des Kompaniechefs. Hier fand er den Oberleutnant damit beschäftigt, das dicke, in blutrotes Leinen gebundene *Wehrrecht* zu wälzen – Textsammlung mit Anmerkungen, Verweisungen und Sachverzeichnis.

»Müssen Sie mich unbedingt stören, Kirschke?«

»Jawohl«, sagte der Hauptfeldwebel und berichtete – nahezu wörtlich –, was er von Kamnitzer erfahren hatte. Dem Oberleutnant wurde klar: Wenn es dem Gefreiten gelang, auch nur halbwegs brauchbare Zeugen aufzutreiben – und das konnte mit Sicherheit angenommen werden –, dann war Rammler im Eimer. Und das Ansehen der Kompanie praktisch mit ihm!

Unklare Befehlsgebung – das war ein bedenkliches Stichwort. Denn der Major hatte mehrfach darauf hingewiesen: wenn es überhaupt eine krebsartige Krankheit in der Bundeswehr gebe, dann sei es diese.

»Rammler zu mir«, befahl der von Strackmann.

Der Feldwebel, der im Korridor gelauert hatte, erschien. Und Strackmann sagte genau das, was ihm sein Kompaniechef wenige Minuten vorher gesagt hatte. Und danach fordernd: »Rechtfertigen Sie sich, Rammler!«

»Dem Sinne nach«, erklärte der, »war meine Anordnung unmißverständlich.«

»Der Sinn eines Befehls ist natürlich wichtig, Rammler – aber erst mal muß der Wortlaut stimmen.«

»Mir ist nicht jede Einzelheit mehr gegenwärtig, Herr Oberleutnant.« Rammler wand sich wie ein Aal. »Doch gemeint habe ich, daß die Kerle marschieren sollen!«

»Was heißt denn hier: gemeint? Es muß gesagt werden!« Der Oberleutnant von Strackmann pochte mit dem Zeigefinger auf das vor ihm liegende, dickleibige Buch. Dabei zitierte er seinen Major: »Wer nicht einwandfreie Befehle geben kann, der ist kein vorbildlicher Vorgesetzter.«

Rammler war graubleich geworden wie das neugelieferte Waffenfett, das allgemein »Heldenschmalz« genannt wurde. Noch einmal versuchte er, sich zu entwinden: »Eine gewisse Sorte von Untergebenen, wie auch dieser Kamnitzer...«

»Lassen Sie das!« sagte der Oberleutnant verweisend. »Ich brauche weder eine vage Entschuldigung noch eine an den Haaren herbeigezogene Erklärung – ich halte mich ausschließlich an die Tatsachen. Und die besagen leider: Ein ausgewachsener Feldwebel, noch dazu einer meiner Kompanie, hat immer noch nicht gelernt, völlig einwandfreie und unmißverständliche Befehle zu geben!«

Rammler stand da wie ein verwittertes Kriegerdenkmal aus

porösem Stein – und auf schwankendem Untergrund. Er hatte Mühe, Haltung zu bewahren.

»Daß ausgerechnet Ihnen so etwas passieren kann«, sagte der Oberleutnant bitter, »das hätte ich nicht für möglich gehalten.« Und dann setzte er unnachsichtig zum moralischen Todesstoß an. Er erklärte: »Sie sind wohl doch nicht der Vorgesetzte, dem man einen Zug oder gar die ganze Kompanie anvertrauen kann.«

Damit war Rammler entlassen. Steif und bleich schritt er davon.

»Soll jetzt Kamnitzer kommen?« fragte Kirschke. »Damit wir diese Angelegenheit erledigen können?«

»Das muß gründlich überlegt werden«, erklärte der Oberleutnant von Strackmann abweisend. Denn noch sah er keine brauchbare Lösung. Dieses Taxi stellte ein Hindernis dar, das nicht so leicht zu nehmen war.

»Jawohl!«, sagte Kirschke. Er wußte: damit war diese Angelegenheit zunächst auf Eis gelegt. Aber das konnte kein Dauerzustand sein – zumal Kamnitzer mit im Spiel war ...

Damit schien das Wochenende zunächst gesichert.

Der Oberleutnant von Strackmann wälzte weiter sein Wehrrecht und wurde später durch die Vorbereitungen für den geselligen Abend abgelenkt. Der Feldwebel Rammler hockte eine Viertelstunde lang brütend auf seinem Feldbett; danach begab er sich in die Kantine. Der Hauptfeldwebel Kirschke aber wechselte wieder einmal seine Hosen.

Inzwischen hatte der Unteroffizier Streicher derartig erfolgreich auf den Grenadier Recht eingeredet, daß der bereits an Gedächtnisstörungen zu leiden schien.

»Karl«, sagte er zu Kamnitzer, der auf die Stube 13 zurückgekehrt war, »wir sollten Komplikationen möglichst vermeiden – meinst du das nicht auch?«

Kamnitzer blickte den Freund nachsichtig an. Dann sah er zu Unteroffizier Streicher hin, der im Hintergrund stand. Es fiel ihm nicht sonderlich schwer zu erraten, woher dieser Wind wehte. »Laß dir nur nicht ins Gehirn spucken«, sagte er gemütlich. »Es gibt Leute, die so was als Gewissenserleichterung ausgeben.«

»Ich«, sagte Streicher, »habe lediglich einen Ratschlag gegeben. Aber den muß man ja nicht unbedingt befolgen. Ich habe es jedenfalls gut gemeint.«

»Wir haben uns das genau überlegt, Karl.« Recht war eifrig bemüht, den Freund zu überzeugen. »Und ich meine: Warum denn alles unnötig erschweren? Warum muß man sich denn mit aller Gewalt Rammler zum Feind machen?«

»Das ist ausgemachter Blödsinn«, erklärte Kamnitzer. »Ein Büffel ist kein Lamm. So was kann man nicht ändern – nicht mit noch soviel gutem Willen.«

Kamnitzer schob den Freund zur Seite und legte sich auf sein Bett. Hier öffnete er seinen Uniformrock und streckte sich genußvoll aus. Offenbar gedachte er, sich ein kleines Vormittagsschläfchen zu leisten.

»Unser Kamerad Recht«, Streicher schob sich besorgt näher, »ist zu der Überzeugung gelangt, daß ein Mißverständnis durchaus möglich ist – dahingehend nämlich, daß der Feldwebel Rammler vielleicht doch, wenn auch mehr indirekt, einen Marschbefehl gegeben hat. Der allerdings könnte überhört oder falsch ausgelegt worden sein. Auf diese Weise wird man beiden Seiten gerecht.«

»Und das«, meinte Martin Recht, »wäre doch gewiß für alle Teile die beste Lösung.«

»Die beste Lösung ist, wenn ihr beide hier verschwindet«, sagte der Gefreite Kamnitzer. »Ihr bringt mich um meinen wohlverdienten Schlaf. Aber selbst wenn euch das gelingen sollte – die Unkosten für das Taxi werde ich dennoch bei Rammler einkassieren. Und das ist recht großzügig von mir. Wenn der nämlich nicht prompt zahlt, dann präsentiere ich ihm auch noch die Rechnung für das zweite Taxi.«

»Was für ein zweites Taxi?« fragte Streicher perplex.

»Nun – das für den Orientierungsmarsch«, sagte Kamnitzer und drehte sich gelassen zur Seite.

Streicher blickte ratlos. Er erkannte sogleich, was ihm hier zugemutet wurde. Da hatte er geglaubt, Kamnitzer einen Ball zuzuwerfen – und der hatte einen Ballen Dreck zurückgeschleudert. Das eine Taxi war schon schlimm; zwei Taxis an einem Tag aber waren eine Katastrophe.

»Ich weiß nicht, wovon du redest!« sagte Streicher und verließ fluchtartig die Stube.

Der Rest dieses Nachmittags verlief ruhig. Kamnitzer schnarchte friedlich vor sich hin. Und Martin Recht reinigte sorgfältig seine Ausgangsuniform.

Am frühen Nachmittag strömten die ersten Soldaten des Grenadierbataillons in die sogenannte »Kleine Freiheit« – also stadteinwärts. Unter ihnen der Gefreite Kamnitzer und der Grenadier Recht. Kamnitzer gedachte zunächst der Luftwaffe einen Besuch abzustatten, während Recht zum Friseur wollte – und dann würde er Carolin aufsuchen.

»Zieh möglichst einen großen Bogen um alles, was Uniform trägt«, empfahl Kamnitzer dem Freund. »Denn gewissen Gesellschaftsspielen bist du noch nicht gewachsen. Und am Abend möchte ich dich möglichst wohlbehalten wiedersehen – wie üblich im *Café Asch*.«

Kamnitzers Besuch bei der Luftwaffe war voller Überraschungen. Sie begannen bereits beim Kasernentor, wo er den Oberfeldwebel Voßler zu sprechen wünschte. Der Posten sagte lediglich: »Wenn du ihn sprechen willst, mußt du ihn suchen.«

»Und wo«, fragte Kamnitzer, »fange ich am besten mit dieser Suche an?«

Er wurde an Hauptmann Ahlers verwiesen – der wisse alles. Ihn fand Kamnitzer in einem Büro vor: hinter einem Schreibtisch, ohne Uniformrock, mit aufgekrempelten Ärmeln. Die Türen waren weit geöffnet – einladend weit.

»Guten Tag.« Kamnitzer fühlte sich durch einen derartig ungezwungenen Dienstbetrieb angenehm herausgefordert. Seine Ehrenbezeigung war betont lässig.

»Guten Tag«, sagte der Hauptmann und betrachtete seinen Besucher durchaus interessiert. »Was verschafft mir das Vergnügen?«

»Ich suche den Oberfeldwebel Voßler.«

»Sie finden ihn in Halle zwei.«

»Und wie finde ich diese Halle zwei?«

»Sie ist nicht zu verfehlen – Sie brauchen nur auf den Navigationsturm zuzugehen. Halle zwei liegt gleich daneben.« Der Hauptmann lächelte seinen Besucher an. »Mein Name ist übrigens Ahlers.«

»Kamnitzer«, sagte der Gefreite verwundert. »Ich kenne übrigens ein Fräulein Carolin Ahlers – ich habe gestern mit ihr und meinem Freund, dem Grenadier Recht, eine ziemlich flotte Kugel geschoben.«

»Ah – Sie sind das!« sagte der Hauptmann sichtlich angenehm überrascht. »Setzen Sie sich doch – falls Sie Zeit dafür haben sollten. Wollen Sie irgend etwas trinken? Schottischen Whisky, kanadischen Whisky, Bourbon oder Whisky aus Irland?« Er lächelte. »Wir sind im Augenblick nicht schlecht versorgt.«

Kamnitzer ließ sich erfreut nieder. Etwas Derartiges war ihm bisher noch nicht passiert. Nach kurzem Zögern verlangte er, um die Leistungsfähigkeit der Transportstaffel zu erproben, Raki. Fünf Minuten später bekam er ihn serviert. Und zwar durch einen Unteroffizier, der ihn mit großer Selbstverständlichkeit bediente.

Sie plauderten wie gleichberechtigte Klubmitglieder. Schließlich tauchte ein Oberstleutnant auf. Er fragte Ahlers, ob er noch benötigt werde – er gedenke sonst zum Angeln zu fahren. Und der Hauptmann erklärte dem Oberstleutnant: Nichts dagegen einzuwenden!

»Geben Sie sich keine Mühe«, sagte Ahlers dann zu Kamnitzer, »unseren Betrieb mit angeblich normalen Maßstäben zu messen – dafür haben wir hier keine Zeit.«

»Und wann machen Sie Dienstschluß?«

»Wenn sich das so ergibt!« gab Ahlers bereitwillig Auskunft. »Es kann durchaus vorkommen, daß wir einige Nächte hintereinander oder auch an Sonntagen Transportflüge durchführen müssen. Dafür feiern wir dann zuweilen mitten in der Woche – manchmal sogar zwei und drei Tage hintereinander.«

»Also kein streng geregelter Dienstbetrieb?«

»Wie stellen Sie sich das vor, Herr Kamnitzer? Wir fliegen,

wenn wir fliegen müssen! Oder meinen Sie etwa, daß ein Krieg genau nach Dienstplan abrollen würde?«

»Dann müssen Ihre Leute jederzeit einsatzbereit sein? Pausenlos? Das ist dann ja noch schlimmer als bei uns!«

»Halb so wild«, versicherte Ahlers lächelnd. »Wir tun immer nur das, was zum Einsatz gehört – das allerdings gründlich. Was überflüssig ist, überlassen wir gerne anderen.«

Das waren Ausführungen, die Kamnitzer gerne hörte. Doch weitere Überraschungen erlebte er, als er in den Bereich von Oberfeldwebel Voßler geriet. Ahlers selbst führte ihn dorthin.

Sie sahen Viktor Voßler, den Oberfeldwebel, mitten in der Halle stehen. Er beschäftigte sich intensiv mit einem guten Dutzend junger Leute. Und sie alle waren Offiziere.

»Flugzeugführerlehrgang«, sagte Ahlers.

Voßler hatte einen Notizblock in der Hand und stellte Fragen. Dabei wirkte er, wie immer, eher lässig. Doch seine Fragen kamen sachlich und präzise. Die Antworten der Offiziere waren entsprechend.

»Nun – was macht der Laden?« fragte Ahlers.

Voßler nickte zufrieden – ohne eine Ehrenbezeigung oder eine Meldung zu machen, reichte Hauptmann Ahlers seine Notizen hin und sagte: »Halbwegs normal.«

Während Ahlers diese Notizen durchsah, erblickte Voßler den Gefreiten Kamnitzer. Er kam auf ihn zu und begrüßte ihn wie einen alten Bekannten. »Nett, daß Sie mich besuchen kommen. In zehn Minuten bin ich hier fertig.«

Danach widmete sich Voßler wieder Hauptmann Ahlers und seinen Offizieren. »Herrschaften«, sagte er, »wenn niemand mehr eine Frage hat, dann machen wir für heute Schluß.«

Natürlich hatte keiner von ihnen mehr eine Frage. Einer wollte lediglich wissen: »Schauen Sie heute abend bei uns vorbei, Herr Voßler? Wir feiern im *Hotel Asch*. Sie sind herzlich eingeladen.«

»Werde mal sehen, was sich machen läßt«, sagte der Oberfeldwebel.

Dann widmete er sich wieder Kamnitzer und fragte: »Nun mal ganz offen: Was verschafft mir dieses Vergnügen?«

»Ich könnte jetzt sagen: ich wollte lediglich mal meine Nase in diesen Betrieb stecken – nur so, aus Interesse. Und das wäre auch nicht gelogen. Aber vor allem habe ich gedacht: ich versuche mal, Sie anzupumpen.«

»Aha!« sagte Voßler lachend. »Sehe ich tatsächlich so aus?«

»Ja«, sagte Kamnitzer mit entwaffnender Offenheit.

»Und wieviel soll's denn sein?«

»Dreißig Mark?« Das war lediglich ein Vorschlag. Doch als Kamnitzer erkannte, daß Voßler keinesfalls abgeneigt war, ein derartiges Darlehen zu gewähren, sagte er: »Es können auch fünfzig Mark sein. Ich habe nämlich erhebliche dienstliche Unkosten gehabt. Und zwar gestern beim Geländeorientierungsmarsch. Da mußte ich mir ein Taxi nehmen.«

»Was mußten Sie – sich ein Taxi nehmen? Erzählen Sie!«

»Gerne«, sagte Kamnitzer. Und er berichtete, während sie vor der Halle auf und ab gingen, von seinen privat finanzierten Dienstfahrten. Er fand einen aufmerksamen Zuhörer, der schließlich schallend zu lachen begann. Das tat er auch noch, als ein Oberst erschien.

Doch der bat lediglich um eine flugtechnische Auskunft und erhielt sie auch – ein Vorgang, der sich ganz unauffällig und selbstverständlich abspielte. Sogar das beiläufige Erscheinen des Generalinspekteurs der Luftwaffe hätte Kamnitzer jetzt kaum noch gewundert.

»Fabelhaft!« Voßler kam wieder auf Kamnitzers Erzählungen zurück. »Das ist mir glatt fünfzig Mark wert.« Und er freute sich schon darauf, diese Geschichte Ahlers weitererzählen zu können.

»Um das Vergnügen vollzumachen«, schlug Kamnitzer vor, »wie wäre es, wenn Sie mir jetzt eine Ihrer Kisten zeigten?«

»Sie wollen eins von unseren Flugzeugen sehen?« Der Oberfeldwebel blickte ungläubig. »Das ist übrigens gar nicht so einfach – dazu brauchen wir eine Erlaubnis.«

»Tatsächlich? Ich hatte schon den Eindruck, daß Ihnen dieser ganze Laden gehört – daß Sie nur mit dem kleinen Finger zu winken brauchen – und sämtliche Vögel rollen an.«

Doch dem war nicht so. Kamnitzer registrierte staunend, wie sich abermals die Verhältnisse in ungeahnter Weise verschoben. Denn nun war es ein simpler Gefreiter in ölverschmierter Kombination, an den sich der Oberfeldwebel wandte: »Ich möchte gerne unserem Freund vom Heer eine Noratlas zeigen – geht das?«

»Immer diese Sondertouren«, bemerkte der Gefreite. Doch dann wies er gnädig in den Hintergrund, wo ein dickbauchiges Transportflugzeug stand. Warnend erklärte er dann: »Daß ihr mir aber keinen Dreck 'reinschleppt – meine Mechaniker sind schließlich keine Putzfrauen.«

»Ist das hier immer so?« fragte Kamnitzer verblüfft. »Oder zieht der eine kleine Sonderschau ab?«

»Er ist zwar nur Gefreiter«, erklärte Voßler, »aber der anerkannt beste Ingenieur weit und breit. Und wenn etwa ein Feldwebel ein Flugzeug führt, kann sein Ko-Pilot ein Leutnant und sein Funker ein Hauptmann sein – sie haben sich dennoch nach den Anordnungen des Feldwebels, also des Flugzeugführers, zu richten. Und das tun sie auch. Das ist ganz selbstverständlich.«

»Na großartig!« rief Kamnitzer mit ehrlicher Begeisterung. »Das Können wichtiger als der Dienstgrad – die Leistung, dann die Befehlsbefugnis – – es gibt also auch Soldaten ohne Kasernenhofstil! Warum hat sich das noch nicht herumgesprochen?«

Dies war eine Stadt der braven Bürger. Es existierten im Land viele Dutzend davon. Und wenn das Musikkorps spielte, herrschte allgemeine Harmonie.

Das war nicht immer so gewesen. Es hatte Widerstände gegeben – aber sie waren zusammengebrochen. Nun strömten zum Platzkonzert zahlreiche Einwohner herbei. Die Anwohner des Marktplatzes schauten aus den Fenstern und erfreuten sich sichtlich an dem Bild, das sich ihnen bot. Dabei waren die Uniformen lediglich schiefergrau, weder blitzten Waffen und Koppelzeug noch Orden und Ehrenzeichen – aber dennoch beherrschte ein gewisses Hochgefühl die Menge, wenn die alten Märsche erklangen.

»Darf ich Fräulein Carolin abholen?« fragte Martin Recht artig.

Frau Ahlers zögerte, ihre Zustimmung zu geben. Nicht wegen Martin Recht – aber Carolin inmitten einer sich drängenden Menschenmenge zu wissen, bereitete ihr Unbehagen.

»Bitte, Mutter!« sagte Carolin. »Ich möchte wirklich gerne mitgehen.«

»Sei aber vorsichtig«, sagte Frau Ahlers.

Sie vernahmen die Klänge des Musikkorps von weitem. Martin griff behutsam nach der Hand von Carlin – und sie überließ sie ihm. Was auch immer gespielt wurde – und im Augenblick war es der Hohenfriedberger Marsch –, es vermochte sie nur zu erfreuen.

Dieses Musikkorps war in der Stadt sozusagen der Eisbrecher für die Garnison gewesen. Es gehörte zum Heer und war anderweitig stationiert. Doch es wurde immer wieder angefordert und gastierte in der wärmeren Jahreszeit einmal in jedem Monat. Bei diesen Konzerten zeigte sich stets Major Bornekamp. Er nahm dann die Meldung des Musikzugführers mit sichtlichem Wohlwollen entgegen und begrüßte, auf der Treppe des Rathauses stehend, verschiedene Honoratioren der Stadt – Kaufleute zumeist, aber auch Beamte, Erzieher und Angestellte mit Entwicklungsdrang. Der Bürgermeister Asch war kaum jemals dabei.

»Warum diese Halbsoldaten zwischendurch immer wieder ihre seichten Schmachtfetzen spielen müssen, leuchtet mir nicht ein.« Diese Feststellung traf der Feldwebel Rammler, und der Unteroffizier Streicher durfte sie sich anhören. Der »Schmachtfetzen« – zwischen zwei Märschen – war der Kaiserwalzer von Johann Strauß.

»Man muß wohl für Zivilisten gewisse Konzessionen machen«, versuchte Streicher zu erklären. »Die sind noch nicht soweit, daß sie wissen, was ihnen wirklich gefällt.«

Immerhin hatte – nach den Jahren der Abneigung, des Mißtrauens und der Reserviertheit – eine aufbaufreudige Minderheit und dann bald eine Mehrheit nicht nur die Zeichen der Zeit erkannt, sondern auch die besondere Situation ihrer Gemeinde. Denn diese Stadt lag abseits der großen Straßen; sie konnte zwar als idyllisch bezeichnet werden, besaß aber eine überaus karge Umgebung. Keinerlei Industrie. Keine blühende Landwirtschaft. Doch zahlreiche Gaststätten und so manches heiratswillige Mädchen ohne erfreuliche Zukunft.

Hinzu kam, daß diese Stadt schon immer Garnison gewesen war. Die Kaserne im Norden hatte bereits kaiserliche Soldaten gesehen, dann solche der Reichswehr, schließlich jene Großdeutschlands. Im Zweiten Weltkrieg kam ein Ausweichflugplatz im Süden hinzu. Und hatte es die neue Garnison auch nicht leicht gehabt, die Herzen der braven Bürger zu erobern, nun schlugen sie wieder im Takt des Musikkorps.

»Schau mal, wer da kommt«, sagte Rammler zu Streicher. Und er wies zur südlichen Ecke des Marktplatzes hin. Dort führte der Grenadier Martin Recht, überaus sorgsam, Carolin Ahlers herbei.

»Ihr Vater ist Hauptmann«, sagte Streicher vorsichtig mahnend.

»Was der kann«, sagte Rammler, auf Martin Recht blickend, »das können wir schon lange.«

Denn er war absolut sicher, daß eine Hauptmannstochter letztlich sehr wohl zu unterscheiden wußte zwischen einem Feldwebel und einem Grenadier. Außerdem sagte er sich: eine überlegene Geste der Versöhnlichkeit könnte hier gleichzeitig zu einem gewissen Anschluß an die sogenannten höheren Kreise führen. Schaden jedenfalls konnte das auf keinen Fall.

»Traben Sie mal zu diesen beiden hinüber«, sagte Rammler zu Streicher. »Und machen Sie ihnen klar, daß wir hier einen prima Stehplatz haben. Den teilen wir gerne – wir sind ja gar nicht so.«

Streicher zögerte, setzte sich dann aber gehorsam in Marsch, schob sich geschmeidig durch die lauschende Menge und blieb schließlich vor Recht und Carolin stehen.

Er begrüßte den Kameraden herzlich und bat um die Erlaubnis, dessen Begleiterin vorgestellt zu werden. Das geschah. Und

Streicher behauptete nunmehr, außerordentlich erfreut über diese Begegnung zu sein.

»Kommt doch zu uns«, sagte er sodann. »Wir haben einen besonders guten Platz.«

Martin Recht war nahe daran, sich geehrt zu fühlen. Er hielt den Kameraden Streicher für einen besorgten Freund – denn der war wohltuend um Ausgleich bemüht, der wollte Spannungen überbrücken, angenehme Verhältnisse schaffen. Und sinnigerweise röhrte auch gerade das Musikkorps den Marsch »Alte Kameraden«.

»Sollen wir?« fragte Martin Recht unentschlossen.

»Nein«, sagte Carolin freundlich und entschieden zugleich. »Ich möchte niemandem zumuten, sich mit einer lahmen Ente abzugeben.«

Streicher zog sich eilig zurück.

Als er wieder bei Rammler war, erklärte der: »Wohl zu vornehm, dieser Trampel – was? Aber kein Wunder, bei dem Umgang, den solche Weiber haben! Doch eines Tages werden sie schon noch erkennen, mit welchen elenden Versagern sie sich abgeben.«

Das Musikkorps spielte währenddessen »Durch Nacht zum Licht« – Marsch mit Kesselpauken und Fanfaren. Die versammelten Bürger waren enthusiasmiert.

Die verschiedenen Festlichkeiten dieses Abends im *Hotel Asch* rollten zunächst völlig programmgemäß an und ab.

Im »Blauen Saal« betanzten die Luftwaffenfähnriche die freiwilligen Lyzeumsdamen. Im »Silbersaal« begann gedämpft das gesellige Beisammensein der Heeresoffiziere mit den geladenen Gästen. Und im »Grünen Zimmer«, auch Jagdzimmer genannt, hatte sich das kleine, aber muntere Rudel der Offiziersjünglinge eingefunden, um wieder einmal den Abschluß eines ihrer zahlreichen Flugzeugführerlehrgänge zu feiern.

Diese drei Gruppen hatten einige Räume gemeinsam: die Garderobe, die Toiletten und eine schlauchartige Vorhalle. Diese

Vorhalle mußte jeder durchqueren, der zu einem der drei Festräume wollte oder aus ihnen herauskam. Und hier hielten sich zumeist die eingeteilten Organisatoren der Veranstaltungen auf: Hauptmann Ahlers für die Luftwaffe, Oberleutnant von Strackmann für das Heer; dazu Herbert Asch, der Hotelier.

»Der Betrieb läuft«, sagte Asch zufrieden. Denn seine Kellner waren fleißig, und die eingeteilten Ordonnanzen gaben sich Mühe.

»Hoffentlich bleibt das so«, sagte der von Strackmann. »Die Herren von der Luftwaffe im ›Grünen Zimmer‹ sind bereits reichlich laut.«

»Sie sind jung«, bemerkte Hauptmann Ahlers.

»Gewiß«, meinte Strackmann vorsichtig. »Ich will nur hoffen, daß die Lautstärke dieser jungen Herren nicht noch zunimmt.«

»Damit ist in der nächsten Zeit kaum zu rechnen«, erklärte Herbert Asch. »Denn die künftigen Helden der Luft sind mit ihrem Alkoholkonsum bereits so weit fortgeschritten, daß zunächst eine gewisse Sättigung eingetreten ist. Erfahrungsgemäß wird daher in der nächsten Stunde der von ihnen verursachte Lärm kaum noch zunehmen.«

»Dann kann ich mich ja bis dahin zurückziehen«, sagte Hauptmann Ahlers und blinzelte Herbert Asch zu. »In der Zwischenzeit wird mich Hauptmann Treuberg vertreten.«

»Wir halten uns in meinem Büro auf«, sagte Asch, bevor er mit Ahlers die Halle verließ.

Der Oberleutnant von Strackmann blickte den beiden Herren verständnislos nach. Er geriet in Versuchung, ihr Verantwortungsbewußtsein für wenig ausgeprägt zu halten. Er jedenfalls gedachte, auf seinem Posten zu bleiben.

Auf seinem Sektor war alles in bester Ordnung. Dezente, geradezu gepflegte Ruhe ging von jenem Silbersaal aus, den er betreute: man speiste dort, und die eingeteilten Kellner nebst Ordonnanzen sorgten fleißig für Nachschub. Seine Organisation funktionierte vorbildlich; der Herr Major würde mit ihm zufrieden sein.

Wie anders das, was in den beiden anderen Räumen geschah: da grölten die Luftwaffenfähnriche gelegentlich auf, vermutlich zwischen zwei Tänzen, und dabei klatschten sie dann noch reichlich ordinär in die Hände. Auch die dort sich austobende Kapelle – Klavier, elektrische Gitarre und Schlagzeug – war ganz entschieden zu laut, und die von ihr produzierte Musik mußte bedauerlicherweise als »schräg« bezeichnet werden.

Noch bedenklicher aber wollte es dem von Strackmann scheinen, daß es dem kleinen Rudel der Fliegeroffiziere gelang, erheblich mehr Lärm zu produzieren als alle Fähnriche zusammen nebst Tanzdamen und Jazzkapelle. Das fand er alarmierend. Und schließlich sagte er sich: Der kluge Mann baut vor.

So suchte denn der Oberleutnant den Hauptmann Treuberg auf – den Stellvertreter von Hauptmann Ahlers. Er fand ihn im »Blauen Saal«. Hier saß er einsam, kühl, beobachtend an einem Tisch in der Mitte, trank Apfelsaft und musterte die eifrigen Tänzer, um etwaige Miß- und Übergriffe frühzeitig zu unterbinden.

Treuberg wurde von Strackmann hinausgebeten. »Hören Sie sich das an, Herr Hauptmann«, sagte der Oberleutnant im Vorraum. »Finden Sie nicht auch, daß es hier reichlich laut zugeht?«

Hauptmann Treuberg legte Wert darauf, Kollegialität und Harmonie im Bereich der Garnison zu demonstrieren. »Da mögen Sie recht haben«, sagte er daher.

Der von Strackmann fühlte sich verstanden – mit einem Mann wie Treuberg konnte man zusammenarbeiten. So wurden sie sich denn sehr schnell einig. »Zumal ja auch Herr Oberst Turner, der Geschwaderkommodore, den Herren des Heeres die Ehre gibt.«

Dieser Punkt war für Treuberg ausschlaggebend. Sein Oberst sollte am wenigsten von seinen eigenen Leuten gestört werden. Und so ordnete er an: fortan nur noch gedämpfte Musik – etwa Tango, Walzer, langsamer Foxtrott; nichts »Schräges« mehr. Fortan Alkohol genehmigungspflichtig. Des weiteren längere Pause zwischen zwei Tänzen.

Die Wirkung dieser Anordnungen war sozusagen durchschlagend. In einer knappen halben Stunde gelang es, fast jede Stimmung abzutöten. Die ersten Fähnriche entfernten sich mit ihren Lyzeumsdamen, angeblich um sie zu Hause abzuliefern. Nur die Braven waren gewillt, ihre Zeit abzusitzen.

»Und die Herren im ›Grünen Zimmer‹?« fragte nun der von Strackmann. Er konzentrierte sich entschlossen auf das nächste Ziel. Und er war sicher, auch hierbei von Treuberg Schützenhilfe zu erhalten.

Denn die jungen Herren im sogenannten Jagdzimmer schienen eifrig bemüht, ihre bisher schon auf die Nerven gehende Aktivität noch mehr zu entfalten. Das hieß nicht nur, daß sie lauter wurden – sie besuchten auch wesentlich häufiger die Toilette; und wenn sie dabei auf Lyzeumsdamen stießen, was nicht zu vermeiden war, leisteten sie sich Scherze, die der von Strackmann als kaum noch getarnte Anträge bezeichnete.

»Dagegen müssen wir was tun«, sagte er eifrig. Der Hauptmann Treuberg stimmte zu, meinte aber: »Das wird aber nicht einfach sein.«

Das war auch nicht einfach, denn diese jungen Flugzeugführer waren ein Verein für sich. Sie trudelten von Lehrgang zu Lehrgang, von Fliegerhorst zu Fliegerhorst, und jede Garnison hatte für sie die gleichen Kneipen parat, doch kaum jemals Mädchen. Aber ihr Verlangen, sich zu amüsieren, war durch nichts zu bändigen.

»Müssen Sie denn unbedingt diesen fürchterlichen Lärm veranstalten?« fragte Treuberg einen der Fliegeroffiziere, der gerade der Toilette entgegenstrebte. »Können Sie nicht ein wenig leiser sein?«

»Kaum«, sagte der gleichmütig.

»Aber im Nebenraum«, warnte Treuberg, »hält sich der Oberst Turner auf.«

»So –? Na, uns stört er nicht.«

Diese Ansicht beruhte leider nicht auf Gegenseitigkeit. Denn zur gleichen Zeit thronte im Silbersaal der Oberst Turner, viel bestaunt und eindeutig Mittelpunkt der Tafel. Er wirkte ungemein dekorativ. Der ganze helleuchtende Raum schien eigens für ihn gebaut – ein kostbarer Rahmen für ein ansehnliches Bild.

Frau Elfrieda Bornekamp war die ihm zugeteilte Tischdame. Sie sonnte sich in seinem Licht. Und er plauderte nahezu galant mit ihr – alte Schule! –, wenn auch vielleicht ein wenig unkonzentriert. Denn er dachte bereits an seine Rede. Inhalt etwa: der schöpferische Wert bewußter Gemeinschaftspflege.

Major Bornekamp saß korrekt und aufrecht da: ruhender Pol; aufmerksame Augen; gebändigte, doch klar erkennbare Kommandostimme; männlich-scherzend, wenn er mit Damen sprach; herzlich-rauh im Gespräch mit untergebenen Kameraden. Auch hier blieb er »der Eiserne«.

Beim Nachtisch – es gab Ananasscheiben in Kirschwasser – war es dann soweit. Major Bornekamp ergriff das Wort, um es an Oberst Turner weiterzugeben.

»Meine sehr verehrten Damen! Liebe Kameraden!« So begann der Oberst Turner seine Rede. »Es hat einmal eine Zeit gegeben, die gekennzeichnet war durch den Verlust der wahren Werte und der echten Würde. Diese Zeit liegt noch nicht allzuweit zurück. Dennoch dürfen wir sie heute als glücklich überwunden bezeichnen.«

Bereits an dieser Stelle legte der Oberst seine erste Kunstpause ein. Er wollte den Anwesenden ausreichend Gelegenheit geben, seine bedeutsamen Worte in sich aufzunehmen. Doch in diese nachgerade weihevolle Stille hinein drängte sich Gesang – Männerstimmen röhrten ein Lied. Aber nicht allein deshalb runzelte der Oberst die Stirn. Was ihm vielmehr die Sprache verschlug, das war die Konstatierung: bei diesem Lied, das einem guten Dutzend kräftiger Fliegerkehlen entströmte, handelte es sich um ein solches, dessen Texte bekanntermaßen recht fragwürdig waren. Mit aller Deutlichkeit: sie waren schweinisch!

»Bonifatius Kiesewetter«, sangen die fröhlichen Fliegeroffiziere – deutlich vernehmbar.

Der Oberst hatte Mühe, Haltung zu bewahren. Anklagend blickte er auf Major Bornekamp. Der wollte in gleicher Weise auf Oberleutnant von Strackmann blicken. Dieser jedoch war nicht anwesend. So blieb dem Major nichts weiter übrig, als sich zu erheben.

»Das werde ich abstellen!« versprach er grimmig.

Der Feldwebel Rammler vermochte nicht, diesen Tag zu genießen. »Nichts los in diesem Nest«, sagte er zu Unteroffizier Streicher, der ihn immer noch begleiten durfte. »Kein Aas tut was für uns. Nur an uns verdienen wollen sie alle.«

Der Unteroffizier Streicher nickte vor sich hin, was als Zustimmung ausgelegt werden konnte. Er wußte, daß es nicht ratsam war, Rammler unnötig zu widersprechen.

»Kein Leben in diesem Kaff«, sagte der Feldwebel, während sie unentschlossen auf dem Marktplatz herumstanden. Einige Jahrhunderte blickten auf sie herab – wie es in der Stadtbeschreibung hieß. Rammler merkte nichts davon.

»Viel zuwenig Weiber – und die wenigen wollen womöglich noch geheiratet werden. Was sind das für Zustände!«

»Vielleicht Absicht«, gab Streicher zu bedenken. »Auf diese Weise wird die Truppe nicht abgelenkt. Frauen sind bei uns jedenfalls nicht eingeplant.«

Doch das war ein Thema, das Rammler mächtig erregen konnte – etwa nach Dienstschluß und besonders an Wochenenden. Und ganz besonders heute.

»Eine Sauorganisation! Was mutet man uns da zu! Da stellen sie klotzige Garnisonen auf – aber wo bleibt das Auspuffventil? Diese Leute sind eben keine Kerle!«

Rammler hatte seine Erfahrungen. Schließlich hatte er noch als blutjunger Mensch in den letzten Krieg hineingerochen, wie er es nannte. »Und man kann darüber sagen, was man will – in dieser Hinsicht war damals die Organisation prima. Da gab es Frontpuffs. Und Wehrmachtshelferinnen. Von Krankenschwestern ganz abgesehen. Und zu jeder Garnison gehörte auch ein Lager vom weiblichen Arbeitsdienst oder vom BDM. Von den zahlreichen Strohwitwen will ich gar nicht erst reden.«

Streicher glaubte den Feldwebel zu verstehen. Der litt – denn was ihm an einem einzigen Tag alles geschehen war, das ging wahrlich auf keine Kuhhaut. Sein Stolz war verletzt. Dennoch: Er verzagte nicht.

»Ein Fläschchen Schampus«, sagte Rammler, »wäre jetzt das einzige, das mich mit diesem Hundeleben ein wenig versöhnen könnte – ein einziges Fläschchen – höchstens zwei.«

Rammler schlug seinem Begleiter auf den Rücken – doch ohne freudige Herzlichkeit. Dann schlenderte er langsam weiter – bis er vor dem erleuchteten Schaufenster der Buchhandlung eine Gestalt stehen sah, die er sofort, auf fünfzig Meter Entfernung, erkannte. »Das ist doch Recht, diese Flasche!« sagte er, bereits ermuntert – allein durch diesen Anblick. Er zitierte ihn mit leicht verstärkter Stimme über den Marktplatz zu sich.

»Recht«, fragte der Feldwebel, als der Grenadier vor ihm stand, »haben Sie etwa heute beim Platzkonzert über mich ein paar Greuelmärchen verbreitet?«

»Nein, Herr Feldwebel«, sagte Martin Recht.

»Auch nicht so ein bißchen indirekt gestänkert – was? Mich madig gemacht?«

»Nichts Derartiges, Herr Feldwebel.«

»Und daß diese – Dame unsere Gesellschaft verschmäht hat, Recht, auf eine Weise, wie man Dienstboten abwimmelt – das soll alleine auf ihrem Mist gewachsen sein? Halten Sie mich wirklich für so dämlich, daß ich das glaube?«

Diese letzte Frage beantwortete Recht nicht. »Fräulein Ahlers«, versuchte er zu erklären, »ist außerordentlich zurückhaltend. Durch ihre lange Krankheit ist sie nicht daran gewöhnt, sich in größerer Gesellschaft zu bewegen.«

»Das kann ich bestätigen«, bemerkte Streicher, den Rammlers Verhalten beunruhigte: Offenbar wollte er seine dumpfe Daseinswut abreagieren. »Fräulein Ahlers ist wirklich ziemlich menschenscheu.«

Für diese Bemerkung hatte Martin Recht ein dankbares Lächeln. Streicher war ein guter Kamerad, kein Zweifel – von Kamnitzer wurde das beklagenswert unterschätzt. Auch Rammler schien sekundenlang gewillt, sich überzeugen zu lassen.

»Ach was!« rief er dann, plötzlich wieder unternehmungsfreudig. »Warum sollen wir uns von irgendwelchen verkorksten Weibsbildern an der Nase herumführen lassen!« Und damit meinte er gleich drei: Helen Wieder, Gerty Ballhaus und Carolin Ahlers. Er schien bereit, sie aus seinem Gedächtnis zu löschen. »Halten wir uns lieber an die handfesteren Sachen. Gehen wir in den *Paloma-Puff*, Kameraden!«

»Ich bitte, mich zu entschuldigen«, sagte der Grenadier Recht.

»Was denn?« Rammlers Gesicht begann zu erstarren. »Sie legen also tatsächlich keinen Wert auf meine Gesellschaft – wie?«

»Ich befinde mich bereits auf dem Weg in die Kaserne, Herr Feldwebel. Außerdem habe ich keinen Nachturlaub.«

»Sie wollen also nicht!« erklärte Rammler. Er war empört. Ein mieser Untergebener besaß die Stirn, ihn als Kameraden abzulehnen! Das, fand Rammler, schlug dem Faß den Boden aus.

»Im Grunde«, sagte er daher erbittert, »war auch von Ihnen gar nichts anderes zu erwarten. Das hätte ich mir gleich denken können. So was ist Ihnen angeboren.« Seine dumpfe Wut war grenzenlos – ein im Laufe der Tage mehrfach heftig gereizter Stier sah jetzt nur noch Rot. Und hemmungslos rief er: »Ein Jud' bleibt eben ein Jud'!«

Martin Recht wurde kreidebleich. Streicher starrte entsetzt wie auf ein Knäuel Schlangen. Allein Rammler schien nichts als Genugtuung zu empfinden. Schließlich lebte man doch wohl in einem Staat, der die freie Meinungsäußerung garantierte!

»Schaut nicht so blöd aus der Wäsche!« rief er. »Ihr habt wohl diese scheißdeutsche Vergangenheit noch immer nicht überwunden – was? Wird höchste Zeit, daß ihr damit fertig werdet! Also, Leute – reißt euch mal am Riemen und versucht zu beweisen, daß ihr ganze Kerle seid. Ohne Tritt marsch! Richtung: *Paloma-Puff*!«

Im Büro des Hoteliers Herbert Asch fand eine eilig angesetzte Konferenz statt. Die Teilnehmer waren: Oberst Turner, Major Bornekamp und Hauptmann Ahlers. Dazu natürlich Herbert Asch. Seine Tätigkeit bestand vorerst darin, Öl auf die Wogen zu gießen – das geschah durch einen vorzüglich temperierten Frankenwein: Iphöfer Kalb, 1957, Natur.

Der einzige Verhandlungspunkt dieser Konferenz: die Unterbindung der Tätigkeit einer Gruppe junger Fliegeroffiziere, die durch Absingen »anstößiger Lieder« unliebsames Aufsehen erregt und, wie Bornekamp anklagend ausgeführt hatte, »die Festrede von Herr Oberst erheblich gestört hatten«.

»Zunächst einmal«, gab Herbert Asch zu bedenken, wobei er Ahlers zublinzelte, »müßte doch wohl festgestellt werden, ob es sich tatsächlich um anzügliche Texte gehandelt hat.«

»Sie waren eindeutig schweinisch«, sagte der Major Bornekamp. Auch auf diesem Gebiet kannte er sich aus. Seine Auskunft war daher gleichbedeutend mit einem Gutachten.

An diesen Fliegern waren zunächst der Oberleutnant von Strackmann und der Hauptmann Treuberg gründlich gescheitert. Beide waren dort unbekümmert als »Kameraden« aufgenommen worden. Denn gleiche Dienstgrade wie die der Abgesandten waren unter den Piloten durchaus vorhanden: Und somit konnte es auch nicht gelingen, ein eindeutiges Vorgesetztenverhältnis herzustellen. So wurden sie denn unter Gelächter wieder abgeschoben.

»Genau besehen«, sagte Bornekamp behutsam zu Asch, »ist das Ihre Angelegenheit. Sie sind hier der Hausherr.«

»Letzteres stimmt genau«, sagte Herbert Asch verbindlich. »Aber ich bin hier nicht der Hausherr einer Kaserne, sondern der eines Hotels – das ist ein gewisser Unterschied. Und daher geht mich auch die Disziplin der Truppe nichts an; daß jemand in meinen Räumlichkeiten singt, ist an sich noch nichts Besonderes. Das gehört zu den alltäglichen Vorgängen in meinem Geschäft.«

»Und was meinen Sie dazu, Hauptmann Ahlers?«

Der zögerte nicht, zu sagen, was er tatsächlich dachte. »Flugzeugführer sind eine Welt für sich. Sie reisen von Lehrgang zu Lehrgang. Sie sind jung und wollen sich natürlich auch mal austoben. Dabei sind sie lautstark, aber im Grunde harmlos. Je weniger man sie beachtet, um so friedfertiger sind sie. Ein wenig Geduld genügt.«

Bornekamp aber sprach energisch von Disziplin. Der Oberst Turner plädierte für ein diplomatisches Verhalten. Doch keiner der Anwesenden schien bereit, persönlich einzugreifen. Vielmehr versuchte jeder, den »Schwarzen Peter« einem anderen zuzuschieben. Und dieses Spiel hätte noch lange andauern können, wenn nicht der Oberleutnant von Strackmann aufgetaucht wäre.

»Man hat eine unserer Damen belästigt!« verkündete er sichtlich erregt.

»Handgreiflich?« fragte Herbert Asch.

»Es handelt sich dabei«, berichtete der von Strackmann, »um die Gattin von Herrn Major.«

Er hatte mit ihr im vertrauten Gespräch im Vorraum gestanden. Frau Elfrieda hatte angedeutet, daß sie ihm möglicherweise erlauben werde, sie später nach Hause zu begleiten. Dann jedoch war einer dieser Fliegeroffiziere erschienen.

»Er hat ganz einfach ›Puppe‹ zu ihr gesagt.«

»Was doch wohl als Kompliment gemeint war!« gab Ahlers zu bedenken.

»Außerdem«, sagte Herbert Asch, »wird vermutlich Herr von Strackmann versäumt haben, die beiden rechtzeitig miteinander bekannt zu machen. Wohl nur deshalb konnte es zu derartigen unangenehmen Mißverständnissen kommen.«

»Immerhin: eine einwandfreie Belästigung«, sagte der Oberst Turner gelassen. Und diese Bemerkung war wohlgezielt. Denn nun war der Mann mit dem »Schwarzen Peter« gefunden: Bornekamp!

Major Bornekamp erhob sich entschlossen, verließ das Büro, schritt eine Treppe abwärts, durch einen Korridor – alles in gutter Haltung – und erreichte schließlich das »Grüne Zimmer«, auch Jagdzimmer genannt.

Hier fand er die Fliegeroffiziere vor – zum Teil in seines Erachtens nicht unbedenklicher Verfassung: ohne Rock, ohne Schlips und mit aufgekrempelten Ärmeln. Zwei gefielen sich sogar darin, im Türkensitz auf dem Teppich zu hocken. Sie blickten Bornekamp erwartungsvoll entgegen. Einer schlug auf einer Gitarre drei rauschende Akkorde.

»Ich muß Sie bitten«, sagte der Major streng, »diesen Abend zu beenden. Sie stören hier nur.«

Die Offiziere sahen ihn entzückt an. Er war ihnen offenbar hoch willkommen. Denn diese Festivität drohte langsam im Stumpfsinn zu versanden. Jede Abwechslung wurde daher von ihnen heftig begrüßt.

Ein kantiger Bursche mit einem Rettichkopf schob sich vor –

er machte sich zum Sprecher der Vergnügungswilligen. »Wer hier wen stört«, sagte er gemütlich, »muß sich erst noch herausstellen. Uns jedenfalls gefällt es hier. Und Sie stören uns nicht.«

»Ich bin Major«, sagte Bornekamp nicht ohne Würde.

»Das freut mich für Sie«, erklärte der Fliegeroffizier fröhlich grinsend. »Bei uns sind die meisten immer noch Hauptleute.«

»Sie werden hier gefälligst Schluß machen«, forderte Bornekamp. »Und das sofort, wenn ich bitten darf.«

»Hört ihr diese Töne, Kameraden? Aber wahrscheinlich hat er sich lediglich versprochen. Möglich auch, daß ich mich verhört habe.«

»Sie wissen wohl nicht, wen Sie vor sich haben?« Der Major Bornekamp war entschlossen, nunmehr die Macht seiner Persönlichkeit voll in die Waagschale zu werfen. »Sie werden sich unverzüglich entfernen!«

Der Sprecher sah augenzwinkernd zu seinen Kameraden hinüber. Die wirkten höchst belustigt. Ganz offenbar hatte sich dieser Abend gelohnt.

Der Anführer der zur Fröhlichkeit entschlossenen Gruppe stellte sich breitbeinig vor Bornekamp hin. »Mann«, sagte er, »oder auch: Herr Major – falls Sie darauf Wert legen. Darf ich Sie auf folgendes aufmerksam machen: Wir sind privat hier! Und weil das so ist, sind Vorgesetztenverhältnisse tunlichst an der Garderobe abzugeben. Außerdem sind wir von der Luftwaffe – Sie aber sind vom Heer. Dabei handelt es sich um zweierlei Hosen – falls Sie das noch nicht gemerkt haben sollten.«

»Ich muß mir derartige Belehrungen entschieden verbitten! Außerdem hat einer von Ihnen meine Frau belästigt.«

»Von einer Belästigung kann gar keine Rede sein. Es hat sich vielmehr um einen Ausdruck der Wertschätzung, wenn nicht der Bewunderung gehandelt. Also trinken Sie jetzt ein Glas mit uns – oder machen Sie die Tür von außen zu!«

»Sie werden noch von mir hören!« sagte Bornekamp und machte kehrt.

»Postkarte genügt!« rief ihm einer der Fliegeroffiziere nach.

Bornekamp zog die Schultern hoch und stürmte mit gesenktem Kopf in das Büro von Herbert Asch.

»Sollten Sie etwa nichts ausgerichtet haben?« fragte Herbert Asch freundlich.

Bornekamp, hochrot im Gesicht, konzentrierte sich ausschließlich auf Oberst Turner. Er forderte: »Da muß ein Disziplinarverfahren angestrengt werden, Herr Oberst! Was sich diese Herren da geleistet haben, das war mehr als Gehorsamsverweigerung.«

Der Oberst wiegte bedächtig sein dekoratives Haupt. Er hob die rechte Hand und bat um »Beruhigung der erregten Gemüter«. Man wolle doch nichts überstürzen.

»Vielleicht wäre es das beste«, schlug Herbert Asch vor, »wenn Sie selbst, Herr Oberst . . .«

»Ich halte das nicht für ratsam«, sagte Ahlers sogleich.

»Warum denn nicht?« Herbert Asch gab sich erstaunt. »Die höchste Autorität hier besitzt schließlich doch wohl der Herr Oberst.«

»Und außerdem gehören diese Offiziere zu Ihrem Bereich, Herr Oberst«, erklärte Bornekamp.

Ahlers schwieg ahnungsvoll. Der Oberst aber sah die Augen der Anwesenden auf sich gerichtet – eine Kundgebung des Vertrauens, wie er glaubte. Er hatte wohl keine andere Wahl, als sich zu erheben.

»Dann«, sagte der Oberst Turner, nicht frei von Besorgnis, »werde ich wohl jetzt in Aktion treten müssen.«

Der Grenadier Martin Recht hockte in einer Ecke des *Café Asch* und starrte vor sich hin. Sein Bierglas war leer. Er schob es dem Mädchen, das ihn bediente, wortlos entgegen.

»Noch einmal dasselbe«, sagte er. »Am besten, Sie bringen gleich zwei von der Sorte.«

Er sah nicht, daß Helen Wieder vor ihm stand. Er wollte überhaupt nichts sehen – nicht das Gewirr der Tische, Stühle, Gläser und Spiegel, nicht die Menschen, die dazwischen saßen.

»Fühlen Sie sich nicht wohl?« fragte Helen Wieder.

Er schien sie nicht zu hören. Seine Umgebung war wie dicker

Nebel. Doch dann schien diese Wattewand wie von kräftig zupackenden Händen zerteilt zu werden. Vor ihm stand Karl Kamnitzer. »Bist du denn von allen guten Geistern verlassen«, sagte der. »Mußt du mir unbedingt mein Wochenende versauen – wo ich gerade so schön im Zug war?«

»Entschuldige«, sagte Martin Recht mühsam. »Aber ich will nichts von dir. Ich habe dich nicht rufen lassen. Ich will hier nur ein Glas Bier trinken – dann gehe ich wieder.«

»Von wegen: ein Glas Bier! Du hast bereits drei in dich hineingekippt – kaum, daß man sie vor dich hingestellt hat. Du siehst, ich bin informiert. Ich bin sogar deinetwegen aus sozusagen sanften Träumen gerissen worden. Außerdem hast du mir meine Braut entfremdet – sie scheint sich weit mehr um dein Wohlbefinden zu sorgen als um meines.«

Denn Kamnitzer war an diesem Abend ein Privileg zuteil geworden, das ihm Frau Elisabeth verschafft hatte: Er durfte sich im Raum hinter dem Büfett aufhalten – dort, wo der Kaffee gebraut wurde und sämtliche Getränke griffbereit standen. Und hier hielt sich auch Helen Wieder auf, wenn sie nicht gerade im Restaurant bediente – auch sie, dachte er, sozusagen griffbereit. Aber Helen Wieder hatte ihn energisch aufgefordert, sich zunächst einmal um seinen Freund Recht zu kümmern.

»Das tut mir leid«, sagte Martin. »Denn ich wollte dich bestimmt nicht stören.«

»Das ist nun mal geschehen – und jetzt bin ich hier.« Kamnitzer setzte sich auf einen Stuhl und rückte näher an Recht heran. »So – und nun sag mir mal: Was ist passiert? Welche Laus ist dir diesmal über die Leber gelaufen?«

Martin Recht wehrte ab. Er erklärte wiederholt: nichts Besonderes sei geschehen! Doch das glaubte ihm Kamnitzer nicht.

Schließlich resignierte Martin. Er trank mit heftigen Schlucken sein Glas leer. Dann sagte er fast böse: »Hast du wirklich nichts Besseres zu tun, als dich um einen Juden zu kümmern?«

»Langsam«, sagte Kamnitzer aufhorchend. Er brauchte einige Sekunden, um das, was Martin soeben gesagt hatte, zu erfassen. »Was soll denn das schon wieder heißen? Außerdem versuchst du dich wohl als Hochstapler – was? Du bist doch nur Halbjude, oder? Also gar kein Grund zur Angabe.«

»Ich bin ein Jude!«

»Dann sei stolz darauf, Mensch. Aber ich weiß doch – das stimmt nicht; oder nur zur Hälfte. Und das ist eigentlich schade. Wenigstens ab und zu einmal ein Renommierjude – das würde der Bundeswehr ganz gut zu Gesicht stehen.«

Karl Kamnitzer kannte die Vorgeschichte von Martin Recht, wenn auch nicht sehr genau. Dessen Vater – ein Jude – war als junger Mensch Offizier im Ersten Weltkrieg gewesen, und zwar ein hochdekorierter. Er heiratete eine Frau, die keine Jüdin war, und wurde ein tüchtiger Geschäftsmann mit guten Auslandsbeziehungen, die ihm nützlich waren, als er später das Land verlassen mußte. Er kehrte nach dem Kriege zurück und starb dann in seiner Heimatstadt. Er hatte sich nicht nur in seiner Jugend als ein soldatischer Mensch gefühlt; und trotz aller seiner späteren Erfahrungen hätte er es wahrscheinlich gebilligt, daß sich Martin freiwillig zum Dienst in der neuen Bundeswehr zur Verfügung stellte.

»Mensch«, sagte Kamnitzer, »dich hat doch jemand dumm angequatscht! Aber wer?« – Jetzt fiel endlich der Name: Rammler.

»Wann und wie – möglichst genau, bitte.«

Martin Recht berichtete, was er erlebt hatte. Und je länger er darüber sprach, um so freier fühlte er sich. Schließlich bekam er es sogar fertig, andeutungsweise zu lächeln.

Doch Kamnitzer schien mit jedem Wort, das er hörte, ernster zu werden. Er fragte: »Und – was hast du darauf getan?«

»Nichts.«

»Du hast ihm nicht in die Fresse geschlagen? Hast du ihn wenigstens dämliches Nazischwein genannt?«

»Nein. Ich bin gegangen. Was sollte ich denn sonst tun? Schließlich ist er Feldwebel – und Streicher war dabei.«

»Nun gut«, sagte Kamnitzer zögernd. »Vielleicht war das richtig so – wenn man die Umstände bedenkt. Im übrigen hat dieser Ausdruck für dich kein Schimpfwort zu sein.«

»Danke«, sagte Martin Recht und legte seine Hand auf den Arm des Freundes.

»Von meinem Standpunkt aus allerdings betrachte ich diese Angelegenheit wesentlich anders.« Kamnitzer blickte nachdenklich vor sich hin. »Aber das halte ich zunächst einmal für meine persönliche Angelegenheit – sozusagen als demokratischer Staatsbürger mit Eigeninitiative. Und wohin begab sich Freund Rammler nach dieser Leistung?«

»Er wollte in die *La-Paloma-Bar* gehen.«

Kamnitzers Katzenaugen leuchteten auf. »Das ist nicht schlecht«, sagte er. »Das ist vielleicht sogar genau richtig. Wieviel Geld hast du noch?«

»Etwas über vierzig Mark.«

»Das muß genügen«, sagte Kamnitzer entschlossen. »Liefere alle Piepen bei mir ab – ich brauche Betriebskapital. Also los! Wir haben keine Zeit mehr zu verlieren.«

Martin Recht gab dem Freund bereitwillig das Geld. Dabei versuchte er Fragen zu stellen, bekam aber keine Antwort darauf. Kamnitzer legte sein Geld mit dem von Martin zusammen und begann zu rechnen. Dabei nickte er vor sich hin.

»Ich weiß ja nicht, was du vorhast«, sagte Recht. »Aber ich will nicht, daß du dich meinetwegen in Dinge einläßt, die vielleicht gefährlich werden können.«

»Was ist heutzutage nicht alles gefährlich?« fragte Kamnitzer grimmig. »Selbst Sadisten haben kein leichtes Leben mehr – auch wenn sie sich in die Uniform flüchten. Es kommt nur darauf an, das diesen Typen einmal klarzumachen. Und wer sucht, der wird die Gelegenheit auch finden.«

Der Oberst Turner stand in der Vorhalle und blickte zu den drei Türen hin, hinter denen sich das sogenannte gesellige Leben der Offiziere seines Standortes abspielte. Dort stampften die übriggebliebenen Fähnriche gedämpft mit ihren Lyzeumsdamen über das Parkett; aus der zweiten Tür drang lebhaftes Geplauder; doch hinter der dritten wurde gegrölt.

Der Oberleutnant von Strackmann meldete halboffiziell, vertraulich, verbindlich: »Keine besonderen Vorkommnisse – in dem von mir betreuten Bereich.«

Auch der Hauptmann Treuberg eilte herbei, dienstbeflissen wie immer. Er wollte wissen, ob der Herr Oberst besondere Wünsche habe.

Im Augenblick jedoch hatte der Oberst lediglich das Verlangen nach einem Kognak. Er stärkte sich und schritt dann auf die dritte Tür zu, die Treuberg vor ihm aufriß. Was er sah, waren unordentliche Sitzgelegenheiten, eine Batterie leerer Flaschen und ein Haufen zerbrochener Gläser; dazu schweißglänzende Kerle, Hemdärmel – umwoben von Tabakschwaden und Wolken aus Alkoholdunst.

»Meine Herren!« sagte der Oberst.

»Willkommen!« rief einer der Fliegeroffiziere. Und alle Anwesenden fielen in diesen Ruf ein. Sie brüllten: »Herzlich willkommen!«

»Unser verehrter Herr Oberst«, schrie ein anderer mit mächtiger Lautstärke, »er lebe hoch!«

»Hoch, hoch, hoch!« röhrten sie mit Hingabe.

»Meine Herren!« sagte der Oberst abermals.

Weiter kam er nicht. Denn der Offizier mit der Gitarre sprang krachend auf den Tisch, so daß Flaschen und Gläser umfielen. »Kameraden!« rief er anfeuernd: »Wir singen jetzt zu Ehren unseres Herrn Oberst: Frau Wirtin hatt' auch einen Flieger!«

Und das sangen sie – sofern man das, was sie von sich gaben, mit Gesang bezeichnen wollte.

Oberst Turner stand wie erstarrt. Noch einmal versuchte er »Meine Herren« zu sagen – aber das hörte er selber kaum, so gewaltig war das Gebrüll. Und Turner zog die einzige Konsequenz, die ihm übrigblieb: er machte kehrt und verließ den Raum.

Leicht verstört erreichte er das Büro von Herbert Asch. Dankbar ergriff er das gefüllte Glas, das ihm Hauptmann Ahlers besorgt entgegenhielt.

»Sie haben mich im Chor begrüßt«, sagte der Oberst, nahezu verwundert. »Und dann haben sie ein Lied gesungen.«

»Womöglich wieder ein schweinisches – was?« fragte Bornekamp.

Der Oberst vermochte nur noch zu nicken. »Und das angeblich mir zu Ehren. Ich kam überhaupt nicht zu Wort.«

»Das ist ein alter Trick«, erklärte Hauptmann Ahlers sachverständig. »Auch ich bin einmal drauf reingefallen. Und jetzt lachen sie sich vermutlich halbtot.«

Die letzte Bemerkung war nicht sonderlich geschickt – Hauptmann Ahlers erkannte das sofort: der Oberst blickte ihn kurz und verweisend an. Damit wollte er sagen: Man lacht sich nicht halbtot über einen Oberst!

»Jedenfalls muß jetzt endlich etwas Entscheidendes geschehen!« forderte der Major Bornekamp.

»Was zum Beispiel?« wollte Asch neugierig wissen.

»Nun«, sagte Bornekamp eisenhart, »man sollte einfach ein Kommando zusammenstellen – aus Wachen, Bereitschaftsdienst oder Streifen. Und dann die notwendige Anzahl Zellen frei machen und diese Kerle einlochen!«

Der Oberst Turner schloß kurz die Augen und hob abwehrend eine Hand. Diese Idee mißfiel ihm sehr – die Weiterungen, die sich daraus ergeben würden, waren nicht abzusehen. Aber eine andere Idee hatte auch er nicht. Er blickte wie ermüdet vor sich hin.

»Eine total verfahrene Situation«, stellte Ahlers fest.

Bornekamp konnte seinen Zorn nur schwer beherrschen. »Bei meinen Offizieren jedenfalls«, erklärte er, »wäre ein derartiges Gesangvereinsbenehmen nicht denkbar!«

»Wirklich nicht?« fragte Asch.

»Nein!« erklärte der Major entschieden.

Der Oberst Turner richtete sich ein wenig auf und zog die Augenbrauen hoch. Damit wollte er andeuten: derartige Bemerkungen gingen zu weit. »In meinem Bereich«, sagte er gemessen, »herrschen schließlich etwas andere Verhältnisse.«

»Das meinte ich damit«, sagte Bornekamp.

»Wir bei der Luftwaffe«, erklärte Oberst Turner mit spürbarer Nachsicht, »müssen uns auf eine höchst komplizierte Waffentechnik konzentrieren – und hierbei ist Disziplin völlig selbstverständlich. Diese aber auch noch außerhalb des eigentlichen Dienstes zu pflegen, womöglich bis tief hinein in private Bereiche – dafür fehlt mir nicht zuletzt jede Zeit.«

»Disziplin«, sagte Bornekamp beharrlich, »ist meiner Ansicht nach nur als Ganzes denkbar – sie muß in jeder Situation vorhanden sein.«

»Auch beim Saufen?« wollte Asch wissen.

»Selbstverständlich«, versicherte der Major. »Sogar auf der Toilette – falls Sie das genau wissen wollen.«

»Schon gut«, wehrte Oberst Turner ab. »So genau wollen wir das wirklich nicht wissen. Außerdem schweifen wir vom eigentlichen Thema ab; vorläufig lautet die entscheidende Frage immer noch: wie bringen wir diese jungen Wilden zum Schweigen – ohne dadurch zugleich unliebsames Aufsehen zu erregen?«

»Wenn Sie gestatten«, sagte Herbert Asch plötzlich, »dann erledige ich das für Sie.«

»Machen Sie sich doch nicht lächerlich!« rief der Major. »Was selbst ich nicht geschafft habe – und der Herr Oberst auch nicht –, das werden Sie erst recht nicht fertigbringen!«

»Es käme auf einen Versuch an.« Asch blickte ungetrübt heiter.

»Bitte«, sagte der Oberst Turner einladend. »Meinen Segen haben Sie.«

Herbert Asch ging. Und nach knapp zehn Minuten kehrte er wieder zurück, setzte sich zufrieden, hob sein Glas und trank den Anwesenden zu. »Erledigt«, sagte er.

»Wer ist erledigt?« fragte der Major. »Sie etwa?«

»Der Lärm. Die Herren haben mir versprochen, ihren Gesang einzustellen und keine Damen mehr anzusprechen.«

»Kaum zu glauben«, sagte der Oberst Turner anerkennend. »Wie haben Sie das angestellt?«

»Ganz einfach.« Asch blinzelte zu Ahlers hinüber. »Ich habe den Herren lediglich erklärt, wer ich bin – und daß einem Hotelier in seinem Unternehmen gewisse Hausrechte zustehen. Unter anderem diese: ich kann bedienen lassen, wen ich will und solange ich Lust dazu habe; ich kann ferner unliebsame Gäste einfach vor die Tür setzen. Was praktisch zu folgender Forderung führte: Entweder ihr stellt sofort euer Gebrüll ein und benehmt euch anständig – oder ihr bekommt keinen Tropfen Alkohol mehr, und ich lasse euch hinausfeuern.«

»Und so was wirkt tatsächlich?«

»Bei mir immer. Man muß nur klarzumachen verstehen, daß man die Spielregeln kennt. Und einige davon basieren lediglich auf einem Mindestmaß an gesundem Menschenverstand. Und den könnte man vielleicht auch in der Garnison getrost ein wenig wirksamer in Erscheinung treten lassen.«

Nachdem Kamnitzer zu seiner Sonderaktion – Richtung: *La Paloma* – gestartet war, blieb Martin Recht im *Café Asch* zurück. Der dichte Nebel um ihn war geschwunden – und mit ihm schien sich auch die ihm zugefügte Beleidigung in ein Mißverständnis aufzulösen. Außerdem wurde er aufmerksam betreut. Zunächst von Helen Wieder. Dann, nach kurzer Zeit, traten der Oberfeldwebel Voßler und Gertrud Ballhaus an seinen Tisch. Er begrüßte sie erfreut – denn irgendwie gehörte ja Voßler zum Leben von Carolin. Und alles, was von dort kam, war ihm willkommen.

»Wir wollen Sie bestimmt nicht stören«, versicherte Gerty.

»Und wir wollen uns auch durch Sie nicht stören lassen«, fügte der Oberfeldwebel hinzu. »Wir haben heute nämlich noch einiges vor.«

»Aber wir würden uns freuen«, sagte Gerty, »wenn Sie morgen nachmittag einen kleinen Ausflug mit uns machen wollen – mit uns und Fräulein Ahlers.«

»Gerne«, sagte Martin dankbar. »Natürlich nur unter der Voraussetzung, daß Carolin – daß Fräulein Ahlers...«

»Lassen Sie mich das arrangieren«, sagte Voßler. »Schließlich gehöre ich dort so gut wie zur Familie. Und ein Ausflug in die Reste von Gottes freier Natur wird Carolin guttun. Also abgemacht! Ich stehe morgen Punkt vierzehn Uhr mit meiner Luxuskarre vor den Grenadierställen. Zivilkleidung und gute Laune sind mitzubringen.«

Sie verabschiedeten sich und winkten ihm in der Tür noch einmal zu. Martin hob lächelnd die Hand. In diesen Minuten hatte er vergessen, was ihn bedrückte – doch diese Minuten schwanden rasch dahin. Denn er sah Streicher.

Der Unteroffizier Streicher eilte mit ernster Miene auf ihn zu.

»Ich habe dich überall gesucht«, behauptete er. »Ich war in einem halben Dutzend Kneipen und habe sogar deinetwegen in der Kaserne angerufen. Gut, daß ich dich endlich finde.«

Martin Recht blickte auf seine Armbanduhr. »Ich habe aber keine Zeit – ich muß gleich gehen. Ich muß um zwölf Uhr in der Kaserne sein.«

»Das ist doch halb so wichtig«, versicherte Streicher und setzte sich. »Viel wichtiger ist doch wohl, daß wir uns offen aussprechen. Das wird dir sicherlich guttun.«

»Vielleicht morgen«, sagte Recht ausweichend. »Ich will mir unter keinen Umständen eine Urlaubsüberschreitung leisten – schon gar nicht in dieser Situation.«

Streicher legte beruhigend die Hand auf den Arm des Kameraden. Im gleichen Atemzug bestellte er zwei Biere. »Das kannst du mir doch nicht ausschlagen. Und was deinen Nachturlaub anbelangt, so laß mich das nur machen.«

»Wie denn?«

»Ich habe da so meine Beziehungen. Schließlich bin ich Unteroffizier, und der Wachhabende ist ein alter Kumpel von mir. Dem sage ich ganz einfach: Urlaubsschein vergessen – wird nachgeliefert. Das genügt.«

Martin blickte mißtrauisch. Aber Streicher redete mit Vorgesetzten- und Kameradenzungen zugleich. »Auf mich kann man sich immer verlassen – das weißt du doch!« Und Recht benötigte dringend seinen Ratschlag. »Nach allem, was heute passiert ist.«

»Was ist denn schon passiert«, sagte Martin. Immerhin akzeptierte er Streichers Vorschlag, von ihm durch die Wache geschleust zu werden. »Aber das eine sage ich dir gleich – verlange nicht etwa von mir, daß ich mich bei Rammler seiner Äußerung wegen entschuldige!«

»Nichts liegt mir ferner!« Streicher schien empört und bestellte zum Bier noch zwei Schnäpse. »Sein Verhalten war einfach unter aller Kritik. Er hat sich völlig vergessen! So was darf man einfach nicht – das nehme ich ihm persönlich übel.«

»Er hat gesagt, was er dachte.«

»Das verurteile ich – wie gesagt.«

»Er wollte mich beleidigen. Er hat das Wort Jude als Beschimpfung gebraucht. Das hast du doch deutlich gehört.«

Streicher trank hastig sein Glas leer. Er wußte: sollte diese Geschichte Staub aufwirbeln – was nicht ausgeschlossen war –, dann würde auch er eine tüchtige Portion davon schlucken müssen. Und womöglich würde er sich dabei verschlucken.

»Du mußt das richtig sehen, Martin«, sagte er mit erhöhtem Eifer. »Nicht etwa, daß ich Rammler verteidigen will – nicht in dieser Angelegenheit. Er hat sich gründlich vorbeibenommen. Aber immerhin – er ist schließlich kein Antisemit. Vielleicht hat er lediglich eine Art Scherz machen wollen.«

»Aha. Ein kleiner Scherz.«

»Ich gebe zu: das richtige Objekt für seine Scherze war das gewiß nicht. Aber er hat dich ja doch nicht ins Gesicht hinein beschimpft. Er hat lediglich gesagt – und das mehr vor sich hin: Jud' bleibt Jud'. Und das klingt doch schon ein bißchen anders, das mußt du zugeben.«

»Was willst du von mir, Streicher?«

»Ich will dich lediglich vor einer Dummheit bewahren. Denn bedenke bitte – wenn dieser Fall an die große Glocke kommt, dann kann dadurch das Ansehen der gesamten Garnison, ja der Bundeswehr erheblich gefährdet werden.«

»Das hätte Rammler bedenken sollen – meinst du nicht auch?«

Das gab Streicher zu – durch Schweigen. Nach einiger Zeit sagte er: »Ich kann dich ja verstehen, Martin. Aber warum willst du dir unnötig Schwierigkeiten machen und mir dazu?«

»Ich mache niemandem Schwierigkeiten, Streicher. Man macht sie mir. Aber du hast immer noch nicht gesagt, was du von mir willst.«

»Einsicht, Verständnis, Großzügigkeit ... Es ist ein Appell an die Vernunft, Martin. Der Feldwebel Rammler wird sich in aller Form bei dir entschuldigen – in meiner Gegenwart. Ist das nichts? Das ist doch die denkbar beste Lösung!«

»Kann sein«, sagte Martin Recht durchaus zustimmend. Doch dabei dachte er an Karl Kamnitzer. Und kaum vernehmbar fügte er hinzu: »Hoffentlich ist es dafür nicht schon zu spät.«

Diese Bemerkung überhörte Streicher. Denn endlich sah er Land. Die Angelegenheit war damit zunächst einmal auf Eis gelegt. Und wenn Rammler nicht ganz von allen guten Geistern verlassen war, dann würde er sich tatsächlich entschuldigen. Damit aber war er, Streicher, außer Obligo.

»Laß mich das nur machen«, versicherte er und bestellte zwei weitere Biere. Dann legte er erneut die Hand auf Martins Arm. »Was ich noch sagen wollte«, meinte er gedämpft, wenn auch zielstrebig: »Könntest du mir wohl eine kleine Gefälligkeit erweisen?« – »Welche?«

»Ich wende mich an dich, weil ich Vertrauen zu dir habe – was ja wohl auf Gegenseitigkeit beruht. Sieh mal, meine Beförderung zum Unteroffizier mußte doch gefeiert werden – und das ist nicht billig gewesen. Unkosten noch und noch! Und die hören nicht auf. Kurz: ich bin völlig pleite. Kannst du mir mit einem Fünfzigmarkschein unter die Arme greifen?«

»Leider nein«, sagte Martin Recht mit ehrlichem Bedauern. »Ich besitze leider keinen Pfennig mehr. Ich habe gerade vorhin meine letzte Mark weggegeben. Mein Wort darauf.«

»Scheiße«, sagte Streicher tief enttäuscht. Das hatte er nun davon: er kochte den anderen Suppen – und was war der Dank? Sie ließen ihn, in der Stunde der Not, im Stich!

»Aber Geld muß ich auftreiben«, sagte er und stand auf. »Ich habe in einer Kneipe bereits meinen Ausweis als Pfand deponiert.«

»Vergiß nicht«, sagte Martin, »daß du versprochen hast, mich durch die Wache zu schleusen!«

»Eins nach dem anderen«, sagte der eilige Streicher. »Und ohne meinen Ausweis komme selbst ich nicht durch. Warte hier – ich bin gleich wieder zurück.«

Damit verschwand er. Martin Recht aber wartete und wartete. Doch Streicher tauchte in dieser Nacht nicht mehr auf.

Karl Kamnitzer startete inzwischen seine Aktion: Stärkt das Gedächtnis! Sie begann in der Bar *La Paloma,* und zwar im sogenannten Anheizkeller.

»Hallo, Freunde!« sagte Kamnitzer zu den Männern, welche die Bartheke umlagerten. Es handelte sich dabei ausschließlich um Italiener. »Trinken wir ein Gläschen auf die Völkerverständigung?«

»Darauf scheißen wir«, sagte einer der Italiener schlicht in sozusagen gutem Deutsch.

»Dann trinken wir eben darauf«, schlug Kamnitzer unbeirrt vor.

Doch auch dieser Aufforderung kamen sie nur zögernd nach. Sie waren voller Mißtrauen – und das nicht ganz unberechtigt. Sie vertrugen das Klima in Deutschland nicht sonderlich; und erst recht nicht die scharfen Schnäpse dieses Landes. Zwar verdienten sie nicht schlecht, aber sie hatten hier so gut wie kein Privatleben: die sprachliche Verständigung machte Schwierigkeiten, und außerdem war in dieser kleinen Stadt die Konkurrenz geradezu ungeheuerlich: Heer, Luftwaffe und ein weiterer Stall voller Amerikaner. Auf ein herumlaufendes Mädchen kamen mindestens zehn Nachläufer.

»Und jetzt«, sagte Kamnitzer, nachdem er die nächste Runde bestellt hatte, »trinken wir auf alles, was sich anfassen läßt.«

Die Italiener lachten – allmählich gefiel ihnen dieser Bursche; er schien ein Spaßvogel zu sein. Und er schien sich unter ihnen wohl zu fühlen. Er lachte nicht über ihr holperiges Deutsch, er versuchte sich vielmehr gelegentlich an einem italienischen Wort; und das fanden sie ebenso sympathisch wie vergnüglich.

So tranken sie denn – auf Kamnitzers Kosten – auch noch eine dritte und vierte Runde. Harmonie breitete sich aus. Sogar in ihren Abneigungen schienen sie zu harmonieren. Um das zu erkennen, brauchten sie nur in den Spiegel über der Bar zu sehen – der zeigte den hintersten Hintergrund des Lokals.

Dort saß, eingehüllt von Schwaden aus Rauch, Alkoholdunst und billigem Parfüm, der Feldwebel Rammler. Er hatte sich zwischen zwei Mädchen gedrückt, die geduldig warteten, für wen er sich entscheiden würde.

Denn nach einem ungeschriebenen Gesetz in dieser Garnisonsstadt hatten bei solcherlei freudigen Mädchen Soldaten Vorfahrt. Und unter den Soldaten blieben die Rangunterschiede nicht unberücksichtigt. Danach erst kamen die Zivilisten und dahinter dann die Italiener.

»Ihr habt eine Schwäche für mich – was?« fragte Rammler grinsend.

»Das kann man wohl sagen«, sagte eines der Mädchen gelangweilt und blinzelte zu den Italienern hinüber. Aber sie wußte schließlich: ein Feldwebel konnte beträchtlich mehr Geld ausgeben als ein Gastarbeiter.

»Wir sind ja geduldig«, sagte das andere Mädchen. »Aber langsam wirst du dich für eine von uns beiden entscheiden müssen – damit die andere nicht den Anschluß verpaßt.«

»Ihr gefallt mir beide«, behauptete Rammler. Und er umfaßte die beiden, als wolle er besitzergreifend die ganze Welt umarmen. Was inzwischen an der Bartheke geschah, wollte ihm völlig gleichgültig scheinen.

Dort hockte noch immer Kamnitzer inmitten seiner neuen Freunde. Er erzählte ihnen von seiner Italienreise. In Wirklichkeit hatte er nie eine gemacht – aber im sogenannten Traditionsraum der Kompanie pflegte auch er Illustrierte zu lesen und einschlägige Wochenblätter. Er war im Bild.

»Freunde«, sagte er, »wenn ich nach Italien reise – was mache ich da? Nehme ich mir eine Freundin mit? Keinesfalls. Wißt ihr, wie ich es anfange? Ich benehme mich ganz einfach wie ein Italiener!«

»Und das klappt – was?«

»Hundertprozentig«, versicherte Kamnitzer. »Darauf kommt es nämlich an: man muß es verstehen, sich anzupassen. In Italien bin ich wie ein Italiener – und bei uns in Deutschland müßt ihr eben wie Deutsche sein.«

»Wie das?« fragte einer der Italiener hochinteressiert.

»Ihr müßt euch den hier herrschenden Methoden anpassen! Euch auf die ortsüblichen Gebräuche einstellen! Ihr dürft euch auch nicht in die Ecke drücken lassen. Mit Charme allein kommt ihr hier nicht zum Zuge.«

In dieser Tonart ging es weiter. Lage folgte auf Lage. Wachsender Tatendurst begann die Italiener zu beherrschen. Ihre Niederlage vor einigen Tagen nagte an ihrem neu erweckten Ehrgeiz. Und sie nickten, als Kamnitzer behauptete: »Konkurrenz ist dazu da, um ausgeschaltet zu werden!«

Dazu waren sie alsbald entschlossen – sie wußten nur noch nicht, wie das praktisch am überzeugendsten zu handhaben war. Immerhin erkannten sie – von Kamnitzer dirigiert – ihr Konkurrenzsymbol: den Feldwebel Rammler.

Und als der sich erhob, um der Toilette entgegenzustreben, wollten ihm die Streitbarsten folgen. Doch Kamnitzer bremste. »Nicht jetzt«, sagte er, »nicht hier – man muß die günstigste Gelegenheit abwarten können. Aber die werde ich euch verschaffen.«

Kamnitzer bestellte für seine italienischen Freunde eine neue Runde – diesmal befeuernden Grappa. Er schlug einigen freundschaftlich auf die Schultern, begab sich dann zu Rammlers Damen und ließ sich unaufgefordert zwischen ihnen nieder. Dabei sagte er ohne Umschweife: »Ich zahle den normalen Preis, plus zehn Mark Sonderspesen, plus freie Getränke in beliebiger Menge und Qualität – und zwar dafür, daß ihr heute nacht nicht zu arbeiten braucht.«

»Aber wenn wir wollen?«

»Auch hierfür habe ich Verständnis«, versicherte Kamnitzer. »Ich stelle euch jeden meiner italienischen Freunde zur Verfügung – ihr braucht dann nur noch auszuwählen. Doch jetzt muß ich hier verschwinden.« Rammler konnte jeden Augenblick wieder zurückkommen. »Einzelheiten besprechen wir im Korridor.«

Diese Besprechungen waren kurz, aber erfolgreich. Kamnitzer honorierte den nunmehr genau geplanten Einsatz der Damen großzügig und im voraus. Damit waren die Vorbereitungen abgeschlossen. Rammler konnte anrollen.

Der Grenadier Martin Recht geisterte in dieser Nacht unruhig durch die Stadt. Er suchte seinen Kameraden Streicher, der ihn, wie versprochen, durch die Wache schleusen sollte. Recht hatte seine Urlaubszeit bereits um Stunden überschritten.

Er suchte nacheinander die Kneipen auf, die um den Marktplatz herum lagen: die *Traube*, die *Wilde Sau* und das *Deutsche Eck*. Überall erkundigte er sich nach Unteroffizier Streicher. Aber den fand er nicht.

Verzweifelt suchend durchstreifte er nun die garnisonsbekannten Verkehrslokale in den Seitenstraßen: den *Bunten Hund*, das *Weiße Lamm* und die *Hermannseiche*. Auch hier zechende Menschen mit stumpf-zufriedenen Augen; und auch solche, die vor sich hinstarrten wie Verirrte in den Sümpfen ihrer Hoffnungslosigkeit.

Nur der Unteroffizier Streicher war nirgends zu erblicken.

Martin Recht war müde und schon längst nicht mehr nüchtern. Rastlos irrte er weiter. Er sah einen Betrunkenen, der regungslos gegen eine Mauer lehnte. Eine Frau zerrte ihren Mann mit sich fort. Ein Liebespaar drückte sich in den Schatten eines Torbogens.

Über allem der Mond: leichenhaft bleich, mit trunkener Gleichgültigkeit. Er pinselte die von ihm erreichten Häuserflächen mit kalkigem Weiß an. Er zog grelle Kreidestriche über die Straßen.

Dann stand Martin Recht vor dem Haus, in dem die Familie Ahlers wohnte. Wie er hierher gekommen war, wußte er nicht. Er sah zu den mattglänzenden Fenstern empor. Hinter einem davon mußte Carolin liegen. Und ihm war, als sehe er sie vor sich: das Gesicht in Kissen vergraben, umflossen von aufgelöstem Haar, federleicht atmend, mit einem Lächeln, das umweht war von sanften Träumen – ausgelöst durch die Erinnerung an ihn ...

Doch das Fenster des Zimmers, in dem Carolin schlief, sah er nicht. Es lag zum Hof hinaus – eine lächerliche Garage befand sich davor, von Mülltonnen umkränzt. Und Carolin lächelte auch nicht. Sie atmete schwer. Ihr Gesicht sah angestrengt aus, und ihre Hüfte schmerzte. Ein glücklicher Tag forderte seinen Preis.

Martin Rechts Gedanken bewahrten ihn nicht lange vor den harten Notwendigkeiten: er mußte in die Kaserne zurück. Und dazu mußte er Streicher finden – koste es, was es wolle!

Doch der war weit und breit nicht anzutreffen.

*

»Warum sollen wir jetzt noch länger zögern – es wird langsam Zeit.« Das sagte eines der beiden Mädchen zu Rammler in der *La-Paloma-Bar*. »Wollen wir?«

»Ich will schon«, versicherte der Feldwebel. »Aber ich bin zur Zeit ziemlich pleite. Könntest du mir Kredit geben – bis zum nächsten Ersten? Mit Zinsen.«

»Bei dir«, sagte das Mädchen, wobei sie lässig seine Hand entfernte, »tue ich das sogar aus purer Sympathie.«

Rammler war geschmeichelt. Er fühlte sich anerkannt.

»Geh schon voraus«, sagte das Mädchen. »Ich komme gleich nach. Wir treffen uns Ecke Fasanenstraße – Hobelweg.«

»Abgemacht«, sagte Rammler. Er verließ das Lokal in dem erhebenden Bewußtsein, daß sich seiner Persönlichkeit so leicht niemand entziehen konnte.

»Nun – wie wär's, Sportfreunde?« fragte Kamnitzer ermunternd. »Das könnte die gewünschte günstige Gelegenheit sein.«

Die Italiener verständigten sich schnell untereinander. Sie steckten die Köpfe zusammen wie die Tauben auf dem Markusplatz. Dann nickten sich fünf von ihnen zu; und sie entschwirrten, in aufgelockerter Formation, der *Paloma-Bar*. Kamnitzer verlangte ein Glas Champagner. Jetzt brauchte er nichts weiter zu tun, als die nächste Viertelstunde abzuwarten.

Etwa zwanzig Minuten später kehrten die Italiener wieder zurück. Sie wirkten leicht angestrengt, machten aber einen zufriedenen Eindruck. Einer von ihnen rieb sich die Hände.

»Das wär's wohl«, sagte er und blinzelte Kamnitzer zu.

Der bestellte für seine tatkräftigen Freunde noch eine Anerkennungsrunde – es blieb zu hoffen, daß sie mit sozusagen deutscher Gründlichkeit vorgegangen waren. Erwartungsvoll verließ Kamnitzer das Lokal.

Er schlenderte durch die dunkle Fasanenstraße – auf die Ecke Hobelweg zu. Hier befanden sich ein stark beschädigter Bauzaun, eine Litfaßsäule und ein Kastanienbaum. Nur wenige geduckte Häuser im Hintergrund. Keine Laterne. Die Nacht verwischte alle Konturen.

Kamnitzer zündete sich gemächlich eine Zigarette an. Er warf dann das Streichholz durch eine Lücke in der Bauzaunwand und begann, mißtönend und hingebungsvoll zu pfeifen – eine bestimmte Melodie war nicht erkennbar.

»He – Sie!« rief ihn eine Stimme an.

Kamnitzer unterbrach sein Pfeifkonzert und fragte: »Ist dort jemand?« – »Ja – ich –!« rief die Stimme wieder.

Es war eine vergleichsweise klägliche Stimme, die da von der Bretterwand her ertönte. Kamnitzer hatte erwartet, sie hier zu hören – aber kaum, daß sie gleich derartig unvorgesetztenhaft klingen würde.

»Was heißt hier: Ich!« fragte Kamnitzer hocherfreut. »Wer ist das – ich?«

»Helfen Sie mir«, bat der Mann hinter der Bretterwand. »Ich bin überfallen worden.«

»Sie sind doch nicht verletzt – oder?«

Der Mann knurrte etwas und rief dann: »Kenne ich Sie nicht? Natürlich! Sie sind doch Kamnitzer!«

»Herr Kamnitzer – bitte!«

»Mensch, Kamnitzer!« rief die Stimme ahnungslos. »Sie schickt mir der Himmel! Gut, daß Sie gerade vorbeikommen. Sie müssen mir helfen.«

»Wer sind Sie denn?«

»Aber Mensch, Kamnitzer – erkennen Sie mich denn nicht? Ich bin doch Rammler – Feldwebel Rammler.«

»Das«, erklärte Kamnitzer, scheinbar höchst mißtrauisch, »kann schließlich jeder sagen. Warum kommen Sie nicht her?«

»Ich sagte doch schon – ich bin überfallen worden – und man hat mir dabei alle Kleider vom Leib gerissen! Ich bin splitternackt!«

»Dann ziehen Sie sich eben wieder an!«

»Verflucht noch mal!« brüllte Rammler. »Sie haben meine Kleider mitgenommen – kapieren Sie das nicht?«

»Sie«, sagte Kamnitzer warnend, »mäßigen Sie sich gefälligst. Was Sie hier veranstalten, das artet langsam in Belästigung aus. Und wenn Sie tatsächlich nackt sein sollten, dann ist das Erregung öffentlichen Ärgernisses. Ein glatter Verstoß gegen die Sittlichkeit! Das werde ich der Polizei melden.«

»Mensch, Kamnitzer!« rief Rammler verzweifelt. »Erkennen Sie mich denn wirklich nicht?«

Der Feldwebel sah nun keine andere Möglichkeit, als sich zu zeigen. Er verließ die schützende Bretterwand und trabte auf den Gefreiten zu. Das Licht des Mondes schien Rammlers braune Haut in eine schlemmkreideweiße Fläche zu verwandeln. Die eine Hand hatte er sich auf den Unterleib gelegt, die andere streckte er aus. Kamnitzer übersah beide.

»Erkennen Sie mich jetzt?« fragte Rammler.

»Warum sollte ich das?« Der Gefreite schüttelte mißbilligend den Kopf.

»Sie wollen also nicht?« Rammlers Stimme bekam wieder ihren alten, drohenden Klang. »Sie weigern sich? Mann – ich gebe Ihnen den dienstlichen Befehl...«

»Sie wollen mich wohl mit Gewalt zum Lachen bringen?« fragte Kamnitzer ungetrübt heiter. »Seit wann denn ist es üblich, Befehle nackend zu erteilen? Feldwebel Rammler täte das niemals – schon allein daraus geht hervor, daß Sie nicht Rammler sind!«

»Sie Sauhund!« rief Rammler bebend. »Jetzt durchschaue ich Sie! Sie sind an dieser Schweinerei beteiligt, Sie Mistvieh!«

»Verschwinden Sie hier, Sie Sittenstrolch!« sagte Kamnitzer. »Das wäre ja auch noch schöner, wenn sich jeder hergelaufene Sexualverbrecher für einen deutschen Feldwebel ausgäbe. Ich verständige jetzt die Polizei.«

»Kamnitzer«, flehte Rammler jetzt, »seien Sie doch vernünftig!«

Doch der ließ ihn stehen und ging davon. Pfeifend verschwand er in der Nacht.

Lediglich noch eine Minute gedachte der Grenadier Martin Recht in der Nähe des Kasernentors zu verweilen – um ein wenig Atem zu schöpfen. Doch es wurden mehr als zehn Minuten daraus. Es bereitete ihm erhebliche Mühe, die unvermeidbaren letzten Schritte zu tun.

Erschöpft lehnte er sich gegen einen Baum. Die vergebliche

Suche nach Streicher hatte ihn hundemüde gemacht. Doch das vermochte seine sich mehr und mehr ausbreitende Wut nicht zu ersticken.

Denn Streicher war offenbar wortbrüchig geworden. Und damit war für Recht seine ganze nächste Freizeit in Gefahr geraten. Wenn wirklich alles schiefging, würde er Carolin für längere Zeit nicht sehen können. Aber noch gab es eine, die letzte Möglichkeit, mit einigermaßen heiler Haut davonzukommen.

Recht ging – nachdem er noch einmal tief Atem geholt hatte – auf das Kasernentor zu. »Guten Abend«, sagte er höflich.

»Wieso guten Abend?« fragte der Torposten mißmutig. »Es ist gleich vier Uhr früh.«

»Eine schöne Nacht«, versicherte Recht.

»Urlaubsschein«, sagte der Posten.

Martin Recht blickte verzweifelt freundlich – doch er blickte in ein übermüdetes, unwilliges Gesicht. »Meinen Urlaubsschein«, sagte Recht so liebenswürdig, wie ihm das möglich war, »hat der Unteroffizier Streicher von meiner Kompanie.«

»Ausweis«, sagte der Torposten.

»Frag den Wachhabenden«, empfahl Martin mit Eifer. »Der kennt den Unteroffizier Streicher genau – das sind alte Kumpel.«

»Immer diese Extrawürste«, murmelte der Posten. »Das kotzt mich langsam an.« Mürrisch schloß er das Tor ab und trabte mit Recht auf die Wache.

Der hier diensttuende Unteroffizier las in einem Kriminalroman – nur ungern ließ er sich dabei stören. Er hörte sich den Bericht des Postens an und betrachtete Martin Recht gelinde verwundert.

»Unteroffizier Streicher soll Ihren Urlaubsschein haben? Komisch, daß er mir nichts davon gesagt hat – vor nicht ganz zwei Stunden hat er sich noch hier mit mir unterhalten.«

»Vielleicht hat er vergessen, das zu sagen.«

Der Wachhabende sah blinzelnd auf seinen Kriminalroman. Er war kein Unmensch. Aber was sollte er machen: Meldung war Meldung! Auch er hatte schließlich seine Vorschriften – bei allem Verständnis.

Doch so leicht zerschlug er kein Geschirr. Zunächst einmal telefonierte er mit dem Unteroffizier vom Dienst der 3. Kompanie. Der gab die lapidare Auskunft: Der Grenadier Recht steht nicht im Urlaubsbuch. Darauf verlangte der Wachhabende Streicher zu sprechen.

Der UvD der 3. Kompanie zog gedämpft fluchend aus, um Streicher ans Telefon zu schleppen. Das brauchte seine Zeit. Schließlich aber gab Streicher schlaftrunken, doch mit Entschiedenheit die Erklärung ab, er wisse nichts von einem Urlaubsschein des Grenadiers Martin Recht.

»Das kann nicht stimmen«, rief Martin erregt. »Bitte, fragen Sie ihn noch einmal.«

Der Wachhabende schnaufte unwillig, stellte aber die Frage aufs neue. Und wieder lautete die Antwort des Unteroffiziers Streicher: nein. Er wisse nichts davon.

»Da kann man wohl nichts machen«, sagte der Wachhabende zu Martin Recht. Sein Bedauern war echt: »Ich muß Meldung machen. Lassen Sie Ihren Ausweis hier.«

Das tat Recht. Dann trottete er, mit hängenden Schultern, über die Fahrbahn, auf das Gebäude der 3. Kompanie zu. Ihm war, als habe er Blei in den Füßen – fast taumelnd erreichte er sein Zimmer.

Hier empfing ihn Kamerad Streicher. Der stand im Nachthemd da, hatte sich aber die Hände in die Seiten gestemmt und blickte äußerst empört. »Was denkst du dir eigentlich?« fragte er. »Was versuchst du mir anzuhängen?«

Martin Recht antwortete hierauf nicht. Er sah lediglich diesen Kameraden an – und das mehrere Sekunden lang. Äußerste Verachtung wurde spürbar. Sie erregte Streicher maßlos.

»Das ist doch wohl das Letzte!« rief Kamerad Streicher erregt. »Du machst mir womöglich noch Vorwürfe – was? Nach allem, was ich für dich getan habe! Doch was ist der Dank? Du versuchst mich zu mißbrauchen!«

»Was hast du mir versprochen?« fragte Martin Recht verhalten.

»Nichts – gar nichts! Behaupte jetzt nur nicht das Gegenteil – ich warne dich!«

»Ruhe im Puff!« rief einer der aufgestörten Schläfer.

Nicht alle Stubenkameraden waren anwesend; schließlich befand man sich mitten im Wochenende. Vier Mann fehlten; unter ihnen Kamnitzer. Drei davon hatten Urlaub; und der vierte – ohne Urlaubsschein – war schlau genug, erst am nächsten Tag in der Kaserne aufzutauchen. Denn Sonntag früh fand gewöhnlich kein Wecken nach allen Regeln der Alltagskunst statt.

»Du willst alles ableugnen?« fragte Martin.

»Ich leugne niemals etwas ab«, rief Streicher mit zunehmender Lautstärke. »Diesen Vorwurf muß ich mir verbitten! Und auf alle Fälle lasse ich mich nicht in deine fragwürdigen Geschichten mit hineinziehen.«

»Verfluchtes Volk!« rief ein anderer, ebenfalls inzwischen aufgewachter Stubenkamerad. »Wenn euch das Fell juckt, dann haut euch gegenseitig eins in die Fresse – aber möglichst schnell. Ich will pennen. Ich habe heute Bereitschaftsdienst.«

»Das hier geht dich nichts an!« rief ihm Streicher zu.

Martin Recht aber setzte sich in Bewegung, auf Streicher zu. Dicht vor ihm blieb er stehen. Er fragte: »Du weißt also von nichts. Du hast nichts gehört und nichts versprochen?«

»Wage nicht, mich anzufassen!« rief Streicher erregt. »Ich lasse mich von dir nicht bedrohen, und erpressen schon lange nicht!«

»Verschwindet auf den Korridor!« rief ein dritter aus seinem Bett.

Weder Recht noch Streicher achteten auf derartige Zwischenrufe. Sie standen sich wie Kampfhähne gegenüber.

»Und du leugnest womöglich sogar«, fragte Recht leise, »daß mich der Feldwebel Rammler als Juden beschimpft hat?«

»Was willst du mir denn noch alles anhängen? Wie kann ich etwas ableugnen, was überhaupt nicht geschehen ist! Ich jedenfalls habe nichts gehört, ich weiß von nichts, ich habe nicht das geringste damit zu tun.«

»Du bist ein ganz übler Lump«, stellte Martin Recht leise fest.

»Was sagst du da?«

»Ich sagte: Du bist ein ganz übler Lump!«

Die aufgewachten Kameraden blickten angeregt aus ihren Betten. Was sich da vor ihren noch leicht verklebten Augen abspielte, begann sie zu interessieren. Sie sahen den krebsroten Streicher und einen völlig unerwartet bedrohlich wirkenden Recht.

»Schmier ihm eine, Recht!« forderte einer. »Damit hier endlich Ruhe wird.«

Und Streicher verlangte: »Du nimmst das, was du da soeben gesagt hast, sofort zurück – oder . . .«

Doch was er unter »oder« anzudrohen beabsichtigte, erfuhr niemand. Denn Martin Recht schob ihn zur Seite – nur, um sich den Weg zu seinem Bett hin zu bahnen. Doch Streicher schien in diesem Augenblick nicht sonderlich standfest. Er taumelte seitwärts und knallte, dumpf polternd, gegen einen Schrank. Von hier stieß er sich ab – mit heftiger Bewegung. Er prallte zurück auf Martin Recht. Der fing ihn auf, mit beiden Händen – sie faßten Streicher in Brusthöhe und rissen ihm das Nachthemd auf. Und dann schleuderte Recht diesen Kameraden von sich – mit einer Gebärde des Ekels.

Und Streicher prallte abermals gegen den Schrank, verlor das Gleichgewicht völlig und plumpste auf sein Hinterteil. Fassungslos blickte er um sich. Schallendes Gelächter übertönte seine wütenden Worte.

Hierauf folgte ein Tag, der als der »sanfte Sonntag« bezeichnet wurde. Das stimmte zwar nicht in jeder Hinsicht, doch die Sonne zeigte sich an diesem Tage in verschwenderischem Glanz, und die Erde schien vor Wohlbehagen zu dampfen. Selbst die Fenster der Kasernen strahlten mild.

Die Zivilbevölkerung war bereit, den Tag zu genießen – und die Soldaten waren das auch. Man traf sich schon frühzeitig in der Kirche, bei Spaziergängen und in Kneipen. Im Stadtpark verschwanden die ersten Liebespaare des Tages hinter dem dichten Weidengebüsch beim sogenannten Schwanenteich, auf dem allerdings nur Enten schwammen.

Der Oberst Turner saß gedankenverloren in seinem Garten.

Er hatte seinen geliebten Kant aufgeschlagen, die *Kritik der reinen Vernunft*. Aber er las nicht darin; er hatte noch niemals darin gelesen – er trug dieses Buch nur gerne mit sich herum. Er liebte es, sich in erhabener Gesellschaft zu bewegen. Erst recht nach allem, was gestern nacht an Unerfreulichem geschehen war.

Nach angestrengter Tätigkeit legte Ahlers schließlich eine kleine Pause ein. Er nutzte sie aus, um mit Professor Martin zu telefonieren. Carolins wegen. Er besprach mit ihm die Operation seiner Tochter.

Während dieses Gesprächs erschien Hauptmann Treuberg, um – wie er sagte – nach einer vergessenen Notiz zu suchen. Er hörte jedoch ungeniert und recht aufmerksam zu.

»Das«, sagte Ahlers sodann zur Vermittlung, »war ein Privatgespräch. Lassen Sie mir die Rechnung zukommen.«

»Nicht gerade billig, das Ganze – wie?« fragte Treuberg.

»Es ist sogar sehr teuer«, sagte Ahlers. »Aber was könnte mir schon zu teuer sein, wenn es um die Gesundheit meiner Tochter geht?«

»Nun ja – Hauptsache: Sie haben es! Das Geld dazu, meine ich.«

»Das habe ich«, sagte Ahlers und beschäftigte sich wieder mit seiner Arbeit.

Der Gefreite Kamnitzer war erst am frühen Morgen zurückgekehrt und legte für die nächsten Stunden Wert auf Ruhe. An seinem Bett hing ein requiriertes Hotelschild *Bitte nicht stören* – in vier Sprachen. Doch das diente lediglich zur Dekoration. Jeder Stubenkamerad wußte sowieso, daß Kamnitzer an einem Sonntag selten vor dem Mittagessen aufzustehen pflegte.

Als der Gefreite dann schließlich geruhte, sich zu erheben, sah er Martin Recht auf einem Schemel vor seinem Bett sitzen. Ein Blick von Kamerad Kamnitzer genügte, um festzustellen: der Kleine hatte Sorgen.

»Was ist denn schon wieder im Rohr?« fragte Kamnitzer.

»Ich habe meinen Urlaub überschritten, Karl.«

»Wegen deiner Carolin?«

»Schuld daran ist Streicher«, sagte Martin Recht.

»Du bist ein reichlich blöder Hund«, behauptete Kamnitzer.

»Wenn du wegen Carolin über den Zapfen haust – das kann ich noch verstehen. Aber wegen diesem Hampelmann? Das verstehe ich nicht.«

Martin Recht berichtete alle Einzelheiten, während sich Kamnitzer gemächlich anzog. Er gab zunächst keinen Kommentar – er verlangte lediglich, Streicher zu sprechen.

Der Unteroffizier hatte jedoch die Stube 13 frühzeitig verlassen. Niemand wußte, wo er sich aufhielt.

»An so einem schönen Sonntag«, sagte Kamnitzer, »haben auch die eingefleischtesten Soldaten menschliche Anwandlungen – das darf man einkalkulieren.«

Der Major Bornekamp hatte die Nacht nicht zu Hause verbracht. Dafür frühstückte bei seiner Frau der Oberleutnant von Strackmann.

Auf diese Weise durften das Bataillon und die 3. Kompanie ihre führenden Köpfe entbehren – wenigstens für diesen Sonntagvormittag. Nicht zuletzt dieser Umstand garantierte einen vergleichsweise angenehmen Feiertag.

Der Hauptfeldwebel Kirschke oblag unentwegt seiner Lieblingsbeschäftigung. Doch Kamnitzer gelang es, ihn aus dem gewiß wohlverdienten Sonntagsschlaf zu reißen. Er trommelte an des Hauptfeldwebels Tür wie auf einer Kesselpauke. Als der schließlich öffnete, fragte er unwillig: »Was willst du Gartenzwerg?«

Kamnitzer aber sagte fröhlich: »Biete nackten Feldwebel gegen nachträglichen Urlaubsschein!«

»Soll das irgendein blöder Witz sein?« fragte Kirschke mißtrauisch.

»Traurige Tatsachen!« erklärte Kamnitzer. »Aber man kann einiges damit anfangen – wenn man nicht gerade auf den Kopf gefallen ist.«

»Kommen Sie 'rein«, forderte Kirschke den Gefreiten neugierig auf. »Bei Gott und den Preußen ist schließlich nichts unmöglich.«

*

Herbert Asch frühstückte genußvoll. Frau Elisabeth hatte ihm, wie er es liebte, Fische in zahlreichen Variationen vorgesetzt: rostroter, herbduftender Lachs; fettweißer, prallfleischiger Räucheraal; kraftvoll-aromatische Heringe aus Norwegen. Trotzdem redete er angeregt über die Dinge, die ihn bewegten – wie meist beim Sonntagsfrühstück.

»Weißt du«, erklärte er seiner Frau, »es ist ja nicht etwa so, daß ich aufgrund einstiger Erfahrungen nun alles, was Uniform trägt, nicht ausstehen könnte. Ich würde damit vielen braven und ehrlichen Männern bitter Unrecht tun. Ich bestreite auch nicht die Existenzberechtigung einer Armee; ich bin bereit, unter den derzeitigen weltpolitischen Umständen eine Notwendigkeit darin zu sehen – solange wie überall in dieser Welt gigantische Summen für den großen Wahnsinnszirkus verpulvert werden. Das alles scheint unvermeidlich zu sein.«

»Aber was, glaubst du, ließe sich vermeiden?« fragte Frau Elisabeth.

»Die Behandlung der Menschen als Material! Ich meine den Zivilisten, den Bürger, den Demokraten in Uniform. So nennt man ihn heute vielfach – und es ist erfreulich, daß man das tut. Aber kümmert man sich wirklich genug um ihn? Hilft man ihm ausreichend gegen das, was ihn bedroht? Denn droht nicht auch der Soldat von heute wieder zu einer Zahl in endlosen Zahlenkolonnen zu werden? Politiker denken wieder in Divisionen, Waffengattungen und Großraumeinheiten. Und die Masse schwatzt das nach.«

»Und was könnte da helfen?«

»Die simple Idee, den zwei- oder dreihunderttausend Soldaten das Gefühl von Sicherheit und Vertrauen zu geben!«

»Du redest so empört, Herbert. Aber deine Befürchtungen sind bei uns bisher doch wohl nur durch Einzelfälle bestätigt worden –?«

»Gewiß, Elisabeth! Aber man muß den Anfängen widerstehen – wir müssen alles tun, daß sie niemals zu typischen Fällen werden! Ja, es empört mich, wenn ich höre, daß ein Soldat mitten auf einem Marktplatz geschliffen werden kann, ohne daß sich die Öffentlichkeit erregt. Ich bin empört, wenn Soldaten auf

Befehl eines betrunkenen Kerls in einen Abgrund springen und sich das Genick brechen – ohne daß viel mehr spürbar wird als oberflächliches Bedauern, rasch beschwichtigt durch diese billige Ausrede, daß überall dort, wo gehobelt wird, auch Späne fallen. Soldaten aber sind Menschen, und sie müssen immer und in erster Linie menschlich behandelt werden. Was kann selbstverständlicher sein?«

Was selbstverständlich war und was nicht, darüber hatte der Hauptfeldwebel Kirschke seine eigenen Ansichten.

»Alles läßt sich arrangieren«, sagte er zu Kamnitzer. »Aber in meinem Bereich nichts auf meine Kosten.«

»Mein Angebot«, behauptete der Gefreite unbeirrt, »ist reichlich großzügig. Ich vergesse den Anblick des nackten Feldwebels und will nichts weiter dafür als nachträglich einen schlichten Urlaubsschein für den Grenadier Recht.«

Der Hauptfeldwebel ließ weder Zustimmung noch Ablehnung erkennen. »Warten Sie«, sagte er. »Ich will mal sehen, woher bei uns die Winde wehen.« Er fand Rammler mühelos. Der Feldwebel hockte auf seiner Stube, und der Unteroffizier Streicher saß neben ihm. Beide blickten Kirschke erwartungsvoll an.

Der wußte, daß er bei Rammler nicht erst sonderlich diplomatisch zu sein brauchte. Er scheuchte Streicher auf den Korridor hinaus und fragte dann offen: »Wie bist du in dieser Nacht in die Kaserne gekommen?«

Er erfuhr: auf dem üblichen Wege; das allerdings wäre erst nach einigen Schwierigkeiten möglich gewesen. Denn Rammler war, nach seinen Angaben, unter die Strauchdiebe geraten. Sie hätten ihm die Kleider vom Leibe gerissen. Doch im Interesse des Ansehens der Garnison habe er von einer Anzeige bei der Polizei abgesehen – überhaupt sei sein Bestreben gewesen, jedes Aufsehen zu vermeiden. Das sei auch gelungen, und zwar mit Hilfe eines zufällig aufgetauchten Kameraden.

»Aber Kamnitzer hat dich dabei gesehen – mit nacktem Arsch, wie er sagt.«

»Dieser Sauhund«, rief Rammler anklagend. »Ich wette, er war daran beteiligt.«

»Langsam«, sagte Kirschke. »Das ist eine Behauptung, die du nicht so leicht beweisen kannst.«

»Das weise ich dem nach! Und wenn ich dabei dieses ganze Kaff auf den Kopf stellen muß!«

»Willst du das wirklich?« fragte Kirschke zweifelnd. »Kannst du dir das überhaupt leisten?«

Das konnte Rammler nicht. Doch er war nicht bereit, das auch noch zuzugeben. »Wenn es dieser Schweinehund wagen sollte, aufs Ganze zu gehen, dann wird es hier Dreck regnen. Und davon wird so leicht keiner verschont bleiben.«

Etwas Derartiges befürchtete Hauptfeldwebel Kirschke auch. Aber Schreibereien waren ihm zuwider. Und Strackmann war diesmal – leider! – nicht an diesem Schützenfest beteiligt. Nicht zuletzt deshalb war es ratsam, sich Munition für später aufzuheben.

So brachte Kirschke das vor, was er einen Kompromißvorschlag nannte. Erstens: Kamnitzer hatte keinen nackten Feldwebel gesehen. Zweitens: Rammler hatte den Urlaubsschein des Grenadiers Recht befürwortet weitergereicht – und zwar Urlaub bis zum Wecken. Und deshalb, drittens: Recht durfte annehmen, daß sein Urlaub bewilligt worden war.

»Einverstanden«, sagte der Feldwebel Rammler sofort.

Dieses rasche Einverständnis empfand Kirschke zwar als verdächtig, konnte aber keinen Grund für sein instinktives Mißtrauen sehen. Die Hauptsache schließlich: Er war wieder einmal außer Obligo, und die 3. Kompanie – trotz Strackmann immer noch seine Kompanie! – blieb vor einem Skandal bewahrt. Und Martin Recht brauchte keine Meldung zu befürchten. Rammler übernahm die Verantwortung dafür.

»Alles ist glatt gegangen!« sagte der Hauptfeldwebel danach zum Gefreiten Kamnitzer. »Rammler hat sofort zugestimmt. Ohne jeden Vorbehalt. Ihr Tauschgeschäft ist damit perfekt.«

»Ohne jeden Vorbehalt?« fragte Kamnitzer alarmiert.

»Mann«, sagte Kirschke, »was wollen Sie denn mehr? Rammler weiß genau, daß er sich auf Ihr Wort verlassen kann. Ein Versprechen ist ein Versprechen. Wie gesagt: Das ging wie mit Butter eingeschmiert – ganz glatt.«

»Zu glatt!« sagte Kamnitzer beunruhigt. »Denn wie ich Rammler kenne, muß der noch irgend etwas auf der Pfanne haben – aber was?«

Als sich der Infanteriekommandeur Bornekamp bei Herbert Asch melden ließ, empfing ihn der, durchaus hoffnungsvoll, in seinem Büro. Und der Major zeigte sich, wie er glaubte, durchaus von seiner besten Seite.

»Wir sind alle nur Menschen«, erklärte er großzügig. »Und jeder macht seine Fehler.«

Einer derartigen Erkenntnis durfte grundsätzlich nicht widersprochen werden. »Ich nehme an«, sagte Herbert Asch verbindlich, »daß Sie wegen Ihres Interviews für unsere Heimatzeitung gekommen sind.«

»Wird es veröffentlicht?« fragte Bornekamp besorgt. »Ungekürzt?«

»Das ist immerhin möglich, wenn auch nicht wahrscheinlich – falls es uns gelingen sollte, ein annehmbares Arrangement zu treffen. Ich habe zwar keinen direkten Einfluß auf die Presse – und schließlich ist bei uns die Meinungsfreiheit garantiert ...«

»Leider auch für Schmierfinken!« rief Bornekamp. »Jedenfalls – wenn Sie keinen Druck ausüben können, dann reiten Sie eben die sanfte Tour, Herr Asch – aber bringen Sie diese peinlichen Mißverständnisse aus der Welt. Sie können das!«

Tatsache war: Asch hatte dieses Interview inspiriert und an der Formulierung der Fragen mitgewirkt. Fest stand weiter: die Zeitung würde in diesem Fall veröffentlichen, was Asch für richtig hielt. Aber derartige Details konnte Bornekamp nicht kennen.

»Ich kann natürlich nichts garantieren«, sagte er. »Außerdem hat alles seinen Preis.« – »Was verlangen Sie?« fragte der Major.

»Das weiß ich noch nicht«, erklärte Herbert Asch. »Aber sicherlich wird mir das noch zu gegebener Zeit einfallen. Wir wollen nichts überstürzen. Es muß zunächst genügen, wenn das Erscheinen dieses Artikels hinausgezögert wird. Morgen jedenfalls, am Montag, wird er noch nicht erscheinen – so viel kann ich versprechen.«

*

Der Oberfeldwebel Voßler verstaute Carolin sorgsam in seinem Luxuswagen. Dort saß bereits Gerty Ballhaus. Und mit beiden fuhr er zur Panzergrenadierkaserne. Hier stieg Martin Recht zu.

Für sie leuchtete dieser Sonntag wie ein Opal. Sie verbrachten ihn auf einer Wiese im Tannenwald, in der Nähe eines strahlend blauen Teiches. Und alles war wie in einer verschwenderisch bunt illustrierten Zeitschrift: eine weiße Decke, auf der ein Korb mit Früchten stand, dazu belegte Brote und ein Roséwein aus der Provence; das Ganze sanft überrieselt vom Geflirr der Sonne – und mit sanft plärrender Radiomusik.

Während dann Viktor Voßler mit Gerty Ballhaus einen Spaziergang unternahm, legte sich Carolin in das Moos. Martin Recht beugte sich über sie, um die Decke zurechtzurücken. »Gut so?« fragte er verhalten.

»Sehr gut so«, sagte sie mit geschlossenen Augen.

Und nach langem Schweigen sagte Martin Recht: »So müßte es immer sein.«

»Das wünsche ich mir auch«, antwortete Carolin glücklich.

Und glücklich fühlte sie sich auch noch am Ende dieses Tages, das von überwältigender Schönheit war: die sinkende Sonne überströmte den Himmel zart mit leuchtenden Farben: seidenweiches Rosa flutete auf, und die wenigen Wolken ertranken wie in einem Meer des Behagens.

»Ich liebe dich«, sagte Carolin Ahlers leise, doch deutlich verständlich zu Martin Recht.

Der »sanfte Sonntag« versank. Und was darauf folgte, wurde der »blutige Montag« genannt.

Karl Kamnitzer war der erste, der an diesem Tag Unheil witterte. Wie meist erhob er sich mit leichter Verspätung. Er sah graue, müde, gleichgültige Gesichter – doch an einem Montag war das ein durchaus vertrauter Anblick. Ein Gesicht jedoch wollte ihm wesentlich anders erscheinen als das der anderen: das von Streicher.

»Hast du eine Fahnenstange verschluckt, Kamerad?« fragte er, zunächst nur neugierig.

»Ich bin Unteroffizier«, sagte Streicher von oben herab.

»Na und?« fragte Kamnitzer belustigt. »Sind etwa Unteroffiziere keine Kameraden mehr?«

Hierauf zu antworten hielt Streicher offenbar für unter seiner neuen Würde. Er durchschritt die Stube 13, als wäre sie ein Müllabladeplatz am Stadtrand.

»Der hat ja wohl nicht alle Tassen im Schrank«, sagte Kamnitzer ahnungslos.

»Ja, wirklich«, antwortete einer der Stubenkameraden, »der scheint zu spinnen, seit er Unteroffizier geworden ist. Gestern benahm er sich noch halbwegs menschlich. Doch seit heute früh sagt er ›Sie‹ zu uns.«

»Das ist ja geradezu ehrend«, erklärte Kamnitzer.

»Na ja«, sagte der Stubenkamerad, »eigentlich schade, daß Martin Recht ihm nur höchst unzureichend die Fresse poliert hat.«

Kamnitzer schien zu erstarren. »Wer, sagst du, hat wem die Fresse poliert?«

»Na, dein Freund Recht – diesem Streicher. Weißt du davon nichts. Na – ist ja auch kaum der Rede wert. Recht ist ja nicht der Mann, hier ganze Arbeit zu leisten.«

Karl Kamnitzer begab sich schleunigst in den Waschraum und stellte dort Martin Recht. »Was höre ich da?« fragte er. »Du hast Streicher in die Visage gepinselt?«

»Unsinn«, sagte Martin Recht. »Das ist zumindest stark übertrieben. Ich habe Streicher lediglich ein wenig zur Seite gedrückt – er stand mir im Weg. Dabei ist er ausgerutscht und hingefallen. Einfach hingefallen. Und das hat doch wirklich nichts zu bedeuten.«

»Vielleicht nicht für dich«, sagte Kamnitzer alarmiert. »Aber Streicher ist ein Mann mit Feingefühl – und seitdem er Unteroffizier geworden ist, fühlt er sich womöglich als höheres Lebewesen. Mensch – warum hast du mir nichts davon erzählt?«

»Weil ich es für unwichtig hielt!« versicherte Martin Recht. »Ich verstehe nicht, warum du dich so aufregst. Und diese Auseinandersetzung – wenn man die kleine Rempelei überhaupt so nennen kann – ging schließlich nur uns beide an.«

»Und was hat Streicher gesagt?«

»Keinen Ton – er hat nur reichlich dämlich aus dem Nachthemd geschaut. Das war ziemlich komisch.«

»Zum Brüllen komisch ist das«, sagte Kamnitzer ernst. »Du hast danach nicht mehr mit Streicher gesprochen?«

»Nein, es ergab sich keine Gelegenheit.«

»Und hat das, was du eine kleine Rempelei nennst, irgend jemand gesehen? Ich meine: existieren Zeugen dafür?«

»Alle, die auf der Stube waren – fünf Mann im ganzen, glaube ich.«

»Dann«, sagte Kamnitzer, »solltest du dich besonders sorgfältig rasieren.«

»Ich verstehe dich nicht«, sagte Martin beunruhigt. »Was willst du damit andeuten?«

»Das wird dir selber sehr bald klarwerden, vermute ich. Und ich kann da nur hoffen – und zwar in deinem Interesse –, daß mein Hirn nicht mehr in der rechten Weise funktioniert. Doch leider fürchte ich, daß ich immer noch einigermaßen logisch denken kann.«

Dieser Montag zeigte den Hauptfeldwebel Kirschke in neuem Licht: Er war munter wie sonst die ganze Woche nicht. Denn der vergangene Sonntag hatte ihm ein schönes Maß an Schlaf beschert. Fast konnte behauptet werden, daß er sich tatenfreudig fühlte – um so mehr, als sich der Oberleutnant von Strackmann zunächst nicht sehen ließ. So beherrschte denn Kirschke die Kompanie ganz. Und seine Schreibstube war wie die Kommandobrücke eines Zerstörers – aber die See war ruhig und vorerst kein Feind in Sicht.

So scherzte er denn kameradschaftlich mit den beiden jungen Leutnants, die als Zugführer eingesetzt waren. Er händigte ihnen die bereitliegenden Dienstpläne aus und konnte wieder einmal feststellen, daß es doch eigentlich recht nette Kerle waren – ohne von Strackmann wirkten sie ausgesprochen sympathisch.

Nachdem die Leutnants gegangen waren, wandte sich Kirschke dem Unteroffizier Streicher zu, der diszipliniert darauf wartete, von ihm angesprochen zu werden.

»Nun, mein Bester?« fragte Kirschke munter. »Nicht beim allgemeinen Unterricht?«

»Ich habe eine Meldung zu erstatten, Herr Hauptfeldwebel.«

»Fein«, sagte er und verbarg sein aufglimmendes Mißtrauen hinter freundlicher Gelassenheit. »Aber Meldungen sind schriftlich abzufassen.«

Das hatte Streicher getan. Er hielt ein Blatt Papier in seiner Hand. Und er machte Anstalten, es Kirschke zu reichen. Doch der hielt sich zurück.

»Um was handelt es sich denn?«

»Ich bin angegriffen worden, Herr Hauptfeldwebel – und zwar tätlich.«

»Von wem?«

»Von einem Untergebenen.«

Kirschke blickte ungläubig vor sich hin, mit tiefen Ackerfurchen auf der Stirn. Er dachte angestrengt nach. Und das erste Resultat dieses Nachdenkens bestand darin, daß er alle unliebsamen Zuhörer aus der Schreibstube scheuchte. Er schickte seinen Schreiber zur Waffenkammer und die Zivilangestellte zum Bataillon; beide mit unwesentlichen Aufträgen.

Als er dann mit Streicher allein war, sagte er: »Ist es Ihnen klar, was eine derartige Meldung bedeutet? Wenn das, was Sie da behaupten, tatsächlich stimmen sollte, dann handelt es sich dabei um ein Vergehen gegen den Paragraphen 25 des Wehrstrafgesetzes.«

»Das ist mir bekannt, Herr Hauptfeldwebel.«

»Dieser Paragraph, Streicher, befaßt sich mit dem sogenannten tätlichen Angriff auf einen Vorgesetzten. Darauf aber steht Gefängnis. Von sechs Monaten bis zu fünf Jahren. In besonders schweren Fällen Zuchthaus – von einem bis zu zehn Jahren.«

Auch das wußte der Unteroffizier Streicher offensichtlich – zumindest schien diese Eröffnung nichts an seinem Entschluß zu ändern. Er hatte schließlich dem Kameraden Rammler feierlich versprochen, »hart wie Granit« zu bleiben. Und erneut streckte er seine Meldung Kirschke entgegen.

Der übersah geschickt die fordernde Geste. Und da gutes Zureden offenbar nicht zu helfen schien, ging er prompt zum Gegenangriff über.

»Und sind Sie verletzt worden?«

»Nein. Ich wurde gestoßen, und zwar mehrmals. So heftig, daß ich hinfiel.«

»Sie haben also nicht die Hilfe eines Arztes in Anspruch nehmen müssen?«

»Nein.«

»Es existieren also keinerlei Merkmale dieses angeblichen tätlichen Angriffs auf Ihre Person?«

»Nein, Herr Hauptfeldwebel.« Streicher schien nicht so leicht zu erschüttern – offenbar hatte er sich gründlich vorbereitet. »Übrigens besagt das Gesetz eindeutig, daß eine strafbare Handlung nicht nur im Falle einer Körperverletzung vorliegt. Es genügt zum Beispiel – und ich erlaube mir wörtlich zu zitieren –, ›wenn der Vorgesetzte am Ärmel gezerrt oder beiseite gedrängt wird‹.«

Diese Eröffnung verschlug Kirschke die Sprache. Ihm wurde klar, daß er es hier mit einem besonders »dicken Hund« zu tun hatte. Und ein anderer als Kirschke hätte denn auch spätestens in diesem Augenblick kapituliert.

»So was«, sagte der Hauptfeldwebel, »will genau überlegt sein. Da muß alles stimmen. Da darf nicht einmal ein Komma falsch sein. Haben Sie überhaupt Zeugen für Ihre Behauptung?«

»Fünf Stück.«

Dennoch gab Kirschke nicht auf. Denn immer noch waren die Würfel nicht gefallen. Noch kannte er – offiziell – weder den Vorgang an sich noch dessen Zeitpunkt und auch nicht den angeblichen Täter.

Denn der wichtigste Punkt der ganzen Chose war dieser: für einen derartigen Tatbestand war kein Einheitsführer zuständig. Ein derartiger Fall mußte weitergeleitet werden. Und zwar an das ordentliche Gericht. Wer gegen diese sogenannte Abgabepflicht verstieß, der machte sich selbst strafbar.

Doch so weit war es noch nicht. In Kirschke sträubte sich alles dagegen, einen seiner Soldaten voreilig der Justiz auszuliefern. Er ergriff endlich die ihm entgegengestreckte Meldung – doch nicht etwa, weil er keine andere Wahl mehr hatte. Er suchte lediglich nach einer Möglichkeit, zunächst einmal dieses Vorverfahren versanden zu lassen. Und er fand sie prompt.

»Hier auf dem Kopf der Meldung steht lediglich: Streicher, Unteroffizier«, stellte er fest. »Das aber entspricht nicht den festgesetzten Regeln für den militärischen Schriftverkehr. Es fehlt der Vorname und die genaue Bezeichnung der Einheit.«

Dabei hatte Kirschke zugleich mit geübtem Blick die wichtigsten Einzelheiten der Meldung exakt erfaßt. Er wußte nun, was und wann es geschehen war, er kannte jetzt auch den Namen des Beschuldigten. Doch er benahm sich, als ob er von alldem nichts wisse.

»Nehmen Sie Ihren Wisch zurück«, sagte er lässig zu Streicher. »Ergänzen Sie ihn, wie es sich gehört. Am besten, Sie schreiben diesen ganzen Zauber noch einmal. Dabei haben Sie dann ausreichend Zeit, über die diversen Folgen nachzudenken.«

»Jawohl«, sagte Streicher unzufrieden, doch gehorsam. Er nahm seine Meldung wieder an sich.

»Und noch einen Ratschlag, Streicher – ganz unter uns. Stellen Sie sich das alles nicht zu leicht vor. Selbst wenn Zeugen vorhanden sein sollten – wissen Sie genau, was die aussagen werden?«

»Lügen werden sie nicht«, erklärte Streicher. »Schließlich geht es hier um die Gerechtigkeit.«

»Mann – was ist das? Gar nicht so selten versteht darunter jeder etwas anderes.«

Der Feldwebel Rammler vernahm mit Anteilnahme, was ihm Streicher zu berichten hatte. Sein erster Kommentar lautete: »Dieser Kirschke ist alles andere als ein idealer Kompaniefeldwebel – aber das ist ja wohl hinreichend bekannt; wenn auch offenbar noch nicht an richtiger Stelle.«

Er wollte jede Einzelheit wissen – und Streicher war bemüht, jede Menge Kleinholz zu liefern. Es durfte von einer idealen Zusammenarbeit gesprochen werden.

Immerhin: auf den Kopf gefallen war dieser Kirschke nicht. Sein Hinweis auf fragwürdige Zeugenaussagen haute so ziemlich hin. Aber eben nicht bei einem Rammler!

Der wußte, was System war. Zunächst isolierte er die Stube 13. Hier sonderte er sodann Martin Recht ab und natürlich auch Karl Kamnitzer. Für überflüssig erklärte er ferner alle, die sich zur fraglichen Tatzeit nicht am Tatort aufgehalten hatten. Übrig blieben somit fünf Mann.

»Freunde«, sagte Rammler zu ihnen. »Jeder von uns hat seine Verantwortung zu tragen – und wer ein ganzer Kerl ist, der wird sich ihr nicht entziehen.«

Doch er blickte in verlegene, unzugängliche Gesichter. Selbst sein freundlich-entgegenkommendes Grinsen wurde kaum erwidert. Aber das entmutigte ihn keinesfalls; es machte ihn nur vorsichtig. Er versuchte nun sein Ziel zu erreichen, indem er eine Art Unterricht begann.

»Es ist doch wohl bekannt«, sagte er, »daß es eine Pflicht zur Wahrheit in allen dienstlichen Angelegenheiten gibt.«

Das war eine Grundsatzbehauptung, der niemand widersprechen konnte – sie stand in einem halben Dutzend Lehrbüchern. Die fünf Soldaten reagierten darauf erwartungsgemäß; sie schwiegen zustimmend.

»Und eine Falschmeldung kann im Ernstfall Blut und Leben von Kameraden kosten. Klar?«

Die so belehrten fünf zukünftigen Zeugen nickten. Rammler betrachtete sie sich genau. Er suchte nach der schwächsten Stelle – nach dem Mann also, bei dem er nun am wirkungsvollsten den Hebel ansetzen konnte. Er fand ihn mühelos: es war ein Grenadier, der selbst bei der geringsten Anstrengung zu transpirieren begann – auch jetzt schwitzte er ängstliche Bereitwilligkeit aus. Seine Kameraden nannten ihn Porky.

»Was aber folgern wir aus dieser Erkenntnis?« fragte Rammler nunmehr und blickte dabei Porky fordernd an. »Nun?«

»Falschmeldungen müssen unbedingt vermieden werden, Herr

Feldwebel«, sagte der schweißglänzende Porky. Denn er hatte erkannt, daß er das auserwählte Opfer war. So was geschah ihm übrigens nicht zum erstenmal – er forderte gewisse Leute offenbar dazu heraus.

Rammler widmete sich Porky mit nicht nachlassender Intensität. Er deckte ihn, durchaus freundlich, mit Fragen ein. Wo hielten Sie sich auf, als der Unteroffizier Streicher tätlich angegriffen wurde? Was haben Sie gesehen? Was haben Sie außerdem noch gesehen? Warum haben Sie nicht mehr gesehen? »Keine Falschmeldung, Mann, nur keine Falschmeldung!«

Porky versuchte zunächst auszuweichen – doch sein Widerstand erlahmte schnell. Er begann mit einem bescheidenen Teilgeständnis. »Es bumste – und dann fiel der Unteroffizier Streicher hin.« Damit aber hatte er Rammler bereits den kleinen Finger gereicht; und der griff nun nach der ganzen Hand.

Wieder bombardierte er Porky mit Fragen. Wenn es gebumst hat – was war die Ursache dafür? Wenn der Unteroffizier Streicher hinfiel – weshalb, wodurch, durch wen? »Oder wollen Sie sich vor der Verantwortung drücken und eine Falschmeldung riskieren? Auf letzterem kann Gefängnis stehen.«

Porky sah schließlich keinen anderen Ausweg, als den Inhalt von Streichers Meldung in großen Zügen zu bestätigen. Strahlendes Vorgesetztenwohlwollen war der Lohn dafür. Doch das machte Porky nicht glücklich. Er kam sich sekundenlang erbärmlich vor. Eine Minute später allerdings sagte er sich bereits: seine Pflicht und Schuldigkeit muß man schließlich immer tun, wenn's auch noch so schwerfällt – und die Wahrheit ist nun einmal die Wahrheit.

»So muß es sein!« sagte Rammler befriedigt und konzentrierte sich auf die restlichen vier. Er wußte: das Eis war gebrochen. Der Rest: routiniertes Aufräumen.

»Und was hier unser Freund gesehen hat« – er wies auf Porky –, »das müßt ihr schließlich auch gesehen haben. Wenn nicht noch mehr.«

Die vier blickten bereits unruhig vor sich hin – dieser Dampframme von einem Feldwebel unzugänglich oder gar renitent ins Gesicht zu sehen, wagten sie nicht mehr. Langsam schmolzen sie dahin wie Schnee unter der Frühlingssonne. Es war jetzt nur noch notwendig, ihnen eine letzte Spritze zu verpassen.

»Wie ich euch kenne«, sagte Rammler, »werdet ihr nicht so leichtfertig sein, zu behaupten, daß ein Unteroffizier lügt. Und außerdem nehme ich nicht an, daß ihr einen eurer Kameraden im Stich lassen werdet, nur weil er die Wahrheit zugegeben hat. Und wenn das immer noch nicht an gutem Zureden genügt, Leute – wir haben ja nachher Geländedienst, klar?«

»Ihre Schreibstube«, sagte der Oberleutnant von Strackmann gut gelaunt zu Hauptfeldwebel Kirschke, »ist ein ziemlicher Saustall.«

»Da bin ich anderer Meinung, Herr Oberleutnant.«

»Das können Sie – von mir aus.« Der von Strackmann lächelte überlegen. »Aber Sie vergessen hoffentlich nicht, daß meine Meinung hier maßgebend ist.«

»Dann werde ich Ihre hier maßgebliche Meinung an den zuständigen Verwaltungsinspektor weiterleiten. Denn der ist für den Einsatz der Putzfrauen zuständig. Außerdem darf ich darauf aufmerksam machen, daß dies nicht meine Schreibstube ist, sondern die der dritten Kompanie.«

Das war ihr erstes Gespräch an diesem Tag – es ersetzte sozusagen die morgendliche Begrüßung. Dennoch blieben beide gelassen, fast heiter. Sie wünschten sich gegenseitig zum Teufel – und die Hoffnung, daß sich dieser Wunsch bald erfüllen würde, war es, was sie so fröhlich stimmte.

Der Oberleutnant von Strackmann verschwand im Dienstzimmer des Kompaniechefs. Doch er ließ die Tür weit geöffnet – denn er wollte hören, was auf der Schreibstube vor sich ging. Doch er vernahm nichts als das Knarren eines Stuhles. Kirschke ruhte sich aus – jedenfalls vermutete Strackmann das.

Das aber ließ ihn nicht ruhen. Er tauchte – fast wie ein Stier in der Arena – wieder in der Schreibstube auf und sah hier tatsächlich den Hauptfeldwebel Kirschke lang ausgestreckt in seinem Sessel sitzen. Er spielte versonnen mit einem Lineal.

»Haben Sie nichts zu tun?« fragte der von Strackmann.

»Doch«, erwiderte Kirschke. »Zu tun habe ich immer. Im Augenblick denke ich nach. Und zwar über folgendes Problem: Muß man unbedingt jede Meldung entgegennehmen, die einem aufgedrängt wird?«

»Und andere Sorgen haben Sie nicht?«

»Nicht im Augenblick, Herr Oberleutnant.«

Der von Strackmann drohte seine gute Laune zu verlieren. Er wünschte sich heftig, einen Grund zu haben, einen halbwegs triftigen Grund, um diesen Kompaniefeldwebel abzuservieren. Es gab andere, die besser, verläßlicher, ergebener waren – Rammler zum Beispiel.

Zunächst einmal arbeitete Oberleutnant von Strackmann mit der bewährten Methode: Steter Tropfen höhlt den Stein. Doch bedauerlicherweise hatte er noch immer nicht erkannt, daß Kirschke mit genau der gleichen Methode zu arbeiten pflegte.

»Die Anordnung der Aktenschränke gefällt mir nicht«, behauptete Strackmann.

»Mir gefällt sie«, erklärte Kirschke. »Außerdem ist sie praktisch.«

»Man sollte sie umstellen – an die gegenüberliegende Wand.«

»Das geht nicht«, behauptete Kirschke lapidar.

»Das geht!« sagte der Oberleutnant. »Das muß gehen. Ihnen fehlen wohl wieder einmal die notwendigen Arbeitskräfte? Sie können ja selbst mit anpacken.«

»Auch wenn sogar Sie persönlich mit Hand anlegen würden, Herr Oberleutnant – so geht das immer noch nicht. Denn diese Schreibstube ist vom Kompaniechef persönlich so eingerichtet worden. Und es ist doch durchaus möglich, daß der in den nächsten Tagen aus dem Krankenhaus entlassen wird und dann wieder die Kompanie übernimmt. Der wird sich sowieso schon darüber wundern, was hier inzwischen los gewesen ist. Aber man muß ja nicht gleich auch noch alle Möbel umstellen – oder?«

Der von Strackmann verschwand wieder in seinem Dienstzimmer. Daß er hier nur Stellvertreter des Kompaniechefs war, hätte ihm dieser Kerl nicht so ungeniert auf die Nase zu binden brauchen. Das wußte er. Aber auch darüber war ja wohl das letzte Wort noch nicht gesprochen.

Kirschke spielte weiter mit seinem Lineal. Dabei blinzelte er zur Tür hin, durch die der von Strackmann verschwunden war – sie war immer noch offen. Kirschke wußte nicht recht, ob er das begrüßen sollte oder nicht. Denn er erwartete Unteroffizier Streicher.

Der erschien dann auch sehr bald wieder mit seiner Meldung. Er stand da wie ein Hirsch vor der Brunst. »Fehler korrigiert«, sagte er. »Vorname eingesetzt.«

»Und andere Fehler sind Ihnen nicht aufgefallen?«

»Nein, Herr Hauptfeldwebel.«

»Alles genau durchdacht? Dienstgrad vorhanden? Die Bezeichnung der Einheit? Standort? Datum – dabei der Monat ausgeschrieben? Alles korrekt?«

»Alles, Herr Hauptfeldwebel.«

»Die Anschrift ist auch nicht vergessen worden? Und haben Sie hierbei lediglich die Einheit bezeichnet – laut ZDV und VMBI? Haben Sie darauf geachtet, daß die Anrede entfällt?«

Nunmehr tauchte der Oberleutnant von Strackmann wieder aus seinem Dienstzimmer auf – wie ein Springteufel aus der Schachtel. Er zeigte deutlich seinen Unwillen. Was er da soeben vernommen hatte, das war in seinen Augen ödeste Schreibstubenroutine, kleinliche Vorschriftenreiterei. »Die Form ist zwar durchaus wichtig«, sagte er belehrend – ganz Kompaniechef. »Aber der entscheidende Punkt ist doch wohl der Inhalt!«

Kirschke schwieg mit angehaltenem Atem. Er hatte jetzt die Wahl. Er konnte den Oberleutnant in einen Sumpf hineinreiten lassen, der ihm vermutlich bis zum Hals gehen würde – und das hätte der von Strackmann verdient. Aber er konnte auch noch einen letzten Versuch wagen, die Kompanie vor einem Riesenskandal zu bewahren. Und dazu entschloß er sich – wenn auch mit einigem Widerwillen.

Und er sagte, ungewohnt verbindlich, bewußt die Form wahrend: »Wenn Sie erlauben, Herr Oberleutnant, dann werde ich diese Angelegenheit erledigen – das ist gewiß die beste Lösung.«

Doch der von Strackmann erkannte seine Situation nicht –

ihm wurde ein Rettungsring zugeworfen, und er hielt ihn für einen Stein, der ihn treffen sollte. Entschlossen streckte er die Hand aus.

Und der Unteroffizier Streicher übergab ihm die Meldung.

»Sie können abtreten«, sagte Kirschke resignierend. »Aber halten Sie sich zur Verfügung.«

Der Oberleutnant von Strackmann las, was ihm überreicht worden war, mit steigender Erregung. Er schien anzuschwellen wie ein Ballon, der heftig aufgeblasen wird.

»Sie!« sagte er schließlich, mühsam atmend, zu Kirschke. »Wollten Sie mir das etwa vorenthalten?«

»Warum sollte ich das?« fragte der Hauptfeldwebel, betrübt über so viel Torheit. »Ich weiß doch überhaupt nicht, was diese Meldung im einzelnen enthält. Und die Entscheidung darüber, ob sie ernst zu nehmen ist oder nicht, liegt ausschließlich bei Ihnen.«

»Was denn?« fragte der von Strackmann empört. »Da wird ein Unteroffizier tätlich angegriffen – und Sie fragen mich, ob das ernst zu nehmen ist oder nicht?«

»Herr Oberleutnant!« sagte Kirschke geduldig, doch bereits müde. »Eine Behauptung ist eine Sache. Sie zu beweisen ist eine andere. Und die dritte ist ganz einfach diese: Wer viel Wind macht, der kann sich selbst dabei erkälten.«

»Wie kommen Sie mir vor!« rief der Oberleutnant. »Das hier ist ein alarmierender Vorgang!«

»Schon möglich – aber anders, als Sie denken.«

»Ich bin nicht kleinlich«, behauptete der Oberleutnant von Strackmann, »aber in einem Punkt, da kenne ich keine Gnade, da bin ich eisern – dann nämlich, wenn man an den Grundfesten unserer Ordnung rüttelt. Und das tut jeder, der einen Vorgesetzten tätlich angreift!«

»Soll denn tatsächlich«, fragte Kirschke, »ein sonst anständiger Soldat wegen irgendeiner dummen, betrunkenen Geschichte für Monate, vielleicht sogar für Jahre ins Gefängnis wandern?«

»Wovon reden Sie denn überhaupt, Kirschke? Ich verstehe Sie nicht. Was wollen Sie vertuschen? Sind Sie etwa an dieser Geschichte direkt oder indirekt beteiligt?«

Der Oberleutnant, der wie fasziniert auf die Meldung starrte, glaubte plötzlich den für Kirschke springenden Punkt entdeckt zu haben. Und fast triumphierend rief er aus: »Da haben wir es! Sie sind tatsächlich nicht ganz unschuldig daran! Denn wie konnte so was geschehen? Doch nur deshalb, weil Sie es versäumt haben, einen frisch beförderten Unteroffizier sofort von den Mannschaften zu trennen. Deshalb!«

»Das für Streicher vorgesehene Bett in einem Unteroffizierszimmer wird erst heute frei.« Kirschke gab diese Erklärung mit fast gähnender Gleichgültigkeit ab. »Außerdem ist es immer wieder vorgekommen, wegen Platzmangels und aus Organisationsgründen, daß Unteroffiziere und Mannschaften zusammen schliefen. Allein deshalb muß doch nicht gleich was passieren. Im übrigen habe ich das Gefühl, daß Sie noch immer nicht erkannt haben, in was wir hier hineingeraten sind. So was schlägt sich mir auf den Magen. Ich gehe jetzt auf meine Bude – um die Hosen zu wechseln.«

Der Gefreite Kamnitzer gehörte zu den wenigen, die vorauszusehen vermochten, was für Folgen sich hier ergeben konnten – und das in erster Linie für Martin Recht. Und eine interne Unterredung mit Hauptfeldwebel Kirschke bestätigte seine Besorgnis.

Daher beschloß Kamnitzer, mögliche Hilfstruppen zu mobilisieren. Er hatte allerdings keine sonderlich klare Vorstellung davon, wie das wohl am besten durchzuführen war. Er wußte nur so viel, was dem einen nicht einfiel, das konnte möglicherweise dem anderen einfallen. Und zu diesem Zweck begab er sich in die Luftwaffenkaserne.

Das war verhältnismäßig leicht zu bewerkstelligen: Kirschke gab Kamnitzer einfach den dienstlichen Auftrag, in die Stadt zu fahren und dort Formulare zu besorgen. Der Gefreite schwang sich auf ein Fahrrad.

Er erkundigte sich zunächst nach Oberfeldwebel Voßler. Denn den hielt er für clever und einfallsreich. Der wußte, wo die Hirsche zu wechseln pflegten. Aber Voßler war nach Kreta geflogen und würde nicht vor dem Abend zurückkommen.

Kurz entschlossen suchte Kamnitzer den Hauptmann Ahlers auf. Der empfing ihn sofort und stellte seinen unerwarteten Besucher Hauptmann Treuberg vor, der hier sozusagen zur Einrichtung gehörte.

»Kleinen Ausflug gemacht?« fragte Treuberg leicht scherzend.

»Ich bin streng dienstlich hier, Herr Hauptmann«, versicherte Kamnitzer – und dabei blickte er verlangend zu Ahlers hinüber.

Der verstand diese Anregung, komplimentierte Hauptmann Treuberg, seinen Stellvertreter, hinaus und sah dann erwartungsvoll den Gefreiten des Heeres an.

»Gegen den Grenadier Martin Recht«, sagte Kamnitzer ohne jede weitere Einleitung, »liegt bei uns eine Meldung vor – wegen tätlichen Angriffs auf einen Vorgesetzten. Was sagen Sie dazu?«

Hauptmann Ahlers dachte einen Augenblick nach. »Zunächst einmal«, erklärte er sodann, »könnte ich sagen, daß mich das nichts angeht. Dieser Fall gehört nicht zu meinem Bereich. Ich habe nicht den geringsten Einfluß darauf.«

»Schön«, sagte Kamnitzer. »Dann mal anders herum, Herr Hauptmann. Glauben Sie, daß Martin Recht überhaupt dazu fähig ist, einen Vorgesetzten tätlich anzugreifen?«

»Das kann ich mir nicht vorstellen.«

»Es ist auch nicht so gewesen«, sagte Kamnitzer. Und nun versuchte er zu erklären, was seiner Ansicht nach wirklich geschehen war. »Aber die Meldung ist eingereicht und auch offiziell angenommen worden. Sie wissen ja, was das bedeutet.«

Das wußte Hauptmann Ahlers. Nachdenklich sagte er:

»Kein Einheitsführer ist für einen derartigen Tatbestand, wie Sie ihn mir schildern, zuständig, sondern die Justiz. Eine derartige Meldung muß weitergegeben werden. Eine Gerichtsverhandlung kann die Folge sein.«

»Kann?« fragte Kamnitzer. »Muß aber nicht?«

»Nicht unbedingt«, führte Hauptmann Ahlers aus. »Nicht, wenn sich nachträglich ergibt, daß irgendwelche Mißverständnisse vorlagen. So etwa könnte sich die Meldung als unzutreffend erweisen. Das jedoch nur, wenn der Erstatter dieser Meldung zugeben sollte, sie leichtfertig oder voreilig aufgesetzt zu haben.«

»Das ist hier kaum zu erwarten.«

»Dann ist es schlimm.«

»Sie können nichts dagegen machen, Herr Hauptmann?«

»Ich bitte Sie!« sagte Ahlers mit ehrlichem Bedauern. »Ihre Kaserne und meine, das sind doch zwei Welten.«

»Und Sie haben keinerlei Einfluß – etwa auf Major Bornekamp? Denn nach Lage der Dinge ist unser Kommandeur wohl der einzige Hebel, bei dem man jetzt noch ansetzen kann. Könnten Sie nicht versuchen, auf ihn einzuflüstern?«

»Ich fürchte, das hätte wenig Sinn.«

»Sie wollen also einen so braven Burschen wie Martin Recht einfach vor die Hunde gehen lassen – nur weil er zufällig andere Abzeichen trägt als Sie?«

»Das will ich nicht!« sagte Hauptmann Ahlers. »Ich bin sogar bereit, Ihre Anregung aufzugreifen und mich mit dem Kommandeur des Grenadierbataillons über diesen Fall zu unterhalten. Aber leider: ich verspreche mir nichts davon.«

»Das wäre aber immerhin schon etwas«, meinte Kamnitzer dankbar. »Denn schaden kann ein derartiger Versuch schließlich nicht.« Er blickte betrübt vor sich hin. »Und Sie wissen niemanden, der da eventuell etwas Druck machen könnte?«

»Doch – vielleicht gibt es einen!« Ein plötzlicher Einfall schien Hauptmann Ahlers zu durchzucken. Er erhob sich spontan. »Kommen Sie mit – wir werden ihn aufsuchen.«

Ahlers öffnete die Tür zum Vorzimmer seines Büros. Er rief hinaus: »Mein Dienstwagen soll sofort vorfahren!« Dann griff er nach seiner Mütze und seinen Handschuhen.

Im gleichen Augenblick erschien Hauptmann Treuberg. »Ich höre, Sie wollen fortfahren? Soll ich Sie begleiten?«

»Danke – nicht notwendig«, sagte Ahlers.

»Werden Sie lange wegbleiben?«

»Ich glaube nicht, Herr Treuberg. Kaum mehr als eine Stunde.«

Kamnitzer fand, daß diese beiden Hauptleute ein höchst ungleiches Gespann waren. Aber in einer Armee, dachte er, kann sich niemand aussuchen, mit wem er zusammenarbeiten will und mit wem nicht.

»Und wo werde ich Sie erreichen können, Herr Ahlers?« fragte Treuberg mit ersichtlicher Neugier. »Es könnte ja sein, daß sich inzwischen irgend etwas Besonderes ereignet.«

»Ich fahre zu Herrn Asch«, sagte Ahlers.

Hauptmann Ahlers, vom Gefreiten Kamnitzer begleitet, traf im Hotel zunächst auf Frau Elisabeth Asch. Die Begrüßung entbehrte nicht einer gewissen, kaum spürbaren Verwunderung. Ein wenig steif brachte der Hauptmann sein Anliegen vor: er hätte sich gerne ganz kurz mit Herrn Asch unterhalten.

»Es handelt sich um etwas Unangenehmes?«

»Woher wissen Sie das?« fragte Ahlers erstaunt.

»Nun«, sagte Frau Elisabeth, »man sieht es Ihnen an. Ganz abgesehen von dem völlig ungewöhnlichen Zeitpunkt Ihres Besuches.«

»Aber wer kann schon sagen, ob eine Sache angenehm oder unangenehm ist, richtig oder falsch?« Kamnitzer mischte sich freundlich ein. »Das weiß man immer erst, wenn sie erledigt ist. Die Hauptsache ist doch wohl, man läßt die Sache nicht einfach rollen, wo sie hin will, sondern wohin wir sie haben wollen.«

Frau Elisabeth bat die Herren in einen Nebenraum. Dann entfernte sie sich, um ihren Mann zu benachrichtigen. Herbert Asch erschien mit verblüffender Geschwindigkeit.

»Na, da bin ich aber gespannt!« rief Asch munter zur Begrüßung. »Nach den Andeutungen meiner Frau zu urteilen, müßt ihr ja mindestens eine Kiste Dynamit mit euch herumschleppen.«

»Herr Asch«, begann der Hauptmann Ahlers. »Erlauben Sie mir zunächst eine offene Frage: Was halten Sie von Herrn Kamnitzer?«

»Nanu?« fragte der Gefreite erstaunt. »Die Herren sprechen doch nicht etwa von mir? Soll ich mich inzwischen hinausbegeben?«

»Das könnte Ihnen so passen!« rief Asch belustigt. »Sich um die Wahrheit herumzudrücken – was?«

»Schön«, sagte Kamnitzer, »schließlich bin ich hart im Nehmen. Und außerdem halte ich von mir selbst auch nicht sonderlich viel. Also – was kann mir schon passieren?«

»Unser Freund, Herr Kamnitzer«, sagte Ahlers zu Asch, »hat nämlich eine Geschichte zu erzählen – und ich möchte gerne wissen, ob Sie ihm glauben; in allen Details.«

»Dann will ich zunächst einmal diese Geschichte hören.«

Kamnitzer erzählte. Langsam bekam er Routine: er vermochte sich mit knappen, übersichtlichen Sätzen auf das Wichtigste zu konzentrieren. Auch vermied er jede effektvolle Ausschmückung. Denn er kannte Asch – und er wußte, daß der nüchterne Bilanzen lesen konnte.

»Ob ich das glauben soll oder nicht«, sagte Herbert Asch schließlich, »das muß ich mir noch überlegen. Aber eins ist wohl sicher: es ist möglich.«

»Das ist auch meine Ansicht«, erklärte Ahlers.

»Nehmen wir einmal an«, meinte Herbert Asch nachdenklich, »alles, was Freund Kamnitzer erzählt hat, stimmt – auch die Folgerungen, die er daraus zieht. Was wäre dann zu tun?«

»Diese Meldung«, sagte Kamnitzer, »ist wie ein Schwarzer Peter – das hat der Hauptfeldwebel Kirschke genau erkannt. Der Oberleutnant von Strackmann aber war dumm – oder sagen wir: unerfahren – genug, diesen Schwarzen Peter anzunehmen. Und nun meine ich, man müßte versuchen, den Eisernen Kommandeur vor einer ähnlichen Dummheit zu bewahren.«

Herbert Asch betrachtete Kamnitzer mit steigender Anerkennung. Das war ein Mann nach seinem Herzen. Warum war der lediglich Gefreiter? Der würde vermutlich sogar einen guten Hotelier abgeben.

»Ehe ich mich von euch in die Arena jagen lasse«, sagte Asch mit der ihm angeborenen Vorsicht, »wo ich mich, zugegeben, meist recht wohl fühle, möchte ich noch etwas Grundsätzliches klären. Zunächst mit Ihnen, Herr Ahlers. Warum setzen Sie sich für diesen Martin Recht ein?«

»Aus persönlichen Gründen«, sagte der Hauptmann. »Denn

das ist es ja wohl, was Sie hören wollen. Recht verkehrt bei mir in der Familie, und er scheint meiner Tochter nicht wenig zu bedeuten. Ich möchte ihn vor dem Gefängnis bewahren.«

»Und bei mir«, sagte Kamnitzer grinsend, »geht es auch um ein rein persönliches Anliegen. Ich will die Puppen tanzen sehen! Sie sehen also: weit und breit nichts als niedrige Motive.«

»Ich bitte um Entschuldigung«, sagte Herbert Asch betroffen. »Ich hätte eine derartige Frage natürlich nicht stellen dürfen. Ich habe Ihre Antworten verdient.«

»Schon gut«, sagte Hauptmann Ahlers nahezu gerührt. »Ich verstehe Ihre Beweggründe.«

Herbert Asch hatte tatsächlich einen Augenblick Mühe, sein Gleichgewicht wiederzufinden. Er hätte wissen müssen, was einen Ahlers dazu veranlaßt hatte, einen derartigen Schritt zu tun: der war stets um Gerechtigkeit bemüht gewesen – um eine Gerechtigkeit, die auf Sauberkeit, Großmut und gesundem Menschenverstand basierte. Und Kamnitzer war etwas wie ein fröhlicher Rebell. Darüber hinaus waren beide seine Freunde.

»Ich fahre sofort los«, verkündete Asch entschlossen.

»Sie können versichert sein«, sagte Kamnitzer herzlich, »daß Martin Recht es verdient, wenn wir ihm helfen. Sie wissen ja, inmitten dieser klotzigen militärischen Apparatur kommt er mir immer vor wie ein unschuldiges Kind – und wenn man schon nicht Kinder davor bewahren kann, Soldat zu spielen, so muß man doch wenigstens versuchen, sie in Sicherheit zu bringen, wenn sie auch noch in das Räderwerk der Justiz zu geraten drohen.«

Herbert Asch eilte zu seinem schnellen Wagen und fuhr mit leicht überhöhter Geschwindigkeit zur Grenadierkaserne. Die Wache hielt ihn nur kurz auf. Und der Kommandeur, Major Bornekamp, zögerte diesmal nicht eine Sekunde, ihn zu empfangen.

»Ich komme, um zu kassieren«, eröffnete Herbert Asch ungeniert das Gespräch.

»Wird die Zeitung von einer Veröffentlichung meines Interviews absehen?« fragte Bornekamp hoffnungsvoll.

»Mehr als das«, verkündete Asch. »So ein Interview kann

schließlich auch ein Akt öffentlicher Anerkennung und Würdigung sein. Zu diesem Zweck wird man es Ihnen noch einmal vorlegen. Und dann können Sie es verändern, ergänzen, kürzen, abrunden; ganz, wie es Ihnen beliebt.«

»Na ausgezeichnet!« rief Bornekamp. »Ich fühle mich Ihnen gegenüber äußerst verpflichtet.«

»Und genau damit rechne ich auch«, versicherte Asch strahlend.

»Was kann ich für Sie tun, mein Verehrter? Sagen Sie es bitte ganz offen!«

»Schön – dann will ich sogleich zur Sache kommen. Also – liegt Ihnen eine Meldung über einen angeblichen tätlichen Angriff auf einen Vorgesetzten vor?«

»Nein«, sagte der Major Bornekamp heftig verwundert.

»Um so besser!« Herbert Asch blickte befriedigt. »Dann brauche ich Ihnen also lediglich zu raten, eine derartige Meldung – vorsorglich – nicht entgegenzunehmen.«

»Wovon sprechen Sie?« fragte Bornekamp mit steigender Verwirrung. »Was ist das für eine Meldung? Von wem kommt sie? Und woher wissen Sie überhaupt, daß eine derartige Meldung existiert?«

»Das«, sagte Asch gelassen, »hat sich bereits herumgesprochen.«

Damit lag quasi eine dicke Bombe auf dem Tisch. Bornekamp schien fassungslos darauf zu blicken. Und seine Augen wurden nahezu starr, als er nun vernahm: Der ihm bekannte Hauptmann Ahlers hatte Herbert Asch informiert – rein zufällig. Und nicht minder zufällig handele es sich bei dem betroffenen Soldaten um einen, der ihm, Asch, persönlich gut bekannt sei – und zwar gleich so bekannt, daß er nicht zögere, sich nachdrücklich für ihn einzusetzen.

»Das allerdings«, behauptete Asch, »unternehme ich nicht zuletzt auch in Ihrem eigenen Interesse, Herr Major. Denn besagte Meldung kann viel Staub aufwirbeln – zumal sie, meines Erachtens, außerordentlich fragwürdig ist. Und ich vermag mir nicht vorzustellen, daß Sie sich in ein Unternehmen einlassen würden, dessen Ausgang höchst zweifelhaft sein könnte. Denn ein gefährlich verunglücktes Interview und dazu noch ein peinlicher Skandal – das wäre doch wohl entschieden zu viel, nicht wahr?«

»Das«, sagte der Major erregt, »das ist eine ... eine ...«

»Nicht jetzt das Wort Erpressung«, empfahl Herbert Asch liebenswürdig. »Ich weiß, ich weiß: was ich von Ihnen erhoffe, könnte möglicherweise – wie soll ich sagen – etwas außerhalb der Legalität liegen. Doch das wird Sie sicher nicht sonderlich beunruhigen. Außerdem bleibt das alles unter uns. Und Hauptmann Ahlers, von dem Sie annehmen dürfen, daß es ihm allein um das Ansehen der Garnison geht, wird davon Abstand nehmen, Oberst Turner über diesbezügliche Einzelheiten zu unterrichten.«

Das, fand Bornekamp, war nicht nur eine Erpressung – das war eine Frechheit. Man versuchte ihn zu überfahren – wie mit einem Panzer im Schlammgelände. Doch er sah zunächst keinen Ausweg, um aus dieser Falle unbeschädigt wieder herauszukommen.

»Noch irgend etwas unklar?« fragte Asch entgegenkommend.

Der Major Bornekamp schloß kurz die Augen. Dann aber nahm er den Hörer seines Telefons ab und befahl: »Chef – dritte Kompanie.«

Oberleutnant von Strackmann meldete sich ergeben und mitteilungsbereit. Doch er bekam nicht die geringste Gelegenheit, irgend etwas an den Mann beziehungsweise den Kommandeur zu bringen.

Der Major Bornekamp sagte vielmehr: »Hören Sie mir jetzt gut zu, Strackmann, und unterbrechen Sie mich nicht. Ich möchte Sie auf folgendes aufmerksam machen: eine Meldung, ganz gleich welchen Inhalts, hat mit letzter Korrektheit zu erfolgen. Sie ist auf ihren Wahrheitsgehalt nachzuprüfen, und zwar gründlich. Auch die leisesten Zweifel dabei müssen beseitigt werden. Und ich hoffe nicht, daß Sie versuchen werden, mich mit irgendwelchen zweifelhaften, unfertigen oder gar anfechtbaren Produkten zu belästigen. Dabei ist es mir gleichgültig, ob es sich um eine Meldung über einen beschädigten Mündungsschoner handelt, um ein verlorengegangenes Paar Socken oder gar um einen tätlichen Angriff auf einen Vorgesetzten. Letzteren Fall kann ich mir übrigens in meinem Bataillon überhaupt nicht vorstellen. Doch davon mal ganz abgesehen: Die Qualität eines Kompaniechefs beweist sich mir immer am überzeugendsten dadurch, daß es in seinem Bereich keine fragwürdigen Vorkommnisse gibt. Ist das klar, Strackmann? Das ist also klar! Ende.«

Unwillig schnaufend legte Bornekamp den Hörer auf die Gabel. »Genügt das?« fragte er bissig.

»Das«, gab Herbert Asch gerne zu, »dürfte vermutlich genügen.« Er glaubte, einen klaren, wenn auch keinen schönen Sieg errungen zu haben. Doch selbst ihm war es immer noch nicht gegeben, die Dschungel der Zuständigkeiten, Zufälle und Ausweichmöglichkeiten zu durchschauen.

Der Oberleutnant von Strackmann stand da wie etwa weiland Napoleon beim Anblick des brennenden Moskau. Wohin er auch sah: Rauch und schwelende Trümmer!

Selbst der Blick des Hauptfeldwebels Kirschke schien nicht frei von Mitleid zu sein. Major Bornekamp war bei seinem Telefongespräch reichlich laut gewesen.

»Verflucht«, sagte der von Strackmann vor sich hin. »Was fangen wir jetzt an?«

»Wieso wir?« fragte Kirschke erbarmungslos. »Ich habe schließlich diese Meldung nicht entgegengenommen.«

»Gut, gut!« rief der Oberleutnant erregt. »Sie kennen sich aus! Sie wissen immer, woher der Wind weht! Gut – zugegeben! Was wollen Sie mehr? Aber was hilft mir das jetzt?«

»Nichts«, sagte Kirschke. Er sagte das ohne Triumph. Denn schließlich ging es um die Kompanie, deren Hauptfeldwebel er war; selbst wenn sie von einem Strackmann geführt wurde, fühlte er sich noch für sie verantwortlich.

»Aber es muß doch einen Ausweg geben«, rief der Oberleutnant nahezu verzweifelt. Er war von seinem hohen Roß gestiegen und blickte geradezu werbend auf Kirschke. »Wie, wenn sich herausstellen sollte, daß diese Meldung unzutreffend ist –?«

»Soweit ich die Situation zu übersehen vermag«, sagte Kirschke,

»muß man mit folgendem rechnen: Streicher kann gar nicht mehr zurück! Selbst wenn er das wollte, würde ihm Rammler den Weg dazu verstellen.«

»Und wenn ich diese Meldung ganz einfach nicht weiterreiche, wenn ich sie sozusagen unter den Tisch fallen lasse – was dann?«

»Dann machen Sie sich strafbar.«

»Aber es gibt doch schließlich das, Kirschke, was man Ermessensfreiheit nennt.«

»Nicht in diesem Fall. Ich darf Sie auf den Paragraphen vierzig des Wehrstrafgesetzes aufmerksam machen. Danach dürfen Dienstvergehen, die zugleich eine Straftat darstellen, nicht vom Disziplinarvorgesetzten erledigt werden – selbst dann nicht, wenn der Vorgang zweifelhaft sein sollte. Sie müssen also diese Angelegenheit an die Staatsanwaltschaft abgeben. Tun Sie das nicht, dann haben Sie sich damit Ihrerseits eines Dienstvergehens schuldig gemacht. Und die Strafe dafür kann Gefängnis sein – von einem Monat bis zu drei Jahren.«

Kein Zweifel – der von Strackmann war in der Zwickmühle: ihm lag die Meldung vor – aber der Kommandeur wollte sie nicht haben; und einfach zurückgeben konnte er sie auch nicht. Die Unteroffiziere hatten sie ihm zugeschoben; und wenn er sie weiterzuschieben versuchte, würde er den vernichtenden Zorn des Majors riskieren. Was also tun?

»Denken Sie nach, Kirschke, denken Sie nach! Vielleicht fällt Ihnen etwas ein.«

»Mir fällt so manches dazu ein«, sagte der Hauptfeldwebel gemessen. »Aber das werden Sie nicht hören wollen.«

»Reden Sie!« forderte der Oberleutnant. »Hier steht ja doch das Ansehen der Kompanie auf dem Spiel – unserer Kompanie, Kirschke.«

»Das Ansehen?« fragte der Hauptfeldwebel. Er schüttelte den Kopf. »Was ist das schon? Darunter kann man vieles verstehen: Ansehen durch hochgetrimmte Leistung, durch übertriebenen Einsatz, durch das Stellen von mehr oder weniger eitlen Schaubildern...«

»Nun gut, Kirschke, gut«, unterbrach ihn der Oberleutnant, »dieses Wort scheint Sie zu stören, also lassen wir es weg. Wir wollen uns hier schließlich nicht um Spitzfindigkeiten streiten. Am Ende ziehen wir doch am gleichen Strang – wie?«

»Ich hätte gewiß nichts dagegen. Aber ich sehe in einer Kompanie gar nicht in erster Linie eine Kampfeinheit mit dieser oder jener Bewaffnung und Ausbildung. Wissen Sie, was für mich eine Kompanie zunächst einmal ist? Hundert und mehr Menschen!«

»In diesem Punkt«, behauptete der Oberleutnant, »sind wir uns im Grundprinzip durchaus einig.«

»Das muß ich leider bezweifeln«, erklärte Kirschke unbeeindruckt. »Und da Sie meine Aufrichtigkeit herausfordern ...«

»Ich bitte sogar darum!«

»... werde ich nicht zögern, sehr deutlich zu werden. Die Gelegenheit dazu scheint mir günstig – außerdem sind wir ganz unter uns. Was einer von uns nicht hören will, das hat er dann eben nicht gehört. Und ich will auch nicht verschweigen, Herr Oberleutnant, daß Sie in meinen Augen das sind, was man einen vorzüglichen Soldaten nennt.«

»Bitte, bitte – Sie brauchen mir nicht zu schmeicheln!« erklärte der von Strackmann. Er war angenehm überrascht – er hatte eine derartige Anerkennung von Kirschke nicht erwartet. »Doch ich wollte Sie nicht unterbrechen. Sie können ruhig weiter so offen mit mir reden.«

»Sehr gerne«, sagte der Hauptfeldwebel. »Ich gebe also zu, daß Sie über eine Anzahl wichtiger Eigenschaften für diesen Beruf verfügen, so da sind: Ausdauer, Energie, Einsatzbereitschaft, Waffenkenntnis, auch das Bemühen um soldatische Sauberkeit. Das ist gewiß nicht wenig – aber glauben Sie, das genügt?«

»Ich weiß wirklich nicht, was ich dazu sagen soll, Kirschke.«

»Ich jedenfalls möchte Ihnen dazu sagen, daß noch so glänzende berufliche Fähigkeiten hier nicht ausreichen. Es müssen menschliche Qualitäten hinzukommen. Das scheint mir in diesem Fall der springende Punkt. Denn als Sie diese Kompanie übernahmen, sahen Sie ganz offenbar darin lediglich ein Instrument – ob nun eines der Verteidigung oder der persönlichen Laufbahn, will ich gar nicht beurteilen.«

»Erlauben Sie mal, Kirschke – gehen Sie da nicht ein wenig zu weit?«

Kirschke lehnte sich gegen die Wand. Was er sagte, schien ihn nicht sonderlich zu bewegen. So lässig, wie seine Haltung war, klangen auch seine Worte. »Diese Kompanie war, bevor Sie kamen, halbwegs normal: eine willige Mannschaft, ein brauchbares Unteroffizierskorps, eine vergleichsweise solide Ausbildung. Die Organisation klappte, die Truppe erledigte ihr Pensum, der Dienstplan wurde erfüllt. Bis Sie dann anfingen, sich nach den Maßstäben einer überdrehten Tüchtigkeit zu orientieren.«

»Ich muß doch sehr bitten«- sagte der Oberleutnant. »Haben Sie sich auch genau überlegt, was Sie da sagen?«

»Einige Wochen lang«, sagte Kirschke. »Denn vom ersten Tag, da Sie die Führung dieser Kompanie übernahmen, wurde deutlich, daß sich die Werte plötzlich verschoben. Sie beurteilten zunächst einmal jeden nach seiner Einstellung Ihnen gegenüber. Sie hielten die willigen Jasager für überzeugte Befürworter Ihrer Prinzipien. Sie erkannten nicht, wann Härte und Schikane verwechselt wurden. In Ihren Augen war wilde Betriebsamkeit gleichbedeutend mit entschlossener Einsatzbereitschaft.«

»Schluß damit!« rief der Oberleutnant empört. »So kommen wir nicht weiter.«

»Wie weit sollen wir denn noch kommen?« erlaubte sich Kirschke zu fragen. »Und ich gebe auch zu: es ist, in der jetzigen Situation, nur noch pure Theorie, das alles aufzurechnen. Denn diese Meldung allein, so wie sie Ihnen vorliegt, ist in Wirklichkeit kaum mehr als die sichtbare Spitze eines zum größten Teil unsichtbaren Eisbergs. Versuchen Sie, diese Angelegenheit aufzurollen, und Sie werden dann zumindest noch folgendes entdecken: die Beschimpfung eines halbjüdischen Soldaten durch die verächtlich gemeinte Bezeichnung ›Jude‹; den nächtlichen Überfall auf einen Feldwebel, der dann nackend durch die Gegend zog; die fragwürdigen Versuche eines Unteroffiziers, sich bei einem Untergebenen Geld zu verschaffen; schließlich heikle Manipulationen mit einem Urlaubsschein. Und wer weiß, was sonst noch! Glauben Sie mir – diese Meldung über einen tätlichen Angriff auf einen Vorgesetzten ist bei dieser Massenkarambolage wohl kaum mehr als ein vorläufiger Schlußpunkt.«

»Hören Sie auf!« rief der Oberleutnant entsetzt. »Kein Wort weiter!«

»Ja, ich höre auf – denn viel mehr ist dazu wohl kaum noch zu sagen.«

Der Oberleutnant von Strackmann ließ sich wie entkräftet in seinen Sessel fallen. »Was können wir denn jetzt noch tun, Hauptfeldwebel?«

»Abwarten – mehr wohl nicht. Vielleicht wird inzwischen irgend jemand weich. Doch ich fürchte: das wird kaum bei bestimmten Unteroffizieren zu erwarten sein. Denn denen haben Sie einen Wind in die Segel geblasen, mit dem sie weit über ihr gewöhnliches Ziel hinausschießen werden.«

Der Feldwebel Rammler war in voller Fahrt. Sein Zug sauste – »wie eine Herde Wildsäue« – durchs Gelände, daß es nur so staubte!

»Das alles«, erklärte Rammler zwischendurch den keuchenden Soldaten, »hat seinen Sinn. Ich erwarte nicht, daß ihr ihn begreift. Aber das wird euch helfen, später einmal zu überleben.«

Rammler wußte: derartige Erklärungen standen in jedem besseren Handbuch wie in einschlägigen Landserheften. Und die breiteste Öffentlichkeit hatte für »harte Ausbildung« glücklicherweise endlich wieder mehr Verständnis.

»Der echte Soldat«, sagte Rammler fröhlich, »kennt keine Hindernisse. Mit eisernen Stirnen voran! Und was macht man mit dem Arsch? Man kneift ihn zusammen.«

Derartig munter ging es im dritten Zug der 3. Kompanie zu.

»Tiefflieger von links!« rief der Feldwebel Rammler. Er hätte genausogut »Granateneinschläge geradeaus« oder »MG-Feuer von rechts« rufen können – die Wirkung wäre dieselbe gewesen: die Soldaten verschwanden im Gelände, verdrückten sich in Erdfalten, rollten sich zwischen zwei Hügeln, preßten sich an Feldsteine heran. Rammler stand aufrecht und allein auf weiter Flur: ein Denkmal.

»Einzeln vorarbeiten – Richtung Sturzbach!«

Rammlers Soldaten sprangen auf wie die Hasen. Sie stürzten sich, nach dem Sprung, der Erde entgegen. Dort wühlten sie sich ein wie Maulwürfe. Rammler konnte nicht umhin, anerkennend zu nicken: ganz brauchbares Material!

»Gefechtspause!« verkündete er sodann großzügig. »Aber alles bleibt in voller Deckung.«

Der Feldwebel Rammler hielt sich für die Gerechtigkeit in Person: die Leute »spurten« – mithin verdienten sie auch Anerkennung. Er hatte nun mal ein Herz für sie – sofern sie sich am Riemen rissen. Und wem es etwa in seinem Bereich schlecht ging, der war selber daran schuld.

»Kamnitzer auf den nächsten Baum!« ordnete er an. »Dort Feindbeobachtung Richtung Osten!« Er wies dabei nach Südsüdwesten – doch er sagte grundsätzlich immer »Osten«, wenn irgendwie von Feinden die Rede war.

Der Gefreite Kamnitzer kam diesem Befehl unverzüglich und auch gerne nach. Er erkannte zwar, daß er isoliert werden sollte – doch das war ihm nicht unwillkommen. So enterte er denn einen Kastanienbaum aufwärts und hockte sich dort zwischen die dichtesten Äste: von unten konnte er nicht eingesehen werden – aber von dort oben hatte er einen ausgezeichneten Überblick.

»Die dritte Gruppe zu mir!« befahl Rammler.

Diese dritte Gruppe bestand aus der Stube 13. Unteroffizier Streicher durfte sie, erstmalig, führen. Er glühte wie ein Komet – und er hatte in der Tat das Hochgefühl, eine Art Himmelskörper zu sein.

Mitten in diesem Rudel stand Martin Recht – und noch stand er durchaus mannhaft da: regungslos und scheinbar gelassen; selbst dann noch, als Rammlers Blick ihn traf.

Auch Recht wurde abgesondert. Er erhielt den Auftrag, sich in Richtung Sturzbach vorwärts zu robben. Auch er, wie Kamnitzer, »zwecks Feindbeobachtung«.

»Sie werden vorwärts robben, Recht, wie ein Wiesel – aber wie eins während der Paarungszeit.« Hier machte Rammler eine kurze Pause, um seinen Leuten Gelegenheit zu geben, in ein freudig zustimmendes Gelächter auszubrechen. Drei Mann taten das tatsächlich. »Und getarnt wie Oskar, Mann! Keine Müdigkeit vorschützen. Immer eisern vorwärts – bis ganz dicht an den Rand von diesem Pißgewässer.«

Drei weitere Angehörige der Gruppe Streicher durften sich eingraben. Die restlichen fünf scharte Rammler um sich. Es waren die gleichen fünf – mit Porky an der Spitze –, die für die entscheidende Zeugenaussage in Sachen »Tätlicher Angriff auf einen Vorgesetzten« ausersehen waren. Der Feldwebel musterte sie dementsprechend hoffnungsvoll und wohlwollend.

»Ihr bildet die Reserve«, erklärte Rammler. »Ihr dürft euch also für die nächste Viertelstunde in die Büsche schlagen. Dabei kann es sich sogar um eine halbe Stunde handeln – unter Umständen um noch mehr. Legt euch auf den Bauch, Freunde! Aber ich will nicht hoffen, daß ihr dabei lediglich herumdöst. Ich gebe euch vielmehr Gelegenheit zum Nachdenken. Und worüber ihr nachzudenken habt, das wird euch vermutlich einfallen. Also ab – durch die Mitte!«

Die fünf verschwanden – sie tauchten unter wie Fische in undurchsichtigem Moorwasser. Jeder von ihnen wußte, was von ihm erwartet wurde. Auf alle Fälle gab es keinen unter ihnen, dem die Verschnaufpause nicht hochwillkommen gewesen wäre.

Der Feldwebel Rammler beabsichtigte zu demonstrieren, daß er nicht nur ein fordernder Vorgesetzter sein konnte – sondern vielmehr auch: ein kämpferischer Kamerad! Ein derartiger Beweis bot sich um so ungetrübter an, als weit und breit kein unbequemer höherer Vorgesetzter vorzufinden war. Denn der Oberleutnant von Strackmann mühte sich mit Kirschke auf der Schreibstube ab, und die beiden jungen Leutnants beschäftigten sich mit den anderen Zügen der Kompanie; dort hatten sie alle Hände voll zu tun.

Rammler also drängte es danach, als verpflichtendes Vorbild in Erscheinung zu treten. Es durfte nichts geben, vor dem er haltmachte – auch nicht diesen Sturzbach.

Dieser Sturzbach war ein sogenanntes schnelles Gewässer. Das an sich harmlose Flüßchen schien die Nähe einer Garnison willig zu respektieren – es verwandelte sich, plötzlich eingeengt, in ein durchaus brauchbares Übungsgelände. Selbst Kanumeisterschaften hätten hier ausgetragen werden können.

In diesen Sturzbach stürzte sich der Feldwebel Rammler – an der Spitze ausgesuchter Leute. Er immer voran! Das heftig dahinströmende Wasser reichte ihm fast bis zur Brust. Doch ihn vermochte es nicht umzureißen. Er hatte nicht nur ein stattliches Eigengewicht, er trug auch ein Maschinengewehr mit sich. Dazu zwei Kästen voller Munition. Nichts konnte vorbildlicher sein. Außerdem erhöhte das seine Standsicherheit.

Breitbeinig stand er da – mindestens fünf Meter vom Ufer entfernt. Seine Leute hatten diesem guten Beispiel zu folgen – dementsprechend blickte er verlangend zu Martin Recht hinüber. Und der lag bleich in einem Gebüsch.

»Fertigmachen zum Sprung!« rief ihm Rammler zu.

Martin Recht ließ den Kopf sinken. Sein Körper zog sich zusammen – er machte sich sprungbereit. Ein knapper Meter nur – und er würde im Wasser landen. Das wußte er. Er wußte auch: er konnte nicht schwimmen. Und infolgedessen hatte er einige Angst vor dem Wasser – auch wenn es, zunächst, nicht allzu tief war. Dafür war es reißend. Und Recht war nicht so schwer und standfest wie Rammler.

Das alles wußte Rammler auch. Und auf dieses Wissen war er stolz: er kannte, wie es sich für einen Vorgesetzten gehörte, die Schwächen seiner Leute. Ganz selbstverständlich tat er daher alles, um diese Schwächen zu bekämpfen.

Und er rief Martin Recht zu: »Sprung auf, marsch, marsch!«

Der sprang.

Später sagten einige der Kameraden aus – »zur Wahrheit ermahnt«: Es sei ein besonders schöner Tag gewesen; und eine gewisse Abkühlung hätten sie daher nur als angenehm empfunden. Sie hätten sich auf das Wasser geradezu gefreut und seien munter darin herumgesprungen. »Und was heißt denn schon Strömung? Das Wasser reichte knapp bis zur Brust. Auch Nichtschwimmer konnten da durch.«

Mochte jedoch den anderen das Wasser »knapp bis zur Brust« reichen: bei Martin Recht reichte es bis zum Herzen. Es schnürte ihn ein, wie es ihm vorkam. Sein Blut war plötzlich wie Blei, der Atem stockte ihm, er rutschte aus und verlor das Gleichgewicht. Er schlug um sich, mit heftigen, hastigen Bewegungen. Haltlos trieb er ab.

Doch er trieb auf Feldwebel Rammler zu.

Der packte ihn und riß ihn hoch. Er versuchte, ihn auf die Beine zu stellen. Doch das gelang nicht gleich. Die Gliedmaßen des Grenadiers schienen aus Gummi.

»So was habe ich gerne!« rief Rammler grimmig. »Die Schnauze voll nehmen und die dreckigen Flossen nach einem Vorgesetzten ausstrecken! Doch wenn es darauf ankommt, dann ist dieses Völkchen schlapp wie eine Leberwurst!«

Die Kameraden erklärten später: Recht sei zusammengeklappt wie ein Taschenmesser – er als einziger. Das aber sei nicht voraussehbar gewesen; denn mochte Recht auch niemals besonders widerstandsfähig gewesen sein – dies hätte er doch wohl schaffen müssen, wie alle anderen auch. Aber Rammler habe ihn sich geschnappt und ans Ufer gebracht. Man könne wohl sagen: er habe ihm das Leben gerettet.

»So einen Armleuchter wie Sie hätte ich ersaufen lassen sollen«, sagte der Feldwebel. Er beugte sich über den schweratmenden Martin Recht. »Schlappschwänze jedenfalls können wir hier nicht brauchen – und schon gar nicht solche, die heimtückisch Vorgesetzte angreifen.«

Er hatte, so fand er, diesem Schweinehund eine Lehre erteilt – und allen anderen auch. Das würde hoffentlich erfreuliche Früchte tragen. Aufmunternd blickte er um sich – und er sah in vergleichsweise ergebene Gesichter.

Aber dann sah er auch den Gefreiten Kamnitzer auf sich zukommen.

Das, was gewöhnlich Schicksal genannt wird – oder auch Zufall –, schien sich diesmal einer Whiskyflasche zu bedienen. Sie kam aus Schottland, trug die Bezeichnung »Red Horse« und wurde vom Delikatessenhändler Schlachtmann geführt. Und Frau Elfrieda, die Gattin des Majors Bornekamp, hatte den Wunsch geäußert, sie zu besitzen. Zu diesem Zweck tauchte der Oberleutnant von Strackmann in diesem Laden auf.

Er hatte einen schweren Tag noch lange nicht hinter sich gebracht und lechzte nach Entspannung und Zuspruch. Beides glaubte er von Frau Elfrieda erwarten zu dürfen. Und hierzu schien ihm der von ihr gewünschte Whisky der wohl denkbar beste Anknüpfungspunkt.

Doch der Delikatessenhändler Schlachtmann führte – unter anderem – auch ein Bier, das mit Sekt gemischt war: »Champi« genannt. Kostenpunkt der Flasche: 1,20 DM. Dieses Getränk wurde von verschiedenen Damen, darunter solchen aus »örtlich höchsten Kreisen der Gesellschaft«, bevorzugt – so auch von der Frau des Hauptmanns Treuberg.

So begegneten sie sich denn wieder: der Hauptmann der Luftwaffe und der Oberleutnant des Heeres – Stellvertreter beide; beide auch stets strebsam bemüht und sich daher einig darüber, daß ihre Tüchtigkeit nicht in der rechten Weise eingeschätzt wurde. Nicht zuletzt deshalb hatten sie sich sozusagen auf Anhieb verstanden – etwa bei der Organisation für den Gesellschaftsabend der Offiziere und das Tanzvergnügen der Fähnriche.

»Bin erfreut, Sie wiederzusehen«, versicherte der Hauptmann Treuberg.

»Das Vergnügen ist ganz auf meiner Seite«, behauptete der von Strackmann.

»Eigentlich«, sagte Treuberg vertraulich, »habe ich schon den ganzen Tag überlegt, ob ich Sie anrufen sollte oder nicht.« Er lotste den Oberleutnant in eine Ecke, zwischen Fisch- und Obstkonserven. »Denn ich könnte mir denken, daß Sie gewisse Schwierigkeiten haben.«

»Man muß damit fertig werden«, sagte der von Strackmann. »Aber woher wissen Sie davon?«

Der Hauptmann Treuberg vergaß für Minuten seine Frau und ihr steigendes Bedürfnis, sich »Champi« einzuverleiben – um ihrerseits vergessen zu können. Denn sie war ein empfindsamer Mensch und litt darunter, daß ihr Mann immer noch nicht Major war, sondern lediglich Ahlers zugeteilt. Ausgerechnet einem Ahlers! So hatte sie nicht die gesellschaftliche Stellung inne, die ihr gebührte.

»Ich weiß so manches.« Treuberg blickte sich um.

Doch kein Feind war in Sicht. Dennoch erfolgte der Vorschlag: vielleicht wäre es empfehlenswert, einen Platz aufzusuchen, an dem sie völlig ungestört plaudern könnten, zum Beispiel den Gasthof »Zum Barbarossa« – gleich um die Ecke.

Und hier saßen sie nun: ein sanft schäumendes goldgelbes Bier vor sich, um sie die verräucherte, klobige Wandbekleidung: Faßdeckel darstellend, von Eichenlaub umrankt.

»Sagen Sie mal, mein lieber Herr von Strackmann – so ganz unter uns –, wissen Sie eigentlich, daß Sie nicht nur Freunde haben? Und wissen Sie, warum Hauptmann Ahlers Ihnen gegenüber voreingenommen sein könnte?«

»Ist er das?« fragte der Oberleutnant aufmerksam. »Ich wüßte wirklich nicht, warum.«

Der von Strackmann begann zu ahnen, daß diese Unterredung von einiger Bedeutung sein könnte. Er nahm einen kräftigen Schluck und bat darum, aufgeklärt zu werden.

»Sie müssen wissen«, sagte Treuberg bedächtig, »daß ich Hauptmann Ahlers gewiß als einen vorzüglichen Offizier schätzen gelernt habe. Leider aber habe ich auch erkennen müssen, daß er nicht gerade in jeder Beziehung vorbildlich ist. Ich meine zum Beispiel seine bedenkliche Vermengung von dienstlichen und privaten Interessen. Ihnen ist doch sicher ein Grenadier Martin Recht bekannt?«

»Und ob!« rief der Oberleutnant alarmiert. »Wie kommen Sie ausgerechnet auf den?«

»Nun – dieser Recht geht bei Ahlers ein und aus. Privat! Er hat was mit dessen Tochter. Nun gut – warum sollen sie nicht! Möglich, daß alles völlig einwandfrei ist – mit Verlobung und so.«

»Aber Sie meinen«, fragte der von Strackmann mit mühsam gebändigter Erregung, »daß Hauptmann Ahlers wegen diesem Recht interveniert hat – so von hinten herum?«

»Das meine ich nicht nur – das weiß ich mit Bestimmtheit.«

»Daher also weht der Wind!« rief der Oberleutnant. »Der wendet sich einfach an den Major und wirft mir Knüppel zwischen die Beine!«

»Leider ist die ganze Angelegenheit noch ein wenig komplizierter. Denn Ahlers ist viel zu schlau, um dabei persönlich in Aktion zu treten. Er hat ein stärkeres Geschütz vorgeschoben – nämlich den Bürgermeister Asch.«

»Das ist empörend! Ein Hauptmann macht Schwierigkeiten – nur weil es um den Kerl seiner Tochter geht!«

»Ich würde das so nicht sagen«, empfahl Treuberg behutsam. »Denn ob es sich nun um einen zukünftigen Verwandten handeln sollte oder um einen x-beliebigen Soldaten – das Motiv, das zu seiner Verteidigung geführt hat, kann dennoch durchaus ehrenwert sein. Das Gegenteil jedenfalls kann niemand so leicht beweisen.«

»Aber dieser Mann ist doch sozusagen befangen – das muß jedem sofort einleuchten!«

»Lassen Sie sich nicht auf derartige Spitzfindigkeiten ein, Herr von Strackmann – es gibt da nämlich noch andere, ungleich bessere Argumente. Ich meine: Wer sich als Sittenrichter oder Gerechtigkeitsfanatiker aufspielen will, der muß zumindest eine reine Weste haben.«

»Und die hat er nicht?« Der Oberleutnant von Strackmann schnappte sofort zu. »Inwiefern?«

»Sehen Sie, mein Lieber, als Offizier hat man doch wohl einige Verpflichtungen, was das Privatleben angeht. Damit meine ich hier nicht etwa Weibergeschichten oder ähnliches – ich meine Schulden. Wenn er Schulden macht...«

»Hat er das getan?« Der von Strackmann schluckte diesen Köder in sich hinein. »Und sind sie hoch?«

»Immerhin etliche tausend Mark.« Treuberg lehnte sich befriedigt zurück. Das war geschafft! Er hatte dem Offizierskameraden wirkungsvoll Hilfestellung geleistet. Der Rest lief von allein. »Aber damit noch nicht genug – unter denjenigen, die Ahlers angepumpt hat, befindet sich ein Oberfeldwebel.«

»Ein Untergebener!«

»Namens Voßler. Er hat für Ahlers dreitausend Mark ausspucken müssen.«

»Und ein derartiger Mensch wagt es, mir in den Rücken zu

fallen! So was sollte man einfach nicht für möglich halten! Jedenfalls bin ich Ihnen sehr verbunden für Ihre Information.«

»Ich habe sie Ihnen gerne gegeben, Herr von Strackmann – und natürlich vertraulich.«

»Vertraulich – natürlich.«

»Sie werden das verstehen. Bedenken Sie meine Situation – ich kann gar nicht anders handeln.« Schließlich war er der Stellvertreter von Ahlers. Daß er bei den zu erwartenden Komplikationen auf dessen Posten nachrücken würde – das konnte natürlich Anlaß zu Mißdeutungen geben. »Außerdem werden meine Hinweise – auch ohne Quellenangabe – völlig ausreichen. Derartige Tatsachen können nicht abgeleugnet werden.«

»Herr Hauptmann«, sagt der Oberleutnant Dieter von Strackmann verbindlich, »ich danke Ihnen für dieses Gespräch.«

»Mann!« rief der Feldwebel Rammler dem herantrabenden Gefreiten Kamnitzer entgegen. »Sie haben Ihren Beobachtungsposten verlassen!«

Der Gefreite Kamnitzer schien den Feldwebel überhaupt nicht zu beachten. Er eilte auf das nasse Kleiderbündel zu, das den auf der Erde liegenden Grenadier Recht umhüllte. Er kniete nieder und griff nach dem Gesicht des Freundes. Und er sah in müde, verängstigte Augen – die jetzt jedoch dankbar aufleuchteten.

»Na – da hast du ja noch mal Schwein gehabt«, sagte Kamnitzer rauh und mit spürbarer Erleichterung.

»Es geht schon wieder, Karl«, sagte Martin Recht matt.

»Kamnitzer!« rief der Feldwebel. »Haben Sie nicht gehört, was ich zu Ihnen gesagt habe?«

»Was haben Sie denn gesagt?« fragte der, ohne aufzusehen.

»Stehen Sie gefälligst auf, wenn Sie mit mir reden!« brüllte Rammler. »Sehen Sie mir dabei ins Auge!«

»Gerne«, sagte Kamnitzer und erhob sich. Er stellte sich vor dem Feldwebel auf und blickte ihn an – kühl, abschätzend, mit leichtem Lächeln. Letzteres war mehrfach erprobt; es wirkte garantiert herausfordernd.

Das empfand Rammler auch. Doch er befahl sich: Beherrschung! Das allein schon im Hinblick auf die zahlreichen Soldaten, die sich in Hörweite befanden.

»Gefreiter Kamnitzer«, sagte daher der Feldwebel beherrscht. »Sind Sie sich darüber im klaren, daß Sie Ihren Beobachtungsposten verlassen haben?«

»Jawohl.«

»Sie haben ihn verlassen, obwohl Sie keinen dienstlichen Befehl dazu von mir bekommen haben!«

»Jawohl.«

Dieses stereotype »Jawohl« ging Rammler sichtlich auf die Nerven. Auch vermochte er nicht zu begreifen, warum sich dieser Kamnitzer derartig gelassen aufführte. Denn endlich war es Rammler gelungen, ihn festzulegen – dieser sonst so durchtriebene Bursche war mitten in ein Minenfeld geraten.

»Mann!« rief der Feldwebel. »Was Sie sich da geleistet haben, das langt für eine Gerichtsverhandlung.«

»Wieso – bitte?«

»Seinen Posten verlassen! Mitten in einer Gefechtsübung! Wissen Sie, was so was im Ernstfall bedeutet?«

Die willig lauschenden Soldaten schienen der Ansicht zu sein, daß der Feldwebel diesmal absolut sicher im Sattel saß – und Kamnitzer im Eimer.

Doch auf Kamnitzers Antwort brauchte niemand lange zu warten. Er erklärte: »Ich darf Sie auf einen Irrtum aufmerksam machen, Herr Feldwebel – eigentlich sogar gleich auf mehrere.«

»Mensch!« sagte Rammler breit und selbstbewußt. »Was soll denn da wohl noch unklar sein?«

»Eine ganze Menge – aber eben nicht bei mir. Gewiß, ich wurde auf den Baum geschickt; das aber mit einem Befehl, der keinesfalls umfassend oder eindeutig war.«

»Sie sollten den Feind beobachten, Mann!«

»Gewiß, Herr Feldwebel. Aber: welchen Feind? Und aufgrund welcher Gefechtslage? Mit welch einem Ziel? Nichts dergleichen! So habe ich denn, mangels besserer Objekte, Sie beobachtet, Herr Feldwebel. Und bei dieser Gelegenheit sah ich, wie ein Soldat zu ertrinken drohte.«

»Halten Sie Ihre Schnauze!« rief Rammler.

»Sagten Sie Schnauze?« fragte Kamnitzer.

»Ich sagte, daß Sie still sein sollen!« Der Feldwebel schäumte vor Wut. »Ich will Ihr Geschwätz nicht mehr hören!«

»Vielleicht nur noch das: wenn ein Mensch in Lebensgefahr zu sein scheint – dann ist doch wohl eine Rettungsaktion ungleich wichtiger als das Verharren auf einem Posten, für den man sowieso keine klaren Befehle bekommen hat.«

»Was – Sie wollen mich belehren!«

»Ich will Sie lediglich vor einem Mißgriff bewahren, Herr Feldwebel.«

Feldwebel Rammler biß die Zähne aufeinander. Sein Nußknackergesicht wirkte völlig leblos. Er vermochte es einfach nicht zu fassen, daß er gegen Kamnitzer schon wieder eine Runde verloren hatte – noch dazu vor allen Leuten. Und er beschloß, die Lauscher in die Büsche zu scheuchen.

Doch ehe er das tat, brachte er noch schnell eine Erklärung an. Sie zeigte, daß er erkannt hatte, in welche gefährliche Ecke ihn dieser Kamnitzer hineinzumanövrieren versuchte. Er sagte laut und deutlich: »Für alle Fälle möchte ich feststellen, daß sich hier niemand in Lebensgefahr befunden hat! Das ist weder in diesem Gelände möglich noch in meiner Gegenwart. In diesem Fluß ist noch keiner ertrunken. Im übrigen: Volle Deckung! Mit Atombombenangriff ist zu rechnen! Sie, Kamnitzer, bleiben hier.«

Die Soldaten verschwanden; sie stießen ihre Spaten knirschend in die Erde und waren froh, Rammler abgelenkt zu wissen – und das sicherlich noch für längere Zeit. Denn der stand vor Kamnitzer und musterte ihn vielversprechend. Die nächste Runde konnte beginnen.

»Wir beide«, eröffnete Rammler tatendurstig, »werden uns jetzt mal intensiv unterhalten.«

»Bitte sehr«, sagte der Gefreite.

Er wurde mit einem MG und mit etlichen Kilo Munition belastet. Kamnitzer packte sich das auf, ohne mit der Wimper zu zucken.

»Laufschritt, marsch, marsch!« rief Rammler. »Richtung Waldwiese!«

Die Soldaten duckten sich und gruben, für Sekunden, intensiver. Sie wußten, was dieser Befehl zu bedeuten hatte: besagte Waldwiese war Rammlers bewährter Schleifplatz für Einzelaktionen – er würde also Kamnitzer »zur Sau« machen. Und Kamnitzer wußte das auch. Dennoch trabte er geradezu erwartungsfreudig diesem Hexentanzplatz entgegen.

Hier angekommen, hielt der Feldwebel – endlich allein mit dem Gefreiten auf der idyllischen Waldwiese – eine kleine, als Einleitung gedachte Rede. Er sagte mit schöner Deutlichkeit: »Wissen Sie, was Sie in meinen Augen sind? Ein dreckiger Zulukaffer, ein verdammter Schweinehund, ein stinkender Affenarsch! Das sind Sie in meinen Augen.«

»Darf ich Sie darauf aufmerksam machen«, sagte Kamnitzer, »daß derartige Ausdrücke neuerdings nicht mehr gebräuchlich sind? Sie sind sogar strafbar!«

»Mann!« brüllte Rammler überlegen. »Sagen Sie jetzt nur noch, daß ich mich bei Ihnen entschuldigen soll.«

»Das könnte bestimmt nicht schaden – nur weiß ich nicht, ob ich überhaupt bereit bin, eine derartige Entschuldigung anzunehmen.«

»Sie sind ein ganz verkommenes Subjekt, Kamnitzer, ein heimtückischer Saukerl!«

»Darf ich mir das aufschreiben?« fragte Kamnitzer. »Ich brauche das für meine Meldung.«

»Sie können mich am Arsch lecken!« rief der Feldwebel. »Denn wir sind doch hier unter uns, Mann! Wer hört zu? Wer ist Zeuge? Mit Ihrer Meldung können Sie sich den Hintern wischen – mehr nicht.«

»Besten Dank für diesen Hinweis«, sagte Kamnitzer.

Die sinkende Sonne schien die Bäume des Waldes zu vergolden. Das Gras der Waldwiese leuchtete in sattem Grün. Ein verspäteter Vogel zirpte vor sich hin. Das romantische Waldweiheridyll war vollkommen.

»Hinlegen!« rief Rammler.

Doch Kamnitzer blieb stehen. Er blinzelte lediglich in die milde Abendsonne.

»Hinlegen!« rief Rammler abermals.

»Warum?« fragte Kamnitzer zurück.

»Ich gebe Ihnen einen dienstlichen Befehl!« fauchte Rammler. »Und wenn Sie ihn nicht sofort befolgen, dann ist das Gehorsamsverweigerung!«

»Tatsächlich?« fragte Kamnitzer freundlich.

»Ich bringe Sie zur Meldung!«

»Aber ich bitte Sie – Sie scheinen völlig vergessen zu haben, daß wir hier ganz unter uns sind. Wer hört zu? Wer ist Zeuge? Mit Ihrer Meldung können Sie sich den Hintern wischen – mehr nicht.«

Das waren genau die gleichen Worte, die Rammler kurz vorher gebraucht hatte. Der jedoch hatte das Gefühl, so etwas noch niemals während seiner ganzen Laufbahn gehört zu haben. Nicht einem Vorgesetzten gegenüber! Eine Welt – seine Welt! schien zusammenzukrachen.

»Auch ich«, sagte Kamnitzer, »könnte Sie jetzt schlicht auffordern, mich am Arsch zu lecken – doch darauf verzichte ich. Auch würden mir mühelos ähnliche Sauereien einfallen wie Ihnen, aber die wären vermutlich zu harmlos für eine Type von Ihrem Kaliber. So stelle ich nur fest: Sie sind ein armseliger Mensch und ein schäbiger Soldat. Ich befreie mich gerne von Ihrem Anblick.«

Noch am gleichen Abend und in der darauffolgenden Nacht bahnte sich die Entscheidung an.

Carolin Ahlers saß in der Küche, auf der Bank neben dem Herd. Sie schaute ihrer Mutter zu. Die hatte vor sich ein Buch liegen – doch sie las nicht darin. Carolin war ein wenig besorgt: Martin Recht hatte versprochen, sie zu besuchen. Doch er kam nicht.

»Warum kommt er nicht?« fragte Carolin.

»Vielleicht kann er nicht kommen«, sagte Frau Ahlers besänftigend. »Eine Kaserne ist schließlich kein Büro mit genau festgesetzten Dienstzeiten. Ich habe oft auf deinen Vater warten müssen.«

»Das ist doch wohl etwas anderes«, meinte Carolin.

»Gewiß«, sagte Frau Ahlers. »Dein Vater pflegt niemals auf die Uhr zu sehen, wenn er Dienst macht. Dann erst kommt sein Privatleben.« Nicht der geringste Vorwurf war in dieser Feststellung enthalten. »Aber Martin Recht muß sich nach den Befehlen seiner Vorgesetzten richten. Er kann am allerwenigsten über seine Zeit so verfügen, wie er es wohl gerne möchte. Daran solltest du dich gewöhnen. Außerdem traue ich ihm ohne weiteres zu, daß er dich heute nicht mehr stören will.«

»Wie kann er denken, daß er mich stört!«

»Er weiß, daß du morgen in die Klinik mußt, zur Vorbereitung deiner Operation. Und möglicherweise denkt er, daß jede Aufregung nur schädlich sein kann. Ich traue ihm zu, daß er so denkt. Und das solltest du, glaube ich, respektieren.«

Dazu war Carolin bereit. Dennoch wartete sie weiter.

Das gleiche tat Helen Wieder nicht. Zumindest zeigte sie nicht, daß sie Kamnitzer vermißte. Sie bediente wie immer. Daß sie wiederholt zur Eingangstür blickte, hatte nichts zu bedeuten – redete sie sich ein.

Kamnitzer lag indessen auf seinem Bett. Er hatte ein Kofferradio neben sich auf das Kopfpolster gestellt. Gelegentlich blickte er, wohlwollend und prüfend zugleich, zu Martin Recht hinüber.

Der schrieb einen Brief an seine Mutter. Darin die üblichen Versicherungen: Es gehe ihm gut, das Essen sei ausreichend, man möge sich keinerlei Sorgen um ihn machen.

Sie beide – Kamnitzer ebenso wie Recht – hatten den Befehl erhalten, zu warten. Unklar, worauf. »Falls Sie gebraucht werden!« war gesagt worden. Auch die anderen Stubenkameraden lagen sozusagen in Bereitschaft.

Inzwischen kämpften der von Strackmann und Kirschke Schulter an Schulter; zur Überraschung der ganzen Kompanie. Beide waren bemüht, die vorliegende Meldung über einen »tätlichen Angriff auf einen Vorgesetzten« möglichst versanden zu lassen. Kirschke vor allem zog alle Register seiner Überredungskunst. Aber Streicher blieb eisern – zumal ihm der racheschnaubende Rammler unentwegt den Rücken stärkte.

»Wir haben getan, was wir konnten«, stellte der von Strackmann schließlich fest. »Das werden Sie bezeugen können, Kirschke.«

»Ja«, sagte Kirschke. »Wir hätten wohl erheblich früher und entschiedener reagieren müssen. Ich fürchte, wir werden jetzt diese heiße Suppe auslöffeln müssen – bis auf den letzten Tropfen.«

»So leicht gebe ich nicht auf«, sagte der von Strackmann vieldeutig. »Und wie verfahren so eine Situation auch sein mag – man muß immer das Beste daraus zu machen versuchen.«

»Aber auf wessen Kosten, Herr Oberleutnant?«

»Nicht auf Kosten unserer Kompanie – soviel steht fest.«

»Herr Oberleutnant«, fragte Kirschke mit sofort wieder aufwallendem Mißtrauen. »Sie werden doch nicht versuchen, die Belange der Kompanie mit dem Wohlbefinden Ihrer Person zu verwechseln?«

Damit waren sie wieder so weit wie Stunden vorher auch: der kurze Waffenstillstand war vorüber. »Das verstehen Sie nicht!« sagte der Oberleutnant, ehe er sich wieder in sein Dienstzimmer, wie in ein Wetterhäuschen, zurückzog. Diesmal knallte er die Tür hinter sich zu.

Aber seinen Kompaniebereich konnte er nicht verlassen – er hatte das Gefühl, sozusagen sprungbereit auf dem Posten sein zu müssen. Das allein schon, damit Kirschke nicht wieder aus der Reihe tanzte.

Auf diese Weise blieb es auch Frau Elfrieda Bornekamp nicht erspart, zu warten. Immerhin: sie wurde telefonisch informiert. Auch ließ ihr der von Strackmann den Whisky »Red Horse« zustellen. Damit tröstete sie sich.

Elisabeth Asch hingegen hatte nicht eigentlich das Gefühl, auf ihren Mann warten zu müssen. Dafür war sie viel zu beschäftigt – außerdem hatte sie sich durch ihn noch niemals vernachlässigt gefühlt. Wenn er auf sich warten ließ, dann würde er – so dachte sie – schon seine Gründe haben.

Und die hatte er. Herbert Asch traf, wie er es nannte, »vorbeugende Maßnahmen«. Er konferierte zu diesem Zweck angeregt mit Hauptmann Ahlers. Und er versuchte ihn zu überreden, sich mit Oberst Turner in Verbindung zu setzen.

»Ich weiß nicht recht, ob das gut wäre«, sagte Ahlers. »Der Oberst ist ein überaus korrekter Mann.«

»Und genau so einen brauchen wir jetzt«, erklärte Herbert Asch. »Denn diese Angelegenheit muß endlich in Bewegung geraten. Wenn wir da lediglich abwarten, kann sich alles mögliche zusammenbrauen. Dabei kann manch einer Haare lassen – und erfahrungsgemäß trifft es bei solchen Unfällen immer die Kleinen, also vermutlich Martin Recht. Eben das aber wollen wir doch gerade vermeiden. Und daher bin ich für eine schnelle und möglichst radikale Bereinigung.«

»Vielleicht ist das richtig«, gab Ahlers, nur zögernd, zu – »unter der Voraussetzung, daß wir nichts übersehen haben.«

Es erfolgte nun genau das, was Asch beabsichtigt hatte: die Angelegenheit geriet in Bewegung – freilich auf eine Weise, die weder Ahlers noch Asch voraussehen konnten. Denn keiner von ihnen kannte die Sprengladung des Hauptmanns Treuberg.

Diese Explosion wurde folgendermaßen ausgelöst:

Erste Phase: Hauptmann Ahlers telefonierte mit Oberst Turner. Er erklärte, nach längerer Einführung: »Wir werden kaum umhin können, so oder so dazu Stellung zu nehmen, da selbst Teile der Zivilbevölkerung in Aufregung geraten sind. Sie, Herr Oberst, sollten sich diesbezüglich bei Bürgermeister Asch erkundigen – er steht Ihnen jederzeit mit Auskünften zur Verfügung.«

»Nur kein Aufsehen, bitte!«

»Um eben das zu vermeiden, Herr Oberst, sollte man so schnell wie möglich an vorbeugende Maßnahmen denken.«

Zweite Phase: Oberst Turner telefonierte mit Major Bornekamp. Hier gab es zunächst die übliche herzliche Versicherung, man gedenke natürlich nicht, irgendwelche voreiligen Ratschläge zu erteilen oder gar in die Belange einer anderen Waffengattung einzugreifen, aber ... »Wir alle können nicht umhin, bei der bestehenden allgemeinen Konstellation, bestimmte Rücksichten zu nehmen.«

»Was sich hoffentlich noch einmal ändern wird, Herr Oberst!«

»Vorerst müssen wir uns damit abfinden, daß die sogenannte Öffentlichkeit eine gewisse Kontrolle ausüben kann. Jedenfalls wäre ich Ihnen für laufende Informationen dankbar, soweit Sie das verantworten können.«

Dritte Phase: Major Bornekamp telefonierte mit Oberleutnant von Strackmann. Hierbei lautete die Einleitung: »Ich habe gewiß Besseres zu tun, als mir mit unfähigen Untergebenen womöglich noch eine ganze Nacht um die Ohren zu schlagen.« Daran schlossen sich, nahezu präzis, folgende Fragen: »Haben Sie eine gewisse schwebende heikle Angelegenheit bereits bereinigt? Wenn ja – auch wirklich endgültig? Wenn nein – warum nicht?«

Der Oberleutnant schien tief Luft zu holen.

»Gehen Sie nicht um den heißen Brei herum, Strackmann! In spätestens zehn Minuten erwarte ich eine abschließende Stellungnahme – das heißt eine, mit der ich was anfangen kann.«

Vierte Phase: Oberleutnant von Strackmann telefonierte mit Major Bornekamp. »Besagte Angelegenheit ist mit letztmöglicher Gründlichkeit untersucht worden.« Eingeflochten wurde der Hinweis auf die überzeugenden Aussagen bewährter Unteroffiziere: die Meldung an sich sei nicht zu erschüttern. Dann jedoch: »Hier findet vermutlich ein Kesseltreiben statt, Herr Major. Ein Hauptmann Ahlers hat offenbar den Bürgermeister Asch aufgehetzt beziehungsweise vorzuschieben verstanden, vielleicht auch lediglich mißbraucht. Das aber aus sehr persönlichen Gründen! Ich bin entsprechend vertraulich informiert worden. Außerdem scheint dieser Hauptmann Ahlers eine höchst fragwürdige Person zu sein, was sein Privatleben anbelangt. Er hat nämlich Schulden – mehrere tausend Mark.«

Hierauf, nach längerer Pause, Major Bornekamp: »Ist das lediglich eine Vermutung?«

»Die Beweise dafür können wohl mühelos erbracht werden.«

»Und es ist Ihnen nicht gelungen, diese verteufelte Meldung aus der Welt zu schaffen?«

»Nein, Herr Major. Bedaure sehr.«

Fünfte Phase: Major Bornekamp telefonierte mit Oberst Turner. Zunächst erfolgte die Versicherung: man wisse jede Anregung dankbar zu schätzen, man würdige das entgegengebrachte Vertrauen, man sei aufgeschlossen gegenüber jedem Hinweis. Aber! »Aber leider habe ich das Gefühl, daß hier auch gewisse private Interessen eine nicht unwesentliche Rolle spielen. Ich meine: Hauptmann Ahlers!«

Dieser scheine in besagtem Angeklagten seinen zukünftigen Schwiegersohn zu sehen. Das jedoch möge noch angehen. Aber! Aber er gebe zu bedenken: der Mann, der sich hier angeblich der Gerechtigkeit und Ehre verschrieben habe, sei doch wohl nicht die rechte Persönlichkeit für eine solche Rolle. »Dieser Mann soll schwer verschuldet sein. Man spricht von zehntausend Mark. Und er soll sogar von Untergebenen Geld genommen haben!«

»Das«, sagte Oberst Turner sichtlich betroffen, »habe ich nicht gewußt.«

»Bei diesen meinen Bemerkungen hat es sich lediglich um einen vertraulichen Hinweis gehandelt, Herr Oberst.«

Damit glaubte der Major Bornekamp den allzu aufdringlichen Oberst Turner abgewimmelt zu haben. Und damit, glaubte er ferner, war diese überaus peinliche Angelegenheit – vorläufig wenigstens – wieder auf die lange Bank geschoben, nach dem bewährten Motto: Kommt Zeit, kommt Rat.

Aber Bornekamp hatte nicht mit der in dienstlichen Dingen absoluten Korrektheit des Oberstens gerechnet. In Turners Bereich durften keinerlei Fragwürdigkeiten existieren. Und deshalb befahl der Oberst, noch in der gleichen Nacht, den Hauptmann Ahlers zu sich. Und er stellte ihm sofort einige Fragen:

»Haben Sie Schulden?«

»Jawohl, Herr Oberst.«

»Haben Sie Geld von Untergebenen genommen?«

»Jawohl, Herr Oberst.«

»Wie hoch sind Ihre Schulden?«

Der Hauptmann Ahlers zögerte. Doch dann erklärte er aufrichtig:

»Insgesamt etwa zwölftausend Mark.«

Der Oberst schien zu erstarren. »Das«, sagte er schließlich, »ist mehr als nur bedenklich. Das ist geradezu unfaßbar. Das darf es einfach nicht geben – schon gar nicht in meinem Bereich.«

»Wenn ich Ihnen, Herr Oberst, erklären darf, wie ich dazu gekommen bin, diese Schulden zu machen . . .«

»Da gibt es nichts zu erklären«, sagte Turner streng. »Zumal keine Erklärung, wie immer auch geartet, irgend etwas an der Höhe dieser Summe ändern könnte. Und darauf alleine kommt es an. Daraus muß ich, so bedauerlich das auch sein mag, meine Konsequenzen ziehen. Die aber können nur diese sein: Ich enthebe Sie Ihrer Dienstgeschäfte – bis auf weiteres. Darunter ist zu verstehen: bis zum Abschluß eines unverzüglich einzuleitenden Verfahrens.«

»Darf ich Sie bitten, Herr Oberst . . .«

»Bedaure – nein! Ich muß meine Pflicht tun – ich habe keine andere Wahl. Und meine Entscheidung ist endgültig, so leid mir das auch persönlich tut. Sie sind ab sofort von jedem Dienst befreit und haben sich zur Verfügung zu halten. Hauptmann Treuberg wird Sie inzwischen vertreten.«

Damit waren die Würfel gefallen.

Zwei Verfahren rollten nun unverzüglich an. Das eine gegen den Grenadier Martin Recht, wegen eines tätlichen Angriffs auf einen Vorgesetzten: Endergebnis vermutlich im günstigen Fall: einige Monate Gefängnis. Das andere gegen den Hauptmann Ahlers wegen übermäßiger Verschuldung.

Damit aber war nahezu automatisch der Verdacht verbunden, daß Ahlers einen bezahlten Kontakt mit ausländischen Geheimdiensten aufgenommen haben könnte. Der MAD, der Militärische Abwehrdienst, mußte also vorsorglich verständigt werden. Sollte es jedoch lediglich bei diesen Schulden bleiben, die auch bei Untergebenen gemacht worden waren, dann würde die Entscheidung vermutlich lauten: Entfernung aus dem Dienst; Verlust des Dienstgrades; Fortfall jeglicher Unterhaltsbeiträge.

Die Katastrophe schien vollkommen.

»Wir müssen jetzt unbeirrt unsere Pflichten tun«, verkündete der Oberleutnant Dieter von Strackmann. »Diese Angelegenheit ist mir zwar sehr peinlich – aber sie muß auch als absolut unvermeidlich angesehen werden.«

»Tun Sie also das, was Sie Ihre Pflicht nennen«, sagte der Hauptfeldwebel müde. »Für mich ist heute Dienstschluß.«

»Sie wollen mich im Stich lassen, Kirschke?«

Der Hauptfeldwebel vermied es, seinen stellvertretenden Kompaniechef anzusehen – dessen Anblick war ihm peinlich. Er ordnete die wenigen Dinge, die auf seinem Schreibtisch lagen, und schloß die einzelnen Fächer ab. Der Oberleutnant schien für ihn nicht zu existieren.

»Kirschke«, sagte der von Strackmann werbend, »Sie müssen versuchen, mich zu verstehen. Ich bin in einer Zwangslage!«

»Und auf wessen Kosten wollen Sie sich daraus befreien?«

Der Oberleutnant hätte jetzt sagen wollen, was ihn bewegte – etwa dies: ich bin doch guten Willens; ich meine es ehrlich, ich versuche, anständig zu sein! Ich bin ein Mensch mit ehrenhaften Grundsätzen – das muß man mir glauben. Aber wenn man mir an den Wagen fahren will, muß ich mich schließlich wehren ...

Doch das sagte er nicht. Denn Kirschke saß da wie ein Stein – unbeweglich, hartkonturig, unaufweichbar. Er schnaufte lediglich verächtlich.

»Ich mache noch einen letzten Versuch«, versprach der von Strackmann. »Ich rufe den zuständigen Wehrdisziplinaranwalt beim Truppengericht an.«

»Wenn Sie das tun, haben Sie damit praktisch den Fall Recht offiziell gemeldet.«

»Der Wehrdisziplinaranwalt kann ablehnen.«

»Das wird er leider nicht tun.«

»Kirschke!« rief der Oberleutnant empört und beschwörend zugleich. »Müssen Sie denn unbedingt immer alles besser wissen!«

Der Oberleutnant ließ sich mit dem Truppendienstgericht verbinden. Trotz später Stunde erreichte er einen Wehrdisziplinaranwalt namens Minzlaffe. Ihm trug er den »Fall Recht« vor.

Und Minzlaffe erklärte lapidar: »Das ist ein absolut klarer, unmißverständlicher Vorgang. Bitte, leiten Sie uns die dazugehörigen Unterlagen so schnell wie möglich zu.«

Der von Strackmann zeigte sich bestürzt. »Und Sie sehen keinerlei Möglichkeiten, eventuell, unter Umständen, bei Berücksichtigung aller Auslegungen der bestehenden Bestimmungen ...«

»Bedaure – nein«, erklärte Minzlaffe. Er war ein Mann der Praxis; die nächsten Worte bewiesen das deutlich. »Sie dürfen versichert sein, daß ich Ihre fürsorgende Einstellung als Truppenführer durchaus zu würdigen weiß. Aber in diesem Fall – da können Sie ganz beruhigt sein – ist die Rechtsgrundlage vollkommen klar. Eine mittlere Gefängnisstrafe wird unvermeidbar sein.«

Der von Strackmann blickte feierlich-ergeben vor sich hin – er legte den Telefonhörer auf die Gabel, als hätte er einen Kranz niederzulegen. »Das«, sagte er, »habe ich nicht gewollt.«

»Aber Sie haben es getan«, stellte Kirschke fest.

Der Oberleutnant neigte seinen dekorativen Kopf: damit versuchte er Schicksalsergebenheit anzudeuten. Er nahm es hin, verkannt zu werden.

»Das Unvermeidliche ist geschehen«, verkündete er. »Wir werden jetzt die notwendigen Konsequenzen ziehen müssen.«

»An welche Sorte Konsequenzen denken Sie?«

»Nun«, erklärte der Oberleutnant, sich straffend, »zunächst einmal müssen alle Unterlagen dem Truppengericht unverzüglich weitergereicht werden. Außerdem müssen wir doch wohl gewisse vorbeugende Maßnahmen treffen – etwa dahingehend, daß wir Recht von Streicher isolieren. Das könnte am sichersten durch eine Versetzung geschehen.«

»Ausgeschlossen«, sagte Kirschke. Er wurde wieder lebhaft; er setzte sich in Bewegung, auf den Oberleutnant zu. »Der Fall und die dazugehörigen Akteure müssen in unserem Bereich bleiben – nur so werden wir noch Einfluß nehmen können.«

»Ich bitte Sie, Kirschke – diese Angelegenheit ist abgeschlossen!«

»Nicht für mich, Herr Oberleutnant – und für Sie auch nicht. In dieser Hinsicht sollten wir uns keinerlei Illusionen machen. Denn schließlich existiert noch dieser Karl Kamnitzer. Und es sind auch noch andere im Spiel – darunter vielleicht sogar einige, von deren Vorhandensein wir noch gar nichts ahnen.«

»Warum müssen Sie immer irgendeinen Teufel an die Wand malen, Kirschke!« Der Oberleutnant stampfte mit dem Fuß auf, wie ein Knabe, dem ein Ballspiel verboten wird. »Ich jedenfalls vertraue auf die Justiz!«

»Tun Sie das getrost«, sagte Kirschke. »Aber was dann – wenn sich diese Justiz als gleichbedeutend mit Gerechtigkeit herausstellen sollte?«

»Ich bedauere diese Situation«, versicherte der Hauptmann Treuberg, und seine Augen blickten gefolgschaftsfordernd. »Aber ich kann nichts dagegen tun.«

»Schon gut«, erklärte der Hauptmann Ahlers. »Was erwarten Sie von mir?«

Der Hauptmann Treuberg – gestern noch Ahlers' Stellvertreter, heute sein Chef – stand unbeirrt hinter dem Schreibtisch. Dieses Möbelstück gehörte jetzt zu ihm! Die Karten und Pläne an den Wänden waren nunmehr die seinen. Man wartete auf seine Befehle. Und dennoch blieb er Kamerad – wie er fand. »Sie glauben gar nicht, Herr Ahlers, wie leid mir das alles tut! Aber ich muß von Ihnen eine genau detaillierte Schuldenerklärung fordern – im Auftrag von Oberst Turner.«

»Darf ich Sie auf einen nicht unwichtigen Umstand aufmerksam machen: ich bin lediglich vorübergehende Verpflichtungen eingegangen.«

»Wie Sie das auch immer nennen mögen«, erklärte Treuberg durchaus verbindlich, »das ändert leider nichts an dem Auftrag, der mir erteilt worden ist – und der von Ihnen, Herr Ahlers, so hoffe ich jedenfalls...«

»Sie bekommen die gewünschte Aufstellung! Geben Sie mir eine Stunde Zeit?«

Diese Bitte wurde Hauptmann Ahlers großzügig gewährt. Treuberg stellte sogar Papier und seinen eigenen Tintenstift zur Verfügung. »Und wenn ich Ihnen irgendwie behilflich sein kann – bitte, verfügen Sie über mich!«

Der Hauptmann Ahlers zog sich in einen Nebenraum zurück, hockte sich an eine Fensterbank und begann, die geforderte Erklärung zu fixieren.

Bei dieser deprimierenden Tätigkeit wurde er von Viktor Voßler, dem Oberfeldwebel, gestört. Der sagte: »Ich möchte dich nur an eins erinnern: Freunde sind Freunde!«

Ahlers sah zu Voßler hoch. »Überschätze so was nicht! Hier geht es allein um nüchterne Tatbestände, Viktor.«

»Klaus«, sagte nun Voßler eindringlich, »ich verlange von dir, daß du mich für deinen Freund zu halten versuchst. Dementsprechend solltest du dich benehmen.«

Ahlers nickte. Dann vervollständigte er seine Aufstellung. Die Endsumme betrug genau: 11 350 DM – in Worten: elftausenddreihundertfünfzig Deutsche Mark. Und nahezu alle diese Gelder waren für die ärztliche Betreuung von Carolin ausgegeben worden. Der Hauptmann zog den Schlußstrich – er hatte Jahre seines Lebens verbraucht, um sein Kind davor zu bewahren, zum Krüppel zu werden.

Diese Bilanz nahm Treuberg mit unbeweglichem Gesicht entgegen. Doch seine Augen begannen zu funkeln, nachdem er sie gelesen hatte. »Ist das alles?« Er schien diese Frage rein mechanisch zu stellen. Nachdem er darauf ein lapidares »Ja« als Antwort bekommen hatte, leitete er den Vorgang unverzüglich an Oberst Turner weiter.

Der legte seinen geliebten, wenn auch ungelesenen Kant zur Seite, blickte beeindruckt auf die Endsumme und befahl Hauptmann Ahlers zu sich.

»Wie konnte es nur dazu kommen?« sagte er, während er betrübt seinen Gelehrtenkopf wiegte.

»Herr Oberst«, sagte Ahlers, »ich weiß eine Möglichkeit, diese Verpflichtungen kurzfristig und vollkommen aus der Welt zu schaffen.«

Turner blickte erwartungsvoll auf. Er war immer bereit, seinem Grundprinzip entsprechend zu reagieren: vermeide Komplikationen, solange dies irgend möglich ist. »Ich bin nicht voreingenommen – ich höre.«

»Mein verstorbener Vater, Herr Oberst, hat meiner Schwester

und mir ein Grundstück vererbt, auf dem ein Haus steht. Es ist nicht sehr ansehnlich, aber immerhin ein Objekt, das möglicherweise vierzigtausend Mark einbringen kann – vielleicht sogar fünfzigtausend. Ich will jedenfalls versuchen, in den nächsten Tagen meinen Anteil daran zu kassieren.«

»Und das, glauben Sie, könnte Ihnen gelingen?« Der Oberst war wahrlich kein Unmensch. Er blickte jetzt väterlich-wohlwollend. »An welch eine Zeitspanne denken Sie?«

»Acht bis vierzehn Tage müßten ausreichen.«

»Also schön«, sagte der Oberst Turner. »Ich bewillige Ihnen einen Urlaub von zehn Tagen. Wenn es Ihnen bis dahin gelingen sollte, diese Angelegenheit aus der Welt zu schaffen, kann ich das nur begrüßen. Aber versuchen Sie nicht, Ahlers, mich zu enttäuschen – das hätte ich nicht verdient.«

»Ich höre da gewisse Dinge«, sagte Herbert Asch zu Major Bornekamp, »aber ich kann sie nicht glauben.«

Bornekamp schnaufte ungehalten. »Einige voreilige Untergebene haben diese Angelegenheit völlig versaut. Was soll ich machen! Ich habe schließlich meine Vorschriften.«

Der Major hatte Herbert Asch auf dessen Bitte aufgesucht. Jetzt standen sie sich im Dienstzimmer des Bürgermeisters gegenüber. Die siebenhundertjährige Geschichte der kleinen Stadt blickte auf sie – in Form von Urkunden, Ölbildern, einem dicken Siegel unter Glas. Ein zerbrochener Degen lag in einer Vitrine – er sollte einem Feldherrn nordischer Herkunft gehört haben; im Dreißigjährigen Krieg hatte er damit angeblich auf den Tisch des Stadtoberhauptes geschlagen – der jedoch, der Tisch, war aus guter alter Eiche gewesen.

»Damit«, stellte Asch ruhig fest, »haben Sie die Vereinbarung zwischen uns nicht eingehalten.«

»Was sollte ich denn machen? Bei solchen Untergebenen!«

»Es sind immerhin Ihre Untergebenen, Herr Major.«

Bornekamp wand sich sozusagen – das jedoch nur kurz. Er

fand: das war seiner nicht würdig! Immerhin war er der Kommandeur der Eisenstirnen – und eine erklärte Kampfnatur.

Daher ging der Major zum Gegenangriff über: »Warum machen Sie mir Vorwürfe – bei dem Kuckucksei, das Sie uns ins Nest gelegt haben? Ich meine damit diesen Ahlers! Der mischt sich ein und macht alle Pferde scheu – und hat dabei ganz dick Dreck am Stecken! Und von so was soll ich mich womöglich aufs Kreuz legen lassen?«

»Herr Bornekamp«, erklärte Herbert Asch, um Gelassenheit bemüht, »nehmen Sie, bitte, folgendes zur Kenntnis: Ich mache Ihnen keinerlei Vorwürfe – ich stelle lediglich Tatsachen fest. Und was meinen Freund, den Hauptmann Ahlers, anbelangt, so bürge ich für ihn.«

»Auch für seine Schulden?«

»In jeder Höhe – wenn Sie mit Schulden seine vorübergehenden Verpflichtungen meinen sollten.«

»Dazu dürfte es wohl zu spät sein!« Der Major blickte in kühle Augen, die ihn abschätzend musterten – er war es nicht gewohnt, derartig betrachtet zu werden. »Was wissen Sie denn schon von unseren Aufgaben und ihren Schwierigkeiten«, rief Bornekamp erregt. »Sie haben ja keine Ahnung, gegen was wir alles ankämpfen müssen! Jeder Armleuchter glaubt, sich uns in den Weg stellen zu können. Jeder Scheißkerl kann uns ansauen. Und nicht wenige Vorgesetzte haben weiche Knie. Erwarten Sie daher keine Wunder – nicht einmal von mir!«

»Ich habe lediglich erwartet, daß es Ihnen gelingen würde, Ihr Versprechen einzuhalten.«

»Was habe ich Ihnen denn schon groß versprochen?« fragte Bornekamp plump-aggressiv. »Was denn?«

»Nichts«, sagte Herbert Asch. »Ich kann Sie nicht festlegen, sofern Sie sich an nichts mehr erinnern können.« – »Na also!«

»Ein Vorgang allerdings, der dann **auf Gegenseitigkeit** beruht.«

»Sie wollen mir drohen?« Der Major Bornekamp schien Alarmsirenen zu vernehmen. »Sie werden mir doch nicht etwa wegen irgend so einem Grenadier ernsthaft Schwierigkeiten machen wollen? Das traue ich Ihnen nicht zu – so dumm sind Sie nicht! Wo wir doch bisher immer vorzüglich zusammengearbeitet haben!«

Herbert Asch ließ seinen Besucher reden. Dessen Worte sprudelten jetzt wie eine voll aufgedrehte Brause. Das alles, fand Asch, war die reinste Zeitverschwendung.

»Ich bitte, mich zu entschuldigen«, sagte er und verließ den Raum. Der Eisenstirnige stand da mit wütendem Gesicht, das so wirkte, als sei es hochrot angepinselt worden.

Im Nebenraum telefonierte Herbert Asch mit dem Reporter Flammer vom *Boten*. »Es ist soweit«, sagte er zu diesem. »Freie Fahrt.«

»Ohne Einschränkungen?« fragte Flammer.

»Von mir aus ohne die geringste Einschränkung, Herr Flammer. Ich denke, der Artikel sollte ungekürzt in der ursprünglichen Fassung erscheinen – möglichst gleich morgen früh. Der Herr Major Bornekamp verdient es, endlich einmal vor der breitesten Öffentlichkeit in der rechten Weise gewürdigt zu werden. Einverstanden?«

»Wird mir ein Festessen sein!« versicherte Flammer. »Aber haben Sie schon eine Ahnung, wer diese Zeche am Ende bezahlen wird?«

»Dann wollen wir mal«, sagte der Oberregierungsrat Mathias von Minzlaffe und zog sich die Handschuhe aus.

Er setzte sich an den Schreibtisch des Kompaniechefs und schlug einen Aktendeckel auf, der bisher nichts weiter enthielt als blütenweißes Papier. Er schraubte mit langen Fingern seinen Füllhalter auf und blinzelte unternehmungsbereit durch die Brille. »Der Fall liegt ja wohl sonnenklar – und das Wesentliche werden wir schnell haben.«

»Rechnen Sie dabei mit meiner Unterstützung«, versicherte der Oberleutnant von Strackmann.

»Damit rechne ich«, bestätigte Mathias von Minzlaffe.

Bei diesem Oberregierungsrat – Wehrdisziplinaranwalt beim Truppengericht – schien diese Angelegenheit in zielsichere, zupackende Hände geraten. Er war – endlich wieder einmal – in seinem Element. Dieser Fall war so recht geeignet, ein Exempel zu statuieren.

»Zunächst – der Angegriffene«, ordnete Minzlaffe an.

Der Unteroffizier Streicher erschien und machte, in den Augen des Oberregierungsrates, einen vorzüglichen Eindruck: er wirkte bescheiden, aber entschieden, dabei ergeben und bereit zur erwünschten Mitarbeit; seine Antworten kamen exakt und ohne jedes Zögern. Kurz und gut: er erweckte Vertrauen.

»Sie sind also von diesem Untergebenen tätlich angegriffen worden?«

»Jawohl, Herr Oberregierungsrat.«

»Kein Irrtum möglich?«

»Keiner.«

»Und Sie werden – unerschütterlich – bei dieser Aussage bleiben?«

»Unerschütterlich, Herr Oberregierungsrat.«

Minzlaffe musterte anerkennend diesen spürbar bemühten Unteroffizier und blickte dann zu Strackmann hinüber. Der empfand gelinden Stolz darüber, gewürdigter Vorgesetzter eines solchen Untergebenen zu sein.

»Nunmehr der Angreifer«, ordnete der Oberregierungsrat an.

Vor ihnen erschien der Grenadier Martin Recht. Und dessen Haltung – das fand Mathias von Minzlaffe sofort – ließ einiges zu wünschen übrig. Auch wirkte er nicht freimütig und vertrauensvoll genug – vielmehr ein wenig ängstlich, gehemmt, möglicherweise von einem schlechten Gewissen gezeichnet... Sein Gesicht war bleich und bekümmert.

»Ich verurteile Sie nicht«, behauptete der Oberregierungsrat, »das steht mir nicht zu. Ich leite lediglich die notwendigen Schritte ein. Und ich kann nur hoffen, daß Sie volles Vertrauen zu mir haben – in Ihrem eigenen Interesse erhoffe ich das. Oder sollten Sie mir etwa mißtrauen?«

Martin Recht zögerte mit der Antwort einige Sekunden lang. Minzlaffe tippte mit seinem Füllhalter auf die vor ihm liegenden Papiere – dabei verspritzte er Tinte, schien das jedoch nicht zu bemerken. Sein rosiges Knabengesicht wirkte jetzt leer wie eine hastig abgewischte Wandtafel.

»Haben Sie es getan?« fragte er dann streng.

»Nein«, sagte Martin Recht. »Zumindest bin ich mir keiner Schuld bewußt.«

Mathias von Minzlaffe zerknüllte das vor ihm liegende, durch Tinte verschmutzte Blatt Papier und warf es auf den Boden. Sein Mund wurde schmal, und er schloß kurz die Augen. Es war immer dasselbe: sie leugneten alle. Sie brachten faule Ausreden vor und rechneten mit Dummen, die ihnen glaubten.

Welch eine Welt! »Wo sind die Zeiten«, fragte Minzlaffe, »da es noch Männer gab, die zu ihrem Wort standen – beziehungsweise zu ihrer Tat! Das sind Ehrbegriffe, die zu den fundamentalen Ordnungsprinzipien einer Nation gehören. So was imponiert. Und das wird auch gewürdigt, mithin beim Urteil berücksichtigt. Nun – Recht?«

»Ich habe wirklich nichts von dem getan, was man mir vorwirft.«

Minzlaffe blickte stirnrunzelnd auf Strackmann – und der erkannte den Vorwurf, der hier angedeutet wurde. Der Oberleutnant fühlte sich von einem seiner Untergebenen im Stich gelassen – und fordernd rief er Recht zu: »Mann – reißen Sie sich doch am Riemen!«

Doch diese Aufforderung war vergeblich. Recht schwieg verstockt. Kein Wort war mehr aus ihm herauszubringen. Der Oberleutnant schien sich für diesen Soldaten zu schämen.

»Man kann nur hoffen«, sagte schließlich der Oberregierungsrat, »daß nicht alle Ihre Leute so sind.«

Das jedoch war nicht der Fall. Die nächsten Recherchen machten das deutlich: direkt und auch indirekt beteiligte Zeugen marschierten auf – willig fast alle. Gelegentliche vorsichtige Einschränkungen konnten klargestellt werden, irrtümliche Gewissenskonflikte, wie Minzlaffe es nannte, bereinigt werden. Und der von Strackmann glaubte wieder stolz auf seine Leute sein zu können.

Stolz auch auf Feldwebel Rammler: dessen Erklärungen kamen wie gestanzt. Sie waren mitunter etwas hart und nicht immer salonfähig, doch durchaus wirkungsvoll. So etwa, wenn er erklärte: »Dieser Recht ist eine alte Flasche. Solche Versager verlieren immer gleich die Nerven, das ist erwiesen. Besonders, wenn ihnen der Arsch mit Grundeis geht.« Oder auch: »Der Unteroffizier Streicher ist zwar noch nicht ganz trocken hinter den Ohren, aber verdammt ehrlich bemüht, sich ins Zeug zu legen. Davon kann sich manch einer eine Scheibe abschneiden – oder auch zwei.«

Oberregierungsrat von Minzlaffe lächelte nachsichtig. Mit solchen Leuten, fand er, konnte man Pferde stehlen, beziehungsweise klare, übersichtliche Verhältnisse schaffen. Rammler war in seinen Augen ein rauher, aber wackerer Mann – streng, doch auf unverbildete Weise gerecht.

Schwierigkeiten jedoch versuchte der Hauptfeldwebel Kirschke zu machen. Denn als er zur Befragung vor Minzlaffe erschien, erklärte er: »Warum diese Umstände? Normalerweise müßte doch ein derartiger Fall – falls das überhaupt einer ist – unverzüglich der zuständigen Staatsanwaltschaft zugeleitet werden.«

»Das verstehen Sie nicht«, versuchte Minzlaffe, reichlich voreilig, den Kompaniefeldwebel abzukanzeln. »Wir sondieren hier lediglich das Terrain.«

»In meinen Augen ist ein derartiges Vorgehen ein Eingriff in die Funktion der Staatsanwaltschaft – es könnte sogar den Verdacht einer Begünstigung im Amt erwecken.«

Der Oberregierungsrat von Minzlaffe zuckte erregt zusammen – gleichzeitig fühlte er sich tief besorgt. Er zog Oberleutnant von Strackmann in die äußerste Ecke des Dienstzimmers und flüsterte hier intensiv auf ihn ein. Sie steckten die Köpfe zusammen wie Hühner, während Kirschke eher dastand wie ein Hahn auf dem Misthaufen.

Schließlich erklärte Minzlaffe, um Festigkeit bemüht: »Sie werden hier nicht weiter benötigt, Herr Hauptfeldwebel.«

»Dann kann ich ja gehen«, sagte Kirschke. »Ich werde wieder mal meine Hosen wechseln. Auch Händewaschen könnte wohl nichts schaden.«

Nachdem sich der Hauptfeldwebel entfernt hatte, sagte Minzlaffe zu dem bleich gewordenen Oberleutnant: »Haben Sie etwa noch mehr von dieser Sorte in Ihrer Kompanie?«

»Leider. Möglicherweise. Ein Gefreiter namens Kamnitzer.«

»Hat der direkt etwas mit dieser Angelegenheit zu tun?«

»Direkt nicht.«

»Nun, dann können wir wohl auf seine Aussage verzichten. Ich vertraue da hundertprozentig Ihrem Urteil. Es gibt bedenkliche Zeugen, die nur die Wahrheitsfindung trüben.«

»Ob der aber bereit ist, auf seine Mitwirkung zu verzichten?« Der von Strackmann konnte nicht umhin, hier eine gewichtige Warnung anzubringen. »Dieser Mensch scheint mir nämlich völlig unberechenbar zu sein.«

»Ach was!« Minzlaffe schloß unmutig sein Aktenstück. »Verlassen Sie sich auf einen alten Praktiker! Wer nicht gefragt wird, der kann auch nicht antworten. Querulanten sollte man grundsätzlich ausschalten, wenn es um die einwandfreie Rechtsfindung geht.«

Davon war der Oberleutnant von Strackmann durchaus überzeugt. Sicherlich kannte Minzlaffe alle Wege, das Gesetz zu wahren – aber kannte der auch einen Typ wie Kamnitzer? Das konnte bezweifelt werden.

Der Oberfeldwebel Viktor Voßler war entschlossen, eine interne, fröhlich-festliche Veranstaltung zu arrangieren. Das Stichwort hierzu: Ehrengeleit für Carolin Ahlers – anläßlich ihrer Einlieferung in die Klinik von Professor Martin.

»Ich verbitte mir dabei jede Sorte von Mitgefühl«, sagte er zu Herbert Asch. »Ich lade Sie lediglich zu einer Spazierfahrt in die Hauptstadt ein. Ich fahre mit meinem Mercedes voraus, und Sie lassen Ihren Firmenwagen, Ihren Opel Kapitän, hinterhergondeln. Einverstanden?«

»Unter einer Bedingung! Ich bilde bei dieser Kavalkade mit meinem Porsche und Hauptmann Ahlers den Abschluß.«

»Sie sind ein Erpresser nach meinem Herzen«, versicherte Voßler dankbar. »Versuchen Sie so zu bleiben.«

Der Oberfeldwebel fuhr in die Infanteriekaserne, um dort Martin Recht und Karl Kamnitzer »loszueisen«. Das gelang nahezu mühelos – er brauchte sich deshalb nur an Kirschke zu wenden. Die Andeutung einer Erklärung genügte, und der Kompaniefeldwebel erklärte: »Kamnitzer und Recht – abkommandiert zum Einkaufen.«

»Schaut nicht so blöd!« rief Voßler den beiden Freunden entgegen. »Ihr seid mir zugeteilt! Für die nächsten Stunden hört ihr auf mein Kommando. Und zunächst einmal bitte ich mir Gesichter aus, wie sie Honigkuchenpferde haben.«

»Das ist eine Spezialität von mir«, versicherte Kamnitzer grinsend. »Aber für den Gemütszustand dieses guten Kindes kann ich nicht garantieren.« Dabei zeigte er, mit seitwärts gewinkeltem Daumen, auf Recht.

»Hör mal, Kumpel«, sagte Voßler zu Martin Recht. »Komm mir nicht auf den Gedanken, daß du der Nabel dieser Welt bist! Und lächle zumindest so lange, bis Carolin in der Klinik ist.«

»Für Carolin«, versicherte Martin Recht, »tu ich alles.«

»Mensch«, sagte Viktor Voßler, »selbst wenn sie dich womöglich für ein paar Monate einbuchten sollten – denk daran, daß du dann nicht der einzige wärst, der unschuldig gesessen hat! Aber so was darfst du Carolin nicht auf die Seele binden. Du mußt immer denken: sie will wieder gesund werden – und sie will das nicht zuletzt deinetwegen.«

»Schon gut«, sagte Martin Recht. »Sparen wir uns solche Reden – fahren wir lieber zu ihr.«

Sie folgten dem unternehmungslustigen Oberfeldwebel bereitwillig und stiegen vor dem Haus des Hauptmanns Ahlers aus. Sie warteten geduldig, bis Voßler seinen »Geleitzug« zusammengestellt hatte.

»Also«, sagte Voßler, nachdem er in der Wohnung Ahlers' angekommen war, »wo ist das Opfer der Chirurgie und der Hausfreunde?«

»Ich weiß nicht recht«, gab Ahlers behutsam zu bedenken, »ob der Zeitpunkt für eine Operation wirklich günstig ist.«

Viktor Voßler zog den Freund in eine Ecke des Korridors seiner Wohnung. »Was soll das heißen?« fragte er. »Hast du etwa Carolin etwas von deinen Schwierigkeiten gesagt?«

»Natürlich nicht, Viktor.«

Voßler schien beruhigt. »Ich kann mir auch nicht vorstellen, daß du einen anderen Wunsch hast als den, Carolin endlich gesund zu sehen. Was ist dir das wert? Eine Uniform? Eine Fluglizenz? Der Dienstgrad eines Hauptmanns? Meine Freundschaft?

»Du hältst hier unnötig den Betrieb auf«, sagte Klaus Ahlers lächelnd.

»Carolin!« rief Voßler nun freudig. Seine Stimme dröhnte durch die kleine Wohnung. »Komm her, Mädchen! Zitterst du schon wie Espenlaub?«

Carolin erschien; sie schritt, nur gering hinkend, auf Viktor zu, breitete die Arme weit und legte sie ihm um die breiten Schultern. Und er empfand: wie lächerlich gering war doch die von ihm aufgedrängte finanzielle Hilfe – gemessen an dieser Geste wissender Dankbarkeit.

»Erst noch eine kleine Stärkung«, verkündete er, wobei er sich behutsam von Carolin löste, was ihm sichtlich nicht leichtfiel. »Bevor wir uns den Schlachthöfen der Ärzte nähern, müssen wir uns Mut einflößen. Hast du mächtig Angst, Carolin?«

»Wovor denn? Doch nicht davor, endlich gesund zu werden?«

Voßler erkannte, daß Carolin tatsächlich keinerlei Furcht empfand. Vertrauensvoll würde sie die Klinik betreten. Und sie wußte um keine der Schwierigkeiten, welche die Menschen bedrohten, die ihr nah waren.

Voßler ging zum Fenster, öffnete es und bat die vor dem Haus wartenden Freunde herein. »Bringt den Korb mit, der im Kofferraum meines Wagens steht.«

Sie versammelten sich um Carolin – alle, die Voßler mobilisiert hatte: Herbert Asch mit Frau Elisabeth; Viktors nun »offizielle« Verlobte Gerty Ballhaus; Kamnitzer und Helen Wieder. Dazu die Eltern. Und Martin Recht. Carolin ging zu ihm und griff nach seiner Hand.

»Ich bin etwas besorgt«, versicherte Karl Kamnitzer, »wenn diese Operation gelingen sollte, habe ich in Zukunft keinerlei Chancen mehr, gegen Carolin beim Kegeln zu gewinnen.«

Die Anwesenden lachten. Voßler stellte Gläser bereit und entkorkte zwei Flaschen Champagner. Gerty half ihm hausfraulich dabei – und zwar mit größter Selbstverständlichkeit.

»Meine lieben Freunde«, sagte Herbert Asch, sein Glas erhebend. »Nicht selten habe ich das Gefühl, daß wir vieles von dem, was wir unser Leben nennen, als völlig selbstverständlich empfinden. Wir nehmen es hin. Wir machen uns keinerlei Gedanken darüber. Und wir vergessen nur allzu leicht die simpelsten – und wichtigsten – Lehren des Alltags, die doch auf jeder Straße liegen und die sich vom Gesicht eines jeden Nachbarn ablesen ließen ...

Muß man erst eingesperrt werden, um zu ahnen, was Freiheit ist? Schaffen erst die Kriege wahren Friedenswillen? Muß erst die Krankheit sein, damit wir erkennen, welch ein Segen auch nur mäßige Gesundheit ist?

So trinke ich denn auf unsere Carolin – damit sie wieder gehen kann oder tanzen oder kegeln. Wer will den dafür angemessenen Preis bestimmen? Ein Menschenleben in Gesundheit – kann man jemals teuer genug dafür bezahlen?«

Drei Tage später – Carolin stand kurz vor ihrer Operation; Ahlers bemühte sich, seine Erbschaft einzutreiben; Recht wartete auf seinen Prozeß – tuckerte ein grüngrauer Volkswagen durch die Offizierssiedlung der Luftwaffe. Darin saßen zwei Männer in Zivil. Vor dem Haus, in dem Hauptmann Ahlers wohnte, stiegen sie aus.

Die Männer in Zivil lächelten – und dieses Lächeln schien wie eingefroren. Zueinander sprachen sie fast niemals; jeder wußte zumeist, was der andere ihm zu sagen hatte.

Sie schritten auf Gummisohlen, klingelten kurz und warteten geduldig. Als dann die Tür geöffnet wurde, stellte einer seinen Fuß dazwischen, während der andere sanft fragte: »Sind Sie Frau Ahlers?« Und als diese Frage bejaht wurde, wollte er wissen: »Wo ist Ihr Mann?«

»Verreist«, sagte Frau Ahlers.

»Sieh mal einer an!« sagte jetzt der Mann, der mit seinem Fuß die Tür blockierte. »Er ist also verreist. Doch nicht etwa in Richtung Ostzone?«

Frau Ahlers erschrak. Sie erkannte, daß diese Bemerkung nicht ungefährlich gewesen war – denn sie las Zeitungen. Und sie sagte sich: ein nicht hundertprozentig überführter KZ-Mörder war für gewisse Leute eine Art Gentleman, verglichen mit jemandem, der als kommunistisch verseucht galt. Wie absurd jedoch war ein solcher Verdacht, wenn sie an ihren Mann dachte! Dennoch empörte sie sich nicht gegen die soeben gehörte Andeutung – sie wußte, daß es zwecklos gewesen wäre. Sie hatte Leute vor sich, die ihre Pflicht taten. »Mein Mann ist zu seiner Schwester gereist.«

»Ah – und die ist in der Ostzone?«

»Sie lebt in Bayern.«

»Warum?«

»Mein Kollege meint damit: Warum ist er zu seiner Schwester gereist?«

»Um eine finanzielle Angelegenheit zu regeln – glaube ich.«

»Das glauben Sie? Also wissen Sie es nicht.« Der Mann sagte das wie ein Kontrolleur, der einen Zähler für Elektrizität ablas. »Soll das ein Versuch sein, Ihren Mann zu entlasten?«

Frau Ahlers blickte verängstigt in glatte Gesichter. Sie sagte: »Ich verstehe Ihre Frage nicht.«

»Bayern«, sagte jetzt der andere, der immer noch seinen Fuß über die Schwelle stemmte, »grenzt an die Ostzone.«

»Derartige Verdächtigungen«, sagte Frau Ahlers und geriet jetzt doch in Empörung, »muß ich mit aller Entschiedenheit zurückweisen.«

»Wie Sie wollen, Frau Ahlers. Nur mache ich Sie darauf aufmerksam, daß wir keinerlei Verdachtsmomente ausgesprochen haben – wir haben lediglich einige Möglichkeiten erörtert. Und wenn ich Sie richtig verstehe, sind Sie entschlossen, uns jede weitere Auskunft zu verweigern?«

»Ja – unter diesen Umständen.«

Die beiden, die fast wie Brüder aussahen – leicht beleibt, kleinäugig, mit fettiger Haut –, blinzelten sich an. Dann nickten sie. Fast gleichzeitig drehten sie sich ab und trotteten davon.

Frau Ahlers blickte ihnen besorgt nach – sie sah sie vor der Haustür stehen. Sie bewegten sich sekundenlang nicht und schienen dabei lediglich zwei oder drei Worte zu wechseln. Dann trennten sie sich – der eine ging auf das Nebenhaus zu, der andere auf das Haus an der gegenüberliegenden Straßenseite.

Beide traten nach dem gleichen Schema in Aktion: sie gaben sich jetzt höflich und ersuchten um die Erlaubnis, einige »vertrauliche« Fragen stellen zu dürfen.

Diese Fragen lauteten etwa: Kennen Sie Hauptmann Ahlers und seine Familie? Seit wann? Wie gut kennen Sie diese Leute? Was wissen Sie über deren wirtschaftliche Verhältnisse? Wollen Sie sich zu deren politischer Einstellung äußern? Ist Ihnen bekannt, daß besagter Ahlers oder ein Mitglied seiner Familie Schulden gemacht hat? Wenn ja – bei wem und in welcher Höhe? Sind Ihnen in letzter Zeit besondere, vielleicht verdächtige Besucher aufgefallen?

Abschließend die wie auswendig gelernt klingende Erklärung: »Wir dürfen Sie bitten, dieses Gespräch wirklich als höchst vertraulich zu betrachten, und möchten Sie ersuchen, keinerlei voreilige Schlußfolgerungen daraus zu ziehen. Wir danken Ihnen für Ihre bereitwillige Mitarbeit.«

Ein paar Stunden später wußte jedermann in der Offizierssiedlung – oder glaubte es doch zu wissen –, daß es bei Ahlers »stank«. Die Gerüchte wuchsen lawinenartig an: aus vagen Andeutungen wurden handfeste Verdächtigungen; Schulden verwandelten sich in kriminelle Handlungen; die einen sprachen von Fahnenflucht, andere von Kontakten mit Ostagenten – auch das Wort »Landesverrat« fiel.

Wer jedoch die Männer gewesen waren, die derartige folgenreiche Fragen gestellt hatten, wußte niemand genau zu sagen. Wohl hatten sie bei Beginn jeder Unterredung einen Ausweis gezückt, mit Lichtbild und Stempel – aber eingehend betrachtet oder gar durchgelesen hatte diese Dokumente niemand. Man sprach von »Kriminalern«, auch von »Geheimen« – zumindest zweifelte niemand daran, daß hier Amtspersonen am Werk gewesen waren.

Die »Amtspersonen« begaben sich in die Luftwaffenkaserne. Auch hier trennten sie sich – der eine, der über eine gewisse Behutsamkeit verfügen konnte, schien Oberst Turner aufsuchen zu wollen; der andere, der wesentlich robuster war, betrat jene Büroräume, in denen noch vor wenigen Tagen Hauptmann Ahlers gearbeitet hatte.

»Wo ist der zuständige Chef von diesem Laden?« wollte der Zivilist wissen.

Er hatte weder einen Gruß hervorgebracht noch sich vorgestellt – er hatte es nicht einmal für notwendig befunden, seinen Ausweis zu zücken. Er schien sich hier wie zu Hause zu fühlen. Und er redete die Anwesenden wie Untergebene an – den Schreibstubenunteroffizier ebenso wie die weibliche Hilfskraft. Sogar deren eigenwillige Schönheit schien er völlig zu übersehen.

Mithin fühlte sich die weibliche Hilfskraft, nicht zu Unrecht, unwürdig behandelt. Sie drehte dem Eindringling ihren dekorativen Rücken zu. Der Schreibstubenunteroffizier jedoch witterte eine Art Vorgesetzten – und zwar einen von der scharfen Sorte. Er schob sich vorsichtig näher.

»Ich habe Sie was gefragt!« bellte der Zivilist.

Der Unteroffizier sagte – in einem Tonfall, bei dem sich Auskunft und Meldung vermischten: »Hauptmann Treuberg befindet sich im Kasino. Und der Hauptfeldwebel ist bei den Hallen.«

»Beide sollen kommen«, ordnete der Zivilist an. Und, sich versichernd, auch auf dem richtigen Dampfer zu sein, fragte er: »Das ist doch hier der Verein, bei dem sich Hauptmann Ahlers betätigt hat?«

»Jawohl«, sagte der Unteroffizier, »wir sind dieser Verein.«

Er verließ den Raum und suchte nach Oberfeldwebel Voßler. »Kannst du mal auf die Schreibstube kommen?« fragte er ihn. »Da ist ein reichlich komischer Zivilist.«

»Wenn er so komisch ist, dann lach nur«, erklärte der Oberfeldwebel uninteressiert.

»Er hat danach gefragt, ob wir der Verein sind, bei dem sich Hauptmann Ahlers betätigt hat.«

Jetzt begannen Voßlers Augen zu funkeln. »Ein Gesinnungsspitzel – was?«

Der Unteroffizier meinte: »Vielleicht einer vom MAD – auf Hauptmann Ahlers angesetzt. Aber ausgewiesen hat er sich noch nicht – er stänkert nur so vor sich hin.«

»Das ist mein Mann«, versicherte Voßler und setzte sich – in Richtung Schreibstube – in Bewegung.

Hier lehnte der angekündigte Zivilist, den Voßler auf den ersten Blick als sozusagen verkleidet erkannte, gegen den Türpfosten, sog an einem Stumpen und versuchte, Ringe in die Luft zu blasen.

»Wen haben wir denn da?« sagte Voßler munter.

»Wer sind Sie?« fragte der Fremde nicht ohne Schärfe.

»Ich bin hier zu Hause«, erklärte Voßler. »Und wenn hier jemand aufkreuzt, muß er sich vorstellen.«

»Ich halte mich in diesen Räumen dienstlich auf.«

»Das mache ich auch – und zwar schon seit Jahren.«

Der Unteroffizier und die weibliche Hilfskraft beobachteten aus dem Hintergrund diese vielversprechende Begegnung. Voßler stand breitbeinig da – wie ein Ringer, der den Angriff des Gegners erwartet. Der Zivilist lehnte sich immer noch gegen den Türpfosten – nur versuchte er keine Ringe mehr zu blasen; sein Stumpen schien zu verlöschen.

Viktor Voßler prellte vor. »Entweder Sie zeigen mir sofort Ihren Ausweis – oder ich lasse Sie hinaustransportieren.«

»Sie haben wohl ein schlechtes Gewissen – was?« fragte der Mann in Zivil.

»Wie kommen Sie darauf?« fragte Voßler verblüfft.

»Sie machen diesen Eindruck«, versicherte der Zivilist. »Erfahrungsgemäß versucht eine Menge Leute, ihre Angst durch Geschrei zu übertönen. Und wer ein schlechtes Gewissen hat, den sollte man grundsätzlich überprüfen.«

Der Oberfeldwebel wußte nicht recht, ob er sich nun eigentlich empört oder erheitert fühlen sollte. Immerhin war ein bezeichnendes Stichwort gefallen: überprüfen. Das aber war eine der Haupttätigkeiten des MAD – des Militärischen Abwehrdienstes.

Und in der Tat: der Zivilist zückte genau in diesem Augenblick seinen Ausweis – und Voßler las: Oberfeldwebel Groß – Angehöriger einer Gruppe des MAD.

»Ich habe den Fall Ahlers zu untersuchen«, erklärte der Oberfeldwebel des MAD nunmehr sachlich. »Und ich muß bitten, mich nicht dabei zu behindern.«

»Blödsinn«, sagte Voßler. »Einen Fall Ahlers gibt es überhaupt nicht.«

»Das lassen Sie gefälligst meine Angelegenheit sein. In diesem Zusammenhang jedenfalls muß ich mit Hauptmann Treuberg sprechen. Außerdem suche ich nach einem Oberfeldwebel Voßler.«

»Der bin ich«, sagte Viktor mächtig verwundert.

Der Oberfeldwebel des MAD in Zivil blickte ungläubig. Er versuchte sogar, zurückzuweichen, wie um dadurch einen besseren Überblick zu gewinnen – doch gleich hinter ihm war der Türpfosten. Seine Stimme klang sanft und geradezu besorgt: »Ich fordere Sie auf, sich zur Verfügung zu stellen.«

»Mann«, sagte Voßler, »hör auf, vor dich hinzuspinnen.«

»Möglicherweise könnte Verdunkelungsgefahr bestehen.« Der Mann vom MAD schien seiner Sache sicher. »Ob eine Verhaftung notwendig ist, muß sich erst noch herausstellen.«

Die Verhandlung gegen den Grenadier Martin Recht wegen Vergehen gegen den Paragraph 25 des Wehrstrafgesetzbuches –

Wer es unternimmt, gegen einen Vorgesetzten tätlich zu werden, wird mit Gefängnis oder Einschließung nicht unter sechs Monaten bestraft –

schleppte sich reichlich mühsam vorwärts.

Der Vorsitzende der zuständigen 2. Kammer, Gerichtsdirektor Dr. Bohlen, erklärte im Verlaufe der Verhandlung wiederholt: »Wir wollen nichts überstürzen. Wir können hier nicht gründlich und behutsam genug vorgehen.«

Für ein derartiges vorsichtiges Verhalten entwickelten die beiden militärischen Beisitzer – ein Feldwebel und ein Gefreiter – durchaus Verständnis. Denn sie hatten sehr schnell eingesehen: diese Angelegenheit war heikel. Allein der Vertreter der Anklage versuchte auf Tempo zu drängen. Für ihn war alles klar –

die ihm zur Verfügung gestellten Unterlagen konnten gar nicht überzeugender sein.

»Sogar der Angeklagte«, stellte der Vertreter der Anklage fest, »vermag den Tatbestand in den entscheidenden Punkten nicht zu bestreiten.«

»Ich gebe dennoch zu bedenken . . .«, sagte der verteidigende Rechtsanwalt. Und das sagte er mehrmals und blickte dabei forschend und nicht ohne Respekt zu dem Vorsitzenden hinüber.

Dieser Vorsitzende – Gerichtsdirektor Dr. Bohlen – saß gelassen da, leicht zurückgelehnt, mit freundlichen Augen; meist schien er, wenn auch nur andeutungsweise, zu lächeln. Seine Stimme war die eines Vaters, der Kummer gewohnt ist. Wenn er die Hand hob, um sich zuspitzende Gespräche abzubremsen, wirkte er wie Jupiter, der vorübergehend den Verkehr regelte.

»Herr Recht«, sagte der Vorsitzende nunmehr, dabei bewußt das Wort »Angeklagter« verschmähend, »wenn ich Sie richtig verstehe, dann waren Sie sich der Tatsache nicht bewußt, daß Sie in jener fraglichen Nacht einem Vorgesetzten gegenüberstanden.«

»Jawohl, Herr Vorsitzender«, versicherte Recht nach kurzem, ermunterndem Blick seines Anwaltes. »Ich sah in ihm nur den Kameraden, der mit mir auf der gleichen Stube lag und mit dem ich noch wenige Stunden vorher zusammengesessen und getrunken hatte.«

»Aber Sie wußten, daß Streicher zum Unteroffizier befördert worden war!« erklärte der Vertreter der Anklage. »Sie haben Streicher in der Uniform eines Unteroffiziers gesehen. Sie haben ihn vorher sogar mit diesem Dienstgrad angeredet!«

»Jawohl«, erklärte Recht auch zu diesem Punkt.

Er war der denkbar schlechteste Vertreter seiner Sache. Denn er hatte ein Gewissen – und dieses redete ihm ein, daß er nicht vollkommen schuldlos war. Völlig schuldlos, dachte er, ist niemand in dieser Welt. Noch der ganz und gar Tatenlose hat sein Maß an Schuld – und sei es Schuld durch Versäumnisse.

Diesen wunden Punkt der Verhandlung versuchte der Gerichtsdirektor Dr. Bohlen behutsam zu umkreisen. »Herr Recht«, gab er zu bedenken, »lassen Sie sich nicht auf Spekulationen ein –

etwa im Stil von: was wäre, wenn! Oder: wie, wenn ich das oder jenes getan oder nicht getan hätte! Gedanken können wir nicht richten – allein Tatsachen müssen für uns zählen.«

Dr. Bohlen versuchte eine ausgleichende, eine versöhnliche, zumindest eine menschliche Gerechtigkeit walten zu lassen. Doch dieser Recht war um eine quälende Art von Objektivität bemüht. Er wollte dem Gericht nichts verschweigen.

Somit war erwiesen: ein Zusammenstoß hatte stattgefunden. Erwiesen ferner: ein mindestens formell als Vorgesetzter anzusehender Kamerad war dabei zu Boden gefallen. (Aussage eines Zeugen: »Ich dachte, der verrenkt sich den Steiß!«) Und Tatsache auch, daß Recht keinerlei Versuch unternahm, diesen Vorgang zu leugnen.

»Das spricht nur für meinen Mandanten«, behauptete der Verteidiger.

»Das beweist, daß die Anklage zu Recht besteht!«

Der Vorsitzende hob die Hand – zum fünften Male während dieser Verhandlung. Sofort trat Stille ein. »Sie mögen durchaus, meine Herren, Ihre eigenen Ansichten über diesen Vorgang haben – ich bitte Sie zu bedenken, daß es allein Aufgabe des Gerichts ist, ein Urteil zu fällen. Diese Aufgabe können Sie uns erleichtern – doch abnehmen können Sie uns das nicht.«

»Ich bitte einen Entlastungszeugen anhören zu wollen, Herr Vorsitzender. Sein Name: Karl Kamnitzer, Gefreiter.«

Der Vertreter der Anklage protestierte – er war eingehend darüber informiert worden, wer dieser Kamnitzer war und was von ihm erwartet werden konnte. »Unwichtig!« rief er daher. »Belanglos und nicht zur Sache gehörend. Dieser Mann war bei der hier allein zur Verhandlung stehenden Tat nicht zugegen – folglich kann er auch nichts darüber aussagen.«

»Wohl aber zu den Umständen, die zu diesem Vorfall geführt haben! Kamnitzer könnte wesentlich zum Verständnis für die Atmosphäre beitragen, in der sich dies alles abgespielt hat.«

»Nicht dieser Kamnitzer!« Der Vertreter der Anklage bezog entschlossen Stellung. »Nach den mir zugänglich gemachten Unterlagen muß die Nennung dieses Zeugen bedenklich erscheinen.«

Doch damit war die Entscheidung praktisch bereits gefallen –

denn Dr. Bohlen war auf diesen Kamnitzer geradezu neugierig geworden. Er erklärte: »Ich darf bitten, die Möglichkeit anzuerkennen, daß das Gericht durchaus in der Lage ist, selbst darüber zu entscheiden, ob ein Zeuge als bedenklich anzusehen ist oder nicht.«

Damit war die Bahn für Karl Kamnitzer frei. Er betrat den vergleichsweise kleinen, kargen, strapazierten Raum mit der gleichen Selbstverständlichkeit, mit der er sich in der Kaserne oder im *Café Asch* zu bewegen pflegte.

»Wie steht denn die Sache, Herr Vorsitzender?« fragte er ungeniert.

Gerichtsdirektor Dr. Bohlen hatte einige Mühe, ernst zu bleiben – er besann sich nicht, daß ihm jemals in seiner Laufbahn eine derartige Frage gestellt worden war. »Herr Kamnitzer«, erklärte er betont höflich, »wenn Sie mich fragen, wie die Sache steht, so muß ich Ihnen leider sagen: das weiß ich selber in diesem Augenblick noch nicht genau – das kann ich erst nach Abschluß der Verhandlung sagen.«

»Also steht es nicht allzu schlecht – was?«

»Es kommt darauf an, Herr Kamnitzer, was Sie darunter verstehen – was Sie für schlecht, für gut und für nicht allzu schlecht halten.«

Die Anwesenden blickten mit Erstaunen auf dieses ungewöhnliche Schauspiel: der betagte Richter und der unbekümmerte junge Mann lächelten sich geradezu vertraulich an – sie schienen Gefallen aneinander zu finden.

»Darf ich Sie nunmehr bitten«, fuhr der Gerichtsdirektor fort, »sich an unsere Spielregeln zu halten? Bevor wir uns weiter miteinander unterhalten, möchte Fräulein Horn, unsere Urkundenbeamtin, gerne möglichst genau wissen, mit wem sie es zu tun hat. Was praktisch heißt: sie muß zunächst einmal Ihre Personalien notieren.«

Kamnitzer teilte bereitwillig alles mit, was man von ihm zu wissen begehrte. »Und nun kommen wir wohl zur sogenannten Sache?«

Das bestätigte Dr. Bohlen. »Und ich bitte Sie, daran zu denken, daß wir hier einen Fall untersuchen, der als ›tätlicher Angriff auf einen Vorgesetzten‹ bezeichnet wird – nichts weiter und nichts anderes sonst.«

»Sie wollen damit sagen: ich soll nicht abschweifen! Nichts Zusätzliches mehr ausgraben: kurz: immer auf dem Teppich bleiben!«

»So ungefähr«, stimmte Dr. Bohlen erwartungsvoll zu.

»Kapiert«, sagte Kamnitzer. Er trat noch einen Schritt näher, als wolle er eine halbwegs private Unterhaltung anbahnen. »Ich will ja nicht danach fragen, Herr Vorsitzender, ob Sie schon einmal einen über den Durst getrunken haben – das werden Sie mir kaum auf die Nase binden und das geht mich auch nichts an. Aber so was können Sie sich vorstellen – nicht wahr?«

»Das kann ich mir vorstellen«, sagte Dr. Bohlen lächelnd.

»Nun gut«, sagte Kamnitzer. »Es fragt sich jetzt: Kann man überhaupt diesen Vorgang als ein einziges, in sich geschlossenes, von allem anderen abgeschlossenes Ereignis sehen? Wenn zwei Menschen auf engstem Raum aufeinanderprallen und der eine dabei auf sein Hinterteil fällt – ist das schon alles? Was kann nicht alles dazu geführt haben! Schuld daran kann auch das Bohnerwachs sein. Der Fußboden unserer Stube ist nämlich prima in Schuß!«

»Das«, versicherte Dr. Bohlen, »mag für die Fußbodenpflege Ihrer Stubengemeinschaft zeugen – aber es schafft leider die Tatsache nicht aus der Welt, daß der eine der beiden, die da zusammengeprallt sind, ein Untergebener war und der andere ein Vorgesetzter.«

»Das eben ist der grundlegende Irrtum«, behauptete Kamnitzer. »Denn in Wirklichkeit handelt es sich hier um zwei Menschen, die monatelang zusammengelebt haben – sie standen zur gleichen Zeit auf; sie putzten sich nebeneinanderstehend die Zähne; sie aßen gemeinsam, taten gemeinsam Dienst und verbrachten auch Teile ihrer Freizeit zusammen.«

»Sagten Sie: monatelang?« wollte Dr. Bohlen wissen.

»Ich könnte auch sagen: nahezu ein halbes Jahr – falls das noch besser klingt.« Kamnitzer fühlte, daß er verstanden wurde; offensichtlich marschierte er bei diesem Justizmenschen auf der richtigen Straße. »Seit so langer Zeit bevölkern wir gemeinsam –

Recht, Streicher und ich – einen kleinen Winkel dieser Garnison; sozusagen Bett an Bett.«

»Nur weiter«, ermunterte der Vorsitzende.

»Nun muß man wissen«, erklärte Kamnitzer schwungvoll, »daß ich nicht gerade ein Musterknabe bin. Aber genausogut ist der Kamerad Streicher alles andere als ein weißes Schaf; und Martin Recht ist kein Banause mit gelegentlichen Wutanfällen. Beide haben ihre Schwächen – aber wer hat die nicht? Jedenfalls habe ich schon mal einem kurz und gewissermaßen ganz privat in den Hintern getreten – und einem anderen habe ich, bei passender Gelegenheit, eine heruntergehauen. So was kommt vor! Wenn man deshalb gleich vor ein Gericht muß – dann kann mir die Justiz nur leid tun.«

»Wir wissen Ihr Mitgefühl zu würdigen«, sagte Dr. Bohlen.

»Ich habe aber kein Wort gesagt, das dem Ansehen der Garnison abträglich sein könnte – haben Sie das bemerkt, Herr Vorsitzender?«

»Es ist mir nicht entgangen, Herr Kamnitzer.«

»Ich habe ausdrücklich zur Sache gesprochen und über nichts weiter, nicht wahr? Ich hoffe, das genügt!«

»Es genügt mir«, sagte Dr. Bohlen, bemüht, das Thema nicht auszuweiten, »ich danke Ihnen für Ihre Ausführungen – ich empfinde sie als aufschlußreich.«

Damit war die Verhandlung abgeschlossen. Die Einvernahme weiterer Zeugen – genannt war noch Oberleutnant von Strackmann – hielt Gerichtsdirektor Dr. Bohlen nicht mehr für nötig. Unbeweglich hörte er sich die Ausführungen des Anklagevertreters und des Verteidigers an. Dann verkündete er: »Das Gericht zieht sich zur Beratung zurück.«

»Gut gemacht«, sagte der Verteidiger zu Kamnitzer. »Natürlich dürfen Sie keine Wunder im Bereich der Justiz erwarten. Gesetze lassen sich auslegen, doch nicht negieren. Aber ich denke, Recht wird mit einer verhältnismäßig geringen Strafe davonkommen. Ich schätze: sechs Monate. Denn dieser Richter gehört zu denen, die zuerst an den Menschen denken, dann erst an die Gesetze, denen sie unterworfen sind.«

Gerichtsdirektor Dr. Bohlen erschien und verkündete: »Im Namen des Volkes:

Drei Monate Gefängnis – mit Bewährung.«

Als der Hauptmann Ahlers von seinem Urlaub zurückkehrte – zwei Tage früher als vorgesehen –, berichtete ihm seine Frau, was inzwischen geschehen war. Danach meldete sich Ahlers sogleich bei Oberst Turner.

»Das alles«, sagte Oberst Turner ablehnend, »ist höchst bedauerlich.«

»Es ist infam!« behauptete Ahlers.

Der Oberst schüttelte nachsichtig den Kopf. Er hätte dieser peinlichen Unterredung ausweichen können – doch Verpflichtungen, gleich welcher Art, entzog er sich niemals; davon war er in diesem Augenblick überzeugt. »Sie haben mich schwer enttäuscht, Ahlers.«

»Während ich, Herr Oberst, wie vereinbart, unterwegs gewesen bin, um Geld aufzutreiben . . .«

»Haben Sie es aufgetrieben?«

»Bis auf den letzten Pfennig! Mit meiner Schwester habe ich das Haus des Vaters, das uns gemeinsam gehört, verkauft in aller Eile und nicht ohne Verlust. Aber jetzt besitze ich zwanzigtausend Mark. Und damit können alle Schulden bezahlt werden.«

»Nun, das freut mich – für Sie.«

»Aber inzwischen haben, wie mir berichtet worden ist, Fahndungen eingesetzt. Der MAD ist in Funktion getreten und hat in unserer Ofizierssiedlung die bedenklichsten Gerüchte in Umlauf gebracht.«

»Das«, erklärte der Oberst, »ist gewiß bedauerlich – menschliche Schwächen, wie Klatschsucht, sind leider niemals ganz aus der Welt zu schaffen. Doch die Aktion des MAD selbst war nicht zu vermeiden – nicht nach Lage der Dinge!«

»Aber ich besaß Ihre Zustimmung, Herr Oberst, Ihr Versprechen, diese Angelegenheit sollte so lange ruhen, bis es mir gelungen war, die notwendigen Gelder aufzutreiben. Damit habe ich meinen Teil unserer Abmachungen erfüllt.«

»Sollte das etwa ein Vorwurf mir gegenüber sein?«

»Aber ich hatte doch Ihr Wort, Herr Oberst!«

Turner reckte sich abweisend auf – jetzt war er wie ein Standbild; darstellend: Rechtschaffenheit. »Sie wollen doch nicht etwa damit behaupten, Herr Ahlers, daß ich mein Wort Ihnen gegenüber gebrochen habe? Genau das Gegenteil ist hier der Fall!«

Doch Ahlers beachtete die Warnung nicht, die in diesen Worten lag – er sah nur sich und das, was ihm zugefügt worden war. »Die Nachforschungen des MAD haben mein Ansehen untergraben, meine Ehre verletzt und meine Familie diffamiert. Ich könnte das vielleicht noch hinnehmen – aber meine Frau leidet darunter; sie kommt sich wie eine Aussätzige vor.«

»Das tut mir leid«, sagte der Oberst kühl, »aber derartige Folgen haben Sie sich selbst zuzuschreiben – ist Ihnen das immer noch nicht klar? Herr Ahlers, Sie haben mir offiziell eine Aufstellung Ihrer Schulden übergeben lassen – mit einer Endsumme von elftausenddreihundertundfünfzig Deutsche Mark.«

»Das stimmt auch.«

»Das stimmt leider nicht, Herr Ahlers!« Der Oberst blickte streng. »Denn inzwischen hat sich herausgestellt, daß diese Angaben nicht zutreffend waren. Noch deutlicher: sie waren falsch. Und damit haben Sie mich bewußt getäuscht – um nicht zu sagen: Sie haben mich vorsätzlich belogen! Daß dem tatsächlich so ist, darauf wurde ich von verläßlicher Seite aufmerksam gemacht. Und der Beweis dafür liegt vor.«

»Das verstehe ich nicht.«

»Was ist mit den dreitausend Mark, die Sie sich von Voßler geliehen haben? Von Voßler, einem Oberfeldwebel – also einem direkten Untergebenen! Wollen Sie das etwa leugnen?«

»Nein – natürlich nicht! Aber diese Summe hat nichts mit meinen eigentlichen Schulden zu tun – Viktor Voßler ist mein Freund.«

»Schon möglich – aber Sie sind sein Vorgesetzter.«

»Wer hat Ihnen davon erzählt, Herr Oberst? Oder soll ich sagen: wer hat das zur Anzeige gebracht?«

»Das ist unwichtig.«

»Hauptmann Treuberg – kein anderer sonst!«

»Halten wir uns an die maßgeblichen Tatsachen. Folgendes ist geschehen: Sie haben mir eine Meldung gemacht, und ich habe Ihnen vertraut und Ihnen Gelegenheit gegeben, besagte Angelegenheit zu ordnen. Inzwischen hat sich jedoch herausgestellt, daß diese Meldung falsch war ...«

»Höchstens unvollständig, Herr Oberst.«

»Sie war unrichtig – so oder so gesehen. Damit aber mußte man das Schlimmste befürchten ...«

»Bei mir, Herr Oberst? Aber Sie kennen mich doch!«

»Gewiß, Ahlers, gewiß, Sie sind ein Offizier mit besonderen Qualitäten – zumindest gewesen. Ich werde auch niemals zögern, darauf hinzuweisen und für Sie einzustehen. Doch ich kenne nicht nur Sie – ich kenne auch meine Vorschriften. Und danach müssen Fälle von übermäßigen Schulden unverzüglich gemeldet werden. Diese Verfügung muß Ihnen doch auch bekannt sein?«

Sie war Hauptmann Ahlers bekannt – und er fand auch, daß sie grundsätzlich nicht unberechtigt war: Wer Schulden gemacht hatte, mußte sie auch loswerden – er konnte weitere Kreditquellen anbohren, er konnte spielen, er geriet in die Gefahr, sich zu verkaufen. Und verkaufen konnte sich ein Mensch in Uniform am ehesten an eine der gegnerischen Spionageorganisationen – sie zahlten bereitwillig; entsprechende Gegenleistungen vorausgesetzt. Das alles wußte Ahlers – doch auf die Idee, daß man auch ihm derartiges zutrauen könnte, war er nie gekommen.

»Ich weiß«, bekannte er offen, »daß ich nicht korrekt gehandelt habe. Aber ich bin mir nicht bewußt, irgend etwas getan zu haben, das gegen meine Ehre als Offizier verstößt.«

»Das will ich gar nicht bestreiten, Ahlers – aber das muß jetzt das Gericht entscheiden. Ein entsprechendes disziplinargerichtliches Verfahren ist gegen Sie beantragt worden. Wissen Sie, was das bedeutet?«

»Ja«, sagte Hauptmann Ahlers bitter. »Vorläufige Enthebung

vom Dienst, Uniformverbot, teilweise Einbehaltung der Dienstbezüge.«

»Stimmt leider genau.« Oberst Turner nickte abschließend – er erlaubte Hauptmann Ahlers, sich zu entfernen. »Und ich empfehle Ihnen, sich zu überlegen, ob es nicht ratsam wäre, wenn Sie Ihre Entlassung aus dem Dienst beantragen würden.«

Dunkel waren auch die Tage, die Major Bornekamp, der Kommandeur des Grenadierbataillons, durchleben mußte. Dafür hatte Herbert Asch gesorgt. Der Zeitungsartikel über den Anführer der »Eisenstirnen« wirbelte Wolken von Staub auf.

»Kann man denn nicht einmal mehr offen seine Meinung sagen!« grollte Bornekamp empört. » Jeder Schmierfink darf das – jeder bekloppte Ostermarschierer!«

»Immerhin«, gab der Adjutant zu bedenken, »sind Sie, Herr Major, so etwas wie ein Repräsentant des Staatswesens. Notorische Querulanten und intellektuelle Halbirre haben freie Bahn – doch in Ihrer Stellung . . .«

»Was habe ich denn schon gesagt?«

Er hatte, wie ihm schien, eine ganze Menge höchst ehrenwerter Dinge gesagt – alle einwandfrei offiziell genehmigt. Nur eins störte ernsthaft: dieser mißverstandene Vergleich von Wehrdienstverweigerern und Zuchthäuslern – oder gar: KZ-Häftlingen! Wie absurd! Er hatte niemals auch nur das geringste mit einem KZ zu tun gehabt.

»Diese lächerlichen Mißverständnisse sind ganz bewußt künstlich vergrößert worden – und ich kann nur wünschen, der Kerl, der das auf dem Gewissen hat, gerät mir noch einmal in die Hände!«

Dieser Kerl war Herbert Asch. Doch sein Versuch, Bornekamps Kernsprüche »unter die Leute« zu bringen, war ein höchst mühsamer Vorgang gewesen.

»Auf die Reaktion der Leser«, hatte Herbert Asch gesagt, »warte ich mit Spannung.«

Das tat er – doch er wartete zunächst vergebens. Was da Bornekamp von sich gegeben hatte, schluckten die Bürger der kleinen Stadt mühelos. Kein Kommentar – vorerst. Das hieß nicht unbedingt, daß alle dem eisernen Major zustimmten. Doch selbst streitbar veranlagte Geister wunderten sich nicht mehr über das, was ihnen an Patriotischem, Volkstümlichem, Wehrkaftförderndem vorgesetzt wurde. Sie runzelten die Stirn und zuckten die Achseln. Und die immer zahlreicher werdenden provinziellen Gesinnungsfreunde nickten Beifall: der hatte es ihnen gegeben!

So trug denn Asch das Seinige dazu bei, daß sich Bornekamps totalkriegerische Äußerungen auch außerhalb des Leserkreises der Lokalzeitung mehr herumsprachen. Eine großstädtische Illustrierte, ein Rundfunkkommentator und schließlich ein oppositionell veranlagter Abgeordneter griffen die Sache auf. Die Folge davon war ein publizistischer Wolkenbruch – und er drohte Bornekamp in die Abwässer der Machtkämpfe zu spülen.

Da aber Bornekamp sich unschuldig fühlte, mußte er jemanden finden, dessen Schuld sich erweisen ließ. Und der Major fand gleich mehrere. Da war einmal Herbert Asch – aber an den konnte er nicht heran. Doch da war noch dieser Oberleutnant Dieter von Strackmann – dessen himmelschreiende Unfähigkeit hatte ihm letzten Endes diese Suppe eingebrockt.

»Ich will diesen Versager nicht mehr sehen!« befahl der Major.

»Dieter ist kein Versager«, behauptete seine Frau.

»Woher willst du das wissen?«

»Rate mal!«

»Von welchen Menschen bin ich hier umgeben! Wohin man auch blickt – überall Sauhaufen! Das hat man nun von seinen Vertrauensanwandlungen!«

Bornekamp war entschlossen, aufzuräumen. Er mußte wieder eine Luft um sich schaffen, die einwandfrei eisenhaltig war – nur in ihr vermochte er richtig zu atmen. Und als das Bataillon von ihm verlangte: abzustellen für eine neue Einheit im tristen Heidegebiet sind ein Feldwebel, drei Unteroffiziere, zwölf Mannschaftsdienstgrade – da ordnete er an: »Dritte Kompanie.«

Der Oberleutnant von Strackmann nahm die Anordnung entgegen und befreite sich von jenen Elementen, die in seinen Augen unbequem, unerwünscht und störend waren.

»Erledigen Sie das umgehend, Kirschke«, befahl er. »Als Feldwebel nehmen Sie Rammler, als einen der drei Unteroffiziere diesen Streicher und als Mannschaften den ganzen schäbigen Haufen der Stube 13 – einschließlich Kamnitzer, versteht sich.« Und er fügte hinzu: »Ein Kompaniefeldwebel wird dort leider nicht verlangt. Von Ihnen hätte ich mich liebend gerne getrennt.«

»Was auf Gegenseitigkeit beruht«, murmelte Kirschke und setzte sich hin, um die befohlene Aufstellung vorzunehmen.

Rammler und Streicher schrieb er mit Vergnügen ab. Zu ihnen gesellte er weitere Ellenbogen- und Schaumschlägertypen. Nicht aber Recht – dessen Tage in der Bundeswehr waren gezählt. Auch nicht Kamnitzer – der war lediglich in der Aufstellung verzeichnet, die der Oberleutnant durchlas; nicht jedoch in den anderen, die er gleichzeitig unterschrieb.

Später – als es bereits zu spät war – operierte Kirschke ganz einfach mit der Behauptung, er müsse sich verhört haben. Denn er wäre sicher gewesen, die Worte »Stube 13 – ausschließlich Kamnitzer« vernommen zu haben – ausschließlich! Nicht einschließlich. »Man muß immer möglichst deutlich sprechen beim Militär; und alles genau durchlesen, was man unterschreibt.«

Jetzt jedenfalls rief der Oberleutnant von Strackmann, während er die schwungvoll unterschriebenen Papiere von sich schob: »Weg mit dieser Ausschußware – an den Arsch der Welt mit ihr!«

Ähnlich wie er schienen auch zwölf andere Einheitsführer gehandelt zu haben. Anscheinend hatten sie abgestoßen, was ihnen in irgendeinem Sinne unbequem oder unzulänglich vorkam. »Das wird ein schöner Haufen werden«, bemerkte der von Strackmann und lächelte befriedigt vor sich hin.

»Chef des Ganzen«, ordnete Bornekamp abschließend an, »wird Oberleutnant von Strackmann.«

Das Truppendienstgericht F verhandelte
    gegen Hauptmann Ahlers,
       I. Staffel eines Luftwaffentransportgeschwaders,
    wegen Dienstvergehens.

Die nichtöffentlichen Sitzungen fanden vom 12. bis 14. und vom 20. bis 22. Juli statt.

Teilnehmer: Verwaltungsgerichtsdirektor Dr. Kruppke als Vorsitzender; ein Oberstleutnant und ein Hauptmann als militärische Beisitzer; ein Regierungsdirektor als Vertreter der Einleitungsbehörde; ein Angestellter als Urkundenbeamter. Als Verteidiger fungierte Rechtsanwalt Dr. Friedrich Stolle.

Die Atmosphäre war kühl, sachlich und völlig unpersönlich – selbst das Licht, das durch die hohen, nicht ganz sauberen Fenster fiel, wirkte grau und gleichgültig. Der Vorsitzende, Dr. Kruppke, schien eine Aufsichtsratssitzung zu leiten.

»Halten wir uns ausschließlich an Tatsachen, meine Herren«, sagte er. »Übersehen Sie bitte nicht, daß wir uns mit einer Reihe nüchterner Zahlen zu beschäftigen haben.«

Kaum sonderlich beachtet wurde daher das, was Oberst Turner vorzubringen sich verpflichtet fühlte: Ahlers sei ein fähiger, stets bemühter Offizier – unentwegt einsatzbereit – und bei Untergebenen wie bei Vorgesetzten gleichermaßen beliebt und angesehen.

»Bei den hier allein zur Verhandlung anstehenden Vorgängen, Herr Oberst, ändert sich durch Ihre Ausführungen leider nicht das geringste.«

»Ich glaubte lediglich, gewisse Tatsachen feststellen zu müssen – irgendwelche Forderungen daraus dem Gericht zu empfehlen, maße ich mir nicht an.«

Ähnlich auch Hauptmann Treuberg. »Ich darf behaupten, daß ich Hauptmann Ahlers immer geschätzt habe. Er wurde bei uns auch nicht selten als guter Geist der Truppe bezeichnet – das in Besonderheit von Mannschaftsdienstgraden. Doch auch die Zusammenarbeit mit mir, seinem Stellvertreter, kann ich nur als vorbildlich bezeichnen – im großen und ganzen.«

»Und Sie hatten niemals irgendwelche Bedenken Hauptmann Ahlers gegenüber?«

»Wie käme ich dazu, Herr Vorsitzender? Er besaß das Vertrauen des Herrn Oberst.«

»Keinerlei Einschränkungen, Vorbehalte, Mißtrauen?«

»Niemals! Was dann kam, habe ich natürlich nicht voraussehen können.«

Alle lobten Ahlers. Der aussagende Schreibstubenunteroffizier wirkte, als sei er kurz davor, gerührt über seine Zuneigung zu Hauptmann Ahlers, in Tränen auszubrechen.

»Es existiert niemand«, erklärte Rechtsanwalt Dr. Stolle, »der in der Lage oder willens wäre, irgend etwas Nachteiliges über Hauptmann Ahlers auszusagen.«

»Um so schlimmer«, sagte der Vertreter der Einleitungsbehörde mit einem Anflug von rhetorischem Eifer, »um so schlimmer, daß dann etwas Derartiges passieren konnte, ausgerechnet einem Offizier, dem jedermann bereitwillig und fast blind Vertrauen entgegenbrachte – ein Vertrauen, das sich jetzt als mißbraucht erweist.«

»Bleiben wir bei der Sache«, sagte der Vorsitzende, »bei einer Sache, die nach Lage der Dinge geradezu mathematisch nachzuweisen ist – gefühlsbetonte Aspekte, gleichgültig welcher Art, können wir uns dabei ersparen. Der Zeuge Voßler – bitte.«

Im Warteraum der Klinik von Professor Martin saß Carolin Ahlers auf einem Stuhl und blickte mit so verträumtem Ausdruck vor sich hin, als sei der blankgebohnerte Fußboden ein Blumenfeld.

In der offenen Tür stand Martin Recht – nur sie beide befanden sich in diesem Raum. Martin, in einem dunklen, leichten Zivilanzug, schien zu zögern, sich Carolin zu nähern. Er betrachtete sie mit besorgter Zärtlichkeit – sie kam ihm bleich, erschöpft, hilfsbedürftig vor.

»Carolin«, sagte er leise, ohne sich zu bewegen.

Sie blickte auf, ihre Augen wurden groß, und ihr Gesicht rötete sich zart. »Bleib dort, wo du bist, Martin!« sagte sie fast heftig.

»Ich bin gekommen, Carolin, um dich abzuholen.«

»Das ist schön«, sagte sie und fügte hinzu: »Bewege dich nicht! Ich will dir etwas zeigen.«

Sie erhob sich – ohne Hilfe ihrer Hände; aufrecht und ohne Anspannung stand sie da. Und dann setzte sie sich – ihn dabei anschauend – in Bewegung. Sie ging gerade, ohne Zögern, sicher und leicht. Glücklich stand sie dicht vor ihm.

»Du kannst richtig gehen«, sagte Martin Recht beglückt.

»Ja – ich kann endlich richtig gehen!«

Und Carolin drehte sich herum, schritt den gleichen Weg wieder zurück, blieb einen Augenblick stehen und begann sich dann, fast tänzelnd, auf und ab zu bewegen. »Jetzt bin ich keine lahme Ente mehr, nicht wahr?«

»Das bist du nie gewesen, Carolin.«

»Nicht für dich, Martin – das weiß ich.«

Sie eilte auf ihn zu und ließ sich gegen ihn fallen. Sie spürten ihre Gesichter – ihre Haut war heiß, und ihr Atem ging schwer. Ihre Körper spürten sie nicht. Aber sie glaubten, ihr Blut rauschen zu hören. Das jedoch – so würde wohl Kamnitzer gesagt haben – konnte auch das Rauschen einer Wasserleitung gewesen sein. – »Ich freue mich«, sagte Carolin, sich sanft lösend, »daß du gekommen bist, um mich abzuholen. Du hast doch hoffentlich keine Schwierigkeiten deshalb gehabt?«

»Nicht im geringsten, Carolin.«

»Hast du Urlaub genommen, Martin?«

»Ich bin kein Soldat mehr.«

Carolin blickte ihn besorgt und fragend an. Und fast hastig sagte sie dann: »Um so besser, Martin! Ich meine: ein Soldat in der Familie genügt! Vater ersetzt Dutzende davon – findest du das nicht auch?«

»Er ist der beste und anständigste Mensch, den ich kenne.«

»Wo ist er?«

»Er ist aufgehalten worden, Carolin.«

»Dienstlich natürlich!«

»So kann man das auch sagen.« Martin vermied es, sie anzublicken. Er griff nach ihrem Koffer, der neben dem Stuhl stand. »Aber deine Mutter wartet unten vor der Klinik – im Wagen von Herrn Asch. Wollen wir gehen?«

»Martin«, sagte jetzt Carolin beunruhigt und stellte sich ihm in den Weg, »irgend etwas ist geschehen – das spüre ich doch.«

»Wir wollen deine Mutter nicht länger warten lassen.«

Carolin griff nach seinen Armen. »Was ist passiert? Ist Vater – verunglückt?«

»Nein, Carolin, nichts Ähnliches!«

»Was dann?«

»Unannehmlichkeiten – im Dienst.«

Carolin war erleichtert – der Druck ihrer Hände ließ nach. »Wirklich nur das?«

»Nur das – aber vergiß nicht, wieviel deinem Vater das bedeutet, was er Dienst nennt.«

»Ach was!« rief Carolin aus. »Ich bedeute ihm sicherlich mehr – glaubst du das nicht auch?«

»Das glaube ich nicht nur, das weiß ich. Ich fürchte sogar – das läßt sich beweisen.«

Der Zeuge Viktor Voßler hatte den Verhandlungsraum betreten wie eine Kantine und die Anwesenden gemustert, als überlege er, wen er zu einem Glas Bier einladen sollte.

»Ich weiß wirklich nicht, was ich hier soll«, verkündete er nun. »Ich habe nicht das geringste mit dieser Angelegenheit zu tun.«

»Das zu beurteilen wollen Sie, bitte, uns überlassen«, empfahl der Vorsitzende und fuhr in sachlichem Ton fort: »Haben Sie dem Angeklagten Geld geliehen?«

»Sie meinen – dem Hauptmann Ahlers? Na – und wenn schon! Ist das nicht meine Angelegenheit? Mit meinem Geld kann ich doch wohl machen, was ich will. Ich kann es auch zum Fenster hinauswerfen!«

»Darum geht es nicht«, sagte der Verwaltungsgerichtspräsident leicht gelangweilt. »Sie mögen sich getrost als Privatmann fühlen, solange Sie das können – doch in diesem Fall sind Sie, nach Lage der Dinge, ein Oberfeldwebel, von dem sich ein Hauptmann – mithin ein direkter Vorgesetzter – Geld gepumpt hat.«

»Wer behauptet denn so was? Oder, um ganz deutlich zu werden: wer will das beweisen?«

Er blickte fordernd zu Hauptmann Ahlers hin. Der jedoch sah

den Freund nicht an. Er sah niemanden im Gerichtssaal an – für ihn war diese Verhandlung ein maßlos peinigender Vorgang. Gut – man sollte ihn bestrafen, wenn es denn sein mußte. Er war bereit, es auf sich zu nehmen. Aber dies alles, dieses Ausbreiten seines Lebens vor fremden, kühl prüfenden Augen empfand er als erniedrigend.

»Herr Voßler«, mahnte der Vorsitzende, »ersparen Sie uns bitte Ihre fragwürdigen Spekulationen – versuchen Sie, vorbehaltlos sachlich zu sein.«

»Nun gut«, erklärte Voßler unwillig. »Ich nehme also zur Kenntnis, daß sich das Gericht um meine persönlichsten und privatesten Angelegenheiten zu kümmern versucht – etwa darum, was ich mit meinem Vermögen zu machen beliebe. Wobei es sich übrigens, zu Ihrer Information, um ein Vermögen handelt, bei dem dreitausend Mark kleine Fische sind. Aber, wie gesagt, wer will mir beweisen, daß ich jemals mit sogenannten Vorgesetzten Kreditgeschäfte abgewickelt habe? Was dann, wenn ich das rundweg leugne –?«

Der Vorsitzende blickte leicht ermüdet – soviel Unvernunft ließ ihn, kaum vernehmbar, aufseufzen. »Warum diese Umstände?« sagte er. »Warum dieser überflüssige, zeitverschwendende Versuch, eindeutige Zahlen und Dokumente durch sehr private Lebensanschauungen negieren zu wollen? So liegt hier – unter anderem – eine Aussage von Hauptmann Treuberg vor.«

»Schon faul!« rief Voßler streitbar. »Ich wage zu bezweifeln, daß Hauptmann Treuberg in diesem Fall einer korrekten, objektiven Aussage fähig ist!«

»Bitte, bitte!« rief der verteidigende Rechtsanwalt bestürzt. »Derartige Ausführungen muß ich bedauern – auch im Namen meines Mandanten.«

»Wieso denn das!« erklärte Voßler. »Ich will doch nur auf den Umstand aufmerksam machen, daß Hauptmann Treuberg lediglich Stellvertreter war – und als solcher fühlte er sich nicht sonderlich wohl. Er wollte unbedingt Einheitsführer werden. Das war allgemein bekannt. Und der Freund von Hauptmann Ahlers ist er nie gewesen – wenn er ihn also jetzt belastet, dann kann ich nur sagen: Nachtigall – ich hör dir trapsen! Und zwar gleich mit Quadratlatschen!«

Hauptmann Ahlers blickte zum erstenmal während dieser Verhandlung auf – er sah Viktor Voßler an und schüttelte mißbilligend den Kopf. Das waren Methoden, denen er nicht zustimmen konnte. Er wollte nicht zu denen gehören, die den Schmutz, der auf sie geworfen wird, mit gleicher Kraft zurückschleudern.

»Die persönlichen Ansichten des Herrn Voßler«, stellte der Vorsitzende völlig unbeeindruckt fest, »mögen interessant sein – aber sie sind hier nicht maßgeblich. Entscheidend sind nur Tatsachen. Darunter jener Punkt der Aussage von Hauptmann Treuberg, der da besagt: er, Treuberg, habe den diesbezüglichen Darlehnsvertrag gesehen. Wollen Sie das bezweifeln?«

»Allemal, Herr Vorsitzender!« Voßler glaubte immer noch, Oberwasser zu haben – so leicht, dachte er, ließ er sich hier nicht abservieren.

»Dieser Darlehnsvertrag – zwischen Ihnen und Hauptmann Ahlers – ist von einer weiblichen Angestellten Ihrer Einheit in die Maschine geschrieben worden. Entsprechende Zeugenaussage liegt vor – sie erfolgte widerstrebend, falls Ihnen das was sagt, aber: sie ist erfolgt.«

»Dieser Darlehensvertrag – zwischen Ihnen und Hauptmann Voßler kühn, »war als eine Art besserer Witz gedacht – ohne praktische Folgen. Manchmal leistet man sich eben derartige Scherze. Besonders, wenn die Möglichkeit besteht, daß ein Treuberg darauf reinfällt.«

Der Vorsitzende unterdrückte ein Gähnen. »Hier liegt«, sagte er, »ein Scheck vor – er wurde anhand der Unterlagen von Hauptmann Ahlers aufgespürt und sichergestellt. Ohne daß dabei irgendwelche Schwierigkeiten von Hauptmann Ahlers gemacht wurden —— das möchte ich feststellen. Dieser Scheck lautet auf dreitausend Mark. Sie, Herr Voßler, haben ihn ausgestellt, und Herr Ahlers hat ihn kassiert. Damit aber ist kein Zweifel mehr möglich.«

Voßler hatte jetzt erhebliche Mühe, sein Gleichgewicht wiederzufinden. »Kann doch auch sein, daß ich es gewesen bin, der bei Hauptmann Ahlers Schulden gehabt hat – und mit dem Scheck habe ich sie bezahlt.«

Der Vorsitzende winkte ab. »Wie wollen Sie das beweisen? Wer soll Ihnen das glauben? Der Tatbestand ist völlig klar.«

»Hauptmann Ahlers«, gab der Verteidiger zu bedenken, »ist aber durchaus in der Lage, alle seine Schulden zu begleichen.«

»Doch er hat sie gemacht!«

Martin Recht führte Carolin in das Nebenzimmer eines Restaurants. Hier war ein Tisch festlich gedeckt und mit Blumen geschmückt. Denn Herbert Asch hatte behauptet, seinen Geburtstag feiern zu wollen – und das mit seinen Freunden.

»Wir werden noch ein paar Minuten allein sein«, sagte Martin.

»Das ist schön.«

»Ich habe dir viel zu sagen – aber ich weiß nicht recht, wie ich anfangen soll.«

»Es kann nicht wichtig sein, Martin.« Carolin schob ihre Hand unter seinen Arm und lehnte sich an ihn. »Denn das für mich Wichtigste weiß ich bereits.«

Er wollte den Arm um sie legen, sie an sich ziehen, ihr sagen, daß sie für ihn die Welt sei, seine Welt, die ganze Welt – nichts Besseres fiel ihm ein. Doch er sagte es nicht – er kam nicht dazu. Der Gefreite Kamnitzer erschien.

»Ich störe vermutlich!« rief er fröhlich. »Aber das macht nichts!«

Er brach unbekümmert in dieses Idyll ein, umarmte Martin Recht und nutzte auch die Gelegenheit, Carolin zu umarmen. Er schob sie jedoch alsbald mindestens einen Meter von sich, betrachtete sie und fragte dann: »Nun Mädchen – ist der Professor sein Geld wert gewesen?«

»Sie kann richtig gehen!« rief Martin Recht. »Wie jeder normale Mensch!«

»Ich kann jetzt sogar tanzen«, behauptete Carolin strahlend.

»Das muß ich ausprobieren!« Kamnitzer schritt auf Carolin

zu, verbeugte sich dann tief und fragte grinsend: »Darf ich um den nächsten Walzer bitten?«

Carolin improvisierte eine Folge von Bewegungen, die man bei großzügiger Auslegung für eine Art Hofknicks halten konnte. Dann war sie bemüht, mit Kamnitzer zu tanzen. Der summte einen betont langsamen, behäbigen Walzer, dessen Melodie vage darauf hindeutete, daß Kamnitzer an die »Geschichten aus dem Wiener Wald« dachte.

Sie drehten sich zunächst wie Puppen auf einer leicht eingerosteten Spieluhr. Doch bald wurden ihre Bewegungen leichter, lockerer, unbekümmerter. Ihre Körper begannen sich zu wiegen, voneinander zu lösen, zu entschweben – bis Kamnitzer, scheinbar mühsam nach Atem ringend, stehenblieb.

»Herrschaften noch mal!« rief er begeistert. »Das ist ja kaum zu fassen! Beim nächsten gemeinsamen Kegeln werden Sie mich tatsächlich glatt an die Wand drücken, Carolin. Womit habe ich das verdient?«

»Danke«, sagte Carolin glücklich.

Martin Recht ging auf sie zu, legte zärtlich besorgt den Arm um sie und führte sie zu einem Stuhl. Sie blickten sich an, als wenn sie allein im Raum wären. Doch Kamnitzer schien das nicht im geringsten zu stören.

»Carolin«, sagte er, »was ist Ihnen das wert?«

»Was denn, Karl?«

»Das Ganze, Mädchen! Die Tatsache, daß Sie gehen, tanzen und laufen können – auch Tennis spielen, schwimmen, radfahren, Berge besteigen! Was ist Ihnen das wert?«

»Was soll ich dazu sagen?« Carolin war verwundert. »Ich weiß nur soviel: Ich habe das Gefühl, daß für mich ein neues Leben anfängt – vielleicht sogar mein eigentliches Leben anfängt.«

»Wollen Sie damit sagen, daß kein Preis dafür hoch genug ist?«

»Ich glaube schon, Karl, daß man so etwas sagen darf.«

»Damit sind wir auf dem richtigen Dampfer!« rief Kamnitzer.

»Karl«, sagte Martin Recht behutsam. »Ich glaube nicht, daß dieses Thema jetzt schon angebracht ist.«

»Unsinn!« erklärte Kamnitzer. »Das ist jetzt fällig. Denn Ihre

Ansicht, Carolin, ist auch genau die Ihres Vaters – worüber Sie sich klarwerden sollten.«

»Was wollen Sie damit sagen, Karl?«

»Daß man immer damit rechnen sollte, nichts geschenkt zu bekommen. Alles hat seinen Preis – und der muß bezahlt werden. Und das sogenannte Schicksal mutet oft wie eine prompt funktionierende Inkassogesellschaft an.«

Der Verwaltungsgerichtsdirektor Dr. Kruppke, derzeit amtierender Vorsitzender des Truppendienstgerichts F, verlas das Urteil: »Im Namen des Volkes!«

Dieses Urteil wurde mit routinierter Sachlichkeit, dabei nicht ohne Würde, vorgetragen; zumindest drängte sich der Eindruck auf: keinerlei Leidenschaft hatte hier die Rechtsfindung beeinträchtigt. Nur Tatsachen und nichts als Tatsachen waren gewertet worden –

» . . . ergeht folgendes Urteil . . .« Papier knisterte. Das Gesicht des Vorsitzenden verriet nicht den Schatten einer Empfindung. Und ähnlich unbewegt blickten auch die militärischen Beisitzer: ernsthaft bemüht, jedes Gefühl auszuschalten. Zufrieden schaute der Vertreter der Einleitungsbehörde um sich – einem eifrigen Maurer beim Richtfest vergleichbar. Der verteidigende Rechtsanwalt betrachtete ergeben seine dekorativen Hände – er wußte: Dieser Vorsitzende hatte noch immer streng korrekte Entscheidungen getroffen.

» . . . aufgrund der Hauptverhandlung zu Recht . . .«

Selbst noch in diesem Augenblick blickte Hauptmann Ahlers nicht auf. Er schien nicht hinzuhören: Eine Gestalt wie aus fahlfarbigem, trockenem Ton saß auf der Anklagebank.

Er hatte sich als »schuldig« bekannt. Nur das hatte er in seinem Schlußwort zu sagen vermocht. Die dafür – gemeinsam mit dem Verteidiger – ausgearbeiteten Formulierungen hatten gelautet:

»Ich war stets bemüht – in mehr als zwanzig Dienstjahren –, meine Pflicht zu tun. Und ich glaube, daß mir das auch gelungen ist. Auch darf ich sagen, daß ich stets mit Leib und Seele Offizier gewesen bin. Ich bin bisher niemals bestraft worden – auch nicht disziplinarisch. Meine Schulden habe ich aus rein persönlichen Gründen gemacht. Daß ich ausreichende Sicherheiten besaß, sie auch zu bezahlen, soll keine Entschuldigung sein. Ich weiß, daß ich mich nicht korrekt verhalten habe. Ich bitte jedoch, mir zuzugestehen, daß ich ehrlich geglaubt habe, mich in einer Zwangs- und Notlage zu befinden. Ich bedaure, was geschehen ist.«

Doch diese Erklärung stand lediglich auf einem Blatt Papier – ausgesprochen wurde sie nie.

Der Vorsitzende aber verkündete nun das Urteil:
1. Der Beschuldigte wird aus dem Dienst entfernt.
2. Der Verlust des Dienstgrades wird ausgeschlossen.
3. Dem Beschuldigten wird Unterhaltsbeitrag bewilligt.

»Na also!« flüsterte der Verteidiger. »Das ist korrekt – das ist ausbalanciert wie mit einer Wasserwaage. Mehr war nicht zu erwarten.«

Damit war die Laufbahn des Hauptmanns Ahlers beendet.

Auch jetzt jedoch bemühte sich Klaus Ahlers um das, was für ihn die letzte Tugend des Soldaten war: selbstlos dienender Gehorsam. Schlicht erklärte er: »Ich nehme dieses Urteil an.«

»Jetzt weißt du alles«, sagte Martin Recht zu Carolin Ahlers. »Ich bin vorbestraft – und dein Vater ist das auch.«

»Lassen Sie nicht zu, Carolin, daß er sich allzu wichtig macht!« rief Karl Kamnitzer von der Ecke des Zimmers her, wo die Flaschen standen, die zur Feier bereitgestellt worden waren – und er schien gewillt, sich ihnen intensiv zu widmen.

»Du hast gut reden«, sagte Martin Recht. »Du stolperst über kein Hindernis, weil du alle umgehst – oder abbaust – oder den Leuten einredest, daß sie gar nicht existieren.«

»Eine Methode, die ich nur jedem empfehlen kann!« Kamnitzer betrachtete genußvoll das Etikett einer Flasche – darin war alter Kognak. »Im übrigen habt ihr von mir in den nächsten Minuten keinerlei Störungen zu erwarten – falls ihr das ausnutzen wollt.«

Er drehte den beiden den Rücken zu und füllte ein Glas bis zum Rand. Er war mit sich nicht unzufrieden.

»Martin«, sagte Carolin leise, »als ich krank in der Klinik lag, da hast du mir geschrieben, daß du mich liebst.«

»Ja – das habe ich geschrieben, Carolin.«

»Nur so, Martin – etwa, um mir die Operation zu erleichtern?«

»Nicht nur so.«

»Dann ist alles gut«, sagte Carolin. »Nichts sonst kann wichtig sein.«

»Wie ich euch um eure herrliche Naivität beneide!« rief Karl Kamnitzer aus. Er hatte sein Glas geleert, schob sich nun zwischen sie und legte seine Arme um ihre Schultern. »Ich hoffe nur, ihr kommt nicht auf die Idee, Liebe für eine Art universellen Feuerlöscher zu halten. Sie ist auch kein Ausweichmanöver. Gewisse Dinge existieren dennoch. Und auch das schönste Liebesglück wird sie auf die Dauer nicht vergessen machen!«

»Willst du uns belasten?«

»Nur aufklären – das scheint mir dringend notwendig zu sein.«

Leseprobe

Die »08/15«-Weltauflage:
Über 3 Millionen Exemplare

**HANS HELLMUT KIRST
08/15
BIS ZUM ENDE**
ROMAN

Band 3499
(Teil 3 der »08/15«-Trilogie)

Haß und Eulenspiegelei, Tragik und ein grimmiger Humor, Anklage und ein unerschütterlicher Glaube an die Würde des Menschen und den Sieg des gesunden Menschenverstandes geben der weltberühmten »08/15«-Trilogie, dem dreiteiligen Romanwerk von deutschen Soldaten unter Hitler, das Gepräge. Entscheidend aber bleibt die bedingungslose Absage des Autors an den Krieg, an die Unmenschlichkeit und an die Mächte des Chaos.

»Ich übernehme hier das Kommando«, sagte der fremde Oberst, der Hauk hieß, oder der sich doch zumindest als »Oberst Hauk« vorgestellt hatte. Und er hatte das mit der unnachgiebigen Höflichkeit eines überzeugten Vorgesetzten getan.

Der Oberst Hauk betrachtete die Offiziere, die sich in dem Birkenwäldchen um ihn versammelt hatten. Sein flächiges, graubleiches Gesicht blieb regungslos. Müdigkeit lag in seinen Augen; doch sie entbehrte nicht einer gewissen Vornehmheit.

»Bin ich verstanden worden?« fragte der Oberst, und seine Stimme klang sanft und fordernd.

Die Offiziere, bis auf einen, beeilten sich zu versichern, daß der Herr Oberst verstanden worden sei. Selbstverständlich. Der eine aber, der stumm blieb, steckte seine Hände tief in die Hosentaschen. Von dort angelte er zwei Taschentücher hervor, verglich sie sorgfältig miteinander und schneuzte sich dann kräftig in das schmutzigere der beiden. Diese Handlung verriet eine gewisse Konzentration.

»Ich habe mir zu fragen erlaubt«, sagte der Oberst nahezu monoton, »ob ich verstanden worden bin. Ich vermisse Ihre Antwort, Herr Leutnant.«

»Was beabsichtigen Sie eigentlich, Herr Oberst?« fragte dieser Leutnant und faltete sein arg strapaziertes Taschentuch sorgfältig.

»Durchzubrechen!« antwortete Hauk und richtete seine wasserblauen Augen auf den Offizier, dessen Mangel an Disziplin bemerkenswert schien.

»Mit allem, was noch krauchen kann!« sagte ein Oberleutnant, der, gleich einem Schatten, hinter Oberst Hauk stand. Er hatte sich die gespreizten Daumen in das Koppel gesteckt, wippte ein wenig in den Knien und streckte sein massives Kinn vor: Er sah aus wie ein mißlungener Nußknacker, dessen krachende Fröhlichkeit weit geringer war als die barbarische Schärfe seiner Brechwerkzeuge.

»Es ist gut, Greifer«, sagte Hauk sanft; und es war, als riefe er einen bissigen, aber ihm allzeit getreuen Hund zur Ordnung. Der Oberleutnant Greifer knurrte kurz, mit nahezu gemütlichen Untertönen, war dann aber still. Seine großen Hände umprankten das Koppel.

Der Oberst hob sein konturenloses Bleichgesicht, und die friedfertigen Knabenaugen schienen das frische Grün der zierlichen Birken interessiert zu betrachten. Fast war es, als beabsichtige er, ein hauchzartes Aquarell zu malen. Frühlingshafte Friedfertigkeit ging von ihm aus. Und die leichte Unruhe, welche die um ihn versammelten Offiziere befallen zu haben schien, nahm er überhaupt nicht zur Kenntnis.

»Meine Herren«, sagte er dann, »die Amerikaner haben uns eingeschlossen. Aber der uns vorgeschobene Riegel ist schwach. Wir können ihn, wenn wir alle unsere Truppenteile zusammenwerfen, ohne sonderliche Mühe sprengen.«

»Ohne Rücksicht auf Verluste – nicht wahr?« fragte der gleiche Leutnant. Er sagte das mit einer Sachlichkeit, als gedenke er lediglich festzustellen, daß auf einen Mittwoch ein Donnerstag folge. »Es wird also Tote geben.«

»Das«, erwiderte der fremde Oberst und streifte den als vorlaut zu bezeichnenden Offizier mit einem nachsichtigen Blick, »soll im Krieg alle Tage vorkommen.«

»Aber dieser Krieg ist so gut wie beendet«, sagte der Leutnant.

»Herr Leutnant«, sagte der Oberst, nachdem er kurz, wie unter gelinden, mit vorbildlicher Geduld ertragenen Schmerzen, die Augen geschlossen hatte, »wenn ich richtig informiert bin, führen Sie eine Batterie.«

»Ihre Informationen stimmen«, sagte der mangelhaft rasierte Leutnant.

»Ihr Name?« – »Asch.«

»Herr Leutnant Asch«, sagte der Oberst, »ich bin der ranghöchste Offizier in diesem Kessel. Ich habe mir die Reste eines Infanterie-Regiments unterstellt, weil ich es für meine Pflicht erachte, der Verantwortung nicht auszuweichen. Ich habe unsere Situation zu klären versucht und die Stimmung der Truppe nicht unbeachtet gelassen. Die Leute und ich, wir haben noch keine Lust, uns leichtfertig in Gefangenschaft zu begeben.«

»Haben Sie die mit Leute bezeichneten Soldaten einzeln befragt?« wollte der Leutnant Asch wissen; und er fragte mit einer Höflichkeit, als bäte er um Feuer für eine Zigarette. »Und was soll mit den Mädchen geschehen?«

»Die Leute und ich«, sagte der Oberst unbeirrt sanft, nachdem er seinen Oberleutnant Greifer, der sich unternehmungslustig grinsend vorwärtsstürzen wollte, mit einer kaum wahrnehmbaren Handbewegung zurückgehalten hatte, »wir werden den Durchbruch auf alle Fälle wagen, und das nicht zuletzt des weiblichen Wehrmachtsgefolges wegen – wollen Sie mir Artillerie-Unterstützung verweigern?«

Der Leutnant Asch drehte sich herum und winkte einem stämmigen Obergefreiten, der sich in einiger Entfernung gegen einen Baum lümmelte. Der setzte sich langsam in Bewegung und kam mit der biederen Bedrohlichkeit eines Neufundländers auf die Gruppe der Offiziere zu. Hier blieb er stehen, mitten auf der frischgrünen Frühlingswiese.

»Munitionsbestand?« fragte der Leutnant.

»Zweiundvierzig Schuß«, sagte der Obergefreite.

»Das ist alles«, sagte der Leutnant und sah Oberst Hauk mit höchst zweifelhafter Dienstbereitschaft an. »Das ist alles, was uns übriggeblieben ist.«

»Das muß genügen«, sagte der Oberst. »Wenn wir hier durch sind, können Sie wieder neue Munition fassen.«

»Wozu eigentlich?« fragte der Obergefreite bieder, und er kam sich vor wie ein Gärtner, der nicht einsehen will, daß er nach dem großen Regen noch einmal die Blumen gießen soll.

»Halten Sie gefälligst Ihre Fresse!« bellte der Oberleutnant Greifer hinter dem Rücken des Obersten hervor.

»Du sollst deine Fresse halten, Kowalski, und zwar gefälligst«, sagte der Leutnant Asch und blinzelte seinem Obergefreiten zu. Der lachte breit und lautlos, als habe er einen gelungenen Scherz gehört, wisse aber, daß es ihm als Mannschaftsdienstgrad nicht zustehe, sich ein Torfstechergebrüll zu leisten, sofern nicht seine Vorgesetzten das Zeichen dazu gegeben hätten.

Die Offiziere, die den regungslosen Oberst Hauk umstanden, schienen halbwegs ehrlich entsetzt zu sein; und sie zögerten nicht, das auch deutlich zu zeigen. Sie murmelten Empörung, zwar kasinogedämpft, doch im Feldjargon. Ein dicker Major, der Hinrichsen hieß, schnaufte verächtlich und spuckte dann aus. Er wußte noch genau, was Soldatenehre war; und er zögerte nicht, zu verkünden, daß er es wisse.

»Notieren Sie also, Oberleutnant Greifer«, sagte der Oberst Hauk scheinbar ungerührt und mit seidiger Höflichkeit, die haarscharf an der Grenze vornehmster zynischer Verachtung war. »Batterie Asch – zweiundvierzig Schuß. Und wieviel Gewehre, Herr Leutnant, können Sie mir zur Verfügung stellen?« – »Keine«, sagte der Leutnant, um die gleiche Form der Höflichkeit, durchaus nicht ohne Erfolg, bemüht.

»Was soll ich darunter verstehen?« fragte der Oberst. Er glich einem Arzt, der einen überaus schwierigen Patienten operationsreif zu machen gedenkt.

»Ich bin bereit, Artillerie-Unterstützung zu gewähren. Aber das ist schon alles, was ich verantworten kann.«

»Daß so was wie Sie noch lebt!« rief der Oberleutnant Greifer, und er schien diese Situation zu genießen. »Sie gehören vor ein Kriegsgericht!«

Der dicke Major, der Hinrichsen hieß, nickte energisch. Mangelhaft ausgeprägtes Gefühl für Offiziersehre, so führte er aus, sei für ihn eine mehr als bedauerliche Erscheinung, er finde es empörend. Die restlichen Offiziere hielten es für angebracht, sich nunmehr auch rein räumlich von diesem eindeutig renitenten Leutnant der Artillerie zu distanzieren. Der Oberst schlug sich einmal kurz mit einer zusammengerollten Zeitung, die er in der rechten Hand trug, gegen seine Reithose.

»Wird alles notiert«, rief der Oberleutnant Greifer mit grimmiger Freude.

»Halten Sie sich also mit Ihrer Batterie bereit, Herr Leutnant«, sagte der Oberst Hauk. »Die genaue Planung für unseren Durchbruchsversuch werde ich Ihnen rechtzeitig zukommen lassen. Bis dahin haben Sie Zeit, sich über Ihre Pflichten als Offizier Gedanken zu machen.«

Der strapazierte, staubbedeckte Befehlswagen des Divisionskommandeurs Generalmajor Luschke schien sich in dem Garten einer Schule zwischen Obstbäumen, die zu erblühen bereit waren, verkrochen zu haben. Der General hockte auf dem Trittbrett und reinigte sich mit einem großen Taschenmesser die Fingernägel.

»Meine Flossen sehen aus«, sagte der General, »als hätte ich persönlich den Versuch gemacht, die zwischen Moskau und Paris vergrabenen Soldaten meiner Division mit den Händen aus der Erde zu buddeln.«

»Der Krieg wird immer dreckiger, Herr General«, sagte der Leutnant Brack, der mit einem Bündel Funksprüche neben ihm stand. »Ich kenne keinen mehr, der völlig sauber geblieben ist.«

»Was werden Sie eigentlich tun, Brack, wenn dieser Krieg in den nächsten Tagen zu Ende geht?«

»Mich gründlich baden, Herr General.«

»Und sonst noch was, Herr Leutnant?«

»Endlich Dantes *Göttliche Komödie* zu Ende lesen – in der Originalsprache.«

Der General klappte sein Taschenmesser zu und richtete sich ein wenig auf. Und sein vielfach gefaltetes, zerknittertes und verwittertes Knollengesicht ließ an uralte Zwerge denken. »Sie haben es gut, Brack, Sie mit Ihren ausländischen Sprachen und den Verwandten in Übersee. Sie werden auswandern, vermute ich stark.«

»Durchaus möglich, Herr General. Alle meine Vorfahren sind Kaufleute gewesen, und zwar ehrenwerte Kaufleute. Wir waren immer bereit, in und mit Deutschland gute Geschäfte zu machen – nicht aber, für oder gegen gewesene oder zukünftige Geschäftspartner Kriege zu führen.«

»Vielleicht, lieber Brack, ist das der letzte Krieg, den Deutschland jemals geführt hat. Man muß aber versuchen, ihn wenigstens mit einigem Anstand zu Ende zu bringen. Oder, um in Ihrem Jargon zu bleiben: wir sollten uns unsere Kreditwürdigkeit nicht restlos verscherzen.«

Brack lächelte dezent und zog es vor, nichts zu sagen; in seinen klugen Augen schimmerte eine Ironie, die völlig frei von jeder Bosheit war. Und sie galt nicht dem General. Und der General, der seinen Leutnant kannte, gönnte ihm diese resignierende Ironie und dachte auch nicht den Bruchteil einer Sekunde lang daran, derartige Regungen jugendlichen Selbstbewußtseins mit seiner Person in Verbindung zu bringen.

»Bitte, die neuesten Hiobsbotschaften, Brack.«

»Ein Teil der Division ist abgeschnitten, seit gestern nacht. Darunter das Infanterie-Bataillon Hinrichsen und die Batterie Asch. Funkverbindung besteht nicht mehr.«

»Weiter.«

»Die Artillerie-Abteilung des Hauptmanns Wedelmann ist restlos aufgerieben worden. Eine Batterie geriet in Gefangenschaft, eine andere wurde zusammengeschossen, die dritte, eben die Batterie Asch, ist abgeschnitten.«

»Und Hauptmann Wedelmann?« fragte der General und befingerte seine brüchigen Stiefel, für die seit Wochen keine Schuhkrem mehr vorhanden gewesen war. »Was macht Hauptmann Wedelmann?«

»Er ist auf dem Wege hierher, Herr General. Leicht verwundet. Mit den Resten seines Abteilungsstabes. Er bittet um neue Verwendung.«

»Steht das in seinem Funkspruch – er bittet um neue Verwendung?«

»Wörtlich, Herr General. Von Hauptmann Wedelmann war doch wohl auch keine andere Reaktion zu erwarten.«

Der General Luschke erhob sich langsam, nachdem er festgestellt hatte, daß die Nähte seiner Stiefel aufzuplatzen drohten. »Ihre Reaktion, Herr Leutnant Brack, so vermute ich stark, wäre wohl wesentlich anders gewesen.«

»Wesentlich anders, Herr General«, sagte der Leutnant ohne zu zögern. Und er sah Luschke offen an, mit einem Blick, wie ihn Seeleute haben, die in Wolken zu lesen vermögen, was in den Wetterberichten von morgen stehen wird.

»Und wie?«

»Ich würde vermutlich melden: Ich habe getan, was ich konnte, was mir befohlen wurde und was ich für meine Pflicht hielt – jetzt bin ich am Ende, und zwar endgültig. Ich bitte nunmehr um die Erlaubnis, abtreten zu dürfen.«

»Und wie wohl, glauben Sie, Herr Leutnant Brack, wäre meine Antwort ausgefallen?«

Die an sich schon ruhige, beherrschte Stimme des Leutnants Brack wurde noch stärker gedämpft, ohne an Deutlichkeit zu verlieren. »Sie, Herr General, würden sagen: Dann treten Sie doch ab!«

»Tun Sie das, Herr Leutnant«, sagte Luschke kurz. Und er beugte sich wieder zu seinen Stiefeln hinunter, mit denen er, das wurde ihm jetzt klar, nicht mehr lange würde marschieren können.

Der Leutnant Brack klappte kurz und kaum vernehmbar die Hacken zusammen. Dann verbeugte er sich knapp. Er legte das Bündel mit den Funksprüchen auf das Trittbrett des Befehlswagens, auf dem Luschke gesessen hatte, und entfernte sich. Er unterließ es dabei, den vorschriftsmäßigen Deutschen Gruß anzubringen. Derartige Freiübungen waren in der unmittelbaren Umgebung des Generals verpönt.

General Luschke blickte von seinen Stiefeln hoch und sah seinem Leutnant Brack, dem Ic-Offizier seiner Division, kurz nach. Dann griff er die Funksprüche auf, lehnte sich gegen die Wand des Wagens und blätterte sie durch.

Mit dem heutigen Tage, so stellte er mit einem gedehnten, zugleich Befriedigung und Belustigung ausdrückenden Grinsen, das nur als süffisant bezeichnet werden konnte, fest, legten gleich zwei Armeekorps Wert darauf, über ihn zu befehlen. Und diese Befehle deckten sich in mehreren Punkten nicht mit denen der Heeresgruppe. Und fast alle widersprachen einigen Grundsatzbefehlen des sogenannten Obersten Befehlshabers. Die Organisation ging in die Binsen; die militanten Freibeuter versuchten, die letzten intakten Kähne zu entern.

Der Schirrmeister des Divisionsstabes meldete sich bei Luschke. Er stampfte durch den von Kettenfahrzeugen zerwühlten Garten, baute sich in der Nähe des Generals auf und wartete, bis er angesprochen wurde. Er brauchte nicht lange zu warten.

»Also?« fragte Luschke.

»Fünfzig Kilometer, Herr General. Weiter reicht unser Benzinvorrat nicht mehr.«

»Er muß noch für sechzig bis siebzig Kilometer reichen«, sagte Luschke. »Treffen Sie Ihre diesbezüglichen Maßnahmen.«

»Wir haben alle Quellen ausgeschöpft, Herr General«, meldete der Schirrmeister. »Alle Tanklager in der Umgebung sind leer, alle Reserven verbraucht. Wir können höchstens noch die uns unterstellten Truppenverbände anzapfen – vielleicht die Panzerverbände.«

Knollengesicht betrachtete seinen Schirrmeister, der mitten in einem plattgewalzten Blumenbeet stand, als sei der krank geworden. Und der Oberwachtmeister verstummte; qualvolle Verlegenheit malte sich auf seinem runden Babygesicht. Er sah beinahe so aus, als habe er, wider seinen Willen, seine Windeln nicht sauberhalten können.

»Bleibt also nur noch eine Möglichkeit«, sagte der General nachsichtig. »Wir reduzieren unseren Fahrzeugbestand.«

»Jawohl, Herr General. Zuerst Offiziersgepäck weg!«

»Der Kartenwagen kann weg, der Aktenwagen kann weg – und dann die mit dem Gepäck.«

»Auch das Offiziersgepäck, Herr General?«

»Raten Sie mal, Schirrmeister?«

»Jawohl, Herr General«, sagte der Schirrmeister erwartungsvoll.

»Bestellen Sie den Herren meines Stabes einen schönen Gruß von mir. Zwei Aktentaschen – mehr wird nicht bewilligt. Der Rest den Göttern! Immer unter der Voraussetzung, daß es auch Götter gibt, die sich am Krieg bereichern wollen – was ich nach den letzten Erfahrungen gar nicht einmal für ganz ausgeschlossen halte.«

Der Schirrmeister entfernte sich, nachdem es ihm gerade noch gelungen war, die instinktive Aufwärtsbewegung seines Armes abzubremsen. Diesen Befehl des Generals weiterzugeben, das sah man ihm deutlich an, bereitete ihm gelinde Wonne. Und im unmittelbaren Bereich von Luschke waren noch Befehle heilig – nicht zuletzt, weil er nie welche gegeben hatte, die nicht auch für ihn volle Gültigkeit besaßen.

Der General stieg in den Befehlswagen und beugte sich über die Karte, vor der sein Ia, ein Major Horn, saß, der die seltene Eigenschaft besaß, sich jeden Kommentars enthalten zu können, und die noch seltenere Eigenschaft dazu, absolut einwandfreie Anordnungen treffen zu können, ohne Luschke vorher fragen zu müssen.

Der General schlug seinem engsten Mitarbeiter, der sich nicht umgedreht hatte, leicht auf die Schulter. Dann rief er Leutnant Brack zu sich. Luschke zog den intelligenten Jüngling zur Karte hin und tippte hier auf eine Stelle, die ein Wäldchen zeigte – Laubwald, ein freies Feld davor, Hügelkette rechts davon, links Ausläufer von Nadelwäldern, und das alles hinführend, einem spitz zulaufenden Spaten vergleichbar, zu einer Kreuzung.

»Hier, Herr Leutnant Brack, befinden sich das Bataillon Hinrichsen, die Batterie Asch, eine Nachrichtenkompanie, Pioniertrupps und eine Transportkolonne – abgeschnitten von den Amerikanern. Das ist Ihr Ziel. Sie werden es als Einzelgänger durch unsere schönen deutschen Wälder mit Sicherheit erreichen; denn wie Sie wohl wissen, führen Ihre amerikanischen Freunde fast ausschließlich auf Straßen erster Ordnung Krieg.«

»Das hat sich herumgesprochen. Und mein Auftrag, Herr General?«

»Keine Gewaltmaßnahmen mehr! Die Truppe soll sich in kleine Gruppen auflösen und versuchen, ins unbesetzte Gebiet durchzusickern. Wer durchkommt und dann immer noch nicht weiß, wo er hin will, der kann sich bei der Division zurückmelden. Und vergessen Sie nicht: In meiner Division gibt es keine Mädchen in Uniform. Alles, was weiblich ist, wird zuerst in Sicherheit gebracht. Aber unverzüglich danach die Soldaten.«

»Ich glaube Sie zu verstehen, Herr General.«

»Das hoffe ich auch stark. Und wenn ich Sie nicht mehr wiedersehen sollte, Herr Leutnant Brack – bitte versuchen Sie dafür zu sorgen, daß man recht bald wieder mit Deutschland gute Geschäfte machen kann. Und möglichst niemals mehr einen Krieg.«

»Ich werde alles tun, was in meinen Kräften liegt«, versicherte der Leutnant Brack.

»Ich bin nicht abgeneigt, Ihnen das zuzutrauen«, sagte Luschke und legte kurz die rechte Hand an die Mütze.

Der Leutnant Asch schlenderte, von Kowalski begleitet, durch das frischgrüne Birkenwäldchen, auf die Stellung seiner Batterie zu. Die Sonne schien mild und wärmte angenehm. Aber der Boden war noch feucht und roch dumpf. Der Frühling versuchte zart und beharrlich gegen den Krieg anzuhauchen, der seine letzten, wildschnaufenden Atemzüge tat.

»Mensch, das ist vielleicht ein komischer Haufen!« sagte der Obergefreite Kowalski. »Und ausgerechnet du läßt dich von diesem Verein als Mitglied keilen!« – »Glaubst du, ich bin ein Idiot?«

»Du bist Leutnant«, sagte Kowalski. »Aber das muß ja nichts mit deinem Verstand zu tun haben.«

»Jedenfalls«, sagte der Leutnant Asch, »haben wir noch zweiundvierzig Schuß Munition. Ob wir die nun in die Gegend knallen oder in die nächste Dunggrube werfen – darauf kommt es jetzt auch nicht mehr an.«

»Bis zur letzten Patrone! Mensch, wir sind vielleicht Helden. Wenn ich später mal meinen Kindern davon erzähle, werden sie vor Rührung dicke Tränen weinen.«

»Kowalski«, sagte der Leutnant Asch und blieb stehen, »du bist doch nicht gerade dämlich.«

»Ich bin Obergefreiter«, sagte der mit Würde.

»Trotzdem, Kowalski! Der Amerikaner hat unseren Haufen und noch einige andere dazu abgeschnitten. Dieser frisch zu uns von wer weiß woher zugestoßene Oberst Hauk will durchbrechen – er ist eisern dazu entschlossen, ob nun mit oder ohne Artillerie. Soll er doch!«

»Der will sich doch nur in Sicherheit bringen, Mensch! Du brauchst dir doch bloß seine Visage anzusehen – der geborene Viehhändler mit höherer Schulbildung. Kein Rammbock wie dieser Hinrichsen – mehr ein Zuhälter; der will, daß wir alle für ihn auf den Strich gehen.«

»Und wenn! Zurückhalten können wir ihn nicht.«

»Warum nicht? Ich schieße einfach dem Kerl ein paar Löcher in seine Reifen. Mit solchen Plattfüßen kann selbst ein Oberst nicht mehr laufen.«

Der Leutnant Asch lachte auf und schlug Kowalski auf die Schulter. Der stolperte über ein paar Uniformteile, die verstreut auf dem Boden herumlagen. Er gab einem dreckverschmierten Stahlhelm einen Fußtritt, und der rollte auf ein weggeworfenes Gewehr zu.

»Alles türmt bereits«, sagte Kowalski. »Aber der Leutnant Asch übt sich in treuer Waffenkameradschaft. Und wir, seine Kulis, dürfen mitüben.«

»Brennst du etwa darauf, dich in Gefangenschaft zu begeben, Kowalski?«

Der Obergefreite kniete sich nieder, hob einen Brotbeutel auf, durchsuchte ihn mit sicheren Griffen und fand den Rest einer Tafel Schokolade. Er überprüfte das Gefundene fachmännisch auf Brauchbarkeit. Dann warf er den Brotbeutel in hohem Bogen in ein Gebüsch.

»Ich habe dich gefragt, ob du jetzt schon in Gefangenschaft marschieren willst, du Leichenfledderer?«

»Ach scheiß!« sagte der gemütlich und beschnupperte die Schokolade. »Ich will in Zivil umsteigen. Das ist alles.«

»Hier – im freien Gelände?«

»Wo denn sonst, Mensch! Was bleibt mir denn anderes übrig? Meinst du etwa, ich baue mir hier erst ein Dorf hin?«

»Wenn wir in Zivil umsteigen, Kowalski – dann doch aber erst bei uns zu Hause!«

»Bei uns – zu Hause? Das ist weit, das ist verdammt weit – noch an die siebzig Kilometer.«

»Es lagen schon mal mehrere tausend Kilometer zwischen uns und unserem Städtchen, und den schäbigen Rest werden wir schließlich auch noch schaffen.«

Kowalski entblätterte jetzt die gefundene Schokolade und steckte sie sich in den Mund. Dann, dabei intensiv kauend, sagte er: »Schmeckt nicht – nichts schmeckt mir mehr.«

»Wenn es diesem Oberst Hauk gelingt, durchzubrechen – und das halte ich nicht für ausgeschlossen –, dann segeln wir einfach mit der kompakten Einheit hinterher. Und dann nichts wie Richtung Heimat. Dort Girlanden, Empfangskomitee und Ehrenjungfrauen. Auf dem Marktplatz ein Spruchband: ›Wir grüßen unsere heimgekehrten Soldaten.‹ Abends Frontsoldatenball in Bismarckshöh. Und das alles verdanken wir unserem geliebten Oberst Hauk.«

»Wir kommen nicht durch«, sagte Kowalski hartnäckig. »Wir kommen höchstens 'ran, aber nicht weiter. Und auf dieser Kreuzung sitzen zwei Amipanzer. Wer soll die wegpusten?«

»Wir«, sagte der Leutnant Asch. »Und dann nichts wie durch – mit dem ganzen Verein, mit allem Gepäck. Und im Heimatstädtchen dann: großes Wettabrüsten, mit anschließender Führerbeschimpfung.«

»Das gefällt mir nicht«, sagte Kowalski nachdenklich. »Und dann gefällt mir das wieder sehr gut. Das ist beinahe zu schön, um wahr zu sein. Doch mich stört die Fresse von dem Kerl; der sieht aus, als wenn er seine Gefühle zu Hause vergessen hat. Aber wer weiß, vielleicht liegen sie irgendwo in Rußland herum. Man kann das nie so genau wissen. Aber eins, Mensch, das weiß ich bestimmt: Dieser Krieg, das sage ich dir, ist im Eimer – endlich!«

»Das brauchst du mir nicht zu sagen – das merkt selbst ein Leutnant.«

»Wenn es nach mir ginge, Asch, dann solltest du den ganzen Haufen auflösen – jetzt gleich.«

»Es geht aber nicht nach dir, Kowalski.«

Sie machten einen Bogen um einen Stapel weggeworfener Munitionskisten. Die waren aufgerissen und durchwühlt worden, aber sie hatten nichts als Infanteriemunition enthalten – und die lag jetzt verstreut auf dem feuchten Waldboden herum.

»Ausverkauf in Großdeutschland«, sagte Kowalski. »Warum beteiligen wir uns nicht auch endlich daran? Seit Tagen haben wir keine Verbindung mit unserer Abteilung. Wo der Regimentsstab ist, weiß seit Wochen keine Sau mehr. Nur der General Luschke kutschiert noch gelegentlich durch die Gegend. Aber der allein wird den Endsieg auch nicht mehr aufhalten.«

»Ich weiß nicht recht«, sagte Asch nachdenklich, bog einen Weidenzweig und ließ ihn wieder zurückschnellen, »ich möchte nicht gerne in Zivil einem Luschke begegnen, wenn der noch eine Uniform anhat.«

»Auch das Knollengesicht wird nicht ewig Uniform tragen. Da kannst du ganz beruhigt sein. Also, was ist nun – steigen wir endlich in Zivil um, oder steigen wir immer noch nicht um?«

»Wir sind eingekesselt, Kowalski. Und wenn wir hier nicht 'rauskommen, schnappt uns der Amerikaner todsicher. Ob wir da Zivil oder Uniform anhaben, spielt dabei gar keine Rolle.«

»Ach was, Mensch! Und wenn ich nicht mehr will? Was dann? Was dann, wenn ich nicht mehr mitmachen will?«

»Dann kannst du die Amerikaner durch Stacheldraht besehen – während ich zu Hause einen auf den Endsieg saufen werde.«

»Na schön – dann saufe ich eben mit! Was macht man nicht alles aus Kameradschaft.«

»Also, Kowalski – dieser Oberst, der hier den Oberbefehl an sich gerissen hat, bekommt von uns Artillerie-Unterstützung. Ist die Kreuzung frei, brausen wir los. Immer Richtung Heimat. Auflösen können wir uns dann immer noch.«

»Und wenn das nicht funktioniert? Wenn unsere letzten Helden mit ihrem Oberst noch vor der Kreuzung steckenbleiben? Oder was dann, wenn die Kreuzung nur ein paar Minuten frei ist und wir mit der ganzen Batterie gar nicht aufs Tapet kommen?«

Der Leutnant Asch dachte kurz nach, dann nickte er zustimmend. »Gar nicht so unrichtig, Kowalski. Damit sollten wir auch rechnen. Aber diese Kugel ist nicht schwer zu schieben. Du klemmst dich unmittelbar hinter unsere Helden, und zwar mit einem Krad. Und wenn die Kreuzung frei ist, dann braust du los. Immer Richtung engere Heimat. Geradewegs nach Hause. Als Vorkommando.«

»Und du – was machst du mit den anderen?«

»Uns wird schon was einfallen. Viele Wege führen in meines Vaters Weinkeller. Und einen davon finde ich bestimmt.«

Hans Hellmut Kirst

Ein deutscher Autor von Weltrang.

»Kirst wendet sich gegen die Wiederkehr eines Systems, das jedem, der in seine Räder geriet, zunächst einmal das Rückgrat brach, und das an die Stelle der Initiative den Kadavergehorsam, an die Stelle der Selbständigkeit und Intelligenz den willenlosen Automatismus setzte. Damit hat er Millionen aus der Seele gesprochen.« Die Weltwoche.

Seine 08/15-Trilogie umfasst folgende Bände:

08/15 in der Kaserne
(3497)

08/15 im Krieg
(3498)

08/15 bis zum Ende
(3499)

Weiter erschienen folgende Bände:

08/15 heute
(1345)

Die Nacht der Generale
(3538)

Generalsaffären
(3906)

Glück lässt sich nicht kaufen
Kirst entwirft hier ein Genrebild aus der Welt der kleinen Geschäftsleute.
(3711)

Keiner kommt davon
Die Vision eines großen Atomschlags - des Dritten Weltkriegs.

Große Reihe (3763)

Goldmann Verlag

Hans Hellmut Kirst:

Ausverkauf der Helden
Roman. 450 Seiten

Generals-Affären
Roman. 379 Seiten

Hund mit Mann
Bericht über einen Freund.
Erzählung. 160 Seiten

Der Nachkriegssieger
Roman. 400 Seiten

08/15 in der Partei
Roman. 352 Seiten

C. Bertelsmann